De 6:2

Van dezelfde auteur

Amos Decker
De geheugenman
De laatste mijl
Het motief
Doodskleur
Verlossing
Ondergronds

Atlee Pine
De lange weg naar genade
Eén minuut voor middernacht
Daglicht
Spiegelbeeld

Aloysius Archer
Een goede daad
Dodelijk spel
Schaduwstad

Camel Club
De samenzwering
De verzamelaars
De verraders
De rechtvaardigen
Rechteloos

John Puller
De provocatie
Vergeten
De ontsnapping
Niemandsland

King & Maxwell
Onbewaakt ogenblik
Het uur van de zonde
Geniaal geheim
Familieverraad
De zesde man
King & Maxwell

Shaw
Niets dan de waarheid
Verlos ons van het kwaad

Will Robie
Onschuldig
De aanslag
Doelwit
De schuldigen
Eindspel

Overige thrillers
Het recht van de macht
Op eigen gezag
Duister lot
Vuil spel
Onder druk
De laatste man
In het geheim

Wilt u op de hoogte gehouden worden van de thrillers van David Baldacci? Meld u dan aan voor de nieuwsbrief via www.baldacci.nl of volg www.facebook.com/DavidBaldacciFanpage.
Andere leestips zijn te vinden op www.awbruna.nl.

David Baldacci

De 6:20-man

A.W. Bruna Uitgevers

Oorspronkelijke titel
The 6:20 Man

Published by arrangement with Lennart Sane Agency AB.
Vertaling
Jolanda te Lindert
Omslagbeeld
© Roy Bishop/Arcangel
Omslagontwerp
Studio Jan de Boer

ISBN 978 94 005 1513 0
NUR 332

Voor Anthony Forbes Watson, mijn fantastische uitgever in Groot-Brittannië en mijn vriend. Je hebt me veel geleerd gedurende onze tijd samen, niet alleen over boeken en het uitgeven ervan, maar ook over heerlijke Franse wijnen en belangrijke morele waarden. Wat jouw toekomst ook mag brengen, ik zal je steunen en aanmoedigen. En onze vriendschap zal standhouden, zoals elke echte vriendschap.

1

Travis Devine ademde oppervlakkig en negeerde de hoge temperatuur en de luchtvochtigheid die net als de zon snel hoger werden. Hij rende naar de 6:20 alsof deze trein het laatste vliegtuig vanuit Saigon was. Devine droeg een parelgrijs confectiepak, een gekreukeld wit overhemd dat gewassen moest worden en een donkere stropdas. Hij had liever een spijkerbroek met T-shirt gedragen, of een camouflage-uniform met legerlaarzen, maar dat kon niet. Nu niet.

Hij had net gedoucht, maar begon alweer te zweten. Hij had zijn dikke haar zo netjes mogelijk gekamd. Hij had zich geschoren en een onopvallend geurtje op zijn gezicht gedaan. Hij droeg goedkope instappers die glimmend waren gepoetst. In zijn kunstleren aktetas zat de laptop met speciale encryptie die door het bedrijf was verstrekt en niet privé mocht worden gebruikt, maar ook pepermunt en een pakje Pepcid AC tegen brandend maagzuur. Als militair had hij de kleine *power pills* geslikt die het leger uitdeelde alsof het tumtummetjes waren, omdat de soldaten daardoor langer en harder vochten met minder slaap en minder voedsel. Nu kostten ze geld.

In plaats van de door het leger verstrekte M4-karabijn en de recentere Beretta M9 waren zijn voornaamste wapens tegenwoordig twee Apple 27 inch Macs die digitaal in verbinding stonden met sterke versleutelde clouds voorzien van alle data die hij ooit nodig kon hebben. Allemaal bullshit natuurlijk, maar op dit moment vreemd genoeg belangrijker dan wat ook.

Wat je leerde in de wereld van de *high finance* was eigenlijk heel simpel: winnen of verliezen, eten of sterven. Een binaire keuze dus. Geen taliban of Afghaanse soldaat die zich voordeed als je bondgenoot voordat-ie van achteren een kogel in je kop schoot. Hier waren zijn belangrijkste zorgen kwartaalcijfers, liquiditeitscijfers, vrije en gesloten markten, monopolies en oligarchieën, bedrijfsjuristen die eisten dat je je aan de regels hield en bazen die eisten dat je dat niet deed. En het allerbelangrijkst waren de personen die rondom Devine in hetzelfde kantoor zaten. Zij waren aartsvijanden. Het was erop of eronder in deze Wall Street-versie van mixed martial arts.

Devine zat in de North Metro Harlem Line die van het noorden naar de Big City in het zuiden reed. Devine was tweeëndertig en zijn leven was volkomen veranderd. Hij wist niet goed wat hij daarvan vond. Ja, dat wist hij wel. Hij haatte het. Dat betekende dat alles volgens plan verliep.

Hij zat waar hij altijd zat als hij naar zijn werk in de city ging: op de derde rij, bij het raam, aan stuurboord – op de terugweg aan bakboord. De trein reed in een rustig gangetje, zonder enige ambitie, in tegenstelling tot zijn passagiers. In Europa en Azië schoten gestroomlijnde treinen als cheeta's door het landschap, maar de treinen hier leken wel slakken. Toch waren ze sneller dan de auto's die vastzaten in het moorddadige verkeer dat de city elke ochtend, middag en avond in en uit reed.

Generaties voor hem hadden dezelfde route naar Manhattan gevolgd om de kost te verdienen bij bedrijven die hen uitbuitten. Velen van hen waren jong gestorven door de gebruikelijke moordenaars: een hartaanval, een beroerte, een aneurysma, de langzame dood door een neurologische ziekte of tumor, een lever die pijnlijk ten onder ging door te veel alcohol, of zelfmoord door degenen die de spanning niet meer aankonden.

Devine woonde in Mount Kisco in een vervallen huis samen met drie twintigers die op verschillende manieren probeerden vooruit te komen in de wereld. Zij sliepen allemaal nog toen hij die ochtend was vertrokken om zijn toekomst vorm te geven. Het zou steeds drukker worden in de trein. Het was zomer, de zon stond al vrij hoog aan de hemel en het werd steeds warmer. Hij had wel in de city kunnen wonen en meer kunnen betalen voor minder reistijd, maar hij hield van bomen en open ruimtes en vond het niet prettig om altijd omringd te zijn door wolkenkrabbers en beton. Hij zat zich net af te vragen waar hij eigenlijk wilde wonen toen een makelaar die een vriend van hem kende hem belde en zei dat ze een kamer voor hem had gevonden. Zo goedkoop dat hij zelfs nog wat kon sparen.

Een heleboel mensen die niet in de city woonden waren veel tijd kwijt aan pendelen, al betekende dat lange dagen en nachten. Maar dat principe was het grootste deel van zijn leven in zijn hoofd gestampt.

'Je werkt tot je erbij neervalt, Travis,' had zijn vader keer op keer tegen hem gezegd. 'Niemand geeft je ooit iets cadeau. Je moet het zelf pakken en dat doe je door harder te werken dan wie ook. Kijk maar naar je broer en zus. Denk je soms dat zij het gemakkelijk hebben gehad?'

Ach ja, zijn oudere broer en zus, Danny en Claire, respectievelijk uitmuntende neurochirurg bij de Mayo Clinic en CFO van een Fortune 100-onderneming. Zij waren acht en negen jaar ouder dan hij, en nu al echte supersterren. Ze hadden betere banen dan hij ooit zou kunnen krijgen. Dat was hem zo vaak verteld dat niemand hem dat ooit nog uit het hoofd kon praten.

Devine was duidelijk een ongelukje geweest. Misschien was zijn vader vergeten een condoom te gebruiken, of wist zijn moeder niet dat ze ovuleerde en had ze daarom haar begerige man niet van zich af kunnen houden. Hoe dan ook, het hele gezin baalde behoorlijk toen hij werd geboren. Zijn moeder ging meteen weer aan het werk; ze werkte als mondhygiëniste in de bloeiende tandartsenpraktijk van zijn vader in Connecticut. Dat had hij natuurlijk pas later gehoord, maar misschien had hij als kind al gemerkt dat zijn ouders geen belangstelling voor hem hadden. In Devines examenjaar op highschool sloeg hun onverschilligheid om in woede.

Want hij was aangenomen op West Point, de militaire academie.

Zijn vader brulde: 'Soldaatje spelen in plaats van een echte baan zoeken en in je eigen onderhoud voorzien? Nu moet je eens goed luisteren, jongen, je krijgt vanaf vandaag geen cent meer! Je moeder en ik verdienen die onzin niet.'

Toch had Devine zijn plaats gevonden in de wereld van het leger. Met zijn diploma van West Point op zak ging hij naar de zware Ranger School en slaagde voor de examens Kruipen, Lopen en Rennen zoals de drie fases werden genoemd. Het zwaarst was het slaaptekort geweest, waardoor hij en zijn kameraden als ze rechtop stonden weleens bewusteloos op de grond vielen. Later werd hij geschikt bevonden om lid te worden van het elitekorps Seventy-Fifth Ranger Regiment. Dat was zelfs nog zwaarder geweest dan de Ranger School, maar hij vond de *special forces* en de gevaarlijke en veeleisende snelle-aanvalsmissies die daarbij hoorden geweldig.

Dat waren echt fantastische prestaties en hij had zijn ouders erover geschreven in de hoop een compliment te krijgen. Hij had nooit iets van zijn moeder gehoord. Zijn vader had hem een mail gestuurd waarin hij vroeg bij welk Nationaal Park hij ging werken nu hij een Ranger was en de mail ondertekend met: 'Trotse vader van Smokey the Bear.' Hij wist dat de man geen enkel gevoel voor humor had, anders had hij misschien gedacht dat zijn vader een grapje maakte.

Devine was onderscheiden met twee Purple Hearts, een Silver Star en een aantal penningen en lintjes. In de wereld van het leger stond hij bekend als vechtersbaas. Hij noemde zichzelf hoogstens een overlever.

Hij was als jongen bij het leger gekomen en had het verlaten als oorlogsmachine. Toen hij op West kwam was hij 1 meter 83 – exact opgemeten door het leger – woog 81,6 kilo en had een normale lichaamsbouw. Maar dankzij het leger en zijn eigen vasthoudendheid was zijn lichaam veranderd in 102 kilo botten en spieren. Zijn greep was vergelijkbaar met de kaken van een krokodil, zijn uithoudingsvermogen was ongekend en hij had hetzelfde vermogen als orka's en witte haaien om te doden en niet gedood te worden.

Hij was volgens plan kapitein geworden en had de twee zilveren strepen trots gedragen. Daarna had Devine het leger verlaten, omdat hij niet anders kon. Hij had zich verscheurd gevoeld. Hij voelde zich nog altijd verscheurd. Hij was een militair in hart en nieren, tot hij dat niet langer kon zijn. Toch had hij dat besluit moeten nemen.

Daarna had hij een hele maand in een appartement gezeten en zich afgevraagd wat hij moest gaan doen, terwijl voormalige kameraden hem belden, mailden en berichtjes stuurden met de vraag hoe hij het verdomme in zijn hoofd had gehaald om het leger te verlaten. Hij had niemand geantwoord. Hij kon hun niets vertellen. Als aanvoerder had hij er nooit problemen mee gehad om bevelen te geven en de leiding te nemen, maar nu wist hij niet hoe hij zijn actie moest verklaren.

De Post-9/11 GI Bill had hem geholpen. Die betaalde zijn opleiding aan een openbare universiteit. Dat leek niet meer dan fair voor het feit dat hij bijna was gestorven voor zijn land. Zo had hij zijn MBA behaald.

Hij was de oudste van zijn jaar bij Cowl and Comely, de succesvolle investeringsfirma waar hij als aankomend financieel analist werkte. Toen hij bij Cowl solliciteerde, wist hij dat ze hem argwanend bekeken vanwege zijn leeftijd en ongebruikelijke verleden. Ze hadden hem uitgebreid bedankt voor zijn militaire dienst, maar dat deed iedereen bijna automatisch. Maar waarschijnlijk omdat ze moesten voldoen aan een veteranenquotum namen ze hem aan. Het kon hem niets schelen waarom ze hem hadden uitgekozen, zolang hij maar een kans kreeg om zichzelf zo ongelukkig mogelijk te maken.

Hij keek naar buiten. *Ja, zo ongelukkig mogelijk.*

Hij had latere treinen uitgeprobeerd, maar daarin zaten te veel mannen en vrouwen in pak zoals hij, op weg naar hun werk, op weg naar het gevecht. Hij móést als eerste arriveren, want degene die het eerst en met de grootste troepenmacht arriveerde won meestal. Dat had het leger hem ook geleerd.

Hij stapte dus elke ochtend in de 6:20, en reed voor straf naar de city. Hij haatte het werk en het leven dat daarbij hoorde, maar wist ook dat zijn straf nooit zou opwegen tegen zijn misdaad.

2

De 6:20-trein reed door het landelijke gebied rondom een metropool van ongeëvenaarde omvang en complexiteit. Onderweg stapten mensen in op de stations van welvarende stadjes die vooral bestonden om het hongerige monster in het zuiden te voeden. Uiteindelijk passeerde de trein een enclave met huizen die tot de duurste van het land behoorden. Het leek niet juist om het gewoon huizen te noemen; een gebouw dat bijna even groot was als een winkelcentrum zou een grootsere naam moeten hebben. *Zelfs herenhuis of buitenverblijf was onvoldoende. Paleis misschien. Ja, paleis leek wel oké.*

Hij keek op van zijn laptop, zoals elke ochtend als ze hierlangs kwamen. Elke keer dat hij naar buiten keek, werd een nieuw huis gebouwd of een bestaand huis groter gemaakt. De betonwagens brachten ladingen cement voor grotere en nog fraaiere zwembaden, de huizen werden hoger of breder, er werd een gastenverblijf geplaatst of een puttinggreen aangelegd. *Doordat dit de arbeidersklasse aan het werk houdt, hebben deze hebberigheid en opzichtigheid misschien ook nog iets positiefs.*

De trein ging voor een bocht langzamer rijden en reed rustig een heuvel op. Hij ging nog langzamer rijden en stopte bijna. Hier was een probleem met een sein waar de spoorwegen niets aan konden of wilden doen. Ze hadden immers een monopolie, dus waarom zou het ze iets kunnen schelen?

En toen de trein helemaal stil bleef staan, zag Devine haar. Hij had haar nog maar een paar keer eerder gezien, en alleen als het warm weer was. Hij wist niet waarom ze al zo vroeg op was, maar hij vond het fijn dát het zo was.

De geluidswal op dit punt van de heuvel was wel hoog, maar niet hoog genoeg om te voorkomen dat de passagiers eroverheen konden kijken. Devine wist wie de eigenaar was van dit paleis. Hij wist ook dat hier maximale hoogtes golden voor de muren en omheiningen van de percelen. Om dit te compenseren had de eigenaar bomen geplant, maar tussen de onderkant van het bladerdek en de bovenkant van de muur was een vrij grote opening waar je doorheen kon kijken. Devine wist dat de eigenaar deze omissie ongetwijfeld ooit zou herstellen, hoewel hij hoopte dat dit niet gebeurde zolang hij de 6:20 nam. Hij voelde zich een beetje als Jimmy Stewart in *Rear Window*, de beste gluurdersfilm aller tijden. Maar Devine keek niet naar buiten omdat hij een gebroken been had en zich verveelde, zoals Stewarts personage, maar om háár.

De vrouw kuierde net via de achterdeur het grootste paleis in deze enclave uit. Kuieren was het enige woord dat paste bij de manier waarop ze zich bewoog, in een soepel en ontspannen tempo, als een panter die zich opwarmt voordat hij een sprintje trekt. Haar heupen en bilspieren en dijen en schouders bewogen allemaal in een prachtige oerchoreografie.

Het huis achter haar was supermodern met glas, metaal en beton in vreemde geometrische vormen die alleen konden zijn ontsproten aan het brein van een geniale bouwkundige die zwaar aan de coke was.

Ze droeg een korte ochtendjas van witte badstof die om haar zongebruinde bovenbenen spande. Toen ze hem uittrok, zag hij een smaragdgroene stringbikini en een lichaam dat te perfect leek om echt te kunnen zijn. Ze had blonde highlights, een ingewikkeld kapsel en krullen die waarschijnlijk meer hadden gekost dan zijn pak.

Devine gluurde om zich heen om te zien wie er nog meer naar haar keek. Alle mannen natuurlijk. Een van de vrouwen die opkeek van haar computer zag haar, keek naar de mannen die naar buiten staarden en richtte haar aandacht met een blik vol afkeer weer op haar scherm. Twee andere vrouwen, een hippie van in de veertig en een vrouw van in de zeventig, reageerden niet; de eerste zat te bellen en de tweede las toegewijd de bijbel vol waarschuwingen tegen de zondige vleselijke begeertes.

De vrouw stak haar gelakte teennagels in het water, rilde licht en dook vervolgens in het zwembad. Ze maakte een gracieuze buiteling onder water, zette zich aan de overkant af en zwom terug naar waar ze was begonnen. Ze duwde zichzelf op het droge en ging met haar gezicht naar hem toe op de rand zitten. Ze leek de trein en de passagiers die naar haar keken niet te zien. Devine kon zich voorstellen dat ze misschien alleen de ruiten van de trein zag die het zonlicht reflecteerden.

Nu haar lichaam nat was leek haar minuscule bikini wel gekrompen. Ze keek naar links en naar rechts en achterom naar het huis, trok haar bovenstukje en broekje uit, en bleef een hele tijd spiernaakt zitten. Devine zag witte en bruine huid. Daarna dook ze weer in het water en verdween uit zicht.

Op dat moment kwam de trein weer in beweging en zag hij het volgende paleis in de enclave, maar dan zonder een knappe vrouw die naakt in het zwembad dook. Sterker nog, deze eigenaar had geen bomen geplant, maar dichte cipressen zonder gaten waar iemand doorheen kon kijken.

Zo ongeveer iedere man in de coupé kreunde zacht en leunde naar achteren met een mengeling van opwinding en teleurstelling. Devine keek aandachtig naar een paar van deze mannen. Ze keken hem aan, glimlachten, schudden hun hoofd en zeiden zonder geluid te maken iets als: man, wat wás dat?

Devine had nog niet eerder gezien dat ze haar bikini uittrok. Hij vroeg zich af of daar een andere reden voor was dan een soort speelse impuls. Hij vroeg zich veel meer af over dat paleis. Hij vond het fascinerend wat mensen deden met zoveel geld. Sommigen deden aan liefdadigheid, anderen kochten gewoon nog grotere speeltjes. Devine dacht dat hij als hij ooit zo rijk werd geen speeltjes zou kopen. Hij zou alles weggeven.

Ja hoor, vast.

Bij het volgende station stapten meer mensen in, en bij het station daarna nog meer.

Devine keek naar de andere passagiers, die bijna allemaal in de twintig waren. Ze waren al bezig met hun laptops, importeerden *data clouds*, scanden documenten, perfectioneerden presentaties en blonken uit in Excel. Hij wist dat de vijand overal was, dat hij volledig was omsingeld. Daardoor had de voormalig soldaat in paniek moeten raken.

Toch kon Devine deze ochtend alleen maar aan de naakte vrouw in het water denken. Maar niet om de voor de hand liggende redenen.

Volgens de voormalige Army Ranger en verkenner klopte er iets niet met die prachtige vrouw.

3

Devine zat achter zijn bureau bij Cowl and Comely toen zijn telefoon piepte om aan te geven dat hij een privémail had ontvangen. Hij keek ernaar. Hij bleef er heel lang naar kijken, terwijl hij zich afvroeg of dit een grap was of dat hij gewoon niet meer kon lezen.

Ze is dood.

Het was een extreem korte verklarende zin, maar de drie woorden waren dreigend.

Daarna las hij de rest van de mail.

Sara Ewes hing kennelijk in een werkkast op de tweeënvijftigste verdieping van het gebouw waar Devine zich nu in bevond. Ze was gevonden door een facilitair medewerker. Haar pumps lagen op de grond. Haar hals was uitgerekt, haar ruggenwervel gebroken en haar leven voorbij. Dat stond tenminste in het geheimzinnige bericht.

Ze was net achtentwintig geworden, wist Devine, en werkte iets langer dan zes jaar bij Cowl and Comely. Sara was lang en slank, het lichaam van een langeafstandsloper. Ze was slim, had naast haar baan hier haar MBA behaald op Columbia, en was kennelijk een uitblinker. De losers werden meestal al na een jaar aan de kant gezet. Devine was hier nu zes maanden, wat betekende dat hij nog zes maanden had voordat hij werd weggestuurd of bevorderd.

Hij keek weer naar het bericht. *Sara dood? Dat kan niet!*

Devine en zij waren stiekem met elkaar uit geweest, ook al werkten ze allebei bij Cowl. Ze hadden seks met elkaar gehad, één keer maar. Hij had meer gewild, veel meer misschien, zoals een relatie met haar. Maar toen was het voorbij. En nu was ze dood?

Hij keek naar de afzender, maar herkende het mailadres niet. Sterker nog, besefte hij opeens, het leek op geen enkel mailadres dat hij ooit had gezien. Het had geen domeinnaam of achtervoegsel zoals .com of .gov. Het was geen Gmail, alleen een hele rij cijfers. Wie had dit verstuurd? En hoe? En waarom aan hem?

Hij keek om zich heen naar de andere hokjes waar collega's op hun toetsenbord rammelden, de handel doorging en vermogens werden vergaard of verloren. Deze mail was niet naar zijn bedrijfsmailadres gestuurd, want dat zouden de complianceofficers kunnen zien. Deze mail was naar zijn privémailadres gestuurd en zo te zien had verder niemand hier deze mail ook ontvangen.

Ben ik de enige die hem heeft ontvangen? Is dit echt? Is dit een hoax? Is Sara echt dood?

Hij beantwoordde de mail met: 'Wie is dit?' en verstuurde het bericht. Maar op het scherm zag hij dat zijn antwoord niet was verstuurd. Hij probeerde het opnieuw, met hetzelfde resultaat.

Oké, dit is kennelijk eenrichtingsverkeer.

Devine stond op en liep naar de deur. Niemand had opgekeken en gezien dat hij wegliep. Hun strijd werd gewonnen op de schermen voor hen en door de tijd die ze op deze stoelen bleven zitten. De taart wordt gewoon één punt groter, dachten er een paar ongetwijfeld toen ze hoorden dat Devine het vertrek verliet.

Devine nam de lift naar de tweeënvijftigste verdieping. Toen hij vlak bij de eenenvijftigste was, drukte hij impulsief op het knopje voor die verdieping, maar zelfs met zijn bedrijfspas ging het lampje voor die verdieping niet branden. In de zes maanden dat hij bij dit bedrijf werkte, had hij niemand ontmoet die hier toegang toe had. De verdieping werd Area 51 genoemd, naar de supergeheime Amerikaanse militaire basis. Toen iemand hem een keer had verteld dat er niemand op die verdieping werkte, was hij naar buiten gegaan. Hij had vanaf de hoogste verdieping teruggeteld naar de eenenvijftigste en zich afgevraagd wat daar eigenlijk gebeurde. Misschien was daar het *high-frequency trading*-platform van hun onderneming. HFT werd ook wel computergestuurd beleggen of flitshandel genoemd. Alle grote investeringsmaatschappijen hadden zo'n afdeling.

Zodra de liftdeuren open waren stapte een geüniformeerde politieagent op hem af. Hij hief zijn hand om Devine tegen te houden.

Er is iets gebeurd. Die mail was geen zieke grap. Zijn maag verkrampte van angst.

'Verdieping gesloten, meneer.'
Devine loog en zei: 'Maar ik werk op deze verdieping.'
'Vandaag niet, niemand niet.' De agent zag eruit alsof hij het meende.
Devine zag Wanda Simms, een senior staflid. Zij was aangesteld als de administratieve liaison voor zijn groep Burners, zoals de trainees werden genoemd. Ze liep snel naar hem toe, met een grauw gezicht en een verwilderde blik. Hij drukte op het knopje om de liftdeuren open te houden.
'O Travis, het is verschrikkelijk, echt verschrikkelijk. Ze houden iedereen weg van deze verdieping. Ik kwam alleen kijken of hier echt niemand meer was.'
Ze was een jaar of vijftig en droeg heel diplomatiek het zwarte pakje, de zwarte broek en de zwarte schoenen. De outfit was goedgekeurd door Cowl and Comely, maar het had net zo goed Goldman Sachs, BlackRock, JPMorgan, Merrill Lynch of een ander bedrijf kunnen zijn. Haar bril hing aan een ketting en haar RFID-pasje aan een koordje om haar hals.
'Hoezo, wat is er gebeurd? Wat is er aan de hand, Wanda?'
Ze was kennelijk zo van slag dat ze zich niet eens afvroeg waarom hij onder werktijd op deze verdieping was. 'Heb je het niet gehoord? Het is Sara Ewes. Kende je haar? Ze was toch de mentor van jouw traineegroep?'
'Nee, ik kende haar niet erg goed,' loog hij. 'Wat is er met haar?'
'Ze is dood.'
Hij hoefde niet eens te doen alsof hij verbaasd was. Het besef dat het klopte wat er in de mail stond sloeg in als een bom. 'Dood! Wat is er dan gebeurd?'
'Ze heeft zelfmoord gepleegd, dat hoorde ik de politie tenminste zeggen. Ze heeft zichzelf opgehangen.'
O mijn god.
'Mensen, ga alstublieft weg. Dank u wel,' zei de agent.
Simms pakte Devines arm. 'Kom mee, we kunnen onderweg wel praten.' In de lift haalde ze haar pasje door de lezer en drukte op het knopje voor de begane grond. 'Wacht, op welke verdieping moet jij zijn? Ik kan dat nooit onthouden.'
'Naar de begane grond. Ik moet iets doen.'

Ze trok demonstratief haar wenkbrauwen op. Het was een ongeschreven regel, of er nu iemand dood was of niet, dat trainees hun bureau niet verlieten tot het tijd was om naar huis te gaan om een paar uurtjes te slapen voordat het hamsterrad weer begon te draaien.

'Wat wilde je me vertellen over Sara?'

De liftdeuren gleden dicht en Simms zei: 'Een van de facilitair medewerkers ontdekte haar vanochtend, ze hing aan het plafond. Ze heeft kennelijk een van de plafondpanelen omhooggeduwd en een touw aan een metalen leiding daar vastgemaakt en is vervolgens van een stoel gesprongen.'

Dat wist degene die me die mail heeft gestuurd allemaal! Hoe? En waarom liet hij míj dat weten?

'Wanneer zou ze dit hebben gedaan?'

'Gisteravond laat of vanochtend vroeg. Ze draagt kennelijk dezelfde kleren als gisteren. Ik neem aan dat ze aan de toestand van haar lichaam kunnen zeggen hoe lang ze al dood is.' Ze trok bleek weg.

'Ze is dus niet naar huis geweest?'

'Kennelijk niet.'

Hij dacht aan de mail. 'Heeft ze een brief achtergelaten?'

'Voor zover ik weet niet. En ze leek zo evenwichtig. Je weet waarschijnlijk wel dat ze op de afdeling M&A werkte.' Hiermee verwees ze naar Mergers & Acquisitions, ofwel Fusies en Overnames. 'Ze ging het echt maken, tot helemaal aan de top. Meneer Cowl was haar persoonlijke mentor.'

'Ik kan niet geloven dat ze dood is.'

'Ik heb nog nooit een dode gezien. Behalve in een kist, bedoel ik. Jij wel?'

Devine keek haar aan en zei naar waarheid: 'Nooit in een kantoorgebouw.'

'Haar ouders zullen er kapot van zijn. Ze wonen in het buitenland. Het zal dus wel wat tijd kosten om hiernaartoe te komen. En het is zeker slecht voor het bedrijf.' Ze sloeg haar hand voor haar mond. 'O, dat had ik niet mogen zeggen. Ik bedoel, er is iemand dood!' Op de begane grond stapte ze uit de lift. 'Kom je ook?'

'Ik vergat helemaal dat ik nog iets moet afmaken. Ik zie je nog wel.' Devine haalde zijn pasje door de lezer en drukte op het knopje voor zijn verdieping. Hij stelde zich voor dat Sara Ewes dit gisteren ook had gedaan en misschien niet had geweten dat het de laatste keer zou zijn. Maar misschien ook wel, want zelfmoord werd vaak gepland. Dat leek nu ook zo.

Terwijl de lift door de schacht omhoogschoot, dacht hij eraan dat hij Simms niet de waarheid had verteld. Hij had Sara Ewes juist heel goed gekend en als ze meer tijd hadden gehad, waren ze misschien zelfs van elkaar gaan houden. Maar dat was dus niet gebeurd.

Nu leefde Sara Ewes niet meer en hij moest weten waarom niet.

4

Het was een onbewolkte avond en de sterren fonkelden aan de hemel, maar daar was Travis Devine zich niet van bewust. Sinds hij bij Cowl and Comely werkte, had hij niet meer echt naar de hemel gekeken. Hij was van zijn werk naar de ondergrondse gelopen, die hem naar Grand Central had gebracht, en nu zat hij in de avondtrein terug. Vanaf het station zou hij naar huis lopen.

Toen hij het kantoorpand verliet, had hij zoals altijd geknikt tegen de nachtwaker. Het was logisch dat hij een band voelde met mannen die een vuurwapen droegen. De gedrongen man keek meestal even naar de klok op zijn bureau, knikte terug en keek hem een beetje afkeurend aan alsof hij wilde zeggen: 'Meen je dat nou? Is deze shit het echt waard, dude? Kom op, zeg! Hoeveel geld heb je verdomme nodig?'

Maar vanavond niet. Niet nu Ewes dood was. Ze hadden elkaar alleen somber aangekeken.

Devine zat nu in de trein met zijn AirPods in en luisterde met een half oor naar een zender met financieel nieuws op zijn telefoon. Op de Aziatische markten, die officieel pas over een uur opengingen, werd al geld verdiend en verloren. Hij luisterde veel liever naar Janis Joplin of AC/DC, maar hij was nu een aankomende *financial whiz* die een klus moest klaren en een carrière wilde opbouwen. Hij kon geen tijd verspillen aan 'Me and Bobby McGee' of 'Highway to Hell'. Hoewel, nu hij erover nadacht, zat hij waarschijnlijk al op die snelweg naar de hel.

De coupé zat vol vermoeide en bezwete strijders. Sommigen waren de komende twee dagen vrij, zodat ze hun wonden konden likken en zich konden voorbereiden op de maandag, waarop een nieuwe week met slavenarbeid begon. Hij zat bijna schouder aan schouder met een andere man.

Devines moeder was een eerstegeneratie-Amerikaanse van Griekse origine en hij leek qua uiterlijk op haar, terwijl zijn broers en zussen op hun Ierse vader leken. Devine had golvend donker haar, een olijfkleurige huid, dikke neus, grillig gevormde kin, rechte kaaklijn en diepliggende ogen. Het leek bijna altijd alsof hij piekerde, waar hij ook maar aan dacht. Sommige mensen dachten dat hij altijd kwaad was, en misschien was hij dat ook wel. Hoewel veel mannen pas om een uur of vijf zichtbare stoppels hadden, was dat bij hem al rond het middaguur het geval. Dat zag er niet exotisch of cool uit, maar onverzorgd.

Hij leunde naar het raam toen ze bij de heuvel kwamen en de forensentrein nog langzamer ging rijden. Er brandde licht aan de achterkant van het paleis waar de vrouw naakt had gezwommen. Hij wist dat ze die ochtend een risico had genomen door zich in het openbaar uit te kleden. Omdat iedereen tegenwoordig een camera in z'n telefoon had, was de kans groot dat ze voor altijd op social media zou belanden. Maar misschien kon dat haar niets schelen. Wat hem zelfs nog meer intrigeerde.

In de tuin achter het huis hing feestverlichting; het leken minuscule sterretjes die waren neergedaald. Bij het zwembad wemelde het van gasten in chique kleding die informeel was en ongetwijfeld veel geld had gekost. Toen de trein stopte vanwege dezelfde mysterieuze seinstoring had Devine even tijd nodig om haar tussen al die mensen te vinden.

Ze was gehuld in een strakke witte jurk tot halverwege haar dijen. De witte stof accentueerde haar zongebruinde huid, net als haar bikini had gedaan. Ze droeg gouden stiletto's. Ze had een glas in haar hand en praatte met een vrouw die bijna even mooi was als zij. Hij zag dat ze lachte, en de andere vrouw lachte even later ook. Devine vroeg zich af waar ze het over hadden. Hij vroeg zich ook af waar dat soort vrouwen om moesten lachen, of wat hen gelukkig maakte.

Devine voelde zich schuldig, en ook stom, omdat hij ernaar verlangde deel uit te maken van die wereld. Vooral nu hij net had gehoord dat Sara Ewes dood was.

Ik wil niet zo zijn als de eigenaar van dat paleis. Ik zál nooit zo zijn als hij. Hoop ik.

Hij wilde zijn blik net afwenden toen hij zag dat de man aan wie hij net dacht naar de vrouwen toe liep. Hij was in de veertig, had kort donker haar en een getraind lichaam: te gespierd in zijn armen en schouders en te weinig gespierd in zijn benen. Het leger bouwde je vanaf de grond op en beschouwde je biceps en romp als de belangrijkste spiergroepen. De watjes deden altijd biceps curls en konden geen dingen als squatten en deadliften. Ze leken sterk, maar waren slap, en het leger zou dergelijke lieden al tijdens de basistraining afmaken.

Aan de kleding en het gedrag van de man te zien, probeerde hij jong en hip te lijken en daar slaagde hij bijna in. Dit was Bradley Cowl, Devines hoogste baas, en de stuwende kracht achter Cowl and Comely. Devine wist niet hoe de jonge vrouw heette die 's ochtends vroeg in haar bikini of minder rondparadeerde.

Devine stoorde zich eraan dat Cowl een feest gaf op de dag waarop een werkneemster van hem zelfmoord had gepleegd. Bovendien een vrouw wier mentor hij zogenaamd was.

Cowl sloeg een arm om de heupen van de blondine, streek met zijn hand over haar billen, kneep erin en drukte een kus op haar eindeloos lange haar, terwijl de mensen om hen heen elkaar gegeneerd aankeken.

'Verdomme! Wat een verdomde geluksvogel. Ik bedoel, moet je kijken, man!'

Devine keek opzij naar de mollige, bezwete jonge man in een donkerblauw Brooks Brothers-pak naast hem om te zien waar deze naar keek, en rook zijn smerige zweet en domme jaloezie.

'Alleen maar om dat verdomde geld,' zei de man. 'Maar ooit ben ik dat, geloof me!' Zo te horen meende hij wat hij zei.

Devine bleef even naar hem kijken, misschien wel omdat hij zichzelf herkende in de felle opmerking van de man.

Toen Devine zijn vader vertelde dat hij zijn MBA had behaald, was de man dolblij geweest. Nadat hij was aangenomen bij Cowl and Comely, had Devine senior zijn zoon mee uit eten genomen en waren ze zelfs dronken geworden. Het was de eerste keer geweest dat Devine zoiets samen met zijn vader had ervaren. Het was bedwelmend geweest. Niet de drank, maar volgens Devine was dit de eerste keer dat zijn vader trots op hem was. Het was ook de eerste keer dat Devine, als volwassen man, positieve gevoelens voor zijn vader had.

Maar toen hij de volgende ochtend wakker werd, was hij juist enorm somber geweest. Dit ging niet om beloning of om geld verdienen en ooit je eigen paleis bezitten. Dit ging er niet om dat zijn vader trots op hem was. Die kans was allang vervlogen.

Waar het om ging was dat je zelf je schulden kon betalen.

De trein reed door toen de seinstoring was opgelost. Wat later verliet Devine het station. Hij wilde naar huis lopen, gaan slapen en de volgende ochtend vroeg opstaan. Hij zou de work-out doen die hij bijna elke dag had gedaan sinds hij het leger had verlaten. Hij zou douchen als het nog donker was, ontbijten en als de zon opging naar ditzelfde station gaan. Morgen was het gelukkig zaterdag en dat betekende dat hij nog maar één dag hoefde te werken tot zijn enige vrije dag van de week.

Maar zijn plannen zouden worden verstoord.

5

'Meneer Devine? Travis Devine?'

De man stapte uit de auto die voor het stationsgebouw stond, waar ook een Italiaans restaurant in zat.

'Ja?'

De man liep naar hem toe. Hij was donker, slank, ongeveer even lang als Devine, een jaar of vijfenveertig of iets ouder, en hij had een kaal hoofd en gerimpeld voorhoofd. Hij droeg een donkerblauw pak dat hem goed stond met zijn atletische lichaam. Zijn schoenen waren zwart en hadden rubberen zolen. Hij zwaaide met een badge en officieel ID in een mapje, als een goochelaar die een kaartentruc liet zien. 'Rechercheur Karl Hancock, NYPD.'

Devine verstijfde. 'Wat kan ik voor u doen?'

'Wilt u bij me in de auto komen zitten zodat we kunnen praten?'

'Waarover?'

'Kom op, wat denkt u zelf? Sara Ewes. Ze is dood, wist u dat niet?'

De houding van de man beviel Devine niet. Hij gedroeg zich bot en leek zijn mening al klaar te hebben. Hij keek Devine met zijn bruine ogen, goed te zien in het licht van een straatlantaarn, onderzoekend en argwanend aan.

'Dat heb ik gehoord, net als iedereen.'

'Juist. Deze kant op, meneer, als u het niet erg vindt. Kost niet veel tijd.'

Dat zeiden ze altijd. En voor je het wist was je jaren verder.

Devine zat op de passagiersstoel van de auto. Het rook er naar gemorste koffie, en de verschaalde sigarettenrook was verstikkend.

Hancock deed een raampje open en zei: 'Neem me niet kwalijk. Weet u, ik rook niet, ik drink geen koffie en dit is mijn auto niet. Ze mogen hier niet in roken, maar doen het wel. Niemand controleert het. Enorme bezuinigingen. Ze hebben al zeker tien jaar geen nieuwe auto aangeschaft. Moet elke keer als ik hierin heb gereden mijn kleren laten stomen.'

'Geen probleem, ik heb wel ergere dingen geroken.'

'Eerst in Afghanistan en daarna in Irak, nietwaar? Kapitein Devine?'

Het beviel hem niet dat de NYPD dit over hem wist. Daaruit bleek dat ze hem nu al, op de dag waarop Sara's lichaam was gevonden, hadden nagetrokken en een rechercheur helemaal hiernaartoe hadden gestuurd. 'Ex-kapitein. En ik ben in bars geweest waar het erger stonk dan in deze auto.'

'U bent gewond geraakt, twee keer. Maar u lijkt helemaal in orde.'

'Ja, op alle plekken die je kunt zien.'

Hancocks gedrag veranderde. 'Is dat zo? Hebt u daar problemen?' Hij tikte tegen zijn slaap.

'Nee, daar is alles oké.' Devine trok zijn broekspijp omhoog en liet het dikke verharde litteken zien dat als de tentakels van een octopus om zijn kuit draaide. 'Zo zien de gevolgen van een bermbom eruit.'

Hancock keek naar de oude wond en zei: 'Dat zal verdomd veel pijn hebben gedaan.'

'Ik had geen tijd het te voelen. Door de explosie raakte ik meteen bewusteloos. Maar toen ik bijkwam, deed het verdomd veel pijn. Goddank bestaat er morfine.' Hij liet zijn broekspijp zakken. 'Maar ik dacht dat u iets wilde vragen over Sara Ewes.'

Het officiële notitieboekje kwam tevoorschijn. 'U kende haar?'

'Ja.'

'Waarvan?'

'We werkten bij hetzelfde bedrijf, Cowl and Comely. Maar dat wist u al.'

'Hoe goed kende u haar precies?'

'We hebben elkaar leren kennen tijdens een paar *mixers*; bedrijfsuitjes. We gingen met een groepje ergens wat drinken, of uit eten voordat de wervingsonzin afgelopen was en we keihard aan het werk moesten. Ze was een soort mentor van mijn traineegroep.'

'Wat voor indruk maakte ze op u?'

'Getalenteerd en ambitieus. Maar waarom bent u helemaal hierheen gekomen om me vragen te stellen? Ik was de hele dag op kantoor en ben er morgen weer. Bovendien hoorde ik dat ze zelfmoord heeft gepleegd, dus waarom is de politie erbij betrokken?'

'Er wordt aangenomen dat ze zelfmoord heeft gepleegd. Het is mijn taak om alle andere doodsoorzaken uit te sluiten. U werkt dus op de zaterdag?'

'In mijn wereld, rechercheur, is dat gewoon de dag na de vrijdag. En ik zou niet weten hoe ik kan helpen. Ik werkte niet met haar samen en heb haar al maanden niet gezien. De laatste keer was tijdens een bedrijfsetentje in Per Se aan de Columbus Circle. Meer dan vijftig mensen, gratis wijn. Zal het bedrijf een klein vermogen hebben gekost. Maar ach, dat is maar geld.'

'Indrukwekkend geheugen. Ik weet niet eens meer waar mijn lunch gisteren uit bestond.' Zijn woorden waren luchtig, maar zijn blik was dat niet. 'En de enige keer dat ik Per Se ooit vanbinnen zal zien, is als daar iemand wordt omgelegd.'

'In mijn werk moet je zaken vrij precies onthouden.'

'U werkt daar hard, neem ik aan?'

'Laat ik het zo zeggen: ik werk me drie keer een slag in de rondte voor Cowl and Comely, en misschien is zelfs dat niet genoeg.'

'U ziet er niet uit als een echte investeerder.'

'Ik verwerk en analyseer bedragen, meer niet. Die geef ik vervolgens door aan de echte investeringsbankiers, en zíj verdienen al dat geld en krijgen de vrouwen.'

'Over hoeveel geld hebben we het dan?'

Devine wist dat de man dat niet echt hoefde te weten voor zijn onderzoek, maar het was heel Amerikaans om nieuwsgierig te zijn naar het geld van de echte rijken. Er was een hele bedrijfstak gebaseerd op informatieverstrekking aan al die nieuwsgierige mensen.

'Het bedrijf heeft verschillende afdelingen, en je bonussen en winstdeling zijn afhankelijk van je functie. De minst belangrijke partners krijgen anderhalf miljoen of zo. Mensen als Bradley Cowl? Misschien een kwart miljard dollar of meer per jaar in officiële bonussen en aandelenopties. Hij krijgt ook percentages van alle winststromen, dus dat komt boven op zijn basissalaris.'

Hancock zat de hele tijd zijn hoofd te schudden. 'Ik verdien honderdtienduizend per jaar en dacht dat ik redelijk verdiende, tot u me dit vertelde.'

'Hoe moet ik me dan voelen, denkt u? Ik verdien niet eens zoveel als u, terwijl ik die dollars elke dag op het scherm voorbij zie komen.'

Hancocks ogen begonnen te schitteren, als van een hond die een spoor oppikt. 'En daar baalt u van? Dat zij al die vrouwen en al dat geld krijgen?'

'Ik baal van niets en niemand. Als je hard werkt, verdien je dat en krijg je dat. Dat hoop ik ook ooit te doen.'

'En de vrouwen? Zoals Sara Ewes?'

'Kom op, zeg! Ik kan wel vrouwen krijgen als ik dat wil, maar Cowl verbiedt relaties tussen personeelsleden.'

Als hij ontdekt dat we met elkaar uitgingen, ben ik de lul.

'Oké. Nog meer over Ewes?'

'Zoals?'

'Het gebruikelijke. Was ze depressief? Heeft ze het ooit met u over zelfmoord gehad?'

'Iedereen op Wall Street zal weleens zelfmoord hebben overwogen, in een vlaag van zelfmedelijden, of serieus.'

'U ook?' vroeg Hancock.

'Ik heb gezien dat mannen werden doodgeschoten, opgeblazen of doodgestoken. Ik pleeg echt geen zelfmoord omdat een Wall Street-firma een beetje te veel van me vraagt.'

'Meer kunt u me dus niet vertellen?'

Devine keek naar buiten en leek oprecht verbaasd toen hij sterren aan de hemel zag. Zijn volgende woorden sprak hij rustig uit, en op vlakke toon, omdat hij zich opeens zo voelde. 'Sara was een aardige vrouw. Ze heeft nooit met mij over zelfmoord gesproken. Ze leek nooit depressief, integendeel zelfs. Ze vrolijkte ons juist op als we het even niet meer zagen zitten. Maar zoals ik net zei, is dat al even geleden. Bovendien is zelfs één dag bij Cowl and Comely vergelijkbaar met een heel leven, rechercheur Hancock.'

'Waarom blijft u dan?'

Devine keek hem aan met een stoïcijnse blik, drukte in gedachten op de playknop en zei: 'Dat is de Amerikaanse droom. Ik probeer mijn eigen droom te verwezenlijken.'

'U lijkt me niet iemand die bakken met geld verdienen belangrijk vindt.'

'Dan verwart u me denk ik met iemand anders. Ik wil dat geld en alles wat daarbij hoort. Je kunt heel veel dingen doen met dat geld, andere mensen helpen bijvoorbeeld.'

'U werkt dus keihard om anderen te helpen?' vroeg Hancock met een blik vol afkeer.

'Dat deed ik ook toen ik in het leger zat. Waarom zou ik dat niet op Wall Street kunnen doen?'

'Kom op, zeg! Vertel me gewoon de waarheid. Zó erg kan het niet zijn.'

Maar Devine zei niets, omdat hij niets meer te zeggen had. Zo erg was het dus wél.

6

Hancock had aangeboden om Devine naar huis te brengen, waarschijnlijk gewoon om te zien waar hij woonde. Devine accepteerde zijn aanbod en stapte een paar minuten later uit de auto. Hij woonde in een wit huis van twee verdiepingen met een garage ernaast. Het huis stond in een wijk met dezelfde soort huizen. De wijk was niet arm en niet rijk, en ook niet precies goed.

'Leuk huis,' zei Hancock.

'Dit was het enige wat ik kon betalen zo dichtbij, en met bomen en een beetje gras.'

'U vindt dit dichtbij?'

'Waar woont u dan?'

Hancock glimlachte en zei: 'In Trenton.'

'Dan hoef ik dus niets meer te zeggen.'

'Als ik u nog een keer iets moet vragen...?'

'U weet waar ik woon en waar ik werk, en ik ben dus gemakkelijk te vinden. Ik ga nergens naartoe, tenzij Cowl and Comely besluit me te ontslaan. Als dat zo is, kunt u me vinden bij het arbeidsbureau.'

Hancock reed weg in zijn haveloze politieauto die naar koffie en nicotine stonk. Een zwarte rookwolk kwam uit de uitlaat en bedekte de witte bakstenen – en Devine – met een dun laagje kankerverwekkende stoffen.

Hoestend deed hij de voordeur open en ging naar binnen. In de voorkamer zag hij een van zijn drie huisgenoten, Will Valentine met zijn dikke buik. Hij werkte vanuit huis als *white-hatter*, iemand die door techbedrijven en banken en andere takken van sport werd ingehuurd om te proberen hun securitysystemen te hacken. Ze waren bevriend geraakt, en Valentine had Devine zelfs een paar ingenieuze manieren geleerd om digitaal in verschillende databases in te breken. Hij was Russisch, maar had zijn naam veranderd in iets heel

Amerikaans. Hij had Devine zijn paspoort laten zien, maar zijn echte naam was lang en niet uit te spreken, voor Devine tenminste. Hij had nooit veel gehad met een heleboel medeklinkers achter elkaar.

'Met een Amerikaanse naam krijg ik veel meer vrouwen,' had Valentine uitgelegd. 'Maar cliënten vertel ik wel de waarheid, dat ik een Rus ben. Ze weten dat wij de beste hackers zijn. Wacht maar, je zult zien dat ik rijk word. Ik hou verdomme van het kapitalisme. En ik hou van jullie vrouwen.' Devine wist nooit of de man zich bewust was van het feit dat hij de Hollywood-versie speelde van een Rus die een vrij leven leidde in Amerika of dat de man echt zo was.

Valentine lag zacht snurkend op de bank en mompelde iets in zijn eigen taal. Devine vond de Russische taal altijd dreigend klinken, alsof de betekenis altijd was: 'Nu ga je op een gruwelijke manier sterven, kameraad.'

Valentines laptop lag op zijn enorme buik en ging bij het in- en uitademen op en neer. De tv stond aan, zonder geluid, op zo'n serie waarvan de verhaallijn zich met de snelheid van het licht ontwikkelde, alleen maar om de kijkers eindeloos vast te houden. Een geopende maar lege Domino's-pizzadoos lag op het kleed naast de bank en ernaast stonden twee lege Michelob-bierflesjes. De Rus at en dronk zeker weten als een echte Amerikaan.

Devine liep naar hem toe en raakte het scherm aan van de geopende laptop. Het scherm kwam tot leven, maar liet zijn schatkist vol data niet zien. In plaats daarvan verscheen een grote draak die een muur van vuur blies naar degene die probeerde digitaal in te breken.

Leuk. Hij keek even in de ongemeubileerde eetkamer. Daar zag hij een andere huisgenoot, een zwarte vrouw die Helen Speers heette. Ze deed yoga op een mat midden op het groene vloerkleed, was blootsvoets, droeg een eendelig lycra pakje en deed de neerwaartse hond. Speers was net afgestudeerd als jurist aan de NYU en was bijna nooit eerder thuis dan Devine. Ze was tenger, lenig en aantrekkelijk. En ooit zou ze in een rechtszaal mensen met het recht om de oren slaan.

'Vroeg thuis?' vroeg hij.

Speers had AirPods in. Ze knikte en zei tussen diepe yoga-ademhalingen door: 'Ik zou in SoHo wat gaan drinken met iemand, maar hij heeft me laten zitten. Dat geloof je toch niet! Uit wraak maak ik nu endorfine aan.'

'Nee, dat kan ik niet geloven,' zei hij, maar ze had de kindhouding al aangenomen en luisterde niet meer.

Hij liep de trap op. Zijn derde en laatste huisgenoot, Jill Tapshaw, was een briljante vrouw die haar eigen onlinedatingbedrijf had opgericht dat Hummingbird heette. Hij bewonderde haar lef, haar drive en haar hersens. Intellectueel bevond ze zich op een ander niveau dan de meeste mensen. Valentine en Speers waren hier ongeveer in dezelfde tijd als Devine komen wonen, maar Tapshaw woonde hier nog maar iets langer dan vier maanden. Ze was vriendelijk en extrovert, en hij had haar al een beetje leren kennen.

Haar bedrijf was een echte start-up en ze werkte vanuit haar slaapkamer en vanuit een kantoor met twee vertrekken in een winkelcentrum in het centrum van Mount Kisco, een kleine kilometer verderop. Ze had hem verteld dat ze vijf fulltime werknemers had en dat bijna veertig freelancers op afstand werkten. Ze specialiseerden zich in het bij elkaar brengen van mensen die het niet aandurfden om zelf contact te zoeken of het helemaal hadden gehad met de gebruikelijke internetdating. Het was een behoefte waar zij in voorzag. Tapshaw had Devine verteld dat haar website al miljoenen gebruikers had en meer dan honderdduizend betalende abonnees verspreid over de hele wereld.

'We krijgen er nu elke dag tienduizenden gebruikers bij. In Ronde A hebben we een half miljoen dollar geworven en in Ronde B vijf miljoen. In Ronde C hoop ik een dikke klapper te maken met vijf keer dat bedrag, met een geweldige waardebepaling. Daarna maken we een paar smaakvolle extra reclamespotjes en banneradvertenties voor extra inkomsten. Met genoeg geld kan ik dit veld domineren. Daarna lanceren we andere maar aangepaste productgroepen, wel onder een andere vlag, maar allemaal onder het overkoepelende merk Hummingbird, voor een soort "daten tot aan het graf"-ervaring. Wil je investeren? Dat is nu nog relatief goedkoop. Laatste kans! Korting voor vrienden, familie en huisgenoten.'

Cowl and Comely betaalde de Burners een armzalig salaris. De enige reden dat ze tachtig tot negentig uur per week werkten, was de hoop daar uiteindelijk beter van te worden. Het grootste deel van Devines salaris ging op aan de huur en aan de reis naar en van zijn werk. O ja, en aan eten natuurlijk.

Hoewel hij officieel geen 'bevoegde investeerder' was, had hij wel voor duizend dollar aandelen gekocht in Hummingbird – het kleine vogeltje, de kolibrie, die fladderend voor bloemen nectar opzoog en als beloning verspreidde om andere bloemen te bevruchten. Zo was ze bij die naam gekomen, had Tapshaw hem verteld. 'Je kunt een marketingbedrijf honderdduizend dollar betalen om stomme namen te bedenken en nog eens honderdduizend om die merknaam bekend te maken, maar je kunt het ook gratis en voor niets zelf doen.'

Hij klopte op haar slaapkamerdeur en riep haar naam.

Tapshaw riep: 'Ben me aan het voorbereiden op een Zoom-sessie met een Taiwanese venture capital group. Het geboortecijfer daar daalt enorm. Is het dringend? Staat het huis in brand? Bloed je dood, Travis?'

'Nee! Alles oké. Vergeet niet te eten!'

Op haar kamer had ze een potje pindakaas en een voorraadje bleekselderij in een glas water. Ze was broodmager en leek dat prima te vinden. Ze had Devine verteld dat ze al zeker een jaar geen dates meer had gehad, zelfs niet online. 'Doe wat ik zeg, niet wat ik niet doe,' had Tapshaw dubbelzinnig gezegd.

Devine was rusteloos en gespannen, maar hoewel hij moe was wilde hij nog niet gaan slapen. Hij ging naar zijn kamer, trok een sportbroek, T-shirt en Saucony-hardloopschoenen aan, en verliet het huis. Hij was net aan zijn hardlooprondje begonnen toen er een zwarte auto naast hem stopte.

Er zaten twee mannen in. Ze keken ernstig. Pak en zonnebril, zelfs nu het al donker was. 'Meneer Devine? Travis Devine?' vroeg een onbekende al voor de tweede keer die avond.

Hij bleef staan en zei: 'Ja?'

De man liet hem een badge zien, van een federale dienst die Devine meteen herkende. 'Uw aanwezigheid wordt verzocht. Stap alstublieft in.'

'Verzocht door wie?'

De man bewoog zich net genoeg om Devine het pistool in zijn schouderholster te laten zien. 'Instappen.'

Devine keek om zich heen, gehoorzaamde het bevel als de soldaat die hij ooit was geweest en stapte in.

7

De rit duurde een halfuur. Ze reden naar het zuiden, naar de city. Geen van beide mannen zei iets en Devine wist dat het geen zin had vragen te stellen. Eerst de NYPD en nu de FBI... Al deze persoonlijke aandacht beviel hem helemaal niet.

Ze gingen naar een stadje dat veel weg had van Mount Kisco, met extreem welvarende buurten, maar ook arbeiderswijken. Ze reden door een onopvallend zakendistrict tot helemaal achterin, waar maar één bakstenen gebouw stond. Zonder geparkeerde auto's ervoor en zonder borden aan het gebouw. De ramen waren verduisterd en het gebouw leek verlaten.

Ze stopten, de chauffeur stapte uit net als zijn collega en hield het portier open voor Devine. Daarna liepen ze naar de hoofdingang van het gebouw. De man hield een RFID-pasje voor de lezer en Devine hoorde het klikje waarmee de deur werd geopend.

Dit leek echt veel te officieel en veel te illegaal. Hij nam aan dat dit weinig goeds voor hem beloofde.

I shot the sheriff, but I did not shoot the deputy...

Ze gingen naar binnen, de chauffeur voorop, Devine in het midden en de andere man achteraan. Devine had niets anders verwacht. Op deze manier verplaatste je gevangenen of bijna-gevangenen.

Ze liepen door een open ruimte, waar het licht automatisch aansprong.

Devine werd naar een binnendeur gebracht. De man klopte aan en iemand zei: 'Binnen.'

De deur werd geopend en de man gebaarde dat Devine naar binnen moest gaan. Daarna sloot hij de deur.

Devine keek even om zich heen in het kleine vertrek en toen naar de man die achter het bureau zat.

'Ga zitten, Devine,' zei de man. 'We hebben veel te bespreken, dus let goed op. Er is geen tijd te verspillen.'

Devine ging zitten.

De man leek op een verweerd stuk graniet. Zijn grijze haar was kortgeknipt. Hij had scherpe trekken. De donkerblonde wenkbrauwen groeiden alle kanten op. Zijn pak leek al tientallen jaren oud en was toen het werd gekocht duur of van goede kwaliteit, maar nu zo onopvallend dat het nog steeds nuttig kon zijn. De rood-blauw gestreepte stropdas was te breed volgens de huidige mode en zijn overhemd had ietwat versleten randen. Devine kon zijn schoenen niet zien, maar hij nam aan dat ze zwart waren, onopvallend en glimmend gepoetst.

De man had iets, door zijn houding, door de manier waarop hij bevelen gaf omdat het bevelen waren, en door zijn brede schouders en zijn stevige handen. Hij droeg nu burgerkleding, maar was militair geweest. Dat wist Devine zeker. Feitelijk was hij nog altijd soldaat, want dat gaat in je DNA zitten en raak je nooit meer kwijt.

De man zat hem zwijgend te bestuderen.

Vraagt zich af hoeveel lef ik heb.

Devine keek terug en wachtte. Hij had dat al zo vaak gedaan met zijn militaire bazen dat het een tweede natuur was geworden.

'Uitstekende resultaten op West Point. Daarna Infantry Officer Basic, Ranger School, Jump School, Stryker Battalion van Fort Lewis. Anderhalf jaar commandant van de Line Platoon Company met een hele serie eervolle vermeldingen. Volgens schema bevorderd tot eerste luitenant. Zes maanden plaatsvervangend commandant. Vervolgens commandant van de Line Platoon Company, Ranger Battalion. Je bent dus een doorgewinterde Ranger,' zei de man, waarmee hij verwees naar het feit dat Devine na de Ranger School was aangesteld bij het Seventy Fifth Ranger Regiment. 'Precies vier jaar later bevorderd tot kapitein met de zilveren strepen. Anderhalf jaar commandant van de Bradley Company op Fort Stewart. Daarna Ranger Battalion van het Hunter Army Airfield. Ranger *company commander*, daarna *staff officer*. Ondertussen uitzendingen voor *combat duty* in Afghanistan en vervolgens in Irak, en *special operations*-missies in tien andere ellendige landen waar je, als je het verkloot, een vlag op je kist krijgt en een Dignified Transfer op Dover Air Force Base.'

Devine was onder de indruk dat de man zijn militaire cv uit het hoofd kende. Bepaalde onderdelen was hij nota bene zelf al vergeten.

De man leunde naar achteren in zijn stoel en keek Devine onderzoekend aan. 'Je hebt granaatscherven in je schouder en been, die daar blijven zitten tot je doodgaat. Je bent acht jaar voor op schema bevorderd tot o-4 majoor. Normaal gesproken zou je nu het gouden eikenblad op je uniform hebben, Devine. Maar toen nam je ontslag, en ik vraag me af waarom.' Dat was geen vraag, maar een constatering.

Toch besloot Devine dat hij zou proberen de vraag te beantwoorden. 'Ik had lang genoeg gediend. Ik heb geschoten, bijna altijd raak. Ze hebben op mij geschoten, soms raak, meestal naast. Ik ging verder met mijn leven. Het werd tijd. Ik wilde geen risico's meer nemen.'

'Zit me niet te belazeren, jongen. Daar heb ik geen geduld voor.'

'Maar ik...'

'Mijn naam is Emerson Campbell. Generaal-majoor buiten dienst, twee sterren. Heb nooit de drie of vier sterren gekregen, omdat ik weigerde de politieke spelletjes te spelen die daarvoor nodig zijn. Ik zal dus heel duidelijk zijn, ex-kapitein Devine, ik weet precies waarom je het leger hebt verlaten en dat was echt niet omdat je geen risico's meer wilde nemen.'

Hij opende een dossiermap die voor hem lag en haalde er een paar foto's uit die hij voor Devine uitspreidde. Hij wees naar een van de foto's. 'Luitenant Roy Blankenship. Je kende hem. Jullie dienden samen.' Hij wees naar een andere foto. 'Kapitein Kenneth Hawkins. Je kende hem en hebt ook met hem gediend.'

'En?'

'Heb geduld, Devine. We hebben al een tijdje belangstelling voor je.'

'Is dat zo?'

'Wie heeft die kamer in dat huis in Mount Kisco voor je geregeld, denk je?'

Devine keek hem met grote ogen aan. 'Een makelaar die een vriendin was...'

'Juist, een vriend van een vriend. We hebben een heleboel vrienden, Devine, en zij doen wat hun wordt opgedragen.'

‘Waarom was het belangrijk waar ik woonde?’

‘Laat ik alleen zeggen dat het een handige plek was voor ons, gezien het feit dat we dit kantoor vlakbij hebben. En je reist met de trein naar je werk en komt elke dag langs een bepaald huis, nietwaar?’

De man kon maar één ding bedoelen. ‘Brad Cowls paleis, bedoelt u?’

‘Paleis? Je hebt gelijk. Fijn dat je snel van begrip bent. Dan verspillen we misschien toch geen tijd.’

Hij wees naar een andere foto. Duidelijk gemaakt in een lijkenhuis van de nu dode Roy Blankenship met wurgsporen in zijn hals. ‘Hij is vermoord, dat weet jij ook. Al noemde de Army CID het zelfmoord. De man is gecremeerd, bewijzen weg, rampzalig. Maar jij weet wie hem heeft vermoord. Dat was Kenneth Hawkins, zijn meerdere, zijn wapenbroeder. En jij weet precies waarom hij dat heeft gedaan.’

‘Wie zegt dat?’ mompelde Devine. Hij had het akelige gevoel dat hij in de val zat. Want dat was ook zo. Hij wist ook precies waar dit op zou uitdraaien.

‘Zegt het bewijs. Hawkins heeft Blankenship vermoord en liet het op zelfmoord lijken. Hij kwam ermee weg. Tot dat niet meer zo was. Zoals je weet. Kijk maar, om je geheugen op te frissen.’ Hij pakte een andere foto, van een zeer dode Kenneth Hawkins. ‘En jij weet wie Hawkins heeft vermoord.’

‘Weet ik dat?’ Devine voelde dat elke spier in zijn lichaam verstijfde. De nachtmerrie was eindelijk werkelijkheid geworden. Hij voelde gewoon dat de muren van dit kleine vertrek op hem afkwamen.

Hé, het was een leuk, hoewel kort intermezzo. Maar je zult moeten boeten voor je daden.

‘Dat weet je, omdat jíj hem hebt vermoord,’ zei Campbell.

‘Ik heb hem niet vermoord.’

‘Jullie hebben gevochten, in het Afghaanse maanlandschap. Hij raakte zwaargewond tijdens dat gevecht. Je liep weg en liet hem achter. Hij is daar gestorven. Je had zijn leven kunnen redden, maar koos ervoor dat niet te doen. Hoe zou jij dat noemen?’

‘U hebt geen bewijs van...’

‘We hebben bewijzen van alles. Genoeg om je jarenlang op te sluiten. Dat gezegd hebbende, ik ga je een aanbod doen dat vergelijkbaar is met de hoofdprijs van de loterij, jongen. Weet je, de keus die je moet maken is verbijsterend eenvoudig. Die twee mannen buiten zijn *special agents* van de Army CID. Je kunt kiezen: je gaat met hen mee om in staat van beschuldiging te worden gesteld en vervolgens in de militaire gevangenis te worden gegooid in afwachting van een militaire rechtbank...'

Devine viel hem in de rede. 'Jullie kunnen me niet voor de krijgsraad slepen. Ik ben nu een burger.'

'Burgerlijke rechtbanken hebben bepaald dat ex-militairen volgens militair recht kúnnen worden vervolgd voor misdaden, ook nádat ze het leger hebben verlaten. In jouw geval is de misdaad gepleegd toen je nog in uniform was, zodat er dus geen enkele twijfel aan is dat het leger je zal vervolgen. Je zult worden veroordeeld en heel lang naar USDB worden gestuurd.' Hiermee verwees Campbell naar de United States Disciplinary Barracks in Fort Leavenworth, Kansas, de maximaal beveiligde militaire gevangenis. 'Tenzij je bereid bent met ons samen te werken.'

'Wie zijn die "ons"?'

'De tent die ik nu leid, een kleine dienst van Homeland Security die samenwerkt met het ministerie van Defensie. Deze dienst wordt heel toepasselijk het Office of Special Projects genoemd en heeft ongeveer vijfhonderd agenten. Ik geef leiding aan vijftig daarvan en wil van jou graag de eenenvijftigste maken. Het heeft een groot aantal cruciale belangen, met als grote gemene deler de veiligheid van dit land. Ik heb mijn uniform wel uitgetrokken, maar ben mijn eed niet vergeten. Jij wel?'

'Wat wilt u dat ik doe?'

'Een werkneemster van jouw bedrijf is dood.'

'Sara Ewes, ja.'

'Je kende haar.'

'Klopt.'

'Weet je, er speelt iets bij Cowl and Comely, Devine, iets wat helemaal niet in orde is. We hebben geruchten gehoord, een paar aanwijzingen nagetrokken, maar geen echte vorderingen gemaakt. We hebben geen redenen om een doorzoeking te doen of mensen op te halen voor verhoor, en al helemaal geen redenen om federale officieren van justitie een *grand jury* te laten samenstellen. We hebben informatie nodig, Devine, heel veel informatie. We moeten uitzoeken wat daar verdomme gebeurt. Jij bent uitstekend geschikt om deze zaak te onderzoeken, omdat je daar al werkt. Dáárom ben je hier. Dáárom hebben we je in de gaten gehouden. Dáárom woon je nu in Mount Kisco en kom je elke dag langs Cowls huis. We willen Brad Cowl heel graag te pakken nemen en daar hebben we jouw hulp bij nodig.'

'Dus ik ben jullie infiltrant?'

'Het kan me niets schelen welk woord je gebruikt. Ik wil gewoon resultaten.'

'En als ik doe wat u vraagt en succes heb?'

'Dan heb je je missie volbracht. Dan zal ik je vragen om je land opnieuw te dienen als een lid van het Office of Special Projects.'

'Wanneer eindigt die "dienst"?' vroeg Devine.

Campbell keek naar de foto's van de dode mannen. 'Jij hebt ongeveer vijftig jaar te vroeg een einde gemaakt aan Hawkins' leven. Wat heb je ervoor over om de consequenties daarvan te ontlopen?'

'Als u daar alles van weet, zoals u beweert, dan begrijpt u misschien ook waarom ik dat heb gedaan. Ik heb geprobeerd de CID zover te krijgen de zaak opnieuw te onderzoeken. Ik heb mijn leidinggevenden ingeschakeld, maar liep tegen een muur op. Hawkins had hooggeplaatste vrienden en het leger zat niet te wachten op de slechte publiciteit als bekend werd dat een officier een andere officier had vermoord.'

'Dat begrijp ik heel goed. In jouw situatie had ik misschien precies hetzelfde gedaan, maar de wet maakt geen uitzondering. Ik geef je nu een kans om de straf te ontlopen die ieder ander in jouw situatie zou krijgen. Misschien denk je wel dat je het grootste geluk van de wereld hebt, vandaar dat ik het vergeleek met het winnen van de hoofdprijs van de loterij.' Hij zweeg even en vroeg toen: 'Dus, wat is je antwoord? Want ik moet het nu weten.'

'Ik kan niet garanderen dat ik ontdek wat u wilt weten, maar alleen beloven dat ik mijn best zal doen. Zal dat voldoende zijn?'

'Wanneer krijgt een soldaat ooit een medaille omdat hij heeft gepróbéérd een missie uit te voeren? Je voert hem uit of niet. Jij weet verdomd goed dat het Amerikaanse leger niemand een medaille geeft omdat hij ergens aan heeft meegewerkt, jongen.'

'Als Sara Ewes niet was vermoord, had u me dit aanbod dan niet gedaan, maar me gewoon gearresteerd?'

'Ik beantwoord geen zinloze vragen. Doe je mee of zal ik de CID-jongens roepen om hun ding te doen?'

Dat was geen echte keus.

'Ik doe mee,' zei Devine.

Campbell pakte een dossiermap uit een bureaulade. 'Uitstekend. Goed, dan nemen we alles door, zodat je precies weet wat we willen dat je doet.'

Devine leunde naar achteren, opnieuw als een echte soldaat, voor een briefing en zijn bevelen.

8

Devine werd thuis afgezet. Hij ging naar zijn kamer om Emerson Campbell te googelen en zag op het beeldscherm hetzelfde strenge gezicht.

Campbell had in Vietnam een peloton aangevoerd en in die lange, afschuwelijke oorlog een paar helse gevechten geleverd, waarvoor hij zo ongeveer alle bestaande onderscheidingen had gekregen. Hij was net als Devine een doorgewinterde Ranger. In de jaren daarna was hij betrokken geweest bij zo ongeveer elke gevechtssituatie van de Verenigde Staten, waaronder de Eerste en Tweede Golfoorlog. Als tweesterrengeneraal-majoor was hij commandant geweest van Fort Benning in Georgia, waar Devine zijn Ranger-status had verkregen, maar hun paden hadden elkaar daar nooit gekruist. Campbell had de naam keihard maar fair te zijn, een man die zijn soldaten boven alles stelde. Hij vond zijn troepen belangrijker dan een extra ster op zijn schouder. Opeens leek het alsof zijn carrière stilstond. In één artikel stond dat Campbell genadeloos eerlijk was geweest toen hij een keer door het Congres was ondervraagd en dat de legerleiding zoveel openhartigheid van een van zijn hoogste officieren niet had kunnen waarderen. Daarna had men hem kennelijk gedwongen met pensioen te gaan en was hij in de particuliere sector gaan werken. Een paar jaar later kreeg hij een civiele functie bij het Pentagon en verdween vervolgens van de radar.

Nou, zo te zien was de man terug op het slagveld.

Devine verwisselde zijn hardloopkleren voor een spijkerbroek, zware schoenen en een T-shirt met lange mouwen. Daarna pakte hij zijn motorhelm, ging naar beneden en verliet het huis via de achterdeur. In de garage stond Tapshaws donkergroene Mini Cooper. Zij was de enige met een auto en daarmee reed ze anderhalve kilometer naar haar werk. Speers ging net als Devine met de trein naar de city en Valentine verrichtte zijn bovenmenselijke hackingactiviteiten voornamelijk vanuit zijn kamer, of op de bank.

Naast de Mini stond Devines BMW. Deze motor was de enige uitspatting die hij zichzelf ooit had toegestaan. Hij had hem gekocht met geld dat hij had gespaard van zijn legersalaris.

Hij startte de motor en verdween in de nacht. Hij had een opdracht gekregen en als militair had hij het nooit prettig gevonden om tijd te laten verstrijken tussen een ontvangen opdracht en de uitvoering ervan. Het probleem was dat het dossier dat Campbell over Cowl and Comely had heel dun was, maar toch stond er zoveel in dat Devine kon begrijpen dat iemand als Campbell werd opgedragen uit te zoeken wat er aan de hand was.

En nu zit ik daar middenin. Het is erop of eronder.

Hij reed over bochtige wegen, sneller dan verstandig was in het donker, maar dat kon hem niet echt iets schelen. Hij had eindelijk weer een doel behalve geld verdienen voor Brad Cowl, een man die toch al veel te veel geld had.

Tien minuten later was hij bij Cowls privéterrein, waarvan hij het achterste deel elke ochtend vanuit de trein kon zien. Overal brandde licht, alsof er een filmpremière plaatsvond die iedereen mocht zien. Op het parkeerterrein van het paleis stonden peperdure auto's. Gietijzeren hekken hielden iedereen buiten die niet was uitgenodigd, zoals Devine. Hij zette zijn helm af en hield het hek in het oog.

De mensen die hij eerder vanuit de trein had gezien, druppelden nu naar buiten. Hij twijfelde er niet aan dat ze terug moesten naar hun ongelofelijke huizen om ongelofelijke dingen te doen voordat ze de volgende dag opstonden om door te gaan met ongelofelijk zijn. Maar misschien was hij gewoon ongelofelijk cynisch en jaloers.

Hij bleef kijken en opeens viel zijn blik op een bepaalde man. Dit was Bradley Cowl met zijn gespierde romp en dunne beentjes in eigen persoon. Hij gleed onhandig achter het stuur van een donkerblauwe Bugatti Chiron die waarschijnlijk meer kostte dan Devine in tien jaar verdiende, zelfs als hij een geweldige carrière zou opbouwen bij het bedrijf.

Cowl startte de motor, die evenveel lawaai maakte als een Boeing 777 voordat-ie opsteeg, zette hem in de versnelling en was twee seconden later al bij het dubbele hek dat als reactie op de bewegingssensor amper genoeg tijd had om open te gaan voordat het monster erdoorheen reed. Hij sloeg rechts af en reed naar het zuiden. Devine wist dat Cowl een penthouse had in het gebouw waar Devine elke dag zwoegde. Misschien ging hij daar vannacht naartoe en ruilde hij een paleis in de voorstad in zodat hij dichter bij de hemel kon slapen.

Devine zette zijn motor in de versnelling en scheurde achter de Bugatti aan.

Hij had nu een tweede baan: zijn land opnieuw dienen én uit de gevangenis blijven.

9

De Bugatti en de motor reden als twee synchroonzwemmers vanuit het noorden dwars door Manhattan. Er was weinig verkeer op dit tijdstip, zodat Devine de superauto moeiteloos kon volgen. Het verdomde ding leek wel te gloeien in het donker en zou de auto van de Dark Knight in de schaduw stellen.

Devine had Brad Cowl precies één keer ontmoet. Nou ja, niet echt ontmoet, maar dichter bij de man zou hij nooit komen. Dat was op de eerste officiële dag van Devines traineegroep geweest en ze waren persoonlijk verwelkomd door de leiding van het bedrijf en de 'grote man'. Ze hadden bij elkaar gezeten in een van de vergaderzalen waar constant enorme deals werden gesloten en gigantische bedragen van eigenaar wisselden. Devine kon het geld daar bijna ruiken.

De groep bestond uit vijfenveertig trainees die er allemaal piekfijn uitzagen. Ze waren serieus en gefocust, en dankbaar voor deze ongelofelijke en unieke kans bij een bedrijf van wereldklasse, blabla.

Toen kwam de man in hoogsteigen persoon binnen met zijn gevolg van acht identiek uitziende mensen in zakelijke kledij. De mannen met een puntig pochet en perfect geknoopte stropdas, en de enige vrouw in de groep in een zwart mantelpakje, zwarte panty en met zwarte pumps. Ze had ook een strak gezicht met een heleboel rimpels door het jarenlange zwoegen bij dit bedrijf, hoewel ze daarin niet verschilde van de mannen.

Cowls pochet leek kunstig gevouwen en zat in een onmogelijk rechte lijn met het borstzakje van zijn maatpak van twintigduizend dollar. Devine had dat bedrag niet hoeven raden, omdat Cowl hun had verteld dat de Italiaanse kleermaker hem dat in rekening had gebracht. Cowl had hem met zijn privévliegtuig laten ophalen uit Milaan om twintig van deze pakken te maken. En hij vertelde hun bovendien dat de getalenteerde Italiaan dezelfde prijs berekende aan Robert De Niro, George Clooney en Brad Pitt.

De scheiding in zijn haar leek met een laser gemaakt. Zijn tanden waren zo wit en recht dat Devine zichzelf erop betrapte dat hij met zijn tong langs zijn eigen gebit streek in een poging de restanten van zijn ontbijt te verwijderen. De schoenen leken op niets wat Devine ooit eerder had gezien en waren van het zachtste leer, Italiaans waarschijnlijk, hadden drie bandjes en waren zo glimmend gepoetst als alleen met een geoefende hand mogelijk was. Cowls grijze overhemd leek een tweede huid van vloeibaar chroom.

'Ik had niets toen ik begon,' zei Cowl meteen tegen de groep trainees. 'Ik heb alles wat jullie hier zien eigenhandig opgebouwd.'

Dat was waar, dat had de officiële bedrijfskrant tenminste altijd beweerd. Een hele rij van Cowls voorouders had enorme vermogens geërfd, maar zijn grootvader was kennelijk een slechte zakenman geweest en had de helft van zijn vermogen verloren. Cowls waardeloze vader had zijn erfenis erdoorheen gejaagd, met gokken of door slechte investeringen. Toen Brad Cowl aan de beurt was, was er vrijwel niets meer over. Maar hij had hard gewerkt en was summa cum laude afgestudeerd aan zijn Ivy League-universiteit. Daarna had hij in zo'n twintig jaar zijn eigen bedrijf opgebouwd dat nu even omvangrijk was als Goldman Sachs, JPMorgan en Merrill Lynch.

Niemand maakte veel woorden vuil aan de andere partner naar wie het bedrijf was vernoemd, Anne Comely. Ze was volgens zeggen in de zeventig en woonde voornamelijk in Palm Beach, of was het Palm Springs? Devine kende niemand die de vrouw ooit had gezien. Ze was nooit op kantoor geweest, tenminste, niet voor zover Devine wist. Het gerucht ging dat ze veel geld had geërfd, een teruggetrokken leven leidde en Cowl had voorzien van het beginkapitaal dat hij nodig had gehad om zijn imperium op te bouwen. Als beloning was het bedrijf ook naar haar vernoemd en kon ze zelfs nog meer geld aan haar toch al enorme vermogen toevoegen.

Hoe je het ook bekeek, Cowl was een van de belangrijkste figuren binnen het belangrijkste financieel centrum ter wereld.

'Vandaag zijn jullie met vijfenveertig man,' had Cowl gezegd, terwijl zijn blik door de zaal dwaalde en op slechts een enkeling bleef rusten. Devine had het gevoel dat hij zich aan een script hield en dat vooraf al was bepaald welke hielenlikkers het hogerop zouden schoppen. Hij zat daar niet bij.

'Slechts tien procent van jullie zal de volgende ronde halen. Zij krijgen de kans het volgende niveau te bereiken, wat gepaard zal gaan met een grote financiële en professionele beloning. De verliezers, nou ja...' Hij hoefde deze zin niet af te maken. Iedere aanwezige wist wat er gebeurde met losers; die werden door de wc gespoeld en gingen aan het werk bij bedrijven zonder arrogante miljardairs aan het roer.

Cowl bleef naar hen kijken. 'Ik zou jullie allemaal geluk willen wensen.' De arrogante grijns was terug. 'Maar ik kan jullie verzekeren dat geluk daar niets mee te maken heeft.' Even later sprong hij met een indrukwekkende manoeuvre op de tafel. Een toch al behoorlijk gespannen jonge vrouw die vlakbij zat, slaakte een gilletje en viel bijna van haar stoel. Devine nam aan dat zij niet bij de tien procent hoorde die het financiële mekka zou bereiken.

Cowl keek hen vanaf zijn hoge positie stuk voor stuk aan. 'Deze plek, deze omgeving, deze wereld, is niet afhankelijk van geluk, maar van hersens en talent en ambities. Je moet meer willen dan alle andere mannen.' Hij keek naar de zeven vrouwen in de groep: een zwarte, een bruine, twee Aziatische, drie witte – precies verdeeld volgens het diversiteitsprogramma van het bedrijf. *Maar de achtendertig mannen waren op één latino na allemaal wit – het bewijs van de diversiteit in de hogere regionen van de financiële wereld.* 'Neem me niet kwalijk, alle andere ménsen.'

De groep trainees applaudisseerde, waarop Cowl riep: 'Goed, waar wachten jullie op? Ga als de sodemieter aan het werk. En moge de besten winnen.'

Na dit bevel stonden ze als gehoorzame honden op en ze verlieten de zaal, terwijl Cowl hen vanaf zijn intimiderende hoogte nakeek.

De man lijkt te genieten van deze onzin, had Devine de hele tijd gedacht. En zijn mening was niet veranderd.

De Bugatti scheurde nog steeds voor hem uit, door Midtown, door Downtown en vervolgens rechtstreeks naar het Financial District. Daar reed hij de Exchange Place op, één blok ten zuiden van Wall Street, naar het gebouw waar Sara Ewes was gestorven. De auto reed de parkeergarage van Cowl and Comely in. Het raam van de Bugatti ging open, Cowl hield zijn telefoon voor de lezer en de garagedeur rolde omhoog. Nadat de peperdure auto van drie miljoen dollar naar binnen was gereden ging de deur weer dicht. De man had niet alleen zijn eigen parkeerplaats, maar ook zijn eigen privélift die rechtstreeks naar het penthouse ging. Devine wist dat, omdat Wanda Simms hem dat had verteld.

Devine stelde zich voor dat de man in zijn zilveren lift naar boven ging. Hij bleef kijken en zag dat het licht aanging, maar op de tweeënvijftigste verdieping. Devine zag dat doordat hij de verdiepingen vanaf de bovenste had geteld. Het penthouse was vier verdiepingen hoger.

Dus waarom was Cowl nu op de verdieping waar Sara Ewes was gestorven?

Even later zag hij iemand lopen die hij kende. Bij de hoofdingang van het Cowl Building haalde ze haar pasje door de lezer en ging naar binnen. Devine zag dat ze snel naar de liften liep. De nachtwaker zag hij niet. Misschien deed de man zijn ronde.

Dat was een interessante ontwikkeling. Devine parkeerde zijn motor, deed het slot op het voorwiel en liep naar het gebouw. Hij gebruikte zijn pasje om naar binnen te gaan en nam de lift naar de vierenveertigste verdieping, waar het kantoor was van de vrouw die hij had gezien. Hij zocht de verdieping af, maar ze was er niet. De enige verlichting die brandde was de securityverlichting.

Toen dacht hij aan het licht op de tweeënvijftigste verdieping, of de 'verdieping van de dood', zoals hij die nu noemde. Was Cowl daar misschien en had hij daar om een bepaalde reden met de vrouw afgesproken? Devine nam de lift naar die verdieping, keek toen de liftdeuren open waren naar links en rechts, zag niemand en stapte uit.

Deze verdieping werd zo te zien niet langer beschouwd als een actieve plaats delict. Devine nam aan dat Sara's ouders hier zo snel mogelijk vanuit het buitenland naartoe kwamen. Ze maakten die hele reis om naar hun dochter te kijken die op een plaat in het mortuarium lag.

Hij hoorde niets anders dan het weinige verkeer beneden op straat en af en toe een vliegtuig. Hij probeerde zich te herinneren waar het licht dat hij had gezien vandaan was gekomen. Hij liep een gang in en sloeg links af. En bleef staan.

Er was blauw-gele politietape gespannen voor de deur van de werkkast waarin Sara Ewes was gestorven.

Devine wilde het met eigen ogen zien. Dit hoorde niet exact bij wat Emerson Campbell hem had opgedragen, maar als er criminele dingen gebeurden binnen Cowls bedrijf, dan had Sara's dood daar misschien iets mee te maken. Dat kon hij tenminste nog niet uitsluiten.

Devine had veel om Sara Ewes gegeven. Hij wilde te weten komen waarom ze zelfmoord had gepleegd. Het bekijken van de plek waar ze haar laatste gekwelde ademteugen had uitgeblazen leek een goed begin.

10

Devine zag het kalkwitte vingerafdrukpoeder op het slot en probeerde de deurknop met de mouw over zijn hand om te draaien. De deur zwaaide open, maar binnen was het donker tot hij met zijn elleboog het lichtknopje indrukte.

Devine zag de stoel waar Sara waarschijnlijk op had gestaan en die nu op zijn kant lag, alsof hij ook dood was. Het touw dat ze had gebruikt, was er niet meer. Het plafondpaneel was niet teruggeplaatst en lag op de grond. Er zat poeder op, net als op de stoel. In gedachten zag hij Sara op de stoel staan, het touw om haar hals leggen en de stoel wegschoppen.

Hij vroeg zich af of Sara was gaan twijfelen, of ze spijt had gekregen van haar besluit en toen aan het touw om haar hals dat haar doodde had getrokken. Op welk moment had ze zich gerealiseerd dat dat tevergeefs was? Dat ze zou sterven? Had ze geroepen om hulp die nooit was gekomen? En was ze toen gewoon...? Hij sloot zijn ogen en schudde zijn hoofd, omdat dit beeld zo vreselijk was.

Ze was een prachtige, zorgzame vrouw geweest. Maar ja, iedereen had natuurlijk een duistere, onbekende kant waarvan niemand zich bewust was, zelfs goede vrienden en familieleden niet. *Daar ben ik zelf een duidelijk voorbeeld van.*

Hij keek om zich heen en zag dingen die je verwachtte in een werkkast: schoonmaakmiddelen, dozen, stofzuiger, dozen vol dossiers, stapels kopieerpapier, inktcartridges, een oud faxapparaat, kerstversiering, een whiteboard op een stander. Zij zou al deze dingen hebben gezien terwijl ze stierf. Dat leek niet... eerlijk. Met uitpuilende ogen naar kerstversieringen kijken in de wetenschap dat je de volgende kerst niet meer zult meemaken.

Hij deed het licht uit, verliet de werkkast en deed de deur weer dicht. Toen hoorde hij links in de gang een geluid. Hij begreep algauw wat hij zou ontdekken. Dat was niet moeilijk.

Gekreun en wellustige kreetjes.

Hij bleef staan, keek om zich heen en zag een deur met de noodzakelijke zichtlijn. Het kantoor in kwestie was in de hoek. Het licht daar was uit en hij begreep heel goed waarom. Je zou geen enkel risico nemen als je deed wat zij deden, zelfs niet met de luxaflex naar beneden. Hij ging naar binnen, zocht een plekje achter de deur die hij op een kier liet staan, zodat hij goed zicht had.

Na tien minuten hield het gekreun en gejammer op. Iemand mompelde iets, een vrouw, zo te horen. Misschien lovend, of opgelucht omdat het voorbij was.

Een minuut later ging het licht in het kantoor aan en trok iemand de deur open. Brad Cowl stapte naar buiten, streek zijn haar glad, stopte zijn extreem dure overhemd weer in zijn broek en gespte zijn riem van krokodillenleer dicht. Hij nam even de tijd om zijn gulp dicht te ritsen, wat hij deed op een manier alsof hij zijn pistool holsterde. Hij was bezweet en keek triomfantelijk.

Devine had zijn telefoon in de aanslag en maakte verschillende foto's van Cowl, maar ook van de vrouw die duidelijk zichtbaar was in het kantoor achter hem. Ze had haar hoofd opzijgedraaid en keek naar Cowl, zichtbaar verbaasd omdat hij haar zo abrupt achterliet. Zij was dezelfde vrouw die hij eerder het gebouw binnen had zien gaan. Maar nu was ze naakt en lag op haar rug op het bureau, nog steeds met haar benen gespreid. Cowl was kennelijk klaargekomen, had zich omgedraaid en was vertrokken.

Devine maakte nog drie foto's. Daarna zette hij de video aan en hield de camera omhoog. Hij vond het niet prettig om mensen te bespioneren, vooral niet op een moment als dit. Maar hij wist intuïtief dat wanneer hier inderdaad iets gebeurde wat gevolgen had voor de nationale veiligheid het weleens handig kon zijn dat hij deze stok had om Cowl mee te slaan.

De vrouw riep: 'Waar ga je verdomme naartoe, Brad?'

Cowl draaide zich om en zei: 'Het is morgen vroeg dag. Moet even slapen. En bedankt, schatje. Het was geweldig. Volgende week, zelfde tijd. Ik laat je nog weten waar. Geen idee wat me overkwam vanavond, ik weet alleen dat je me gek maakt doordat je zo hot bent.' Hij lachte.

Devine zag dat de vrouw niet lachte.

Cowl liep langs Devines schuilplaats, ongetwijfeld op weg naar de lift. Devine ging ervan uit dat de Bugatti die nacht niet meer zou worden gebruikt en dat Cowl naar bed ging, deze keer alleen en niet op een bureau.

Een paar minuten later verliet de vrouw het kantoor, maar nu gekleed.

Haar naam was Jennifer Stamos. Ze was achtentwintig en werkte al zes jaar bij Cowl. Ze had in dezelfde traineegroep gezeten als Sara Ewes. Dat wist Devine doordat ze in het personeelsbestand van Cowl stond, waar iedereen bij Cowl in kon kijken. Adressen stonden er niet bij, zoals in een oud telefoonboek, en ook geen andere persoonlijke informatie. Wat erin stond was puur zakelijk. Het werd – niet bepaald origineel – 'het Boek' genoemd. Daarin werd alles opgeslagen wat iemand bij Cowl had gepresteerd: elke deal, elke overwinning, elke mislukking en elke blunder. Cowl hield meer bij dan welk bedrijf ook. Iedereen had een numeriek en een alfabetisch niveau, en die gaven samen de rangorde aan die iemand binnen het bedrijf had. Iedereen kon het zien en om de druk nog meer op te voeren werd de score elke dag bijgewerkt.

Devine wist dat deze sublieme digitale piswedstrijd tot doel had de competitie zelfs nog heviger te maken. Als je wilde zien hoe ver je achterliep, of hoeveel voorsprong je had, hoefde je alleen maar in het Boek te kijken. Daarna rende je steeds harder om je achterstand weg te werken en de voorhoede in te halen. Of je rende steeds harder om je voorsprong nog groter te maken. Of je werkte je drie slagen in de rondte en liep toch een achterstand op en werd verdomd depressief. Het was wreed en onmenselijk, en dat was dus precies zoals het functioneerde in deze wereld.

Stamos, wist Devine van het Boek, was een goede tweede geweest van haar jaar. Nu was dat niet meer zo, want doordat Sara Ewes niet meer meedeed had Stamos de leiding overgenomen.

Ze was bloedmooi. Lang, donker steil haar tot op haar schouders. Olijfkleurige huid, volle lippen, prachtige trekken, groene ogen die Devine soms had zien stralen als ze uitgelaten was. Ze was aanwezig geweest bij verschillende mixers. Hij had haar zien dansen en grapjes maken en drinken; hij had zelfs gezien dat ze zo dom was geweest om een lijntje coke te doen in een verlaten vertrek, wat haar niet was bevallen. In haar vrije tijd droeg ze sexy en chique jurken, en was ze luchthartig en speels, waardoor ze kwetsbaar en benaderbaar leek. Dat, samen met haar buitengewone intelligentie en enorme zakelijke talent, was een sterke combinatie die Devine en vele anderen bij het bedrijf fascineerde.

Zo zag ze er nu helemaal niet uit. Ze leek van slag en somber. Haar haar zat in de war, haar blouse hing uit haar spijkerbroek en ze had haar hoge stiletto's waardoor ze van 1 meter 60 opeens 1 meter 70 had geleken, in de hand.

Devine wist dat Sara en Jennifer niet bevriend waren geweest. Daar was geen ruimte voor binnen dezelfde traineegroep en zelfs niet buiten zo'n groep. De vrouwen wisten dat het onwaarschijnlijk was dat ze allebei hogerop zouden komen bij Cowl, gewoon omdat het in deze arena niet zo werkte. Devine vroeg zich wel af of Stamos er een naar gevoel bij had dat ze in een kantoor seks had gehad met de hoogste baas op dezelfde dag als waarop haar belangrijkste concurrente was gestorven. Hij hoopte van wel.

Stamos ging naar het damestoilet, waar ze een paar minuten doorbracht. Toen ze naar buiten kwam liep Devine achter haar aan, maar hij wachtte tot de liftdeuren achter haar waren gesloten voordat hij zelf op de knop drukte om een andere lift op te roepen.

Stamos verliet het gebouw via de hoofdingang toen Devines lift op de begane grond aankwam. Hij knikte naar de bewaker, die weer achter zijn bureau zat.

De man keek nieuwsgierig naar hem. Daarna keek hij naar de vrouw die het pand net verliet, hij trok zijn wenkbrauwen op en er verscheen een begrijpende grijns op zijn gezicht.

Stamos was al buiten en keek op haar telefoon.

Devine dacht dat hij wel wist wat ze ging doen. Hij liep dus naar zijn motor, deed hem van het slot en zette zijn helm op.

De Uber verscheen drie minuten later en ze stapte in.

Devine reed achter de auto aan die haar afzette bij een bar in Greenwich Village die op deze vrijdagavond rond middernacht net tot leven kwam.

11

Ze stond helemaal aan het einde van de bar, die nat was van het bier. Het was druk, vooral met jonge mensen en een enkeling van boven de vijftig die tevergeefs probeerde zich aan te passen. Devine leek de enige die in de dertig was, maar misschien zag hij dat verkeerd. Bovendien leek hij ouder dan hij was; dat gebeurde als je dodelijke gevechten had geleverd.

Hij baande zich een weg tussen de bezwete, dronken en bijna dronken mensen door. Toen bleef hij staan en keek even om zich heen.

Naast Stamos stond een man met een halfvol glas bier voor zich. Hij wist niet of ze hier met elkaar hadden afgesproken, maar hij dacht het niet. Devine kon zich niet voorstellen dat je seks had met je baas en een paar minuten later met je vriendje afsprak om wat te drinken.

De man was ongeveer 1 meter 90, mager en een kleine 20 kilo lichter dan de meer gespierde en stevig gebouwde Devine. Hij was slungelig, soepel en lichtvoetig. Hij zag eruit alsof hij op college op redelijk niveau basketbal had gespeeld, of misschien lacrosse op hoog niveau. Hij was op een ouderwetse manier knap, maar aan zijn blonde haar te zien zou hij al rond zijn dertigste beginnen te kalen en rond zijn vijftigste op een grijze krans haar na helemaal kaal zijn. Hij had een knap gezicht en aristocratische trekken, dus noemde Devine hem in gedachten WASP – White Anglo-Saxon Protestant, oftewel burgerlijke, witte, traditionele Amerikaan.

Hij droeg een stijlvolle dure spijkerbroek en zijn witte overhemd, dat niet helemaal dichtgeknoopt was, kwam maar net tot aan zijn middel doordat hij zo lang was. Hij droeg mocassins die warm leken in de hete bar. Hij schoof dichter naar Stamos toe, die net iets te drinken had besteld en met haar blik op de houten bar gericht wachtte tot het werd gebracht.

Hij zal haar zo wel aanspreken.

Devine baande zich opnieuw een weg door de menigte en was net op tijd om te zien dat WASP Stamos' arm even aanraakte.

'Heb je hier nog niet eerder gezien,' zei hij.

Zonder hem aan te kijken zei ze: 'Toch ben ik hier al vaker geweest.'

'Nou, dan is het dom van me dat ik dat niet heb gezien. Hoe kan ik dat goedmaken?'

Stamos keek opzij en toen viel haar blik op Devine, die hoofdschuddend met zijn ogen rolde om deze armzalige flirtpoging.

WASP dacht dat de glimlach voor hem was. 'Aha, geweldig! Op die glimlach zat ik te wachten.'

'Hi Jenn,' zei Devine.

WASP draaide zich vliegensvlug om en keek hem aan. 'Hé vriend, laat ons met rust, wil je?'

'Nee dus. Want mijn vriendin en ik hebben afgesproken om hier iets te drinken.'

WASP keek Stamos aan. 'Is dat echt zo, of kletst hij uit zijn nek?'

Stamos leek geïntrigeerd door deze ontwikkeling. 'Het is waar.'

WASP geloofde er geen woord van en bleef haar aankijken. Daarna keek hij naar Devine, met die blik waarmee mannen elkaar proberen in te schatten: kan ik hem verrot slaan of niet? De blik waarmee jonge mannen naar elkaar keken, vooral als er drank en vrouwen in het spel waren.

Devine zei: 'Mijn vriendin heeft een zware dag achter de rug. Dus als je ons wilt verontschuldigen...'

WASP zag er niet uit alsof hij wie dan ook wilde verontschuldigen, en Devine al helemaal niet. Maar hij pakte zijn bier en ging een paar krukken verderop zitten, waar andere WASP's hem begroetten, even naar hem luisterden en toen naar Devine keken. Mannelijk testosteron, gedrag dat niets kon betekenen of een heleboel. Alleen de tijd zou het leren.

Devine keek naar hen, maar draaide zich om naar Stamos toen haar glas werd gebracht: gin-tonic met extra schijfjes citroen en olijven aan een prikkertje.

'Ik weet dat ik je op het werk heb gezien. Jij bent...' Met haar vingers pakte ze een olijf en beet hem doormidden. Schaapachtig voegde ze eraan toe: 'Sorry, maar ik kan het me niet herinneren.'

'Is ook nergens voor nodig. Travis Devine. Vierendertigste verdieping. De nieuwelingengroep. Probeer nog steeds het volgende niveau te bereiken.'

Ze verwerkte dit en likte de gin en het olijvensap van haar vingers. 'Waarom zei je dat ik een zware dag had gehad?' vroeg ze.

'Sara Ewes. Jullie zaten toch in dezelfde groep?' Hij raakte de telefoon in zijn zak even aan, met de foto's en video erop. Misschien kostbaarder dan alle aandelen van Apple en Amazon bij elkaar. Voor Devine tenminste.

'Ja. Ja, dat was afschuwelijk.' Ze keek naar zijn mouw. 'Daar zit iets.' Ze wees naar de witte sporen van het vingerafdrukpoeder.

Shit.

Hij klopte het poeder eraf en zag dat de witte deeltjes op de grond vielen.

'Wat doe jij hier?' vroeg ze.

'Iets drinken, net als jij.' Devine stak zijn hand op toen de vermoeide barkeeper naar hem keek. 'Blikje Sapporo. Bedankt.'

Ze nam een slokje. 'Kende je Sara goed?'

Devine zei: 'Niet heel goed. Ze was de liaison van onze groep. Zag net wat grappigs.'

'Wat dan?'

'Toen ik net langs kantoor liep zag ik Bradley Cowls Bugatti de parkeergarage in rijden. Die man lijkt nooit te slapen.'

Ze leek te schrikken toen ze Cowls naam hoorde, maar Devine keek bewust niet naar haar, maar naar het spiegelbeeld in de spiegel achter de bar. Dat was even veelzeggend.

'Waarom is dat grappig? Het is zijn bedrijf. En hij heeft daar een penthouse.'

'Dat weet ik, maar ik had niet verwacht dat hij daar juist vanavond naartoe zou gaan. Ik bedoel, nu Sara daar vandaag is gestorven.'

Stamos keek hem even onderzoekend aan. 'Denk je dat jij de selectie haalt?'

'Niet zeker. Maar jij zit gebeiteld. Zes jaar bij het bedrijf en in het Boek stond dat Sara de enige was met een hogere positie dan jij. Maar dat is nu dus verleden tijd.'

Devine had meteen spijt van zijn woorden. Als nieuweling bij het

Office of Special Projects liet hij hiermee zien hoe slecht hij was opgeleid om informatie van iemand te verkrijgen, in elk geval in deze situatie. In het Midden-Oosten had hij dat uitstekend gekund.

'Wat ben jij een klootzak!' riep Stamos.

WASP hoorde dat en keek op van zijn bier. Hij keek naar zijn vrienden en leek iets van plan te zijn. Ook dat zag Devine allemaal in de spiegel. De lichaamstaal van de man was gemakkelijk te lezen: hij vroeg zich af of hij een poging zou wagen Devine te verslaan.

'Zo bedoelde ik het niet, maar zo werkt het nu eenmaal bij Cowl,' zei Devine om haar te sussen. 'Dat weet jij net zo goed als ik.' Zijn bier werd gebracht en hij nam een grote slok. Dat was heerlijk in de toenemende warmte in de bar.

'Dat betekent niet dat ik dat prettig moet vinden,' zei ze pruilend.

'Nee, dat is waar.'

Devine dacht snel na. Hij maakte weinig vorderingen en daar moest verandering in komen, want Campbell leek hem niet iemand die veel geduld bezat. Hij overwoog verschillende manieren om Stamos uit te horen, maar elke manier had obstakels. Daarom besloot hij, zoals de militair die hij ooit was geweest, niet langer om de hete brij heen te draaien en in de aanval te gaan. 'Terug naar Sara. Kende jij haar goed?'

Het antwoord op deze vraag leek moeilijker dan het had moeten zijn voor Stamos. 'Nee, niet echt.' Ze ontweek zijn blik toen ze dit zei.

Hij besloot de inzet te verhogen. 'Had je het idee dat ze zelfmoord zou plegen?'

Deze vraag leek Stamos zelfs nog meer te verontrusten. Haar ogen werden groot en haar lichaam verstijfde. Maar ze herstelde snel en schudde haar hoofd, terwijl ze zonder geluid te maken 'nee' zei.

'Geen waarschuwingssignalen dus? Geen geruchten binnen het bedrijf?' drong hij aan.

'Zo vaak zag ik haar niet. Ze... was met andere dingen bezig.'

'Kreeg je een mail over dat ze dood was?'

'Wat?'

'Een mail met bijzonderheden over Sara's zelfmoord?'

'Nee. Bedoel je van het bedrijf?'

'Ik weet het niet.'

Misschien is die mail alleen naar mij gestuurd. Maar waarom?

'Wanda Simms vertelde me dat Cowl haar mentor was. Wist je dat?'

Ze werd rood en haar blik werd ingetogen. Ze keek naar haar glas alsof ze erin wilde springen en naar een volkomen andere wereld wilde zwemmen. 'Hij is de mentor van heel veel mensen.'

'Ook van jou?'

Ze keek hem zo wantrouwig aan dat Devine wist dat hij het had verkloot. Ze zei: 'Die vraag hoef ik niet te beantwoorden. Ik hoef niet eens met je te praten.'

Hij voelde een hand op zijn schouder. Toen hij achteromkeek, zag hij WASP met twee van zijn drinkmaatjes staan. De twee anderen waren ruim 1 meter 90 en hadden een atletisch lichaam.

'Valt hij je lastig?' vroeg WASP.

Stamos keek Devine met opgetrokken wenkbrauwen aan, alsof ze wilde zeggen: 'Zal ik je opofferen of niet? Jij mag het zeggen. Dan moet je nu beginnen te smeken.'

Maar dat verdomde hij.

Ze vertrok haar mooie gezicht tot een lelijke grimas toen ze zijn ondoorgrondelijke, halsstarrige blik zag. 'Ja. Kunnen jullie daar iets aan doen?' vroeg ze, zonder haar blik van Devine af te wenden.

'Verdomme, natuurlijk kunnen we dat. Kom mee, vriend. Om de hoek is een plekje waar ze het afval neerzetten. Daar gaan we naartoe om de zaak te regelen.'

'Of onze wegen kunnen zich scheiden, zonder dat iemand gewond raakt,' zei Devine, terwijl hij aanstalten maakte om op te staan.

Maar WASP pakte zijn schouder steviger vast. 'Dacht ik al, zodra ik je zag. Je bent een lafbek! Maar als je ertussenuit wilt knijpen, ga je je gang maar.'

'Daag me niet uit, vriend,' zei Devine.

Stamos bemoeide zich ermee: 'Hé jongens, rustig aan. Laat hem met rust.'

WASP negeerde haar en zei luider: 'Ik weet wat. We laten deze schijtlijster lopen als hij deze bar met de staart tussen de benen verlaat.' Hij duwde Devine weg. 'Toe maar, ga weg voordat je gewond raakt.'

Devine legde geld op de bar voor zijn bier, dronk het met twee grote slokken op, verfrommelde het lege blikje met zijn hand, keek

WASP aan en zei zacht maar dreigend: 'Ik ga nu weg, maar je moet weten dat je geluk hebt. Heel veel geluk, stomkop.' Daarna baande hij zich tussen de mensenmassa door een weg naar buiten.

En toen deden de drie mannen iets ongelofelijk stoms.

Ze volgden hem.

12

Devine sloeg de hoek om en kwam bij een smalle steeg tussen twee gebouwen waar een afvalcontainer en een rij afvalbakken stonden. Dit moest de plek zijn waar die klojo het over had gehad. Verder was er alleen een bakstenen muur.

Hij keek achterom en zag dat WASP en zijn twee makkers snel naar hem toe kwamen.

Oké, daar gaan we dan.

Devine stapte de steeg in, zodat niemand hem dankzij die bakstenen muur van achteren kon besluipen, en draaide zich om toen de drie mannen bij hem waren.

Ze bleven naast elkaar staan, alsof ze wilden voorkomen dat hij ontsnapte. Het konden Irakezen of Afghanen zijn, taliban of Al Qaida of ISIS. Het was moeilijk geweest om het verschil te zien, want de woestijnbewoners waren allemaal lang, een en al botten en spieren, en ze mompelden dingen in een taal die hij uiteindelijk wel had begrepen, maar nooit had leren spreken. De blik in hun ogen was altijd dezelfde geweest: getikt, fanatiek, maar ook gesloten, slim. Als je die klootzakken onderschatte, belandde je in een kist met een vlag erop.

WASP stond iets voor zijn makkers, maar hij werd een beetje nerveus doordat Devine helemaal niet nerveus leek. Hij wees naar de man links van hem. 'Rick was verdediger bij Cornell.' Hij wees met een duim naar de andere man. 'En Doug was kampioen zwaargewicht in Iowa. En ik was All-American in lacrosse op Princeton.'

Devine verspilde geen adem aan deze prietpraat, want meer dan dat was het niet. Je had mannen die een woordenstrijd wonnen en mannen die hun mond hielden en je gewoon bewusteloos sloegen.

Toen de mannen naar voren stapten, stapte Devine ook naar voren. Ze waren als twee treinen op hetzelfde spoor, dus was de botsing onvermijdelijk.

Zijn aandacht werd even afgeleid toen hij zag dat Stamos om de hoek keek, met grote ogen en een gespannen blik. Dit ging veel verder dan haar bedoeling was geweest, dat zag hij aan haar nerveuze blik. Ze vroeg zich af hoe ze de zaak kon de-escaleren en keek hem smekend aan.

Dat deed hem meer dan hij had verwacht. 'Oké, laatste kans, mannen,' zei hij. 'Wegwezen, anders kan ik jullie garanderen dat dit niet goed afloopt, voor geen van jullie.'

'Eén tegen drie, en wij zijn allemaal groter dan jij bent,' zei WASP. 'Wat denk je wel?'

'Ik was militair, een Ranger. Gewoon ter informatie.'

'Verdomd als het niet waar is,' zei Rick. 'Ik kan iedere verdomde Ranger verslaan.'

Oké, dat had hij dus niet moeten zeggen. Dat was helemaal fout.

WASP stormde naar voren, met geheven vuisten, veel te hoog.

Devine gaf hem een felle stomp in zijn maag, waardoor de man dubbelklapte. De stomp werd gevolgd door een volledig uitgestrekte kick van Devine tegen het naar beneden gerichte gezicht van zijn tegenstander. Door de kracht vloog WASP door de lucht en de ruwe profielzool van Devines motorlaars had zijn knappe gezicht gehavend. Vervolgens pakte Devine hem bij de voorkant van zijn overhemd vast en smeet hem tegen de container. WASP klapte tegen de metalen zijkant en gleed bewusteloos op het asfalt.

Doug de Worstelaar brulde en stompte twee keer tegen Devines hoofd. Het waren verdomd harde stoten, maar meer ook niet. Devine voelde wat bloed op zijn huid en in zijn mond en een beetje snot op zijn gezicht, maar zijn hoofd was nog helder. De man probeerde Devines armen tegen zijn zij te klemmen, maar Devine verbrak die greep door de bovenkant van zijn hoofd tegen Dougs kin te rammen en zijn duim in Dougs ene oog te steken. Hij haakte zijn voet achter Dougs enkel en ramde keihard met zijn elleboog in Dougs schuine buikspier. De man wankelde moeizaam ademend achteruit, terwijl het bloed uit zijn kin en mond stroomde. Devine draaide om zijn as en stond na een vloeiende beweging – zoals hij al duizend keer in man-tegen-mangevechten had gedaan maar ook tijdens serieuze gevechten – achter de veel grotere man. Na een loeiharde elleboogstomp tegen de linkernier en een keiharde vuist tegen de rechter zakte Doug op zijn knieën.

Hij jammerde van de pijn, omdat dat deel van het lichaam onbeschermd en supergevoelig was, en dus het perfecte doelwit.

Devine zette zijn linkervoet stevig op de grond als zijn steunpunt. Dougs hoofd lag als een bal voor een gretige jonge honkballer die een homerun wil slaan. Hij haalde hard en snel uit met een stevige *roundhouse kick* tegen de linkerkant van Dougs hoofd. Het hoofd klapte tegen de rechterschouder en zijn ogen rolden weg toen hij het bewustzijn verloor. Een moment later lag hij naast WASP op de grond voor een lange slaap en een pijnlijk ontwaken. Alles bij elkaar had dit maar een paar seconden geduurd.

Rick greep Devine van achteren vast, tilde hem op en smeet hem met het gezicht naar voren naar de bakstenen muur. Devine klapte er keihard en pijnlijk tegenaan. Zijn schouder deed pijn en zijn gezicht bloedde en zwol meteen op door de klap tegen de ruwe bakstenen. Daarna duwde Rick zijn lichaam tegen hem aan, waardoor Devine nog een centimeter verder in de stenen muur werd geduwd en de huid onder zijn ogen scheurde. Vervolgens deelde Rick drie harde stompen uit tegen Devines rug. Dat was een stomme zet, want stompen tegen het hoofd waren effectiever geweest, vooral als je tegenstander tegen een stenen muur stond die geen centimeter meegaf. Dat zou Devine hebben gedaan. Je kon niet terugvechten als je bewusteloos was.

Rick stapte achteruit om zijn werk te bewonderen. Maar als hij dacht dat zijn tegenstander uitgeschakeld was, vergiste hij zich deerlijk. Dat was misschien wel zo bij *college football*, maar niet in Devines wereld. De arme Rick zou al snel de consequenties van zijn verkeerde inschatting ondervinden.

Devine zette zich af van de muur en gebruikte dat momentum om als een boemerang tegen de man aan te klappen. Met één hand pakte Devine de man bij de keel, terwijl hij met de andere hand twee uppercuts in Ricks middenrif uitdeelde. Daarna ramde hij keihard tegen zijn schuine buikspier. En toen nog een keer. Rick kreunde en wankelde achteruit, terwijl Devine zijn keel nog steeds vasthad. In een gevecht, met een gekarteld Ranger-mes in de hand, zou Devine hem in zijn buik hebben gestoken, het mes eerst omhoog en daarna van links naar rechts getrokken om de ingewanden en de aorta te raken; dan was het gevecht voorbij geweest.

Devine keek nog een keer naar Stamos, die doodsbang en verbijsterd stond te kijken. Daarop liet Devine Ricks nek los en duwde hem met geweld tegen de muur, waar hij in elkaar zakte met zijn handen tegen zijn maag en keel gedrukt. Devine had nog nooit een gevecht niet afgemaakt en in dit geval twijfelde hij. Misschien werd hij zachtaardiger nu hij begin dertig was.

Nog steeds met zijn blik op Stamos gericht draaide Devine zich om en liep naar haar toe.

'Pas op!' gilde ze.

Hij draaide om zijn as en hief zijn arm, waarmee hij het deksel van de afvalbak dat Rick naar hem toe had gegooid tegenhield. Dat deed verdomd veel pijn, maar hij had niets gebroken en alleen het dunne metaal bijna dubbel gebogen. Als dat deksel zijn hoofd had geraakt, was dat een volkomen ander verhaal geweest. Devine plantte een vuist in Ricks borstkas vlak bij het hart, wat verdomd veel pijn deed. Daarna sprong Devine naar voren en ramde de bovenkant van zijn hoofd tegen Ricks kin. Ricks ondergebit werd tegen zijn bovengebit geramd en het bloed spoot uit zijn tandvlees. Rick gilde en zakte snikkend in elkaar, met zijn handen tegen zijn pijnlijke mond gedrukt.

Devine keek naar Stamos, die verbijsterd naar dit bloedbad stond te kijken. Hij liep naar haar toe, maar ze deinsde angstig achteruit.

Met zijn mouw veegde hij het bloed en het snot van zijn gezicht. 'Bedankt voor de waarschuwing. En bel een ambulance voor die mannen.' Hij zweeg even en zei toen: 'Ik zie je wel weer op kantoor... schatje.'

Hij liep door naar zijn motor, zette zijn helm op, startte en scheurde langs de steeg waar zij nog steeds voor stond en waar drie grote en teleurgestelde jongemannen tussen het afval van de stad op de grond lagen.

13

Devine sliep een paar uur met een ijskompres om zijn arm, eentje op zijn schouder en een derde op zijn gezicht, en hij had zalf op de sneden en schaafwonden gesmeerd.

Hij stond op, trok zijn sportkleren aan, rende naar het footballveld van de highschool achter zijn wijk en begon aan zijn dagelijkse work-out.

Op het veld lag de tractorband die de footballers gebruikten om de stuwkracht van hun armen en benen te vergroten. Devine gooide hem neer op de ene kant, draaide zich om en gooide hem terug op de andere kant, net zo lang tot hij drijfnat was van het zweet. Met elke salto kreeg hij een nieuw idee over Sara Ewes en haar dood, en over Cowl and Comely.

Daarna liep hij naar de gewone autobanden, die hij als een discus weggooide om zijn schuine buikspieren te versterken, en dacht ondertussen aan zijn nieuwe baan voor Emerson Campbell. Vervolgens rende hij de trappen van de tribune op en af tot hij nog meer zweette. Aan een metalen stang deed hij pull-ups en chin-ups; honderd van elk. Twintig achter elkaar, gevolgd door twintig seconden rust. Tweehonderd push-ups, vijftig per keer. Met elke herhaling zag hij in gedachten Sara aan dat touw hangen.

Daarna volgden ab crunches, zowel plat op zijn rug en daarna hangend aan de stang. Squats, *lunges*, *army crawls*, *high-kickers*. Vervolgens plyometric jumps op en af houten kisten van verschillende hoogte die de school daar voor de sportteams had liggen. Gevolgd door burpees, waarbij hij steeds opnieuw aan de vechtpartij in de steeg dacht. Zijn wonden protesteerden luid tegen de work-out, waardoor hij zich zelfs nog meer afbeulde. Als het moeilijk werd, vroeg je nóg meer van jezelf. Zo ging dat in het leger.

Sprints over het veld, op de terugweg achterwaarts. Elke keer sneller, om de frustratie over de nare wending die zijn leven had genomen.

Luitenant Roy Blankenship en kapitein Kenneth Hawkins. Namen die hij jarenlang elke dag had gehoord, en toen niet meer. Beide mannen waren dood. Beiden gewelddadig om het leven gekomen. Eén met zijn hulp.

Hoe vaak had hij die gezichten in zijn slaap gezien? Het was altijd hetzelfde. Ze keken hem aan, wachtten tot hij iets zei. Tegen Blankenship misschien dat hij zijn dood zou wreken. Tegen Hawkins misschien boze woorden, om zijn woede te ontladen. Maar Devine zei nooit iets. Geen woord, terwijl de twee doden mannen hem aankeken.

Hij rondde zijn work-out af met een serie isometrische oefeningen. Hij hield de houdingen vast tot zijn lichaam heftig schokte door de inspanning die het kostte om gewoon stil te staan.

Hij ging hardlopend terug naar huis, en op de terugweg deed hij zijn coolingdown en rekoefeningen. Hij douchte, schoor zich, kleedde zich aan en verliet zijn kamer. Valentine lag op de bank te slapen; hij had zijn kamer de vorige avond dus niet gehaald. Toetsen van een toetsenbord indrukken was kennelijk een vermoeiende bezigheid. Devine had Tapshaw zacht horen snurken; zij droomde waarschijnlijk over nieuwe deals en gelukkige stellen dankzij het Hummingbird-imperium dat zij had opgezet.

Hij had licht zien branden in Helen Speers' kamer. Zij was ongetwijfeld aan het studeren. Ze had de drive, dat was zeker. Dat ze zwart én vrouw was, waren al twee minpunten, wist Devine. Zo was dat in elk geval in het leger geweest.

Heel veel van zijn kameraden waren erop tegen dat er vrouwen in het leger zaten. In het openbaar zeiden de mannen natuurlijk alle juiste dingen om hun promotiekansen niet in gevaar te brengen, maar als ze onder elkaar waren zeiden ze heel andere dingen. Dit patroon van vrouwenhaat bestond niet alleen onder de gewone soldaten, maar ook bij de hoogste legerleiding. En de zielige dingen die deze mannen deden om die vrouwen te naaien waren ongelofelijk wreed. Niets was erger voor een vrouwelijke soldaat dan de wetenschap dat de man in uniform naast haar haar niet zou dekken en – nóg beledigender – niet eens wilde dat ze daar was, vond dat ze niet goed genoeg was. Terwijl al die vrouwen alleen hun werk wilden doen en hun land wilden dienen. Misschien zou Devine ook wel op die vrouwen hebben neergekeken als een vrouw in uniform die nog maar net in dienst was vlak bij Kandahar zijn leven niet had gered, waardoor ze ook nog eens een hand verloor. De soldaat heette Alice.

Devine liep naar het station en stapte in de trein. Nog één werkdag tot zijn enige vrije dag.

Devine zat alleen in de coupé, tot een vrouw in een trainingspak en met een grote canvas tas vier haltes verderop instapte. Ze keek naar zijn gehavende gezicht en ging zo ver mogelijk bij hem vandaan zitten.

Toen ze bij Brad Cowls paleis waren, was de trein amper voor een kwart gevuld. Alle anderen, behalve de vrouw in het trainingspak, waren net zo gekleed als hij. Maar het was zaterdag en er zouden steeds minder mensen instappen. Niet elk bedrijf in New York werkte op de Wall Street-manier. Sommige mensen waren twéé van de zeven dagen vrij.

Devine strekte zijn arm en schouder, raakte zijn gewonde gezicht aan en werd een beetje gespannen toen de trein langzamer ging rijden. Daar was het. Het zwembad, de achtertuin waar de lichtjes nog steeds hingen en brandden. Het personeel was kennelijk vergeten de stekker uit het stopcontact te halen. Cowl zou de kosten waarschijnlijk inhouden op hun loon.

Devine had Cowls landgoed gegoogeld. Het paleis zelf was 2.500 vierkante meter groot, had twaalf slaapkamers, zeventien badkamers en twee keukens. Verder waren er personeelsverblijven in een apart pand, een groot gastenverblijf voor het geval de twaalf slaapkamers niet genoeg waren, en het enorme zwembad. Dit alles stond op een fraai aangelegd privéterrein van vier hectare. Op internet stonden geen foto's van het interieur, waaruit Devine had geconcludeerd dat Cowl het zelf had laten bouwen en het dus nooit te koop had gestaan. De waarde voor de fiscus was nog niet de helft van wat het zou kosten om het te kopen of te herbouwen.

De bikiniprinses was er vandaag niet, zag hij.

Op dat moment versnelde de trein en veranderde het landschap.

Devine pakte zijn telefoon en bekeek de foto's van Cowl en Stamos. Daarna keek hij naar de video, maar het geluid stond uit. Hij had de telefoon op zijn schoot en zat voorovergebogen, zodat niemand om hem heen het scherm kon zien.

Toch knaagde er iets aan hem. Alsof hij iets heel stoms had gedaan.

Hij keek naar buiten, terwijl de trein verder reed en hem bracht naar de plaats waar hij moest zijn maar niet wilde zijn. Helaas voor Devine waren dat precies dezelfde plaatsen.

14

Devine zat in zijn hokje met zijn twee enorme Mac-schermen. Het enige geluid was de ergens toch wel irritante intense stilte, die alleen werd verstoord door de snelle ademhaling van de hoogintelligente en bijzonder gemotiveerde mensen om hem heen. Hij vond het een vernederende ervaring dat hij was omringd door zoveel intelligentie en de drive om te slagen. Het hielp ook niet dat Devines arm pijn deed, net als zijn schouder waarmee hij tegen de bakstenen muur was geklapt. En zijn rug, waar Rick hem had geslagen. Maar ach, pijn was toch niet belangrijk? Je leven was belangrijk, daar moest je mee dealen. Hij kon er niets aan doen, alleen pijnstillers slikken.

Het was niemand opgevallen dat zijn gezicht gehavend was en hij zijn arm en schouder zo min mogelijk bewoog, want niemand had de moeite genomen naar hem te kijken toen ze binnenkwamen. Dat deden ze expres niet, omdat hij bijna altijd als eerste op het werk was en ze daar enorm van baalden. Dus negeerden ze de vroege indringer, waarna ze hem vermorzelden met hun eigen fanatieke werklust. Allemaal om te bereiken dat Brad Cowl zelfs nog meer geld zou bezitten dan hij al had. Maar ach, iemand met twee privévliegtuigen en twee jachten kon best nog een van elk gebruiken.

Hij had Stamos nog niet gezien, maar dat had hij ook niet verwacht, want ze werkten niet op dezelfde verdieping. Maar hij had haar zakelijke mailadres en hij vroeg zich af of hij haar een berichtje zou sturen. Alleen wist hij niet goed wat hij moest zeggen. Dus besloot hij het voorlopig niet te doen.

Devine had het nieuws gescand, maar niets gezien over drie jonge mannen in een steeg die verrot waren geslagen. Misschien hadden WASP en zijn vrienden de politie gebeld en een verhaal opgehangen over dat hij hen onder bedreiging van een vuurwapen had beroofd of zo. Alleen wisten ze niet wie hij was, tenzij Stamos was blijven wachten en het hun had verteld.

Hij maakte berekeningen en stelde rapporten op die hij verstuurde naar andere onderdelen van het Cowl-universum, zodat andere mensen ze konden natrekken en terugsturen, terwijl ze hem heel duidelijk lieten weten dat hij een grote sukkel was en beter werk moest afleveren als hij echt met de grote jongens wilde spelen. En deze salvo's zouden voor zijn gevoel eindeloos heen en weer worden gestuurd tot de deal was afgerond, de markt was gesloten, de deal was afgeblazen, een belangrijk iemand bang werd en alles opnieuw wilde doen of er een beter aanbod binnenkwam.

Maar ach, het is mijn geld niet.

Hij keek op zijn horloge. Eén uur. Op de derde verdieping was een eetzaal met uitstekend eten. Er was van alles, van tofu, vegetarische hamburgers, sushi en elke soort couscous die je maar kon bedenken, tot en met gegrilde vis en allerlei soorten pasta, maar ook vegetarische, veganistische en pescotarische hapjes, vlees voor carnivoren en heerlijke toetjes, allemaal gratis, terwijl koks en bedienden klaarstonden om je te bedienen. Toch ging geen enkele Burner daar ooit naartoe. Ten eerste omdat ze bang waren om hun stoel te verlaten en ten tweede omdat ze nóg banger waren dat de een of andere hoge piet hen op de derde verdieping zou zien in een ruimte die was bedoeld om te eten, dus om daadwerkelijk eten in je mond te stoppen.

Bijna iedereen nam zijn lunch mee en at aan zijn bureau, met als gevolg broodkruimels in hun toetsenbord en vieze vegen op hun beeldscherm. Dat kon rampzalige gevolgen hebben als een vlekje een decimale punt onzichtbaar maakte, of een dollarteken veranderde in het teken van de euro of het pond sterling. Toch vonden ze dat kennelijk minder griezelig dan naar de eetzaal gaan en het risico nemen de top niet te halen gewoon omdat ze honger hadden. Dat was goed nieuws voor de mensen die geen trainee meer waren, want daardoor hadden zij al dat eten voor zichzelf.

Vóór gisteren had Devine het niet in zijn hoofd gehaald om daar te gaan eten. Maar door de gebeurtenissen van die dag was zo ongeveer alles voor hem veranderd. Hij moest zich gedragen als een verkenner en belangrijke dingen ontdekken. Dat kon een verkenner alleen doen als hij in beweging bleef en naar plaatsen ging waar anderen nooit naartoe gingen.

Devine stond op en riep: 'Iemand zin om mee te gaan naar de derde verdieping om een hapje te eten?'

Ze keken hem allemaal aan alsof ze dachten dat hij gek was geworden en daarna keken ze elkaar aan om te zien of iemand misschien dacht dat hij een grapje maakte. Toen pas zagen ze zijn gewonde gezicht. Verschillende mannen en vrouwen verstijfden; ze dachten misschien dat hij een auto-ongeluk had gehad en nu hallucineerde.

Omdat niemand mee wilde verliet Devine de zaal en liep naar de lift.

Ik ga lekker eten, terwijl jullie de restanten van je chocoladereep en je kaascrackertjes over de NASDAQ-futures smeren.

Devine ging met de lift naar de derde verdieping, sloeg links af en liep de eetzaal binnen die verrassend veel leek op het Ritz, of het Plaza, of waar iedereen tegenwoordig maar gezien wilde worden. Hij wist dat niet, omdat dat zijn wereld nu eenmaal niet was. Hij was slechts een arbeider in dienst van een feodale heer.

Met zijn volle bord en een glas mineraalwater liep hij naar een lege tafel. Hij merkte wel dat hij werd aangestaard. Devine wist dat hij de enige Burner was. De meesten hadden pas na vier jaar genoeg moed verzameld om hier te eten als ze niet in gezelschap waren van een meerdere. *Wat een achterlijke wereld.*

Hij ging met zijn rug tegen de muur zitten en zag opeens dat niemand minder dan Brad Cowl en een deel van zijn entourage hier waren. De baas droeg een chic pak met wit overhemd, maar geen stropdas. *Waarschijnlijk omdat het eigenlijk weekend is.* Cowl zei iets waarop iedereen aan zijn tafel lachte alsof het hilarisch was wat hij had gezegd. Zijn publiek wilde duidelijk bij zijn kring van vertrouwelingen blijven horen en dat betekende dat je hard moest lachen om de stomme grapjes van de grote baas.

Cowls blik dwaalde door de zaal en hij zwaaide, knikte, glimlachte, fronste, keek ernstig, maar daarna lachte en zwaaide hij weer. Het was alsof hij wilde zeggen: 'Hallo allemaal, jullie koning is hier op een zaterdag in de zomer in plaats van me op mijn jacht te ontspannen of bij mijn countryclub te golfen... of op een goedkoop bureau mijn werkneemster te neuken, terwijl ik een knappere vrouw heb die naakt in mijn zwembad met olympische afmetingen duikt.'

En toen vond Cowls röntgenblik Devine. En zijn blik werd ondoorgrondelijk en bleef rusten op Devine, één, twee, drie seconden. Hij keek naar Devines wonden en toen naar de man zelf. Zijn blik was onderzoekend, nadenkend, kroop naar ongeopende ingangen die Devine misschien onbewust kende, als nooduitgangen in een brandwerende muur. Cowl had een enorm imperium opgebouwd. Dat kon alleen als je slim en meedogenloos was, meer meedogenloos dan slim eigenlijk, omdat je moest pakken wat iemand anders had terwijl het je niets kon schelen of de ander daardoor financieel aan de grond raakte.

Toen dwaalde Cowls blik verder, terwijl hij lachte, fronste, glimlachte, zwaaide en zelfs speels een man aan het lachen maakte. Maar hij keek niet meer naar Devine. En Devine vroeg zich twee dingen af: waarom Cowls blik op hem was blijven rusten en wat hier het gevolg van zou zijn. Of misschien had Cowl dwars door hem heen gekeken terwijl hij nadacht over een probleem op de Japanse obligatiemarkt, of over een belastingaudit die niet ging zoals het moest, of over de vraag of de blonde prinses zou ontdekken dat hij neukte met jonge, aantrekkelijke bollebozen op de tweeënvijftigste verdieping.

Maar nee, Devine had genoeg klootzakken gezien om te weten dat Cowl naar hém had gekeken en hém had gezien. En daar was een goede reden voor.

Op dat moment wist hij wat hij fout had gedaan, wat hem op de heenweg dwars had gezeten.

Schatje. Zo had hij Stamos genoemd.

Hetzelfde woord dat Cowl had gebruikt nadat hij haar amper een halfuur eerder had geneukt. Een spontane inval van Devine, uit bravoure. En oliedom, zoals bravoure bijna altijd was.

Stamos had het allemaal aan Cowl verteld en Cowl, de slimme en paranoïde klootzak, had een en een bij elkaar opgeteld en was tot de conclusie gekomen dat Devine de vorige nacht dingen had gezien die hij niet had mogen zien.

Vandaar die blik. En in die blik had Devine gelezen dat de man had besloten in actie te komen.

Devine haalde dus een tweede portie, want dit kon weleens zijn laatste goede maaltijd zijn.

Generaal-majoor buiten dienst Campbell moest waarschijnlijk op zoek naar een nieuwe spion.

15

'Travis?'

Devine had het kantoorgebouw net verlaten toen hij werd aangesproken. Hij keek naar links en zag Jennifer Stamos staan. 'Ja?'

Ze liep naar hem toe. Ze was informeler gekleed dan hij. Nieuwelingen die probeerden niet ten onder te gaan hadden geen enkele speelruimte wat hun professionele verschijning betrof. Nou ja, zo informeel was haar informele kleding nu ook weer niet. Zwart jasje, zwarte rok, witte blouse met een amper zichtbaar decolleté. Geen panty, vanwege de hitte, zodat haar gladde huid zichtbaar was. Praktische lage pumps in plaats van de stiletto's van de vorige avond. 'Over wat er gisteravond is gebeurd...' Ze keek naar de wonden op zijn gezicht, maar zei er niets over.

Hij wist niet welke 'wat er gisteravond is gebeurd' ze bedoelde, dus zweeg hij. Je leerde meer door te luisteren, en door minder te zeggen was er minder om spijt van te hebben. Hij had al één fout gemaakt met betrekking tot die gebeurtenis. Hij keek haar met een nietszeggende blik aan.

'Die vechtpartij...'

'Wat is daarmee?'

'Hoe is het mogelijk dat je die mannen zo kon toetakelen? Ze waren allemaal groter dan jij.'

'Ik heb in het leger gezeten. Daar leren ze je hoe je moet vechten.'

'O ja, dat vertelde je ze. Een Ranger.'

'Die mannen wilden me te pakken nemen, maar wisten niet hoe ze iemand echt pijn moeten doen. Ik wel. En dat heb ik gisteravond gedaan. Maar het was hun beslissing, niet de mijne. Ik verliet de bar, zij kwamen achter me aan. Ik gaf ze opnieuw een kans zich terug te trekken en die kans grepen ze niet. Ik had dus geen keus.'

‘Ik... voel me een beetje schuldig. Ik had de zaak kunnen de-escaleren.’

‘En ik besloot mezelf te verdedigen en die steeg te verlaten voordat ik echt gewond raakte.’

‘Ik kon mijn ogen gewoon niet geloven.’

‘Wat is er met ze gebeurd?’

‘Ik heb een ambulance gebeld, zoals je zei.’

‘De politie ook?’

‘Ik zei niet dat ik de politie heb gebeld.’

‘Iemand zal dat zeker hebben gedaan.’

‘Oké, de politie kwam inderdaad, maar voor die tijd was ik er al tussenuit geglipt.’

‘Heb je iemand voor die tijd nog verteld hoe ik heet?’

Die vraag leek haar te verbazen. ‘Nee, dat zou ik nooit doen.’

‘Waarom niet? Wat kan jou dat schelen?’

‘Jemig, je maakt het jezelf niet gemakkelijk.’

Hij kalmeerde een beetje en haalde rustig adem. *Even dimmen, Travis. Jij hebt informatie nodig en die kan zij je geven.*

‘Ik waardeer het echt dat je mijn naam niet hebt verklapt en me hebt gewaarschuwd voor die achterbakse aanval van Rick. Maar als het ego van die mannen opspeelt en ze pisnijdig worden, zouden ze naar de politie kunnen gaan en een heel ander verhaal kunnen ophangen, waarin zij de slachtoffers waren in plaats van vooral heel stom en onder invloed van drank.’

‘Misschien is dat wel zo.’

Hij keek naar haar. Ze leek heel klein op haar lage satijnen schoenen, en hij leek heel groot in zijn goedkope pak.

‘Waarom vroeg je al die dingen over Sara?’

‘Omdat zij dood is en ik nieuwsgierig was,’ antwoordde hij.

‘Nieuwsgierig waarnaar? Ze heeft zelfmoord gepleegd.’

Devine zei: ‘Nieuwsgierig naar waarom ze dat deed. Zoiets is al eerder gebeurd bij Cowl. Vier jaar geleden. De man was net ontslagen via de o zo persoonlijke mailtorpedo en toen zijn verloofde dat ontdekte, gaf ze hem zijn ring terug. Dus schoot de man zichzelf twee uur later dood met een pistool dat hij illegaal had gekocht.’

‘Hoe heb je dat allemaal ontdekt?’ vroeg ze, terwijl ze hem verbaasd en ongerust aankeek.

'Kom op, zeg! Niemand kan tegenwoordig toch nog een geheim hebben dat een ander niet met een paar muisklikken kan achterhalen?'

'Heb jij ook geheimen?' vroeg ze agressief.

'Een heleboel. En die zullen me op een bepaald moment de das omdoen.'

Misschien is dat al gebeurd.

Ze leek te schrikken van zijn woorden. Hij besloot het anders aan te pakken en haar te laten zien dat hij toch een zachte kant had. 'Luister, Jennifer, ik ben niet trots op wat er bij die bar is gebeurd. Het leger heeft me weliswaar geleerd hoe ik dat moet doen, maar ik vind het niet prettig om anderen te grazen te nemen. Ik heb ze keer op keer een kans gegeven weg te lopen, maar dat wilden ze gewoon niet. Maar ik had veel liever gezien dat het nooit was gebeurd.'

'Waarom was je in die bar?'

'Als je het echt wilt weten, ik zag je naar binnen gaan. Ik wilde met je praten over Sara. Ze was altijd heel aardig tegen me en ik ben volkomen van slag door het feit dat ze zelfmoord zou hebben gepleegd. Ik bedoel, ze had veel om voor te leven, tenzij er iets is wat ik niet weet natuurlijk.'

Stamos zweeg even en vroeg toen: 'Ga je meteen naar huis of kunnen we ergens wat gaan eten of iets drinken? Dan kunnen we misschien praten. Je weet wel, over Sara en zo.'

Hij keek op zijn horloge. Het was nog geen zes uur. Op zaterdag mocht je eerder weg; dat zeiden ze tenminste. Hij was gewoon vertrokken, maar toen waren er nog steeds andere nieuwelingen die nog steeds analyseerden, rapporten schreven die later zouden worden weggegooid, doodsbang om hun stoel te verlaten voordat de kust echt veilig was. Wat in werkelijkheid nooit het geval zou zijn. 'Ik ben altijd in voor een biertje. En misschien is het wel goed voor ons allebei om over Sara te praten.'

'Ik ken een tentje bij het water.'

Hij trok de smalle stropdas los die hij voor drie dollar online had gekocht, wees naar de haven en zei: 'Na jou.'

16

Ze zaten op het terras met uitzicht op het Vrijheidsbeeld en Ellis Island in het kolkende brakke water. Het was mooi weer, maar de luchtvochtigheid was hoog. Het ging misschien wel onweren, zoals vaak in deze tijd van het jaar na zo'n hete dag. Dat was de manier waarop Moeder Natuur zich ontlaadde. Ze zaten onder een parasol, hoewel de zon allang niet meer hoog aan de hemel stond maar al onderging en de lucht boven de horizon later rood en goud zou kleuren. In het Midden-Oosten had Devine geen genoeg van dat uitzicht kunnen krijgen en daar was maar één reden voor geweest: hij wist niet zeker of hij in leven bleef en dat ooit weer zou zien.

Stamos bestelde chips met guacamole en een margarita, en Devine een Budweiser.

Ze keek naar zijn bierblikje en zei: 'Ze hebben hier een heleboel goede IPA-bieren.'

Hij nam een slok en zei: 'Ik vind een Budweiser nu prima.'

'Gisteravond dronk je een Sapporo.'

'Omdat ik gisteravond een Sapporo prima vond.'

'Ben je in Japan geweest?' vroeg ze.

Hij knikte. 'En in Korea en Duitsland en al die andere gebruikelijke plaatsen voor militairen.'

'Maar je was vooral in het Midden-Oosten?'

'Ja, daar vooral.'

'Heb je echt gevochten?'

'Dat was zo ongeveer het enige wat je daar deed. Je wilde het over Sara hebben?'

Stamos keek naar haar handen. 'Ze leek altijd zo beheerst. Ik keek echt tegen haar op. Ik kan me van een paar collega's wel voorstellen dat ze zelfmoord zouden plegen, maar niet van haar.'

Hij knikte en zei: 'Zo dacht ik er ook over. Maar je zei dat je haar niet vaak zag en haar niet echt goed kende.'

Ze ontweek zijn blik. 'Dat was niet helemaal waar. Ik weet dat iedereen dacht dat we felle tegenstanders waren door de scores in het Boek.' Ze zweeg even, nam een slokje en keek naar het Vrijheidsbeeld. 'Maar het leven bestaat niet alleen uit werken.'

'Mijn vroegere legervrienden zeiden altijd: "Dat hoef je mij niet te vertellen, Devine."'

Ze keek hem aan. 'Devine? Dat is toch Iers? Je lijkt niet Iers.'

'Mijn vader is een echte Ier met een lichte huid en rossig haar. Maar mijn moeder is een Griekse en mijn grootouders kwamen hier naartoe vanuit Mykonos.'

'Dan lijk je dus op je moeder.'

'Ben jij helemaal Grieks?'

'Helemaal,' antwoordde ze.

'Broers of zussen?'

'Vier zussen, allemaal ouder.'

'Dat moet een gezellig huishouden zijn geweest,' zei hij voor de grap.

'Dat was het ook,' zei ze fel.

'Stomme opmerking, sorry.'

'Heb jij broers of zussen?' vroeg ze.

'Ja, en die zijn allemaal perfect en slimmer dan ik en hebben een fantastisch leven.'

'Serieus,' zei ze sceptisch.

Devine zei: 'Ik bén serieus. Dat is echt wie en wat ze zijn. Allebei veel ouder dan ik en allebei hebben ze de top van hun beroep bereikt.'

'Nou, dan zul je wel trots op hen zijn.'

'Ik ben blij dat ze gelukkig zijn.' Dorstig dronk hij zijn bier op en zwaaide naar de serveerster om er nog een te bestellen. 'Goed, weer terug naar Sara. Wanneer was de laatste keer dat je haar zag?'

'Ongeveer een week voor haar dood. Ze kwam naar mijn kantoor.'

Verbaasd vroeg hij: 'Waarom? Je zei gisteravond dat jullie aan verschillende zaken werkten.'

'Dat is ook zo.'

Ze dronk haar margarita op nadat ze de zoute rand had weggeveegd, kneep citroensap over de chips en doopte die in de guacamole. Hij keek naar haar terwijl ze dit deed, richtte zijn blik op het water en keek weer naar haar. 'Waarom kwam ze naar je toe?' drong hij aan.

'Ben je privédetective of zo?'

'Ik ben gewoon een mens. Wat zei ze toen?'

'Ze vroeg me iets over een toneelstuk, of ik dat had gezien.'

Dat wekte zijn interesse. 'Welk toneelstuk? Wilde ze weten of ze ernaartoe moest?'

Stamos speelde met haar glas en keek nu naar het water, alsof de antwoorden daar te vinden waren. '*Wachten op Godot*. Heb jij het gezien? Ik weet er niets over.'

Devine knikte. 'Ik heb het hier in New York gezien, voordat ik naar West Point vertrok.'

'Echt? Ik dacht dat je je dan klem zou zuipen of... je weet wel... vrouwen...'

'Ik vertelde mijn docent Engels, Harold Simpson, dat ik naar de officiersopleiding op West Point ging. Hij zei dat ik dan eerst dat toneelstuk moest zien. Dat werd op dat moment op Broadway gespeeld.'

'Waarom wilde hij dat je het zou zien? Wilde hij niet dat je het leger in ging?'

'Ik denk niet dat dat de reden was. Hij zat in het leger tijdens de Vietnamoorlog, maar had niet op West Point gezeten. Hij werd opgeroepen voor het leger en kwam woedend en anti-oorlog terug. Maar hij vocht en deed zijn plicht. Maar het land behandelde die veteranen superslecht. Het is niet eerlijk als je keihard vecht, je land dient en daarnaar terugkeert.'

'Maar waarom wilde hij dat je juist dát toneelstuk zou zien?'

Devine nam een slok van zijn nieuwe biertje. 'Dat kan ik je echt niet uitleggen. Zo'n toneelstuk is het gewoon. Je moet het zelf zien.'

'Vond je het mooi?'

'Volgens mij is het geen toneelstuk dat je wel of niet mooi vindt. Dat is denk ik niet de bedoeling.'

'Wat is de bedoeling dan wel?'

Hij wendde zijn blik af van het Vrijheidsbeeld en keek haar aan. 'Wat je van je leven moet maken, misschien. Maar als je er ooit naartoe gaat, kun je je eigen conclusie trekken. Je zei dus tegen haar dat je het niet had gezien. Wat zei ze toen?'

'Dat het misschien de moeite waard was om ernaartoe te gaan. Dat ik het misschien ook wel wilde zien.'

'Zij had het dus al gezien. In welke schouwburg?'

'Weet ik niet meer. Ergens op Broadway. En kortgeleden. Maar je denkt toch niet echt dat een stom toneelstuk iets te maken kan hebben met haar zelfmoord?'

'Het is geen stom toneelstuk. Het is geschreven door Samuel Beckett, die later de Nobelprijs voor Literatuur heeft gewonnen. Weet je zeker dat ze je niet meer heeft verteld dan dat het haar interesseerde?'

Stamos leek onzeker. 'Ik denk dat ze dat wel wilde doen, maar zover kwam het niet. Ik... probeerde haar over te halen het me te vertellen, maar...'

'Maar wat?'

'Ik weet het niet. Ze leek... bang.' Ze keek hem aan. 'Is dat logisch?'

'Voor haar misschien wel,' zei hij peinzend. 'Waarom wilde je precies met me praten?'

'Over Sara, zoals ik al zei.'

'Volgens mij zit jou iets anders dwars.'

Ze keek hem nerveus aan. 'Jij was gisteravond op kantoor.'

'Waarom zeg je dat?'

'Dat heb ik de nachtwaker gevraagd nadat jij was weggegaan en de ambulance was vertrokken. Ik ging terug naar kantoor en hij zei dat je eerder was binnengekomen, vlak na mij.'

'Ik heb hem niet gezien.'

'Hij kwam net terug van zijn ronde. Hij zag jou, maar jij zag hem niet.'

'Oké, en?'

'Hij vertelde me dat je vlak na mij bent vertrokken. Hij dacht... Ik bedoel, hij zei het niet, maar volgens mij dacht hij dat jij en ik... Je weet wel, naar binnen waren gegaan om...'

Devine leunde naar achteren. *Oké, daar gaan we dan.* 'Ik was mijn telefoon vergeten en ging terug om die te halen. Is dat verboden?'

Ze reageerde onmiddellijk en direct. 'Ik ben veel langer binnen geweest dan jij nodig had om je telefoon op te halen.'

Ja, dat is zo. 'Toen ik daar toch was, heb ik ingelogd en wat gewerkt. Ik wist niet eens dat je er was, maar dat jij deed toch zeker ook? Werk inhalen?'

'Dat is waar. Een verslag waar ik mee bezig was.'

'Dus wat een vrouw kan doen, kan een man ook doen. Ja toch?'

Ze keek hem onderzoekend aan en hij hoopte dat hij was geslaagd voor haar test. Of voor Cowls test. Omdat dit mede een verklaring was voor de blik waarmee Brad Cowl hem in de eetzaal had aangekeken. En omdat dat ook de reden was waarom ze hem had willen spreken.

'Toen je gisteravond wegging noemde je me schatje.'

Daar gaan we. Tweede ronde.

'Ja, dat was lullig en vernederend. Ik denk dat ik door alle adrenaline die na dat gevecht door mijn lijf gierde een echte hufter werd die zich heel wat voelde. Dat zei ik altijd tegen de meisjes op highschool, ik dacht dat dat cool was. Dat was hufterig, het spijt me echt.'

Haar onderzoekende blik verdween en ze sloeg haar blik neer. 'Excuses aanvaard.'

Devine stond op, opende zijn portefeuille en zei: 'Ik moet met de trein naar huis, een beetje slapen en ijszakken op de pijnlijke plekken leggen. Wat ben ik je schuldig voor mijn bier?'

Ze keek naar hem op. 'Ik heb je gevraagd iets met me te gaan drinken, dus ik betaal.' Toen hij zijn portefeuille opborg vroeg ze: 'Heb je daar ooit iemand gedood?'

'Dat was min of meer de bedoeling,' zei Devine.

Hij liet haar alleen met haar margarita, haar chips en guacamole.

En haar twijfels.

Over mij.

En misschien ook wel over zichzelf.

17

De 'koffie en nicotine'-auto stond voor Devines huis en het portier stond open. Rechercheur Hancock zat half omgedraaid achter het stuur met zijn voeten op de stoep en keek op toen Devine eraan kwam. Terwijl hij opstond zwaaide zijn jasje open zodat een pistool in een riemholster zichtbaar werd.

'Geeft u de voorkeur aan de Glock boven de SIG?' vroeg Devine toen hij dichterbij kwam.

Hancock keek verbaasd naar beneden. 'Kunt u dat alleen aan de kolf zien?'

'Dat kan ik aan een heleboel dingen zien.'

'Uw legerervaring zeker weer?'

'Het legergroen stroomt door al mijn poriën naar buiten. Wat is er?'

Hancock keek naar zijn gezicht. 'Wauw, wat is daar verdomme mee gebeurd?'

'Speelde basketbal bij die highschool daar en viel plat op mijn tronie toen ik probeerde dingen te doen die ik niet kan in een wedstrijdje tegen kinderen die half zo oud zijn als ik en veel beter zijn dan ik ooit zal worden. Lijkt erger dan het is.'

'Juist. Laat die onzin over aan de jongelui. Ik heb wat meer info. Hebt u even?'

'En als ik zeg dat ik liever ga slapen?'

'Duurt niet lang. Laten we een stukje lopen. Vindt u dat oké? Het is een mooie avond.'

Devine begon te lopen met Hancock naast zich. 'Hoe gaat het met het onderzoek? Hebben jullie al ontdekt waarom ze zelfmoord heeft gepleegd?'

'Ze heeft geen zelfmoord gepleegd. Daarom ben ik hier, om u meer vragen te stellen.'

Devine bleef staan, net als Hancock. 'Wát zei u?'

'Ze heeft geen zelfmoord gepleegd. Dit is nu een moordonderzoek.'

Het duurde even voordat Devine de volkomen tegenstrijdigheid van beide woorden had verwerkt. 'Moord in plaats van zelfmoord?'

'U moet dit voor u houden, dat begrijpt u zeker wel,' zei Hancock.

'Waarom vertelt u het dan aan mij?'

'Omdat ik hoop dat u, als ik eerlijk tegen u ben, eerlijk tegen mij zult zijn.'

'Ik bén eerlijk tegen u geweest.'

'Dacht het niet.'

'Maar uw mensen zeiden zelfmoord!'

'Dat was de conclusie van het vooronderzoek. De situatie is veranderd. Moord kan eruitzien als zelfmoord, vooral bij mensen die zijn opgehangen.'

'Dat weet ik,' zei Devine, die zijn blik nu afwendde.

'Hoe weet u dat?' vroeg Hancock meteen.

Devine begon weer te lopen. 'We hadden een zaak in Afghanistan. De man werd hangend gevonden, net als Sara Ewes. Alles wees op zelfmoord: hij was depressief, zijn vrouw had een affaire met een onbekende klootzak, hij liep zijn volgende promotie mis, dronk veel, verklootte de boel. Hij had al veel waarschuwingen gekregen van de legerleiding en zijn carrière zou ten einde komen.'

En zijn naam was luitenant Roy Blankenship.

'Verdomme, dat is wel heel veel om mee te dealen.'

'Ja, maar hij pleegde geen zelfmoord. Hij werd vermoord.'

Hancock keek hem aan. 'Wie had hem dan vermoord? En waarom? En hoe hebben ze dat ontdekt?'

'De dader was zijn kameraad. De man was net terug van verlof. Bleek dat hij degene was die de vrouw van die dode man naaide. Zijn motivatie was zo oud als de wereld: hij wilde de echtgenoot lozen, zodat hij de lege plek kon innemen en nog lang en gelukkig met diens vrouw kon leven.'

En zijn naam was kapitein Ken Hawkins.

'Shit, dat is pas echt verraad. Hoe hebben ze ontdekt dat het geen zelfmoord was?'

'Waarschijnlijk op dezelfde manier als de NYPD.' Devine streek met zijn wijsvinger over zijn hals. 'Een rechte touwafdruk versus een gebogen afdruk is het cruciale bewijs. Na wurging zie je altijd die rechte en na ophanging altijd de gebogen, door de zwaartekracht die op het lichaam wordt uitgeoefend. Bovendien zaten onder de nagels van de dode man vezels van het touw. Wat er dus was gebeurd, was dat de moordenaar hem van achteren met een touw wurgde en het slachtoffer terugvocht, het touw probeerde vast te pakken en daardoor vezels onder zijn nagels kreeg. Dat zorgde ook voor de rechte lijn, omdat er geen zwaartekracht in het spel was geweest. Vervolgens hing de moordenaar hem op met hetzelfde touw, om het eruit te laten zien als zelfmoord. Maar de agenten van de Army CID ontdekten de rechte afdruk onder de gebogen afdruk. En die gebogen lijn was post mortem ontstaan, omdat de man al dood was toen hij werd opgehangen. Ze kunnen zien wanneer iets post mortem gebeurt, maar dat wist u al.'

'Hoe komt het dat u zoveel bijzonderheden kent?' vroeg Hancock argwanend.

Devine wist dat allemaal doordat hij elk detail over de zaak had gelezen en verschillende keren met de mannen van de CID had gepraat. Hij had geweten dat het geen zelfmoord was en zich afgevraagd waarom de CID niet tot dezelfde conclusie was gekomen. Hij had ten slotte ontdekt dat dit meer met militair beleid te maken had dan met een serieuze zoektocht naar de waarheid. Iets wat Campbell zo ongeveer had bevestigd.

'Zoals ik al zei zaten ze in mijn eenheid. Ik eiste dat ze me op de hoogte hielden.'

'Wat is er gebeurd met de man die hem had vermoord?'

'Die is dood. Pleegde zelfmoord toen de Army CID hem op het spoor kwam. Zijn dood was wel echt zelfmoord.'

En dat, wist Devine, was een leugen. *Hawkins is dood omdat ik hem achterliet om te sterven.*

'En de echtgenote?'

'Geen enkel bewijs dat ze op de hoogte was van het plan om haar man te vermoorden. Ze is hertrouwd en maakt het goed,' zei Devine, die dit helemaal niet goed leek te vinden. 'Maar waarom is Sara's zaak nu een moord in plaats van een zelfmoord?'

'Om bijna dezelfde redenen die u net noemde,' zei Hancock.

'De moordenaar is dus slordig geweest.'

'En de moordenaar loopt nog steeds rond en het is mijn werk hem te vinden.'

'Of haar.'

'Het moet veel kracht hebben gekost om die vrouw zo op te hangen. Dood gewicht, en dat is niet grappig bedoeld.'

'Wat wilt u van mij?' vroeg Devine.

'Waar was u die nacht tussen ongeveer middernacht en vier uur 's ochtends?'

'Is ze in dat tijdsbestek gestorven?' vroeg Devine.

'Ongeveer. De airco stond hoog in het gebouw, zodat het een beetje lastiger is het tijdstip van overlijden precies te bepalen. Maar op dit moment maken ze exactere berekeningen om wat preciezer te kunnen zijn, als dat lukt.'

'Thuis, in bed. Om vier uur stond ik op en begon aan mijn work-out.'

'Kan iemand dat bevestigen?' vroeg Hancock.

'Misschien een van mijn huisgenoten. Maar het Cowl Building heeft camera's en een nachtwaker en je hebt een bedrijfspas nodig om buiten werktijd naar binnen te kunnen. U hoeft geen privédetective te spelen en door sleutelgaten te loeren, rechercheur.'

Hancock zei voor de grap, al was het duidelijk dat hij geen grapje maakte: 'O, bedankt, man! Dat wist ik allemaal niet. Dan is deze zaak eigenlijk al opgelost.'

'Ik probeer u niet te vertellen hoe u uw werk moet doen, oké?'

'Toch klonk dat zo. Begint u echt om vier uur 's ochtends aan uw work-out?'

'Ja, op het footballveld van de highschool daar. De enige tijd waarop ik dat kan doen.'

'Oké, en voor uw informatie: de bewaker maakt rondes en is niet constant in de lobby.'

Ja, dat weet ik. 'En de bedrijfspas en de camera's?'

'De moordenaar kan de hele nacht in het gebouw zijn gebleven.'

'Jullie kunnen op de video de mensen tellen die komen en gaan.'

'Te veel mensen en te veel drukte, en slechte camerahoeken om iedereen uit te sluiten. Dat geldt ook voor u.'

'Ik kwam de vorige avond thuis. Dat kunnen mijn huisgenoten u vertellen.' Dat hoopte hij tenminste. 'En om daarna het gebouw weer binnen te gaan, zou ik mijn bedrijfspas moeten gebruiken. Dat wordt vastgelegd. En ik zou op de bewakingsbeelden staan.'

'Net zoals gisteravond. Om een uur of elf?'

'Ik was mijn telefoon vergeten. Die kwam ik halen. De bewaker zag me weggaan.'

'Dat klopt.'

'En?'

'En niets, tenzij u daar iets aan wilt toevoegen.'

'Nee.'

'U kende Sara Ewes?' vroeg Hancock.

'Ja, en dat heb ik u al verteld!'

'Windt u niet op, Devine. Weet u, volgens mij kende u haar beter dan u liet blijken.'

Devine bleef weer staan. 'Waar baseert u dat op?'

'Is dat waar?' vroeg Hancock.

'Dat hangt af van wat u bedoelt met "beter dan u liet blijken".'

'Ging u met haar uit? Had u seks met haar?'

'Moet ik een advocaat in de arm nemen?' vroeg Devine.

'Denkt u dat u die nodig hebt?'

'Dit is Amerika. Iedereen heeft op een bepaald moment een advocaat nodig.'

Hancock leek niet blij met deze reactie. 'Als u die vraag niet wilt beantwoorden, word ik wantrouwig en lijkt u schuldig.'

'Zelfs al ging ik met haar uit en had ik seks met haar, waarom zou dat een motief zijn voor moord?'

'Het oudste motief ooit. Afgewezen minnaar.'

'Dus nu ben ik een afgewezen minnaar? U zou boeken moeten schrijven.'

'Was u dat? Een afgewezen minnaar?'

'Volgens mij zijn we uitgepraat.'

'Weet u, de militaire politie heeft die man gevonden. Dat gaan wij ook doen.'

'Ik hoop dat u hem vindt. Alleen zal ik dat niet zijn, omdat ik het niet heb gedaan.'

'O, maar dan is het goed. Ik geloof u op uw woord en schrap u meteen van het lijstje met verdachten.'

‘U praat met andere verdachten?’ vroeg Devine.
‘Dat hoeft u niet te weten.’
Devine draaide zich om en liep terug naar huis.
Morgen was zondag, een rustdag. Voor God.
Maar niet voor Travis Devine. Morgen zou hij veel meer doen dan alles wat hij de hele week had gedaan. Misschien zelfs wel meer dan gedurende zijn hele tijd bij Cowl and Comely.
Maar... waarom zou hij wachten tot morgen? De avond was toch nog jong?

18

Will Valentine zat op de bank, maar was nu wakker. Naast hem lag een splinternieuwe pizzadoos en een van zijn biertjes, een Coors Light, was nog ongeopend, maar dat zou volgens Devine niet lang zo blijven. De Rus had kennelijk een onverzadigbare behoefte aan Amerikaans junkfood en bier.

Devine ging naast hem zitten, keek naar de pizza en het bier, en zei: 'Wist je dat je in dit land ook andere soorten eten en drinken hebt? Als dit het enige is wat je naar binnen werkt, ga je er nog eens dood aan.'

'Je houdt van grapje.' Valentine glimlachte, nam een grote hap van zijn pizza met pepperoni en tikte bedreven met één hand verder op zijn computer.

Devine keek ernaar en haalde zijn schouders op. 'Oké, tot zover mijn advies voor gezond eten van deze week. Ik heb een probleem waar je me misschien mee kunt helpen. Ik kreeg een vreemde mail, maar ik weet niet van wie. Misschien kun jij dat achterhalen.'

Valentine keek hem scherp aan. 'Stuur de mail door.'

Nadat Devine dat had gedaan zei hij: 'Wanneer je tijd hebt, maar hoe eerder hoe beter. Misschien staan er levens op het spel.'

Valentine maakte een nonchalant afwijzend gebaar, terwijl hij geconcentreerd naar de mail keek die nu in zijn inbox zat. 'Jullie Amerikanen blazen dat soort dingen te vaak op. In Rusland gaan de hele tijd mensen dood, meestal door de overheid. Of door te veel wodka. Maar dat is een mooie manier om dood te gaan, toch?'

'Nee.'

'Wil je pizza?'

Devine keek naar de doos en pakte een punt. 'Hé, weet je nog dat ik hier de hele donderdagnacht was?'

'Donderdag? Zeker, zeker. De hele tijd. Waarom?'

'Zomaar.' Devine herinnerde zich dat Valentine in zijn kamer had liggen slapen. Zelfs als hij het zich verkeerd herinnerde en de politie iets anders vertelde, zouden ze hem niet geloven omdat hij een Rus was. Valentine had niets gezegd over de wonden op zijn gezicht. Hij dacht misschien dat Amerikanen elkaar regelmatig verrot sloegen. Dat zou ook voor Russen kunnen gelden.

Valentine keek op. 'Jemig, dude! Dit lijkt niet eens op een mail-adres.'

'Dat weet ik, en dat is het probleem. Ik kan er ook niet op antwoorden.'

'Je weet zeker dat je dit via internet kreeg?'

'Dat weet ik zeker.'

Valentine leek niet overtuigd, maar toen hij de mail opnieuw doornam veranderde zijn blik. 'Wacht. Sara Ewes? Zei je niet dat je met haar uitging? En nu is ze dood.'

Shit, helemaal vergeten dat ik hem over Sara heb verteld. Devine keek de man aan, dacht na over de situatie en vroeg zich af wat hij zou zeggen. 'Probeer die mail nu maar gewoon te traceren, Will. Het is belangrijk.'

Hij ging naar boven naar zijn kamer, at de pizzapunt op en trok zijn gebruikelijke makkelijke kleren aan: een spijkerbroek met een zwart T-shirt. Zijn arm en schouder deden nog steeds pijn, en hij ging naar de badkamer om weer zalf op zijn gezicht te smeren. Toen hij de badkamer uit kwam, stond Helen Speers op de overloop.

Ze droeg haar afgeknipte spijkerbroek waar de witte zakken onderuit hingen zodat haar gespierde bovenbenen goed zichtbaar waren, met een rode croptop. Ze had haar lange haar met een heleboel speldjes opgestoken.

God, ze is echt een stuk, dacht hij vol bewondering.

'Wat is er verdomme met jou gebeurd?' vroeg ze.

'Me gesneden met scheren.'

Ze rolde met haar ogen. 'Je bent niet zo grappig als je denkt, hoor. Maar dat geldt voor de meeste mannen.'

'Ik beken schuld, edelachtbare.'

Daarmee was de plagerij afgelopen.

'Een vrouw van je werk is dood.'

Devine verstijfde. 'Ja, dat klopt. Sara Ewes.'

'Kende je haar?' vroeg ze.
'Een beetje.'
'Op het nieuws zeiden ze dat het zelfmoord was.'
'Daar denkt de NYPD straks misschien anders over,' zei Devine.
'Stond de NYPD voor het huis met je te praten? Ik keek net naar buiten. Hij zag eruit als een agent.' Ze leek dit belangrijker te vinden dan logisch was en hij wist niet goed wat hij daarvan vond. 'Ja, dat is hij ook.'
'Wat moest hij van je?'
'Vragen stellen, zoals aan zo ongeveer iedereen.'
Ze sloeg haar armen over elkaar en stond hem met een griezelig kritische blik aan te kijken. 'Heb je een advocaat nodig, Travis? Ik ken een paar goeie.'
'Ik had niets met haar dood te maken.'
'Maakt niet uit. Er worden heel vaak onschuldige mensen naar de gevangenis gestuurd.'
Dat verraste hem, hoewel hij natuurlijk wist dat dit waar was. 'Ik laat het je weten. Bedankt voor het aanbod. Hé, je herinnert je nog wel dat ik hier donderdag was?'
'Waarom? Ben ik je alibi?' vroeg ze snel.
'Noem het zoals je wilt.'
'Ik denk het wel. Maar ik kwam pas laat thuis. Ik weet wel zeker dat ik je gisteravond zag. Toen deed ik yoga in de eetkamer.'
'Gisteravond is niet van belang voor het politieonderzoek.'
'Dat begrijp ik. Ik zal erover nadenken.'
'Bedankt. Hoe gaat het met je juridische master?'
'Die van New York is echt heel zwaar, maar ik heb er een goed gevoel over.'
'Wat voor soort recht ga je doen?'
'Strafrecht.'
'Welke kant?'
Ze keek hem aan met een blik die hij niet goed kon plaatsen. 'De kant die me het meest nodig heeft, natuurlijk.' Ze liep de trap af en hij hoorde de voordeur dichtslaan.
Hij liep door en toen hij Tapshaw in haar kamer hoorde typen klopte hij aan.
Ze opende de deur in wat haar pyjama leek. 'Ja?' zei ze opgewekt.

Ze had donkerblond haar dat om haar smalle schouders hing, een lief rond gezichtje en een aandachtige en vrolijke blik. Ze was achter in de twintig, had ze hem verteld, maar soms, zoals nu, leek ze nog een tiener. Ze was te mager, maar leek verder heel gezond, en droeg konijnenpantoffels.

Haar kamer was een grote chaos. Devine had plekken gezien die netter waren nadat hij daar een granaat op had gegooid. De muren hingen vol gele en groene post-its. Op haar bureau stonden drie grote beeldschermen. Op een whiteboard stonden inkomsten- en winstprognoses, een stroomschema en een organogram.

Devine wist dat Tapshaw aan het MIT computerwetenschappen had gestudeerd en had gehoord dat ze een geweldige gokker was. Ze had hem verteld dat ze haar gokwinsten had gebruikt om haar bedrijf op te zetten. Ze had ook een paar prestigieuze internationale prijzen gewonnen voor haar uitzonderlijke computervaardigheden en haar indrukwekkende intelligentie. Daarna had ze in korte tijd haar MBA aan Harvard behaald. Devine wist dat de gezette, bierdrinkende Rus beneden verstand had van computers, maar Valentine kon niet tippen aan deze magere jonge vrouw met haar glimmende gezicht die een imperium op het gebied van liefde en daten probeerde op te bouwen.

'Hoe gaat het, Jill? Kom je ooit buiten voor frisse lucht, of om te eten?'

Hij mocht haar graag. Ze was ambitieus, maar aardig, en had geen te hoge dunk van zichzelf. Hij kwam niet vaak mensen tegen zoals zij. En ze had een tedere glimlach en was vriendelijk, maar ook wel naïef.

'Eh... Ja, ik heb ontbeten... Volgens mij.' Ze leek onzeker, en keek achterom naar haar kamer alsof ze op zoek was naar bewijzen die haar verklaring konden staven.

'Het is etenstijd.'

Ze leek verbijsterd. 'Echt? Dat is snel gegaan! Als ik naar kantoor ga, neem ik meestal soep en wat koffie, maar ik heb hier de hele dag gewerkt.' Ze keek naar zijn gewonde gezicht. 'Lieve help, wat is er met jou gebeurd? Ben je van je motor gevallen?'

'Uitgegleden in de douche. Valentine heeft een pizza. Misschien kun je snel naar beneden gaan, voordat hij hem opheeft.'

‘Goed idee. Hé, gaat het wel goed met je?’

Ze wist kennelijk niets van zijn dilemma. Haar hele wereld draaide om Hummingbird. Maar het was aardig dat ze het vroeg.

‘Heb niets te klagen. Luister, als je ooit een pauze neemt, is hier vlakbij een tentje met goede tequila.’

‘Ik ben dol op tequila.’

‘Zie je wel.’

‘Volgend weekend misschien? Ik weet dat je lange dagen maakt.’

‘Bedankt.’ Hij glimlachte. ‘Ik weet dat jij het ook druk hebt.’

Ze keek naar de muren vol notitiebriefjes. ‘Dat is belachelijk, nietwaar? Maar het voelt cool, weet je, om iets op te bouwen. Vooral iets waar mensen behoefte aan hebben en dat hen kan helpen.’

‘Dat is beter dan wat ik voor de kost doe. Goed, ga een stuk pizza halen. Als hij begint te vechten roep je me maar.’

‘Bedankt.’ Ze rende naar beneden.

Even later hoorde Devine dat Valentine riep: ‘Hé, niet doen! Dat is... Nou ja, je hebt al een hap genomen. Ontzettend Amerikaans. Maar oké, ik ben nu ook Amerikaan, dus is het wel goed.’

Devine pakte zijn motorhelm en verliet het huis via de achterdeur.

19

Het was rustig bij Cowls paleis in de voorstad. Dat dacht Devine tenminste toen hij op zijn motor naar het huis zat te kijken door zijn nachtkijker die hij had meegenomen uit de oorlog; dat was het leger hem wel verschuldigd, vond hij. Er brandde licht, binnen liepen mensen rond en buiten stonden een paar gewone auto's, zoals een BMW 8 Serie en een Maserati-cabriolet. Met het geld dat Cowl voor de Bugatti had betaald, kon je daar minstens tien van kopen.

Devine rende de straat over naar een groepje eiken dat op dit verder kale stuk land had mogen blijven staan. Hij klom omhoog en ging op een vork van een tak zitten. Vanaf dit punt kon hij in een paar kamers kijken. Hij had de blonde vrouw nog niet gezien en ook Cowl zag hij nergens. Maar de garage bij het huis had acht deuren, dus de Bugatti stond misschien binnen.

Devine bleef een paar minuten zitten. Mensen dachten dat soldaten zelden lange tijd roerloos zaten, maar hoe meer informatie je van tevoren had, hoe beter een eventueel gevecht zou uitpakken.

Hij klom weer naar beneden, rende over een stuk open terrein naar de muur en sprong ertegen op. Daarna, met zijn bovenarmen en ellebogen stevig tegen de muur geklemd, bracht hij de kijker langzaam omhoog en stelde scherp.

Toen had hij geluk.

De blonde vrouw zat aan een tafel bij het zwembad. Ze droeg een witte lange broek en een lichtblauwe mouwloze blouse. Blauwe open schoenen maakten het modeplaatje bij het zwembad af. Ze zag eruit alsof ze zo op het omslag van een tijdschrift kon stappen.

Devine vond de man die tegenover haar zat echter nog fascinerender. Zijn gezicht zat onder de pleisters, maar Devine herkende WASP uit de steeg in Greenwich Village meteen. Toen hij hen samen zag, dicht bij elkaar en zacht pratend, vroeg Devine zich twee dingen af.

Eén: welke auto was van WASP, de dikke BMW of de Maserati? Twee: waren ze broer en zus? Gezien hun uiterlijk zou dat zomaar kunnen.

Daarna vroeg hij zich nog iets af. Het was wel heel toevallig dat WASP hier was, en dat beviel Devine helemaal niet. Maar de bar in de Village was nu eenmaal geliefd bij mensen die in het Financial District werkten. Hij was daar al eens geweest voor een officiële Cowl and Comely-bijeenkomst met zijn groep Burners. Dus als WASP hier was en ook in de financiële wereld werkte, was het heel goed mogelijk dat hij Brad Cowl kende.

Devine kon niet horen wat ze zeiden, dus liet hij zich weer op de grond vallen, liep terug naar zijn motor en wachtte.

Hij hoefde niet lang te wachten tot WASP naar buiten kwam en in de BMW stapte. Devine had zich vergist, want hij had op de Maserati gegokt. De BMW reed door het hek en scheurde weg.

Devine begon nogmaals aan een achtervolging.

Heel verbaasd was hij niet toen ze naar Manhattan reden. De BMW stopte uiteindelijk voor een *brownstone*, een huis van bruinrode zandsteen, aan de Upper East Side. WASP parkeerde op een plek voor vergunninghouders, liep naar de voordeur, deed die van het slot en ging naar binnen.

Devine stopte aan de overkant en maakte foto's van de kentekenplaat van de BMW, van het huis en van het huisnummer dat op een koperen plaatje op de stenen naast de voordeur stond. Elk raam van het huis had raambekleding, zodat hij niets aan zijn nachtkijker had. Hij keek naar de huizen ernaast, maar daar brandde geen licht. Er stonden verschillende auto's in de straat.

Devine dacht dat de brownstone zo'n twintig miljoen waard was, maar WASP leek niet ouder dan dertig. Misschien had hij het huis geërfd. Dat gebeurde heel vaak in deze stad.

Devine stapte op zijn motor en reed naar Broadway. Hij had op internet ontdekt dat *Wachten op Godot* daar nog twee weken werd opgevoerd. In het Lombard, een schouwburg in Forty-Fifth in het hart van het Theater District.

Nadat hij bij het loket een kaartje had gekocht voor de middagvoorstelling op zondag reed hij naar Downtown. Hij stopte bij de plek in de Village waar hij met die drie mannen had gevochten, zette de motor dwars achter een auto op de hoek en keek rond. Er was geen politietape te zien en hij zag ook geen andere aanwijzingen dat dit een soort plaats delict was. Misschien had Stamos hem de waarheid verteld.

Hij reed vervolgens verder naar het zuiden, stopte voor het Cowl Building en kon door het glas de bewaker zien. Devine keek omhoog naar de tweeënvijftigste verdieping. Het leek er nu dus op dat iemand daar Sara had vermoord. En omdat hij moest zien te ontdekken welke illegale dingen er bij Cowl gebeurden, vond hij dat hij ook moest achterhalen wie Sara Ewes had vermoord. Volgens hem kon het niet anders of beide zaken hielden verband met elkaar, en misschien lag dat verband wel bij dat toneelstuk dat op Broadway werd opgevoerd.

Het zou me niets verbazen als Emerson Campbell me rechtstreeks naar USDB stuurt als ik deze zaak niet oplos.

Hij reed naar Brooklyn en stak via de Brooklyn Bridge de East River over. Het donkere water zag er somber en ongeïnteresseerd uit in deze omgeving, volgens hem tenminste. Een paar minuten later was hij in een straat in Park Slope, één blok van Prospect Park. Dit was een rustige buurt met dure, overwegend gerenoveerde huizen aan met bomen omzoomde straten.

Hier had Sara Ewes gewoond. Er stonden twee politieauto's voor haar huis, een geüniformeerde agent stond bij de voordeur op wacht en binnen brandde licht.

Toen een man in pak naar buiten kwam en om zich heen keek, kwam een slanke vrouw met rood haar snel naar hem toe en ze troffen elkaar onderaan het bordes. Zij had een microfoon in de hand en een powerpack op haar rug, en achter haar liep een gezette cameraman.

De pers weet dus al dat er iets aan de hand is.

De man in pak praatte even met de verslaggeefster, maar de cameraman maakte geen opnamen. *Dit is kennelijk vooraf afgesproken.* Toen de man zich omdraaide en het trapje op liep, werd hij gevolgd door de vrouw die hem nog meer vragen stelde en misschien opnamen wilde maken. Devine kon niet horen wat ze vroeg, maar zo te zien kreeg ze haar zin niet. De man dus wel; hij sloeg de deur voor haar neus dicht, waar zij zichtbaar van baalde.

De agent stapte naar voren en gebaarde dat ze moesten vertrekken. Ze schold hem uit, waarna ze zich omdraaide naar haar cameraman, die zijn camera had laten zakken. Ze liepen terug naar een busje met het logo van hun zender dat iets verderop in de smalle straat stond. Even later reden ze weg en toen ze langs hem heen scheurden, kon Devine de vrouw van dichtbij zien. Het gedeukte en groezelige busje was van Channel 44, waar hij nog nooit van had gehoord. De vrouw was ongeveer even oud als Devine, had een vastberaden blik en leek iemand die alleen opbloeide als ze zich in het centrum van het belangrijkste nieuws bevond.

Daarna werd Devines aandacht getrokken door een taxi die langzaam door de straat reed en voor het huis stopte. Er stapten twee mensen uit, een man en een vrouw van in de vijftig. De man was kaal, droeg een lange broek met wit overhemd en leek zelf meer dood dan levend. De vrouw zag er intens verdrietig uit. De man haalde een grote rolkoffer uit de kofferbak en toen reed de taxi weg.

De man sloeg zijn arm om de vrouw heen om haar te steunen, waarna ze langzaam het trapje op liepen, waar ze werden begroet door de agent. Nadat ze hem iets hadden laten zien, waarschijnlijk hun identiteitsbewijs, zei de agent iets in de microfoon die met klittenband op zijn schouder was bevestigd. Een paar seconden later werd de deur geopend door dezelfde man in pak. Hij gebaarde dat het stel binnen mocht komen en sloot de deur.

Devine zag dit allemaal. Sara's ouders waren net gearriveerd vanuit welk buitenland het dan ook was waar ze woonden. Hij vroeg zich af of ze wisten dat het officiële vonnis was veranderd in moord. Zo niet, dan zou alles veel moeilijker voor hen worden. Mensen voelen zich schuldig als ze denken dat hun kind zelfmoord heeft gepleegd. Dan vragen ze zich af of ze bepaalde signalen niet hadden opgemerkt, of ze misschien iets hadden kunnen doen. Maar in het geval van moord kwam er afschuw bij. Als je wist dat iemand je kind had vermoord, wilde je wraak nemen. Maar nadat die emotie was weggeëbd, zou je de zaak rationeler bekijken. Als je begreep dat iemand je kind had vermoord, ging je in je eigen geest op zoek op plaatsen waar je veel liever niet naartoe ging.

Maar als Sara inderdaad was vermoord, móést de dader iemand zijn die bij Cowl and Comely werkte. En dat betekende dat iedereen daar – Devine zelf ook – nu een verdachte was.

20

Devine stond wat later op omdat het zondag was. Om zes uur was hij klaar met zijn work-out en toen ging hij weer naar bed om nog wat te slapen. Hij luisterde naar zijn lichaam en dat vertelde hem dat hij het kalmer aan moest doen en wat rust moest nemen. Hij werd om elf uur wakker, spoelde onder de douche het zweet van zijn work-out weg en maakte ontbijt klaar: vegetarische omelet, toast, eiwitshake en – gewoon omdat het lekker was – een *chocolate chip cookie*.

Hij liep terug naar zijn kamer, pakte zijn laptop en ging op zoek. De officiële eigenaar van het huis aan Upper East Side waar WASP naartoe was gegaan, stond geregistreerd als de Locust Group. Hij googelde 'Locust Group' en kreeg een heleboel resultaten, waaronder varianten daarvan. Sommige leken legaal en waren voorzien van kantooradres, website en heel veel info over wat ze deden. Maar het waren er domweg te veel om ze allemaal na te trekken.

Tussendoor googelde hij ook nog even wat 'locust' betekende. Een locust was een kortsprietsprinkhaan uit de familie veldsprinkhanen (*Acrididae*) die voor zover bekend niet gevaarlijk waren voor mensen. Devine wreef over zijn beurse schouder en gewonde gezicht. *Dat laatste moesten ze misschien nog eens heroverwegen.*

Maar als de Locust Group alleen was opgericht om die brownstone in New York te kopen, was het logisch dat ze geen zakelijk adres en website hadden. Devine wist dat het heel gebruikelijk was dat superrijken en/of beroemdheden om hun privacy te beschermen voor de aankoop van vastgoed brievenbusfirma's gebruikten. Misschien was dat alles in dit geval.

Devine trok het kenteken van de BMW na bij het bureau voor kentekenregistratie. Valentine had hem een keer een handige en snelle manier laten zien om deze informatie te verkrijgen. Toen Devine hem daarnaar vroeg, had de Rus met een punt gehaktpizza gezwaaid en minachtend gezegd: 'Het bureau voor kentekenregistratie in New York, de DMV? Kom op, zeg! Dat stelt niets voor. Mijn neefje kan de DMV hacken, én jullie FBI en jullie verdomde CIA en dat soort organisaties. En hij is een klein kind.'

Wat een klojo.

De auto stond op naam van ene Christian Fullerton Chilton en zijn adres was de brownstone. Devine ging online op zoek naar Chilton. Er waren meer Chiltons, maar Devine vond hem al snel dankzij zijn tweede voornaam én omdat hij wist hoe de man eruitzag. Chiltons Facebook-pagina was afgeschermd, maar er waren manieren dat te omzeilen. Devine had de Rus niet nodig gehad om hem te laten zien hoe dat moest. Hij checkte de HTML-broncode, vond de numerieke ID, typte die in en zette nog een paar stappen van de zogenoemde *URL manipulation* – voor de continue strijd van Facebook tegen klojo's zoals hij. Hij kopieerde onder andere de profielkenmerken van een paar van Chiltons echte vrienden die op zijn pagina stonden en plaatste die vervolgens in zijn eigen profiel. Daardoor dacht Christian Chiltons pagina dat Devine zijn beste 'vriend' was. En aangezien Devine hiervoor een online nepidentiteit gebruikte was het zeer twijfelachtig dat Chilton in staat zou zijn de echte Devine te vinden. Dat hoopte hij tenminste.

Snel bekeek Devine de foto's en posts. Hij zag een paar heel beroemde jonge en een paar heel beroemde oude mensen; Chilton leek iedereen te kennen. De man reed in een droom van een auto, stond op een megajacht in de Middellandse Zee of stapte zelfverzekerd in een Gulfstream 650. Devine wist welk type vliegtuig het was omdat Chilton zo attent was dat er in hoofdletters bij te zetten. Devine had nooit in een dergelijk vliegtuig gevlogen. Militairen reisden op een keiharde bank in een C-130- of C-17-transportvliegtuig. Je wist dat je eersteklas vloog als je op een stoel zat en een gordel had zodat je daar niet uit viel.

Chilton verkondigde vol trots dat hij een rechtstreekse afstammeling was van ene Edward Chilton die met de Mayflower naar Amerika was gekomen. Alsof dat tegenwoordig nog iets betekende. Maar Devine wist dat dat voor sommige mensen wel zo was.

Chilton omschreef zijn beroep als 'ondernemer en investeerder'. Zijn bedrijf heette uiteraard Mayflower Enterprises en op zijn Facebook-pagina stond een link naar dat bedrijf. Devine klikte erop en bekeek de website, die echt leek. Ze hadden heel veel investeringen gedaan in heel veel verschillende bedrijfstakken. Chilton was de hoogste baas en op de website stonden een heleboel glimlachende gezichten van de rest van zijn teamleden.

Devine kleedde zich om: een kakikleurige lange broek, een blauw overhemd met korte mouwen en lichtbruine canvas schoenen. Hij wilde net weggaan toen Helen Speers naar hem toe kwam.

Fronsend zei ze: 'Ik denk niet dat ik je een alibi kan geven, Travis. Ik heb me suf gepiekerd, maar ik kan me echt niet herinneren dat ik je donderdagavond heb gezien. Weet je zeker dat je hier was?'

'Ja. Maar het is geen probleem, hoor. Als je het je niet herinnert, dan is dat zo. Ik zou je nooit vragen iets te doen waar je je niet goed bij voelt.'

Ze kwam dichterbij en raakte zijn arm aan. 'Het spijt me, Travis. En als je ooit behoefte hebt om te praten, kom je maar naar me toe.'

'Bedankt.'

Hij sloot zijn ogen toen ze wegliep, haalde diep adem en zei tegen zichzelf dat hij het niet moest doen, dat hij al meer dan genoeg op zijn bordje had.

Hij keek naar de deur van Jill Tapshaws kamer en klopte aan, maar er kwam geen reactie. Ze was misschien naar haar kantoor gegaan. Voor haar was een zondag een gewone dag om haar liefdesimperium op te bouwen.

Devine verliet het huis en besloot niet met de motor maar met de trein te gaan.

Terwijl hij naar het station liep, vroeg hij zich af of er meer achter Speers' woorden zat. Maar misschien was dat gewoon wensdenken. Natuurlijk, hij was een beetje verliefd op haar en zij misschien ook op hem. Maar dat was de reden niet, dacht hij. Ze leek zich oprecht zorgen om hem te maken, en hij wist niet waarom. Ze waren niet echt bevriend of zo, en Speers had waarschijnlijk tientallen potentiele minnaars die veel beter bij haar pasten dan hij.

Hij werd gestoord in deze gedachten doordat er een auto naast hem stopte.

'Mag ik u naar uw bestemming brengen in ruil voor een interview?'

Hij keek op en zag de glimlachende maar vastberaden verslaggeefster van Channel 44, die alles wilde weten wat er te weten was.

21

'Wát zegt u?' vroeg Devine, omdat hij zich afvroeg wat die vrouw hier in vredesnaam deed.

'U bent Travis Devine? U werkt bij Cowl and Comely? Waar een vrouw dood is gevonden?'

'En u bent?'

'Rachel Potter. Channel 44, maar ik wil graag naar een betere zender en daar kunt u me denk ik mee helpen.' Ze keek naar haar gezette cameraman die achter het stuur zat. 'We hebben voorin nog wel een plekje voor u.'

'Wat wilt u weten?'

'Alles wat u me over Sara Ewes kunt vertellen.'

'Ik heb weinig tijd. Ik moet een trein halen.'

'Stap dan maar in, met de auto is het sneller.'

Devine keek om zich heen en stapte in nadat Potter opzijschoof om plaats voor hem te maken. De cameraman reed snel weg, wat volgens Devine van tevoren was afgesproken.

Potter pakte haar telefoon en drukte op het opnameknopje. 'U bent Travis Devine, werknemer van Cowl and Comely?'

'Dat klopt. Luister, ik...'

'En u kende Sara Ewes?'

'Inderdaad. Ik denk...'

'En weet u iets van de omstandigheden van haar dood?'

'Nee.'

'Wat kunt u me over haar vertellen?'

'Ze was aardig. Ze werkte hard. Ze zou hogerop komen bij het bedrijf.'

'Zagen u en Sara elkaar, buiten werktijd bedoel ik?'

Devine keek haar even aan. Deze vraag werd steeds weer gesteld. Hancock had daar al naar geïnformeerd en laten doorschemeren dat Devine niet helemaal eerlijk was geweest. Ze wisten iets, dat kon niet anders. En misschien wist deze Potter ook iets. Misschien was dat haar de vorige avond verteld. Maar niet door de politie. Hij legde een hand op de kruk van het portier. 'Volgens mij zijn we uitgepraat.'

De chauffeur gaf gas.

Devine keek Potter aan. 'Wat zijn jullie aan het doen? Me tegen mijn wil vasthouden? Moet ik me zorgen maken over mijn veiligheid?'

Ze keek hem ondeugend aan. 'De grote, sterke Army Ranger met een heleboel medailles? U zou ons waarschijnlijk met uw pink kunnen doden.'

Dat was zo, maar dat zou geen echte uitdaging zijn. Potter was ongeveer 1 meter 60 en woog schoon aan de haak zo'n 40 kilo. De chauffeur was in de zestig en zeker 25 kilo te zwaar, en elke keer dat hij uitademde kwam er sigarettenrook mee. Devine kon hem waarschijnlijk inderdáád met zijn pink doden.

'Hebt u iemand gedood, meneer Devine? Ik bedoel tijdens de oorlog, niet in New York City.'

'Ik heb me altijd afgevraagd waarom mensen dat zo fascinerend vinden.'

'Oké, laten we ons concentreren op Sara Ewes. Weet u waarom iemand haar zou willen vermoorden?'

Daar ging het dus om. Als Potter dat wist, zou dat overal op het nieuws komen. Devine had het nieuws die dag nog niet gelezen. Dat zou hij in de trein alsnog moeten doen. 'Vermoorden?' zei hij, hopelijk met een verbijsterde blik. 'Ik hoorde dat ze zelfmoord had gepleegd.'

'Dan loopt u achter. Ik heb dat nieuws gisteravond bekendgemaakt,' zei ze triomfantelijk. 'Voor een van de belangrijkere zenders. Mijn primeur.'

'Hoe hebt u dat voor elkaar gekregen?' vroeg hij, terwijl hij besefte dat hij al eerder dan zij had gehoord dat het moord was, van rechercheur Hancock.

'Ik ben heel goed in mijn werk en heb uitstekende bronnen. Vertrouwelijke bronnen.'

Ja, ik zag je vertrouwelijke bron voor Sara's huis. Hij hoopte dat de loslippige agent het eerst aan haar ouders had verteld, voordat ze dit op het nieuws hoorden.

'Goed, terug naar Ewes. Had ze vijanden?'

'Waarom hebt u mij uitgekozen? Er werken heel veel mensen bij het bedrijf. En heel veel daarvan kenden Sara veel beter dan ik.'

'Dat is niet wat ik heb gehoord.'

'Dan klopt het niet wat u hoorde. Waar hebt u dat gehoord?'

'Vertrouwelijk, sorry.'

'Stop!' zei hij.

'O, kom op.'

Devine stak zijn lange arm uit en zette de pook in de parkeerstand, waardoor ze abrupt stilstonden en Potter, die geen gordel droeg, met haar gezicht op Devines schoot viel. Hij keek naar haar dikke bos rood haar in zijn kruis. Hij zei: 'Hé, zou je me niet eerst op een drankje trakteren voordat je dat doet?'

De cameraman begon keihard te lachen.

Maar Potter niet. Ze ging rechtop zitten en keek hem woedend aan. 'U wilt mij niet tot uw vijand maken.'

'U hebt gelijk, dat wil ik niet. Daarom stap ik nu uit, maar ik zal geen aanklacht tegen u indienen wegens wederrechtelijke vrijheidsberoving.'

'U praat als een advocaat.'

'Dat ben ik niet, maar ik ken wel een heel goede. Dus afhankelijk van de manier waarop u dit spelletje speelt hoort u misschien van haar.'

'Het First Amendment is nogal ruim.'

'Dat mes snijdt aan twee kanten.'

Hij stapte uit en liep snel naar het station.

Het busje zoefde toeterend langs hem heen. Hij wist dat het Potter was die dat deed, omdat ze nog steeds woedend was.

Op het station gingen de deuren van de trein net open. Hij stapte in, ging bij het raam zitten, keek op zijn telefoon en zag dat de media inderdaad bekendmaakten dat Sara Ewes was vermoord.

Terwijl de trein het station verliet en naar de city reed, dacht Devine na over zijn huidige positie. De politie kwam van de ene kant en de pers van de andere. Zelfmoord was veranderd in moord. De NYPD stond ongetwijfeld onder grote druk om de moord op een belangrijke jonge vrouw bij een belangrijk investeringsbedrijf op te lossen. En ex-militair en alfaman Travis Devine was misschien wel de ideale verdachte.

Het was duidelijk dat zijn huisgenoten hem geen geloofwaardig alibi konden geven. Valentine had liggen slapen, Speers kon zijn aanwezigheid niet bevestigen en Devine herinnerde zich dat Tapshaw die avond uit was geweest. Daardoor zou hij dus op de lijst met verdachten blijven staan, hét doelwit voor Hancock en Co.

Maar hij had nog een paar troeven achter de hand.

De beveiliging bij Cowl and Comely was heel streng. Buiten werkuren had je je bedrijfspas nodig om de lift te kunnen gebruiken. Bezoekers moesten hun identiteitsbewijs laten zien en werden gefotografeerd en ingeschreven bij de securitydesk nadat degene bij wie ze op bezoek kwamen zijn fiat had gegeven. Daarna werden ze door een bewaker naar de liften gebracht en konden ze alleen uitstappen op de verdieping die ze mochten bezoeken. Na hun bezoek konden ze zonder pasje alleen naar de lobby op de begane grond. Het komen en gaan van bezoekers en werknemers werd elektronisch geregistreerd.

Devine wist dat hij en zijn bedrijfspas niet eens in de buurt van Cowl and Comely waren geweest toen Sara Ewes was vermoord. Daar kon niemand iets aan veranderen.

Hij was onderweg naar de schouwburg om *Wachten op Godot* te zien en dacht ondertussen aan alle manieren waarop hij alsnog kon zijn genaaid. Verder nam hij aan dat dit toneelstuk na dit alles weleens een volkomen andere betekenis voor hem kon krijgen.

Van de regen in de drup.

22

Het was niet de 6:20, maar hij reed wel langs Brad Cowls nederige stulpje.

Voordat Devine zijn kamer had gehuurd, had hij wat onderzoek gedaan. Hij wist dus dat Cowl daar woonde en dat zijn forensentrein erlangs kwam. Daarom had hij in Mount Kisco willen wonen, zelfs al voordat Campbell een makelaar had ingeschakeld om zijn huidige kamer voor hem te regelen.

Devine had gedacht, hoe onrealistisch ook, dat het een voordeel was als hij kon zien hoe en waar Cowl woonde. Stel dat hij iets zag als hij er in de trein voorbijreed, dan kon hij dat misschien in een gesprek met de man gebruiken om hem te imponeren en zijn promotiekansen te vergroten. Dat was allemaal niet gebeurd. De enige keer dat hij Cowl had ontmoet, was in die grote vergaderzaal geweest, tegelijk met al die andere nieuwelingen. Nu was hij dus gedoemd om elke dag opnieuw te zien hoe ongelofelijk rijk de man was.

Dat was dus een geweldig idee van me.

Hierdoor dacht hij weer aan zijn laatste maanden in het leger.

Roy Blankenship had Devine in vertrouwen verteld dat zijn vrouw een affaire had. Blankenship wist ook dat Ken Hawkins de man was die met zijn vrouw naar bed ging, want dat had hij Devine verteld. Na Blankenships dood had Devine via een makker bij de CID het forensisch rapport kunnen inzien. Daardoor wist hij zoveel over rechte en gebogen touwafdrukken. Zelfs voor Devine, geen opgeleide onderzoeker, was het duidelijk dat het moord was en geen zelfmoord. En hij had zijn contactpersoon bij de CID gevraagd waarom de officiële conclusie was dat Blankenship zelfmoord had gepleegd.

Zijn vriend had gezegd: 'De legerleiding wil liever geen problemen, Travis. De oorlog verloopt niet goed voor ons en het laatste wat ze nu dus kunnen gebruiken is een onderzoek naar een officier die een officier heeft vermoord.'

Toen Devine zei dat dat larie was, had zijn vriend gezegd: 'Dat is helaas het beleid van het Amerikaanse leger.'

Maar nadat Hawkins dood was gevonden – aan zijn lichaam was duidelijk te zien geweest dat een wild dier hem had aangevallen – was Devine zwaar depressief geworden. Hij had Hawkins gehaat voor wat hij had gedaan. Hij was erin geslaagd de man in zijn eentje mee te nemen de bergen in. Daar had hij hem alles verteld wat hij wist, en dan vooral dat Hawkins Blankenship had vermoord.

Eerst had Hawkins het ontkend, maar nadat Devine nog meer feiten had genoemd, gaf hij toe dat hij schuldig was. Daarna was hij met getrokken mes op Devine afgestormd. De mannen hadden gevochten. Maar Devine was jonger en sterker, en onverslaanbaar voor een man als Hawkins. Devine had hem bewusteloos achtergelaten, maar had nooit gedacht dat de man daar zou sterven.

De echte doodsoorzaak was een inwendige bloeding veroorzaakt door herhaalde slagen op hoofd en romp, toegebracht door Devine. Maar de officiële versie was dat Hawkins was vermoord door de taliban. Devine had dat verslag nooit gecorrigeerd, maar hij voelde zich zo schuldig over wat hij had gedaan dat hij niet bij het leger kon blijven.

Dáárom had hij de enige organisatie verlaten waar hij volgens hem echt thuishoorde. En als gevolg daarvan was hij terechtgekomen in de financiële wereld van New York, waar zijn vader zo ontzettend trots op was.

Mijn eigen privégevangenis. Zonder kans op ontsnapping.

Maar misschien had Campbell hem een kans gegeven. Nu hoefde hij alleen maar te doen wat hem was opgedragen.

Er was niemand bij Cowls zwembad. Een tuinman snoeide een struik. Een kardinaalvogel landde op een parasol en maakte van die schokkerige bewegingen met zijn kop zoals vogels altijd doen. Het water leek koel en uitnodigend, maar Devine werd er een beetje beroerd van. Hij wendde zijn blik af toen de trein schudde en sneller ging rijden. Daarna was het paleis niet meer te zien.

Devine sloot zijn ogen en zat de rest van de rit naar New York achterovergeleund in zijn stoel. Veel inwoners vonden het zwaar om de zomer in de stad door te brengen, want dan waren daar een heleboel toeristen die vaak geen idee hadden waar ze naartoe gingen. Meestal konden ze door behulpzame inwoners die trots waren op hun stad weer verder.

De trottoirs en de gebouwen absorbeerden elke hittemolecule en kaatsten die keihard terug naar de vele voetgangers, fietsers en automobilisten. Vervuilde lucht, verplaatst door de wind, kon je neusgaten bijna verschroeien of je omverblazen. De metro zoefde onder de stad door en de hitte daarvan kwam met kracht door de roosters in de trottoirs naar boven, waardoor er nog meer hete lucht de stad in werd geblazen.

Toch vond hij de stad in de zomer prettiger dan in de winter. Dan kon hij op een rotsblok in Central Park zitten, of plaatsnemen op een bankje of een wandeling maken en doen alsof er verder helemaal niemand was. Op de een of andere manier werkte dat in deze metropool met acht miljoen inwoners. Voor hem tenminste.

Devine liep van Grand Central naar Broadway. Toen hij bij de schouwburg was, zoemde zijn telefoon. Op het scherm verscheen een berichtje. Emerson Campbell wilde hem spreken voor een voortgangsverslag. Devine wist waarom. Zelfmoord was zojuist veranderd in moord. Hij keek om zich heen. Het was een gewone zondag op een hete zomerdag in Manhattan en dat betekende dat het heel druk was en iedereen ontspannen rondliep of zich juist ergens naartoe haastte.

Devine liep bij de grootste drukte vandaan, bleef op een straathoek staan en belde het nummer op het scherm. Degene die opnam vertelde hem een tijdstip later die dag en een adres; gelukkig was het in de city. Heel even vroeg hij zich af of ze wisten waar hij was. Hij keek naar zijn telefoon. *Stomkop!* Als Apple wist waar hij was, wist Campbell dat natuurlijk ook.

In het Lombard Theater ging hij helemaal links achterin zitten. Het gebouw was vanbinnen gerenoveerd, smaakvol en met kwalitatief goede materialen. Het was druk, met een leuke mix van jong en oud, meer vrouwen dan mannen. Er hing een opgewonden sfeer.

Het licht in de zaal werd gedoofd en het doek werd geopend. Devine dacht bijna nergens anders meer aan toen twee acteurs, die zowel op het toneel als in de film duizelingwekkende hoogtes hadden bereikt en nu op het hoogtepunt van hun carrière waren, wachtten op... Godot. Devine wist al dat Godot niet zou komen. Dat was het punt immers.

Devine was geboeid, net als vijftien jaar geleden toen hij dit stuk voor het eerst in een andere productie had gezien. Hij was toen nog een tiener geweest en had een gedenkwaardig besluit genomen met als gevolg dat de toch al slechte relatie met zijn vader nog slechter werd. Daardoor had Devine iets van zichzelf teruggezien in wat op het toneel werd uitgebeeld. Het wachten, de toenemende twijfel, de hernieuwde energie, en opnieuw de toenemende twijfel. In verband met dat alles was er nog een vraag: had het leven van mensen eigenlijk echt wel zin? *Wachtten we allemaal gewoon op... niets?*

Toen hij de schouwburg die keer verliet was hij zowel zeker als onzeker over zijn besluit om bij het leger te gaan, alsof zekerheid en onzekerheid tegelijk mogelijk waren. Maar doordat de menselijke geest zo complex was wist hij dat zoiets gemakkelijk kon. Net als het feit dat je iemand kon doden. Hij wist dat beter dan de meeste mensen.

Nu hij volwassen was, had Devine meer begrip voor Samuel Becketts verhaal over twee mannen die wanhopig wachtten op iets wat ze niet eens konden verwoorden.

Devine had gedacht dat hij zijn militaire loopbaan zou afronden en daarna misschien aan de slag zou gaan bij een defensiecontractor of ergens ver weg een eiland zou vinden waar hij met stapels goede boeken op het strand kon gaan liggen. Maar dat was allemaal niet gebeurd. Hij had zijn MBA behaald en was bij Cowl gaan werken. Om zijn vader een plezier te doen, om meer op zijn broer en zus te lijken, om een succes te worden op de manier zoals succes meestal werd geformuleerd. In Amerika tenminste.

Maar vooral om zichzelf te straffen omdat hij in wezen een andere soldaat had vermoord, ongeacht de vraag of de man dat had verdiend.

Toen het licht weer aanging en het doek voor de laatste keer was gevallen nadat de acteurs een buiging hadden gemaakt en het podium hadden verlaten, bleef Devine zitten waar hij zat. Hij keek om zich heen. Aan de stoelen en de afwerking en het tapijt en de honderden andere details was duidelijk te zien dat de zaal met veel liefde was gerenoveerd. Het was goed dat de oude constructies bewaard waren gebleven en niet waren gesloopt. Sommige mensen sloopten alles als ze de kans kregen, ook andere mensen.

Maar gezien de reden waaróm hij hiernaartoe was gegaan, was het resultaat teleurstellend. Hij wist nog steeds niet waarom Sara Ewes tegen Jennifer Stamos over dit stuk was begonnen. Sara had Jennifer opgezocht in haar kantoor, haar over *Wachten op Godot* verteld en haar aangemoedigd ernaartoe te gaan. Nou, hij had dat dus gedaan, maar hij begreep nog altijd niet waarom Sara dit belangrijk had gevonden, en of het iets te maken had met haar dood of met wat er misschien bij Cowl and Comely aan de hand was.

Maar hoe langer hij nadacht over zijn gesprek met Jennifer, hoe meer hij zich bewust werd van haar vage reactie en haar aarzeling om hem te vertellen wat Sara haar precies over het toneelstuk had verteld.

Misschien weet ze het, maar wil ze me gewoon de waarheid niet vertellen. Ze zei dat Sara bang was. Misschien is ze zelf ook bang.

Opeens drong er iets tot hem door. *Misschien denkt ze dat ik haar bespioneer in opdracht van Cowl. Als Cowl iets met Sara's dood te maken had, zou dat een reden voor haar kunnen zijn om bang te zijn en ook om me de waarheid niet te vertellen.*

Maar als ze bang was voor Cowl, waarom ging ze dan met hem naar bed?

Om hem te vriend te houden? Om te voorkomen dat ze net zo aan haar eind komt als Sara?

Terwijl hij deze zorgwekkende dingen dacht stond hij op. Hij vertrok en nam het programmaboekje mee, in de hoop dat hij daarin misschien een aanwijzing vond waarom Sara zoveel belangstelling voor dit toneelstuk had gehad. In de lobby las hij het boekje twee keer door, maar meer dan een programma voor een toneelstuk was het niet. Dit was geen stompzinnige film over het kraken van een code, waarin de slechterik die de wereld wil beheersen een spoor van onduidelijke aanwijzingen achterlaat zodat de goede krachten ze kunnen ontcijferen en die onschadelijk kunnen maken. Hij verliet de koele lobby en liep de hitte in.

Hij had nog een uur voor zijn afspraak met Campbell. Bij een kraampje kocht hij een blikje cola en een hotdog met ketchup, mosterd en uien. Hij at en dronk terwijl hij samen met ontelbare andere zonaanbidders op een stenen muurtje zat. Toen alles op was, keek hij op zijn horloge en maakte een schatting van de tijd die hij nodig had om daar te komen. Toen het tijd was, stond hij op en liep weg.

Hij wachtte niet langer op Godot, maar ging rechtstreeks naar de bron. Bij wijze van spreken dan.

En Emerson Campbell zou er zéker zijn.

23

Devine was nu in de 'Fifties', het noordelijke deel van Manhattan en liep tussen Sixth en Seventh Avenue door een lange, smalle straat vol gaten, machines, opgebroken asfalt, openliggende geulen, multiplex, stalen rijplaten en waarschuwingsborden. Het was zondag, zodat het werk aan de weg gelukkig stillag, maar de mensen, de hitte, de etenskramen, het afval en al het andere dat je in de grote stad verwachtte was in al zijn – soms onwelriekende – glorie aanwezig.

Hij hield steeds in de gaten of hij werd gevolgd tot hij voor de deur stond van het Italiaanse restaurant met een groene markies, precies midden in een blok. Het was te laat voor de lunch en te vroeg voor het avondeten, zodat de timing perfect was voor Devines bezoek.

Er had iemand op de uitkijk gestaan, want de deur zwaaide al open voordat hij de deurkruk kon vastpakken. Hij stapte naar binnen en werd meteen overvallen door de koude lucht uit de airco. De deur werd achter hem gesloten door een man die niet naar hem keek en Devine keek ook niet naar hem. Daar was geen enkele reden voor.

Devine liep door een korte gang. Er was niemand te zien. Chiantiflessen met rieten omhulsel stonden in een rij achter de kleine bar, en een paar stapels metalen pizzaborden stonden op een oud houten dressoir, waar ook een heleboel geplastificeerde menukaarten op lagen. Er hing een doordringende geur van knoflook, basilicum, Parmezaanse kaas en pastasaus. De vlekkerige vloerbedekking was goedkoop en op een paar plekken versleten. Aan de muren hingen foto's van beroemdheden die allang dood waren en de gebruikelijke goedkope posters van Napels, Rome en de Amalfikust. Op alle tafels lag een kleedje met daarop een fles olijfolie en een gebutst vaasje met één bloem erin. Het leek op zo ongeveer elk ander Italiaans restaurant in New York City waar hij ooit had gegeten.

Hij opende de enige deur achter in de gang, net voorbij het enige toilet, deed hem achter zich dicht en keek naar de man die aan de enige tafel zat. Devine kreeg meteen een claustrofobisch gevoel in dit vertrek.

Emerson Campbell keek Devine aan en Devine keek hem aan. 'Ga zitten.'

Devine ging zitten.

De oudere man praatte weliswaar zacht en monotoon, maar toch gingen Devines nekharen overeind staan. 'Breng verslag uit, Devine. Er zijn belangrijke ontwikkelingen geweest.'

Dat deed Devine. Kort, bondig, elke zin vol informatie en zonder emotie, hoewel hij die zeker wel voelde. Maar hij wist dat Emerson daar de maling aan had en alleen de missie belangrijk vond. Hij maakte zijn verhaal af, leunde naar voren en zei toen wat hij echt wilde zeggen. 'De politie zit me op de hielen. Dat kan ik voelen. Ze hebben informatie gekregen. Dat gaat een probleem worden. En een verslaggeefster kwam me opzoeken. Iemand heeft met haar gepraat. Ze proberen me in verband te brengen met wat nu een moordonderzoek is. En ik had niets met Sara's dood te maken.'

'Als je onschuldig bent, hoef je je nergens zorgen over te maken.'

Devine keek hem aandachtig aan. 'Er gaan heel veel onschuldige mensen naar de gevangenis.'

'En ik zou willen zeggen dat veel meer schuldige mensen daar niet terechtkomen.'

'Wat bedoelt u daar nu weer mee? Ik heb haar niet vermoord. Ik ben geen moordenaar.' Hij zweeg even en zei toen met neergeslagen blik: 'In elk geval niet zo'n moordenaar. Maar wie weet is er geen verschil.'

Campbell vouwde zijn handen en keek naar Devine als een rechter die op het punt staat het doodvonnis uit te spreken. 'De dingen die je hebt gedaan en niet hebt gedaan, hebben geleid tot de dood van een medesoldaat. Maar dat is pas gebeurd toen duidelijk werd dat kapitein Hawkins niet zou worden gestraft voor de moord op een medeofficier nadat hij een affaire met de echtgenote van die man had. Jij hebt de hiërarchische lijn gevolgd en geprobeerd het juiste te doen voor de vermoorde Blankenship. In mijn tijd heb ik me ook verzet tegen de legerleiding en daarvoor hebben ze me ontslagen. In die zin zijn we verwante geesten, jij en ik. En dat was de reden dat ik je heb gerekruteerd voor deze missie.'

'Ik ben me altijd blijven afvragen of Blankenships vrouw wist wat Hawkins heeft gedaan.'

'Dat hoef je je niet langer af te vragen, want ze wist het, ook al kunnen we dat niet bewijzen. En Blankenship had een levensverzekering van een miljoen dollar. Dood op het slagveld was niet gedekt, maar zelfmoord wel, na twee jaar. Ze heeft het hele bedrag ontvangen en leeft een goed en gelukkig leven. Goed, je stuurde me een berichtje over *Wachten op Godot*. Theorieën?'

'Ik heb het gewoon gezien. Ik kreeg geen enkel idee.'

'Wat ga je nu doen?'

'Doorgaan met graven. De eerste keer dat we elkaar spraken, dacht iedereen nog dat Sara zelfmoord had gepleegd. Nu denkt de politie dat ze is vermoord. Dat verandert alles, ook mijn missie voor u.'

Campbell zei: 'De eerste keer dat we elkaar spraken, nam ik aan dat Ewes geen zelfmoord had gepleegd. Ik dacht dat ze was vermoord.'

'Waarom? Het leek mij onwaarschijnlijk dat ze zelfmoord zou plegen, maar ik kende haar en u niet.'

'Ja, maar ik weet iets over Brad Cowl en wat er bij zijn bedrijf gebeurt. Dus als zij had ontdekt dat er iets illegaals gebeurde... Dat zou voldoende reden zijn om haar te vermoorden.'

'Dat zei u niet tijdens ons eerste gesprek, maar kunt u me iets concreets vertellen over Cowl? Waarom vermoedt u dat in zijn bedrijf iets crimineels gebeurt?'

'Wij denken dat het is begonnen toen Cowl ruim twintig jaar geleden lange tijd in het buitenland was. Niemand schijnt te weten waar hij was. Hij kwam vervolgens terug en schoot meteen als een raket omhoog in de financiële wereld. Er is ook weinig bekend over waar zijn geld vandaan kwam.'

'De meeste geruchten die ik heb gehoord, zeggen dat het geld afkomstig is van zijn partner, Anne Comely.'

'Over haar is zelfs nog minder bekend.'

'Luister, waarom zouden de ministeries van Binnenlandse Zaken en Defensie belangstelling hebben voor financiële misdaden? Dat is toch meer iets voor plaatselijke openbaar aanklagers of het ministerie van Justitie?'

Campbell keek langs Devine heen naar de dichte deur. 'Het is mijn taak om me bezig te houden met buitenlandse en binnenlandse vijanden. En op dit moment hebben we misschien met allebei te maken.'

Devine verstijfde. 'Wacht eens even, zegt u nu dat Cowl een soort spion is? Voor wie?'

'De man bezat geen rooie cent toen hij het land ruim twintig jaar geleden verliet en toen hij terugkwam, was hij na een jaar of twee een van de rijkste ondernemers. Vind jij dat niet verdacht?'

'Zo te horen denkt u aan een samenzwering.'

'Samenzweringen bestaan echt, Devine. Vaker dan je waarschijnlijk denkt. En het gaat niet alleen om de dollars die Cowl verdient. Dat kan me echt helemaal niets schelen. Maar als er achter die dollars iets gebeurt wat een bedreiging vormt voor onze nationale veiligheid, dan kan het me heel veel schelen.'

'Kunt u me helpen met de politie en die verslaggeefster?'

'Met de politie wel. Maar met die verslaggeefster waarschijnlijk niet. Maar een verslaggeefster kan jou ook niet arresteren.'

'Misschien kan ze iets veel ergers doen.'

Campbell keek hem peinzend aan en ook nog eens zo lang dat Devine vroeg: 'Wat is er?'

'Waarom Wall Street en Cowl and Comely? Vreemde carrière voor een Army Ranger.'

'Waarom niet?'

'Dat is geen antwoord.'

'Klopt, rechercheur Hancock vond het ook ongeloofwaardig.'

'Dus?'

'Ik kan wat geld verdienen. Mijn vader kan trots op me zijn.'

'Dat is alles?'

'Is dat niet genoeg?'

'Wil je horen wat ik denk?'

'Maakt het iets uit of ik dat wil?'

'Ik denk dat je een beroep hebt uitgekozen waar je de pest aan hebt. En dat je dat hebt gedaan omdat je wist dat je vader, een man aan wie je ook de pest hebt, dat zou goedkeuren.'

'Waarom zou ik dat doen?'

'Dat is de straf die je jezelf hebt opgelegd, Devine. Je hebt een medesoldaat laten sterven. Daar ben je nooit voor bestraft en dat zit je enorm dwars, omdat jij, anders dan kapitein Hawkins, principes hebt en een geweten. Dus verliet je de organisatie die je in staat zou hebben gesteld alles uit jezelf te halen. Je verliet een organisatie die je nooit wilde verlaten. En nu zit je inderdaad in een gevangenis... die je zelf hebt gecreëerd.'

'Dat is niet waar! Mijn vader was trots op me omdat ik dit had besloten en ik was blij met zijn reactie. We hebben zelfs samen gedineerd en zijn samen dronken geworden.'

'Je bent tegen de wens van je vader bij het leger gegaan, Devine. Sterker nog, je hebt dat uniform aangetrokken om hem te pesten.'

'U weet er niets van.'

Campbell pakte een dossiermap die voor hem lag. 'Dit is jouw psychologische evaluatie voor je toelating tot de Ranger School. Je was heel open tegen die mensen, maar je had natuurlijk ook geen keus. Je vertelde dat je vader je hele leven had bepaald. Je was nooit goed genoeg, nooit even goed als je broer en zus. Voor hem was dat een grote teleurstelling. Je had zeer terecht de naam dat je overal stoïcijns onder bleef, Devine, maar die keer niet, nee, toen niet.'

Devine wilde iets zeggen, maar zweeg.

'En wil je dat ik de brief voorlees die het leger van je vader kreeg? Het leger bewaart elk stukje papier, zoals je weet, en deze brief was bijzonder ongebruikelijk. De meeste ouders zijn trots als hun kinderen bij het leger gaan, maar jouw vader niet. Hij was ook heel open. Hij noemde het' – Campbell pakte een brief en keek ernaar – 'een klap in zijn gezicht dat je naar West Point ging om je land te dienen. Dat je dat alleen deed om hem te treiteren. Terwijl zijn andere twee kinderen schoolvoorbeelden waren van de Amerikaanse droom, was jij de verpersoonlijking van zijn ergste nachtmerrie.' Hij legde de brief weer neer. 'Zijn woorden, niet de mijne. Vertel me dus niet dat je pa en jij samen iets vierden en dronken werden, oké? Dat is larie en dat weten we allebei.'

Devine wendde zijn blik af.

'Je verliet het leger, een organisatie die je vol trots en heel loyaal diende. Dat was het eerste wat je deed om jezelf te straffen. Het tweede was een carrière op Wall Street.'

'En is mijn werk voor u het derde?'

'Dat mag je zelf beslissen. Maar de vraag voor jou is: waar houdt het op?'

'Volgens u moet ik de rest van mijn leven blijven dienen om goed te maken wat ik heb gedaan.'

'Je geeft dus toe dat mijn hypothese over deze kwestie juist is?'

'Ik geef niets toe. En waarom is dat nu belangrijk?'

'Dat is alleen voor jou belangrijk, Devine. Maar dit wil ik wel zeggen: het leven is al zwaar genoeg zonder dat je elke dag met negatieve gevoelens opstaat. Ik bied je aan opnieuw iets positiefs met je leven te doen door je land te dienen. Er wordt niet alleen maar geld verdiend bij Cowl, Devine. Ik weet niet precies wat daar gebeurt, maar het draait om meer dan geld alleen. Goed, volgens mij wordt het tijd dat we weer aan het werk gaan.' Campbell knikte naar de deur.

Devine vertrok niet zoals hij was gekomen. De deur aan de achterkant stond open. Hij snoof de geur van knoflook en Parmezaanse kaas op en stapte daarna de hitte weer in.

In zijn steeds terugkerende droom lag luitenant Blankenship met zijn beschadigde keel op een plaat in het mortuarium. Wat hij ook altijd zag was kapitein Hawkins die na hun vechtpartij bewusteloos in de Afghaanse bergen lag. Een zwaar gevecht was het niet geweest, want Hawkins had zich slap gehouden. En misschien voelde hij zich zo schuldig dat hij het niet kon opbrengen om zich fel te verdedigen tegen Devines gewelddadige aanval. Maar Devine was ervan uitgegaan dat de man zou bijkomen en moeizaam terug zou lopen naar het kamp. Als Hawkins een aanklacht tegen hem had ingediend, had hij tegen iedereen die maar wilde luisteren verteld dat de man Blankenship had vermoord. Maar Hawkins kwam dus niet bij.

Ik heb hem kennelijk harder geslagen dan ik dacht.

Devine sloeg de hoek om en ging naar het centrum.

De politie zou ook achter hem aan komen. Daar moest hij iets aan doen, ook al had Campbell toegezegd dat hij hem zou helpen. Daarom moest hij iemand opzoeken die hij wilde spreken.

Eén verkeerde zet en het was allemaal voorbij.

24

Een uur lang had Devine de rustige straat in Park Slope geobserveerd en hij had geen enkele patrouilleauto of politieagent gezien. Sara Ewes' huis was belangrijk, wist hij, maar nu ook weer niet de plaats delict. Misschien hadden ze alles al. Als dat zo was, was hij waarschijnlijk de pineut.

Hij verstijfde toen een taxi voor het huis stopte en het stel van de vorige avond uitstapte. Ze waren iets te formeel gekleed voor deze vroege zomeravond: hij droeg een marineblauw sportjasje met een crèmekleurig overhemd en zij een rok en pumps. Misschien hadden ze hun dochter officieel moeten identificeren of waren ze naar de kerk geweest om te bidden, of allebei.

Ze liepen het trapje op. Hij deed de deur van het slot en ze gingen naar binnen. Devine wachtte nog even. Hij wilde hun de kans geven bij te komen als ze inderdaad net in het mortuarium waren geweest. En hij wilde er zeker van zijn dat de politie hier niet naartoe kwam, op de bonnefooi of volgens afspraak.

Twintig minuten later verliet hij zijn observatiepost. Hij stak de straat over, streek zijn overhemd glad en klopte aan.

Even later deed de man de voordeur open. Hij was ongeveer 1 meter 72, droeg een bril en zijn blauwe ogen waren rood van het huilen. Devine herkende wel iets van Sara in hem. De man had zijn jasje en overhemd uitgetrokken en droeg alleen nog een wit T-shirt. Hij had een kopje in de hand. 'Ja?' zei hij verbaasd. Hij kende waarschijnlijk niemand hier en verwachtte hoogstens dat de politie langs zou komen.

'Meneer Ewes?'

'Ja. Wie bent u?' Hij keek een beetje angstig naar Devine.

Devine wist dat hij er voor sommige mensen heel intimiderend uitzag, en dat zou nu zeker zo zijn met zijn gehavende gezicht. Om eventuele angst weg te nemen zei hij: 'Ik ben Travis Devine. Ik werk net als uw dochter bij Cowl and Comely.' Hij liet de man zijn bedrijfspasje met pasfoto zien. 'Ik vind het heel erg wat er is gebeurd.'

'Kende u Sara... goed?' Zijn stem brak.

'Ze was de liaison voor mijn groep trainees. Iedereen vond haar geweldig.'

'Fred? Wie is dat?'

De vrouw kwam naar hen toe. Ze was even mager als haar man, maar nog bleker. Ze had grijs haar en veel rimpels in haar gezicht. Het duurde even voordat ze haar bloeddoorlopen ogen op Devine richtte. Ze droeg nog dezelfde rok, maar had de pumps uitgetrokken. Ze was ongeveer 1 meter 62, terwijl Sara zeker 1 meter 95 was geweest.

Aangezien Fred ook niet lang is, zal iemand anders binnen de familie wel lang zijn.

'Deze jongeman kende Sara,' zei Fred. 'Hij werkt bij hetzelfde bedrijf als zij.'

'Kom alstublieft binnen, meneer...'

'Travis, Travis Devine. Dank u.'

'Ik ben Ellen en dit is Fred.'

Devine stapte naar binnen en Fred deed de deur dicht.

Ellen wees naar een stoel en het echtpaar ging tegenover hem op de bank zitten.

Het huis was ingericht met spullen van meubelwinkel Wayfair en andere unieke winkels, waar er hier veel van waren. Het was kleurrijk, licht en vrolijk, tot en met de kussens en de kleden op de houten vloer. In de bakstenen open haard lagen dennenappels, wat hij grappig vond gezien de zomerhitte. Devine had dit allemaal al eens gezien, maar toen leefde Sara nog.

'Neem me niet kwalijk,' zei Ellen. 'Wil je misschien iets drinken? Fred heeft net koffiegezet. Of ijsthee?'

'Nee hoor, dank je wel.'

'Je werkte dus samen met Sara?'

'Dat niet, we werkten op verschillende afdelingen en zij werkte er ongeveer zes jaar langer dan ik.' Omdat ze zo verbaasd keken, zei hij: 'Na West Point heb ik jaren in het leger gediend. Daarna heb ik mijn MBA behaald.'

'Dank je wel voor je dienst aan ons land, Travis,' zei Fred.

'Dit is natuurlijk vreselijk voor jullie. Op het werk is iedereen ook ontzet.'

'Had je... enig idee dat er een probleem was?' vroeg Ellen met een klein stemmetje, maar een hoopvolle blik.

Weten ze niet dat het moord was?

'Helemaal niet. Ze deed het geweldig. Ik kan nog steeds niet geloven dat ze... zelfmoord heeft gepleegd.' Hij zweeg en wachtte of ze hem zouden verbeteren.

Fred zei met een trillende stem: 'Ik weet dat de politie dat eerst dacht, Travis, maar ze denken er nu anders over.'

Hij keek hen aan. 'Wat? Ik begrijp je niet.'

Ellen sloeg haar blik neer. Ze zag eruit alsof ze wilde opspringen en de kamer uit rennen.

Fred zei: 'De politie denkt nu dat Sara... Dat iemand... haar heeft vermoord.' Hij sloeg een hand voor zijn mond en Ellen snikte.

'O mijn god, wat afschuwelijk! Dit is... ongelofelijk.' En zelfs al wist hij dat allemaal al, toch vond hij het nu ook ongelofelijk. Alsof hij het nu pas hoorde, doordat hij hun verdriet nu pas zag.

Er gingen een paar seconden voorbij waarin alleen hun versnelde ademhaling hoorbaar was.

'Waren jullie bevriend met elkaar?' vroeg Ellen.

'Ze had heel veel vrienden. Ze was heel extrovert.'

'Ze vertelde dat ze met iemand uitging,' zei Ellen. 'Dat is al even geleden, maar ze heeft geen naam genoemd.'

'Dat wist ik niet,' zei hij snel.

'Woon je in de buurt?' vroeg Fred.

'Nee, ik woon in Mount Kisco, een voorstad in het noorden. Ik reis met de trein heen en weer. Dit is een mooi huis. Ze heeft het prachtig ingericht.'

'Was je hier nog nooit geweest?' vroeg Ellen, terwijl ze hem aandachtig aankeek.

Hij keek haar aan. 'Nee. Als we elkaar zagen was dat in een groep, tijdens bedrijfsuitjes en zo.'

Hij keek naar links, waar hij wist dat Ewes' slaapkamer was. Daarna richtte hij zijn blik weer op Ellen en zag dat ze nog steeds naar hem keek.

Ze zei: 'Maar je wist waar ze woonde, Travis.'

'Ik heb haar een keer lopend naar huis gebracht toen we hier vlakbij in een bar waren. We hadden wat gedronken en ik wilde zeker weten dat ze veilig thuiskwam. Maar dit is de eerste keer dat ik binnen ben.'

'Ik begrijp het. Hopelijk ben je hier niet helemaal naartoe gekomen om ons te bezoeken. Maar ik neem aan dat je niet eens wist dat we hier waren.'

'Klopt. Ik was in het centrum, om een toneelstuk te zien. Daarna wilde ik hiernaartoe, zomaar eigenlijk. Ik dacht aan Sara, weet je. Toen zag ik jullie uit een taxi stappen en naar binnen gaan. Ik wilde jullie niet lastigvallen, dus ben ik even doorgelopen. Maar toen ik er nog even over nadacht, wilde ik jullie toch vertellen hoe erg ik het vind. Ik wist niet hoe lang jullie hier zouden blijven en of ik nog een kans zou krijgen. Ze vertelden me dat jullie uit het buitenland moesten komen.'

'Nieuw-Zeeland,' zei Fred. 'Daar ben ik gestationeerd. Een heel lange reis.'

'Een afschuwelijke reis,' zei Ellen. 'Zodat we uren de tijd hadden om te denken aan...'

'Dat geloof ik meteen,' zei Devine zacht. 'Wat voor werk doen jullie?'

'We zijn zendelingen,' zei Ellen. 'We verspreiden Gods Woord. Fred is zelfs predikant.'

'Dat is geweldig. In Nieuw-Zeeland dus?'

Ze zei: 'Het lijkt misschien een vreemde keus, maar de helft van de bevolking daar is helemaal niet religieus. Vooral de jonge mensen niet en dat betekent dat hun kinderen zonder God in hun leven zullen opgroeien. En hoewel de meeste gelovige Nieuw-Zeelanders christen zijn, zijn de snelst groeiende religies het hindoeïsme en het sikhisme.' Ze fronste, zodat duidelijk was dat ze daar niet over te spreken was.

Fred zei tegen zijn vrouw: 'Maar dat zijn prima religies, Ellen. Heel veel mensen geloven op die manier. Ik ben al blij dát ze gelovig zijn. Zij hebben hun god en wij hebben de onze.'

'Over sommige dingen zijn mijn man en ik het oneens,' zei Ellen vriendelijk, 'maar we proberen altijd punten van overeenkomst te vinden.'

‘Dat is in de meeste geslaagde huwelijken het geval, heb ik gehoord,’ zei Devine.

‘We komen net terug van...’ Ellen keek haar man aan, die haar zin afmaakte.

‘... het mortuarium.’

‘Ik kan me niet voorstellen hoe zwaar dat moet zijn geweest.’

‘Ik neem aan dat je ervan uitging dat we haar ouders waren?’ vroeg Fred, waarschijnlijk omdat ze in gedachten allemaal beelden zagen die ze niet wilden zien.

‘Deels, maar ik zie ook iets van Sara in jullie. Hoewel zij langer was.’

‘Mijn vader en broer,’ zei Ellen met een trieste glimlach. ‘Zij zijn allebei 1 meter 93. Sara was even lang als zij.’

Devine leunde naar voren omdat hij het toch maar wilde proberen. ‘Is de politie hier al geweest? Houden ze jullie op de hoogte van alles?’

‘Ze waren hier toen we gisteravond aankwamen,’ zei Fred. ‘Ze doorzochten haar spullen. Ik denk dat ze dat altijd doen, ongeacht de manier waarop ze... Maar nu ze weten dat zij niet... Dat iemand haar...’

‘Ja, natuurlijk. Dat zullen ze inderdaad wel moeten doen. Om haar elektronische apparaten, dagboek en zo mee te nemen, alles wat hen kan helpen te achterhalen wie het heeft gedaan.’

Fred knikte instemmend. ‘Klopt, dat hebben ze allemaal meegenomen. Alles wat hier in huis was, tenminste. En ze hebben overal heel grondig gezocht. Ze hebben vingerafdrukken genomen, dat soort dingen. Ze waren bijna klaar toen wij binnenkwamen en zeiden dat we hier mochten blijven zolang we in de stad zijn.’ Hij keek om zich heen. ‘Sara had dit huis nog niet toen we naar Nieuw-Zeeland gingen. Ze had een appartementje in... Waar was dat ook alweer, Ellen?’

‘Tribeca.’

‘Juist, Tribeca. Nu woonde ze hier in Brooklyn. Ik dacht dat dit vroeger een slechte buurt was.’

Devine zei: ‘Het is nu veel beter dan tientallen jaren geleden. En daardoor zijn de huizen ook heel duur geworden.’

‘Maar goed, dit is dus de eerste keer dat we Sara’s huis zien. We waren nog niet eerder terug geweest.' Hij zweeg, bevochtigde zijn lippen. 'En nu zijn we er dus.'

Ellen staarde naar de dennenappels in de open haard. Ze leek zich af te vragen waarom haar dochter er nog niet was om haar koffie of thee aan te bieden of om haar te omhelzen. 'Welk toneelstuk heb je gezien?' vroeg Ellen opeens. Ze keek hem aan. Onaangenaam, vond Devine.

'*Wachten op Godot*. Sara had tegen een gemeenschappelijke vriendin gezegd dat het de moeite waard was.'

'Ik heb er nog nooit van gehoord,' zei Ellen.

Fred zei: 'Was het goed?' Hij leek zich vast te grijpen aan deze reddingsboei om te ontsnappen, ook al was het maar een paar seconden, aan alles wat hem bedrukte.

'Het zet je aan het denken,' zei Devine, hoewel hij dacht dat Ellen Ewes het verschrikkelijk zou vinden. 'Ze heeft er dus nooit met jullie over gesproken?'

Fred schudde zijn hoofd. 'We hadden al een tijdje niets meer van haar gehoord. Wanneer was de laatste keer, Ellen?'

'Het tijdsverschil is echt een probleem. Haar nacht is onze dag. Maar het was al ruim een week geleden. Ze is ons enige kind. Wás ons enige kind.' Ze zweeg en begon zacht te huilen.

Devine begon te denken dat dit een heel slecht idee was geweest. Hij stond op en zei: 'Ik zal jullie niet langer lastigvallen. Nogmaals, ik vind het heel erg. En als ik iets kan doen zolang jullie hier zijn...' Hij pakte een visitekaartje met zijn rechtstreekse zakelijke nummer en zijn mobiele nummer en gaf dat aan Fred, die het aannam zonder ernaar te kijken.

Devine keek naar Ellen, die hem alweer met zo'n intense blik die hij niet begreep aankeek. 'Sara had een dagboek, zoals je al zei. Maar dat staat niet op de lijst die de politie ons heeft gegeven, want ze konden het niet vinden. Toch hield ze al sinds ze heel jong was een dagboek bij.'

'Wat vreemd,' zei Devine. En dat leek ook vreemd. 'Misschien sloeg ze alles op in haar persoonlijke cloud. Dat doen veel mensen tegenwoordig.'

'Ik denk dat Sara een heel goede vriendin van je was.'

Devine voelde zijn maag verkrampen doordat ze hem zo fel aankeek. 'Ik vond haar aardig. Net als iedereen.'

Ellen pakte het visitekaartje van haar man af en keek er even heel aandachtig naar. 'Maar je vergist je, Travis,' zei ze toen.

'Wat zeg je nu, lieve?' zei Fred scherp.

Ellen draaide het kaartje om en om, alsof het te heet was om vast te houden. 'Iemand vond Sara helemaal niet aardig,' zei ze.

25

Toen Devine thuiskwam, zat Valentine in de woonkamer op hem te wachten. De Rus keek opgewonden en ongerust.

'Wat is er, Will?'

'Dude, die mail...'

'Wat is daarmee? Heb je ontdekt wie hem heeft verzonden?'

'Nee, hij is niet traceerbaar.'

'Toch bedankt dat je het hebt geprobeerd. Zoiets vreemds heb ik nog nooit meegemaakt. Ik bedoel, het lijkt niet eens op een mailadres.'

'Nee, Travis, zo eenvoudig is het niet. Ik bedoel, ik kon het niet traceren. De mensen met wie ik werk konden het ook niet traceren. Eerst dacht ik dat het een soort vreemde spoofingmail was, of misschien een hexadecimaal.'

'Wat?' vroeg Devine.

'Hexadecimaal. Een basissysteem voor het vereenvoudigen van de binaire computertaal. Maar ik ben erin gedoken, en dat is het ook niet.'

'Oké, maar mensen versturen heel vaak anonieme mails. Ja toch?'

'Er zijn veel manieren om zulke mails via internet te versturen. Goedkoop, minder goedkoop, moeilijk, minder moeilijk.'

Devine leunde tegen de muur. 'Dat moet je me uitleggen.'

'Nieuw telefoonnummer, liefst wegwerp of prepaid, betaald met contant geld of gekloonde creditcard, valse naam en andere info, nieuw mailaccount, Hotmail, Gmail. Andere browser, gebruik van incognito modus, en weg gaat de mail. Rusland heeft Yandex-webmail, geen telefoonverificatie voor nodig. Voor Hotmail en Gmail heb je een telefoonnummer nodig, maar dat is te omzeilen met een wegwerptelefoon. Zelfs met incognitomodus wordt samen met de mail nog altijd een IP-adres meegestuurd. Maar deze mail heeft dat allemaal niet.'

'Hij is dus niet traceerbaar, bedoel je?'

'Niet als degene naar wie je het stuurt resources heeft. En als je een goedkope manier kiest, creëer je grote problemen.'

'Wat zijn de duurdere en betere manieren dan?'

'Speciale service gebruiken, zodat je kunt doen wat je wilt doen, een anonieme mail versturen. Ingebouwde *premier encryption*, *spoofed* IP-adres, *auto deletion* van de server die is gebruikt, wachtwoordbescherming, geen persoonlijke info nodig. Dat soort goede shit.'

'Wie doet zoiets?' vroeg Devine.

'Veel platforms doen *proxy email*. Sommige zijn legaal en fatsoenlijk, andere niet echt. Ze doen het allemaal en goed. Of je kunt ze omzeilen en VPN gebruiken. Maar gebruik geen gratis services, die verkopen data aan derde partijen. Bij gebruik van premium service wordt je IP-adres versleuteld.'

'Nou, degene die deze mail heeft gestuurd, moet dus een van die services of VPN hebben gebruikt.' Devine zag dat de Rus ernstiger keek dan hij ooit eerder had gezien; de 'pizza en bier'-karikatuur van een Russische hacker was verdwenen.

'Zelfs daarmee kun je MAC-adres van computer niet verbergen. Elk apparaat heeft MAC-adres dat gekoppeld is aan netwerkkaart. Als soort vingerafdruk.'

'Maar deze heeft dat niet?'

'Ik vermoed dat ze het adres spoofen, onzichtbaar maken.'

'Ik dacht dat je zei dat het geen spoofingmail was?'

'Maakt niet uit. Wij kunnen die systemen kraken, ongeacht methode die ze hebben gebruikt,' zei hij zeer zelfverzekerd. 'Maakt niet uit of MAC-adres is gespooft. Dat kunnen we gewoon! Maar deze mail is niet via een van die platforms verstuurd. Dat is onmogelijk. Het heeft geen van de protocollen die vereist zijn om berichten te versturen via breedband, inclusief een IP-adres.'

'Al die dingen zijn dus nodig, begrijp ik dat goed?'

'Natuurlijk, Travis, nodig bij elk programma.' Valentine zuchtte en leunde naar achteren. 'Als je mail verstuurt, zitten afzender en IP-adres van ontvanger in het pakket. Daarna wordt het naar gateway of router gestuurd. Daarna naar hoger niveau netwerk. Steeds opnieuw, tot aan het mailadres van de geadresseerde.'

'Hoe is die mail dan in mijn inbox terechtgekomen?' vroeg Devine. Maar toen beantwoordde hij zijn eigen vraag: 'Iemand moet mijn mailadres hebben gekend.'

'Ja, dat is zo. Maar het is gemakkelijk om dat te krijgen. De grote vraag, Travis, is dat we niet weten wie het heeft verstuurd of hoe ze erin zijn geslaagd het te versturen. Ik bedoel, we kunnen het bericht op geen enkele portal op internet vinden.'

'Dit gaat me een beetje boven de pet,' bekende Devine.

'Feitelijk zijn er vijf klassen IP-adressen. Klasse A, B en C worden gebruikt voor publiek- en privégebruik. Klasse D voor zaken als videostreaming, televisienetwerken en zo.'

'Dat zijn maar vier klassen. Wat is de vijfde?' vroeg Devine.

'Klasse E, niet gereserveerd voor het publiek. Voornamelijk gebruikt voor research. Is experimentele IP-klasse. Als ik moet raden zeg ik dat jouw mail op de een of andere manier met klasse E is verstuurd, maar ik kan niet ontdekken hoe.'

'Hij kwam binnen om 9.22 uur. Er stond in dat een facilitair medewerker Sara's lichaam rond halfnegen die ochtend had ontdekt en dat de politie was gebeld. Dus nog geen uur later wist iemand dat ze dood was en kende de bijzonderheden over hoe ze was gestorven en dat ze was opgehangen. En daarna stuurden ze alleen naar mij een berichtje, voor zover ik weet dan, dat jullie niet kunnen traceren. Dat is verdomd snel.'

'Je moet dit te weten zien te komen, dude. De mensen voor wie ik werk zijn hysterisch. Ik bedoel echt hysterisch.'

'Hoe moet ik het achterhalen als jullie dat niet kunnen? Ik ben geen superhacker.'

'Ik bedoel dat je met mensen moet praten. Praat met de man die haar vond.'

'Is het echt zo rampzalig als je een mail niet kunt traceren?'

'Voor mij betekent dat het einde van de wereld. Dat betekent dat wat ik doe... niets voorstelt. En dat slechte mensen op internet overal mee weg kunnen komen, omdat ze onzichtbaar zijn.'

Toen hij dat zei, begon de ernst van de situatie tot Devine door te dringen.

'Jij kende die vrouw, Travis. Je vertelde me dat je met haar uitging. Wil jij niet weten wie haar heeft vermoord?'

'Natuurlijk wel, maar als ik ga rondneuzen heb ik jouw hulp nodig.' Devine dacht aan de securitydatabase van Cowl and Comely en vertelde Valentine wat hij gedaan wilde hebben.

'Geef me je gebruikersnaam en wachtwoord,' zei de Rus.

Devine aarzelde. 'Ik weet niet zeker of ik dat wel moet doen, Will.'

Valentine glimlachte. 'Ik kan het zelf binnen een minuut achterhalen, dude. Maar als je mijn hulp niet nodig hebt...'

'Als je de boel voor me verkloot, staat je wat te wachten,' zei Devine.

'Dude!' zei Valentine glimlachend.

Nadat Devine hem de gegevens had gemaild, vlogen de vingers van de Rus over het toetsenbord.

'Hoe lang duurt dit, denk je?' vroeg Devine.

'Ben al klaar.'

'Wat!'

'Je werkgever heeft waardeloze encryptie. Ik mail je wat je nodig hebt om in de database te komen.' Nadat Valentine dat had gedaan, zei hij: 'En jullie Amerikanen vragen je af waarom je altijd wordt gehackt. Jullie systeem is waardeloos.'

Devine liep weg en besefte één ding: er was echt maar één manier waarop de afzender van de 'onzichtbare' mail die gegevens op dat tijdstip had kunnen weten.

Volgens mij heeft degene die mij die mail stuurde ook Sara vermoord.

26

6.20 uur.

De trein verliet het station en zoals altijd keek Devine naar buiten. De zondag was niet bepaald een rustdag geweest. Hij had het gevoel dat hij een hele werkweek bij Cowl achter de rug had en niet pas vandaag aan een nieuwe week begon.

De nieuwsgierige journaliste Rachel Potter, het toneelstuk *Wachten op Godot*, het gesprek met Emerson Campbell, Sara's ouders, vooral de wantrouwige moeder, de vraag wat de politie in het huis had gevonden, het vermiste dagboek waar hij misschien in werd genoemd en tot slot Valentine met het nieuws over die kennelijk ontraceerbare mail. Hij werd al moe als hij alleen maar aan al die dingen dacht.

De trein stopte zodat nieuwe passagiers konden instappen, tufte de heuvel op en bleef staan. Dat was zo normaal dat het bijna grappig was. Bijna.

En toen zag hij haar, door de opening onder het bladerdak van de bomen en boven de stenen muur. Ze zat al bij het zwembad, had haar badjas uitgetrokken en droeg haar smaragdgroene stringbikini. Die kleur stond haar goed.

'Ze is een exhibitionist, hoor. Dat vind ik tenminste. Waarom zou ze daar anders zitten, bijna naakt, zodat we haar allemaal kunnen zien? Zij moet deze stilstaande trein toch ook zien?'

Devine keek de man aan die naast hem zat.

Hij was een jaar of vijftig en gekleed in een stijlvol gesneden donkerblauw pak, wit overhemd en een smalle stropdas met bijpassend pochet. Hij had golvend bruin haar dat al grijs werd, rimpels in zijn voorhoofd en donkere wallen onder zijn ogen. Devine dacht dat hij misschien in een toekomstige spiegel keek waarin hij kon zien hoe hij er zelf over een kleine twintig jaar uitzag. De man leek tegelijk ongelukkig en sterk, uitgehold en triest, vond hij. Devine zag dat de man een trouwring droeg.

'Wat weet je over haar?' vroeg Devine.

'Alleen dat ze zo ongeveer het lekkerste lijf heeft dat ik ooit heb gezien. En dat ze waarschijnlijk nymfomane is. Exhibitionisten zijn meestal ook nymfomaan.'

'Echt?' vroeg Devine.

De man snoof, keek naar de vrouw en zei verlangend: 'Nou ja, op tv meestal wel. En haar voorgangster was al even hot.'

Devine schrok. 'Haar voorgangster?'

'Ja. Ik reis al heel lang met deze trein. Ik weet nog dat ze dit huis bouwden. Dat is Brad Cowls huis, voor het geval je dat niet wist. Maar goed, die meid kwam ook af en toe in bikini naar buiten. Een echt stuk, net als deze. Cowl houdt kennelijk van jong, knap en bijna naakt.'

'Wat is er met die andere vrouw gebeurd?'

'Geen idee. Op een dag was ze gewoon verdwenen.'

'Wanneer was dat?'

'O, een jaar geleden ongeveer. In de zomer.'

'Hoe zag ze eruit?'

'Leek veel op deze, alleen was zij een brunette.'

Devine keek weer naar de vrouw. Ze zat daar gewoon, met haar benen over elkaar, en ze leek zich niet eens bewust van het feit dat er een zwembad was. Ze keek op en hij had even het ongemakkelijke gevoel dat ze naar hem keek. Maar dat was onmogelijk. Niet op deze afstand vanuit die hoek en het glas tussen hen in.

Toch?

Ze stond op, pakte haar badjas en liep naar binnen. Hij en iedere andere man aan deze kant van de trein – en waarschijnlijk een heleboel aan de andere kant van het gangpad – volgden haar met hun blik. Zo geconcentreerd alsof het de laatste minuut van hun leven was.

Misschien kickt ze hierop. Ze wist dat de trein hier was, met mensen erin die naar haar keken. Hij vroeg zich af wat Brad Cowl daarvan vond. Maar ach, die had seks met zijn werkneemsters op een bureau.

De trein begon weer te rijden.

Devine verliet het station van de ondergrondse in het Financial District en stapte de ochtendhitte in. Het was zo vroeg dat de stad nog bezig was te ontwaken. Vrachtwagens stonden op plaatsen waar dat verboden was, en taxi's, auto's en Ubers toeterden en verpestten het enige stille moment van de dag. Vogels pikten in het afval dat op de grond lag, straatvegers veegden de straat, gapende mannen al dan niet in pak liepen naar hun werk met een blik alsof ze onderweg waren naar hun graf.

Kraampjes waar je ontbijt kon kopen gingen open. Later, voor de lunch, verkochten ze gegrilde halal, *cheong fun*, rijstnoedels, Indiase king biryani en traditionele dingen als pretzels, hotdogs, falafel, tex-mex, biefstuk, BBQ en sushi. Als je hier een bepaald gerecht niet kon vinden, kwam dat doordat het niet bestond.

Bouwmedewerkers sleepten met buizen en kruiwagens en liepen rond met een spade en hun lunchbox, rookten een Camel en dronken goedkope koffie om wakker te worden.

Het was onbewolkt, de hitte hing al boven de wolkenkrabbers. Rond lunchtijd zou de hitte die tussen de gebouwen hing, in combinatie met de miljarden kilo's en miljoenen vierkante meters glas de temperatuur op de grond opdrijven tot bijna vulkanische proporties. Zo zou het tenminste voelen voor de mensen die probeerden daar de kost te verdienen of van hun vakantie te genieten.

Terwijl Devine dit allemaal dacht, peinsde hij ook over zijn bijzonder serieuze problemen: hij had een rouwende moeder bezocht, haar vreselijk wantrouwig gemaakt én – kennelijk als enige – een ontraceerbare mail over een moord ontvangen.

In die mail had niet gestaan dat Sara zelfmoord had gepleegd. Devine besefte dat hij gewoon had aangenomen dat dit er stond, terwijl er alleen had gestaan dat ze dood was. Vervolgens een beschrijving dat ze daar hing. Wanda Simms had het over zelfmoord gehad en gezegd dat ze dat van de politie had gehoord. En rechercheur Hancock had die voorlopige conclusie tijdens hun eerste gesprek bevestigd.

Hij zou met mensen moeten praten om te achterhalen wie die vreemde mail had verstuurd, omdat dit kennelijk niet kon met een computer en een server. Devine vond het eigenlijk wel verfrissend dat je tegenwoordig niet elk probleem met alleen technologie kon oplossen. Soms kon je door wat rond te lopen en met een paar goed geformuleerde vragen meer bereiken dan met kunstmatige intelligentie en oneindige hoeveelheden bytes in nepclouds. Maar de mail had wél iets te maken met de moord op Sara, dus moest dat wel iets te maken hebben met de criminele dingen die bij Cowl gebeurden.

Hij moest dus doen wat Emerson Campbell hem had opgedragen om niet in een militaire gevangenis te belanden. Zijn opdracht had niet duidelijker kunnen zijn.

Devine kende de bewaker van Cowl die nu dienst had. Zijn naam was Sam, hij was een jaar of zestig, had grijs haar, een lichte huid, hangende schouders, een buik die zo dik was dat zijn overhemd bijna scheurde, en een prettige glimlach. Hij leek op een aardige oom of opa die met een biertje in de hand op de grond ging zitten om met de kleintjes te spelen.

Devine liep naar de receptiebalie toe, zette zijn leren aktetas erop en streek wat zweetdruppels van zijn voorhoofd. 'Hoi Sam.'

'Hoi Devine.'

'Hier gebeuren echt idiote dingen.'

'Dat kun je wel zeggen. De politie loopt in en uit. Nieuwe ontwikkelingen.'

'Ja, hoorde ik. Moord in plaats van zelfmoord. Dat is nogal een verschil.'

'Dat kun je wel zeggen, ja. Kende je haar?' vroeg Sam.

'Een beetje. Heb jij haar weleens gezien?'

'Ja, zeker. Ze glimlachte en zwaaide altijd naar me. Aardige jonge vrouw, verdomd zonde.'

'Hoorde dat de schoonmakers haar vonden.'

Sam schudde zijn hoofd en keek alsof hij iets smerigs proefde. 'Jerry Myers. Die arme vent draaide helemaal door. Hij rende naar me toe en schreeuwde dat die vrouw in de werkkast hing. Ik dacht dat-ie gek was geworden. Ik bedoel, in dit gebouw... Dat kan toch niet?'

Devine verstijfde. 'Wacht, kwam hij helemaal naar beneden om het aan jou te vertellen? Dus toen hij boven was, heeft hij de politie niet eens gebeld?'

'Nee, klopt, die stomkop, maar hij was volkomen van slag. Arme vent had nog nooit zoiets gezien. Hij ging naar de werkkast om iets te pakken en pats-boem: daar was ze. Iedereen zou zich rot zijn geschrokken, dus ik snap wel dat-ie daar niet heeft gebeld. Nadat ik de politie had gebeld, zijn Jerry en ik naar boven gegaan. Ik hoopte echt dat-ie dronken was of hallucineerde of zo. Maar nee, ze hing er echt. Arme meid. Ik heb bij de politie van Newark gewerkt, maar ik moet je bekennen dat ik mijn ontbijt ook bijna heb uitgekotst.'

'Geloof ik meteen. Op dat tijdstip moet het op de tweeënvijftigste al heel druk zijn geweest.'

'Daarom ging ik daar ook meteen naartoe nadat ik 911 had gebeld. Ik gaf een collega opdracht de receptie te bemannen zodat hij de politie naar boven kon sturen. Ik bedoel, dat was een mogelijke plaats delict en daar zijn voorschriften voor en zo. Ik wist toen natuurlijk niet hoe ze was gestorven, dat wist niemand. Maar je moet de bewijzen intact houden.'

'Dan is het maar goed dat jij daar zo snel was, voordat iemand anders wist wat er was gebeurd.'

Sam keek hem aandachtig aan. 'Nou ja, daar kan ik dus niet voor instaan.'

'Wát?'

'Jerry liet de deur een stukje openstaan. Dat was tenminste zo toen wij daar aankwamen.'

'Zei hij dat hij dat had gedaan?' vroeg Devine.

'Hij was verdomme zo van slag dat hij zijn eigen naam niet eens meer wist. De politie kwam een minuut of vijf later. Ik wilde die verantwoordelijkheid geen seconde langer dan nodig was.'

'Wat deed je toen?'

'Ben daar gebleven voor het geval ze iets wilden.'

'Heb je met iemand gepraat?'

'Alleen met Jerry en een van die agenten.'

'Dus met niemand van het ondersteunend personeel of mensen zoals ik?'

'Tegen de tijd dat die binnen kwamen druppelen, mochten ze van de politie de lift al niet meer uit. Verder heb ik niemand gezien.'

'Dat ondersteunend personeel is niet belangrijk, maar er zullen wel anderen zijn geweest, mensen zoals ik. Het ging als een lopend vuurtje rond.'

'Geen idee. Ik heb niemand gezien.'

Verdorie! Hij dacht aan Wanda Simms, die de mensen uit de kantoren op die verdieping had gehaald. Dat klopte helemaal niet met wat Sam hem net had verteld. 'Dan heeft Jerry zeker ontslag genomen nadat hij haar had gevonden? Of is hij er in elk geval een paar dagen tussenuit gegaan?'

Sam maakte een afwijzend gebaar en nam een slok koffie uit een beker met het logo van de New York Giants. 'Nee. Hij is een alleenstaande man zonder kinderen met een goedbetaalde baan, zeker als je alle extra's meetelt. Zoiets gooi je niet zomaar weg. Hij is er nu ook, trouwens. Op de vierendertigste verdieping, om lampen te verwisselen. Dat zei hij een paar minuten geleden tenminste.'

'Oké. Hé, hou je haaks.'

Sam glimlachte. 'Ik heb een rustig baantje, Devine. Jij moet je uit de naad werken. Waarom doe je dat eigenlijk? Je hebt niet meer nodig dan wat eten, een dak boven je hoofd, elke dag een paar biertjes, honkbal in de zomer en football in het najaar, een vrouw die voor je zorgt. Dan kun je gelukkig zijn.'

Devine was het wel met Sam eens. Hij liep naar de liften en ging naar de vierendertigste verdieping.

27

De kantoorhokjes waren niet bezet. Deze mensen verdienden gewoon hun salaris, niet meer en niet minder, ongeacht hoe hard ze werkten. Dus tenzij er sprake was van een soort apocalyps kwamen ze om negen uur en vertrokken ze om vijf uur of daaromtrent.

Jerry Myers stond op een trapje in een van de kamers. De meeste pakken waren hier ook nog niet aan het werk, wist Devine, want dan had hij achter de dichte deuren gerammel op toetsenborden gehoord. Mensen zoals hij kwamen meestal om een uur of acht, maar vertrokken niet voor negen uur 's avonds. En bij Cowl and Comely werd geen koffiepauze gehouden. Je moest keihard werken, tot het licht uitging.

'Meneer Myers?'

De man die op de trap stond keek naar hem. Hij was ongeveer even lang als Devine, had een dikke buik en een stevig lichaam, was een jaar of vijfenveertig en had een volle bos donker haar. 'Ja?'

'Ik ben Travis Devine. Ik werk hier en was een vriend van Sara Ewes.'

Myers draaide de lamp erin, klikte de kap er weer op en klom naar beneden. 'Dat was verdomme de ergste dag van mijn leven,' mompelde hij.

'Dat geloof ik meteen. Dat moet verdomd traumatisch zijn geweest.'

Myers klapte de trap dicht en pakte een doos vol lampen. Hij keek Devine aan en vroeg: 'Wilt u iets?'

'Sam vertelde me dat u haar hebt gevonden en zei toen dat u boven was om een paar lampen te verwisselen.'

'Ja, en?'

Devine dacht snel na, want hij besefte dat hij de boel aan het verkloten was. 'Zoals ik al zei, was ik een vriend van haar. Ik kan nog altijd niet geloven dat ze dood is. Eerst zeiden ze zelfmoord en nu is het moord. Ik bedoel, dat geloof je toch niet?'

Myers keek hem nu met een medelijdende blik aan. 'Ja, dat was heel erg voor iedereen. Ik vond wel dat het op zelfmoord leek, maar hoe zou ik dat moeten weten? Ik heb nooit eerder een dode gevonden.'

Devine ging hierop in. 'U vond haar om een uur of halfnegen?'

'Ja, zoiets. Dat heb ik de politie ook verteld.' Hij begon weg te lopen.

Devine volgde hem, terwijl hij zich afvroeg wat hij nu moest vragen. 'Sam zei dat u naar de lobby kwam om het aan hem te vertellen en dat hij de politie heeft gebeld.'

'Klopt. Ik trilde als een rietje. Kon het liftknopje bijna niet indrukken of mijn pasje door de lezer halen.'

'Waarom ging u naar die werkkast?' vroeg Devine.

'Luister, dat heb ik allemaal al aan de politie verteld.'

'Dat weet ik,' zei Devine snel. 'Maar, nou ja... We waren vrienden en ik ben volkomen van slag. Ik wil gewoon graag weten wat u weet... Misschien helpt dat me om dit te verwerken.'

Myers keek hem even nieuwsgierig aan en knikte toen. 'Oké, dat kan ik wel begrijpen. Ik ging naar binnen om een inktcartridge te pakken. Dat geloof je toch niet? Kreeg een seintje van een van die grote printers in het businesscenter op die verdieping dat die vervangen moest worden. Trok de deur open en zag haar. Ik zal wel een sterk hart hebben, want anders had ik dat niet overleefd.'

'Snap ik. Die kast zit normaal dus op slot?'

'Ik weet niet hoe het normaal is, maar ik moest die ochtend mijn sleutel gebruiken om de deur van het slot te halen.'

De trap knalde tegen Myers' been.

'Wacht, ik neem hem wel.' Devine nam de trap van hem over.

'Bedankt.'

'Vertelde rechercheur Hancock u dat Sara was vermoord? Zwarte man van in de veertig?'

'Nee, dat hoorde ik op het nieuws. Net als iedereen, denk ik.' Hij bleef staan en klapte samen met Devine de trap weer uit. Devine hield de trap voor hem vast, nam de oude lamp van hem aan en gaf hem een nieuwe. Myers draaide die erin en klom naar beneden, waarna ze weer doorliepen.

'Was er iemand in de buurt toen u haar vond? Ik bedoel in de andere kantoren vlak bij de werkkast?'

'Geen van de secretaresses was er, voor zover ik kon zien. Was ook nog een beetje te vroeg voor ze. Ik weet niet of er iemand anders was, maar ik kan me niet herinneren dat ik iemand heb gezien of gehoord. Dat heb ik ook al aan de politie verteld.' Hij schudde zijn hoofd. 'Stom van me, met mijn telefoon had ik de securitydesk kunnen bellen, of met een van de andere telefoons daar. Maar ik was zo...' Hij schudde zijn hoofd weer en keek Devine aan. 'Hebt u ooit een dode gevonden?'

Devine loog en zei: 'Nee.'

'Nou, hopelijk gebeurt dat ook nooit.'

'U kwam dus weer boven met Sam. Wat deden jullie toen?'

'Hij keek even naar binnen, waarschijnlijk om te zien of ik de waarheid vertelde.'

'En zagen jullie toen ook niemand?'

Myers bleef staan en keek hem wantrouwig aan. 'Kom op, zeg! Ik weet dat u zei dat jullie vrienden waren, maar waarom stelt u zoveel vragen? U lijkt wel een politieagent.'

Devine was hier nu op voorbereid. 'Ik heb in het leger gezeten. Army Ranger. Ik heb ervaring met de Army CID.'

'O, oké. Bedankt voor uw dienst aan ons land.'

'U ziet eruit alsof u ook in het leger hebt gezeten.'

'Wilde ik wel, maar mijn gehoor en zicht waren niet goed genoeg, zodat ik fysiek werd afgekeurd. Draag een hoorapparaat en contactlenzen, maar zelfs daarvoor zijn minimumeisen.'

'Ja, dat weet ik. Dus, waren er andere mensen?'

'Ik heb niemand gezien. Het was doodstil.' Myers rilde. 'Toen de politie arriveerde kwamen de eerste secretaresses ook binnen.'

'En de managers?'

'Nee, kan me niet herinneren dat ik die heb gezien.'

'Is dat niet vreemd? Die komen altijd vóór het ondersteunend personeel.'

'Geen idee.' Hij keek Devine aan. 'Is dat ook uw functie?'

'Ja, maar ik werk op een andere verdieping. Dus daarna heeft de politie die werkkast verzegeld en iedereen op de verdieping weggestuurd?'

'Ja, maar pas nadat de recherche er was. Tot die tijd mocht niemand de verdieping verlaten, ik ook niet. Later namen ze iedereen mee naar een vergaderzaal op een andere verdieping. Ik denk om ze te verhoren en zo. Daar hebben ze mij ondervraagd en toen mocht ik weg. Ik ging naar buiten en heb een hele tijd rondgelopen. Ik kon dat beeld van haar maar niet kwijtraken.'

'Hoeveel tijd zat er volgens u tussen de tijd dat u wegging en terugkwam?'

Myers fronste en zei toen: 'Ik moest alles eerst aan Sam vertellen, maar ik kon geen woord uitbrengen, dus dat duurde wel even. Toen moest hij de politie bellen en een andere man opdracht geven de lobby te bemannen. Heeft zes tot acht minuten geduurd of zo, misschien iets langer. Ik heb niet op mijn horloge gekeken. Ik weet wel dat er nadat we terugkwamen behalve Sam en ik niemand bij die deur is geweest.'

'Oké, nou, ontzettend bedankt.'

Myers bleef hem ongemakkelijk lang aankijken en zei toen: 'Jullie moeten wel heel goed bevriend zijn geweest.'

'Klopt.'

Devine liet Myers staan en liep terug naar een van de grote kantoren van de secretaresses. Werkpaarden zoals hij werden afgezonderd in grote kantoren zonder ramen en verdeeld in hokjes, zodat ze zich volledig konden concentreren. Hogere managers bezetten de hoekkantoren met ramen. Devine liep door tot hij een leeg vertrek zag. Zonder foto's, bloemen en andere persoonlijke zaken, maar met een computer – met de inloggegevens op een briefje dat op het scherm was geplakt. Goede beveiliging verslagen door een minuscuul papiertje en een luie of vergeetachtige werknemer.

Devine ging zitten en gebruikte de gegevens die Valentine hem had gestuurd om in de securitydatabase te komen. Hij typte zijn zoekgegevens in: wie was die vrijdagochtend op de tweeënvijftigste verdieping geweest? Want dat zou daar allemaal in staan en dan wist hij in elk geval wie daar waren geweest. Het was waarschijnlijk dat degene die hem die mail had gestuurd Sara Ewes had vermoord. En die persoon moest tussen middernacht en vier uur 's ochtends in het gebouw zijn geweest. Maar er was ook een kans dat iemand anders Sara had vermoord, en dat degene die hem die mail had gestuurd

Sara had gezien tussen het moment waarop Myers haar had gevonden en samen met Sam was teruggekomen. Als dat zo was, wilde Devine die persoon vinden en hem vragen waarom hij hem die mail had gestuurd.

Wist hij het, van Sara en mij?

Hij wachtte tot de namen van de mensen die hun pasje door de lezer hadden gehaald op het scherm zouden verschijnen. 's Ochtends rond die tijd zou het op die verdieping hebben gewemeld van mensen zoals hij.

Hij was dan ook verbijsterd toen alleen de naam van Jerry Myers op het scherm verscheen, wat betekende dat niemand anders die vrijdagochtend die verdieping had betreden. Hoe kón dat? Hij gaf een nieuwe zoekopdracht en keek even op om te kijken of de kust nog steeds veilig was. Hij keek op zijn horloge. Hij had nog wat tijd.

Oké, hij ging nu op zoek naar de hoofdprijs en typte andere parameters in. Wie had het gebouw niét verlaten de avond of nacht waarin Ewes was vermoord? Voordat hij op ENTER drukte, besefte hij dat de uitkomst geen zekerheid zou geven. Als die avond een groep met de lift naar de lobby was gegaan, had maar een van hen zijn pasje hoeven te gebruiken. En je had je pasje niet nodig als je het gebouw na de normale werktijd verliet. Dan drukte je gewoon op de knop naast de deur. Je had je pasje ook niet nodig om tijdens werkuren binnen te komen, maar wel om de lift te bedienen. De elektronische telling van mensen die binnenkwamen en vertrokken, zou dus niet accuraat zijn. Maar als iemand het gebouw was binnengekomen in het tijdvenster waar de politie naar keek was dat wel relevant, aangezien geen enkele groep tussen middernacht en vier uur 's nachts het gebouw binnen zou komen.

Hij zag ook dat Sara haar bedrijfspas had gebruikt toen ze die donderdagochtend om halfacht was gearriveerd. Maar ze had haar pas niet gebruikt om die avond met de lift naar beneden te gaan. Dat zou kunnen als ze samen met een groep was vertrokken, en dus keek hij of ze later die avond was teruggekomen. Maar dat was nergens vastgelegd. Ze was dus waarschijnlijk nooit vertrokken, omdat iemand haar dat had belet door haar te vermoorden. Maar waaróm was ze zo laat nog aanwezig geweest? Had ze gewerkt, had ze met iemand afgesproken? Met Brad Cowl bijvoorbeeld? Net als Jennifer Stamos?

Hij paste zijn zoekopdracht aan en drukte op ENTER. En wachtte.

Het duurde niet lang. Er kwam maar één naam in beeld. Ingelogd om middernacht en uitgelogd om één uur vrijdagnacht. Het perfecte tijdvenster om Sara Ewes te vermoorden.

Hij zag de naam. Hij keek ernaar en probeerde die tegelijk niet te zien.

Travis R. Devine.

28

Devine verliet de verdieping en nam de lift naar een andere. Daarvoor moest hij zijn bedrijfspas gebruiken. Hij had meteen een antwoord nodig en dacht te weten wie hem daaraan kon helpen. Als de politie dit ook zag, zou alles voor hem van kwaad tot heel veel erger worden. Het verbaasde hem dat ze het nog niet hadden gezien en hij nog niet was gearresteerd.

Hij stapte uit op de eenenveertigste verdieping en zag ongeveer een minuut later Wanda Simms.

Ze kwam altijd vroeg, wist hij, en haar kantoor was op deze verdieping. Ze liep door de gangen om ervoor te zorgen dat alles op haar afdeling in orde was voordat iedereen binnenkwam. Hij kon zich voorstellen dat haar huis tiptop in orde was en ze alles, van de keukenladen tot en met de kattenbak, uitstekend had georganiseerd.

'Hoi Wanda.'

Toen ze hem zag verdween haar professionele blik. Ze leek doodsbang, liep snel naar hem toe en pakte hem bij zijn arm. 'Heb je het gehoord, van Sara?'

'Ja, inderdaad,' zei hij grimmig.

'Ik kan het niet geloven. Hier loopt ergens een moordenaar rond.'

'De politie doet vast alles wat ze kunnen.'

'Ik zou willen dat ze dat sneller deden.'

'Ik heb een vraag over iets hier op kantoor.'

'Wat wil je weten?' vroeg ze, meteen weer efficiënt.

'Ik heb een paar mensen gesproken die zeiden dat er op de ochtend toen Sara werd gevonden niemand op de tweeënvijftigste verdieping was. Jij zei dat je daar was om te kijken of er mensen waren, maar volgens mij was er niemand. Dat hoorde ik tenminste.'

Ze knikte al. 'Er was die ochtend een seminar voor de afdeling M&A. Ze waren toen allemaal in het Ritz. Nou ja, iedereen behalve het ondersteunende personeel natuurlijk. De politie vroeg of ik ervoor wilde zorgen dat iedereen de verdieping verliet. Ik vertelde over het seminar, maar ze wilden toch dat ik samen met twee agenten elk kantoor checkte. Het verbaasde me natuurlijk niet dat er niemand was. Het was een verplicht seminar, namelijk.' Ze keek verdrietig en zei: 'Sara verdiende het niet om te worden vermoord.'

'Dat verdient niemand,' zei Devine.

***

Een waterval van financiële gegevens stroomde over zijn beeldscherm, maar Devine had zijn aandacht er niet echt bij. Hij zat gewoon te wachten en de situatie was gevaarlijk. Het zou niet lang meer duren, toch?

Toch kromp hij ineen toen iemand aanklopte. De deur werd geopend en een vrouw keek naar binnen. Een van de stafleden. Hij wist even niet meer hoe ze heette, want zijn gedachten liepen al vooruit op de zaak.

Hij stond al op voordat ze zei: 'Meneer Devine? Iemand wil u spreken.'

Hij glipte langs de andere hokjes. Een paar mensen keken even op, maar richtten hun blik snel weer op hun scherm, op jacht naar snelle winsten.

Hij liep door de gang met haar mee naar de liften. Daar stonden twee mannen, allebei in een pak dat meer op zijn eigen pak leek dan op de meeste andere pakken hier. Met andere woorden: gekreukeld en goedkoop.

Een van hen was iets groter dan hij, ongeveer 1 meter 88, gezet, een jaar of vijftig en hij had grijs haar met een middenscheiding. Zijn partner was in de veertig, kalend, zo'n 1 meter 77 en pezig, en had een ondoorgrondelijke blik. De vrouw stelde hen niet aan elkaar voor maar liep snel weg, terwijl de mannen Devine hun badge lieten zien en vertelden wie ze waren.

De grootste was Ralph Shoemaker, de kleinste Paul Ekman. Shoemaker vertelde dat ze bij de afdeling Moordzaken van de NYPD werkten en Sara Ewes' dood onderzochten. Hij had een zachte maar scherpe stem.

Ekmans stem was zelfs nog scherper en soms klonk er een kopstem in door. Of hij dat deed voor het effect of dat het kwam door iets met zijn stembanden wist Devine niet, en het kon hem ook niets schelen.

'We willen even met u praten, meneer Devine,' zei Ekman.

'Oké. Heel veel mensen willen dat de laatste tijd.'

'We hebben een kamer. Deze kant op.'

Hij liep met hen mee naar een kamer die niet veel groter was dan de werkkast waarin Sara was opgehangen. Er stonden drie stoelen. Ekman zei dat Devine moest gaan zitten, wat hij deed. Beide mannen gingen tegenover hem zitten. Er stond geen tafel tussen hen in en hun knieën raakten elkaar bijna. Devine wist dat dit opzet was. Als je iemand zijn persoonlijke ruimte afnam, raakte je doelwit meteen al gespannen. Hij had datzelfde gedaan als hij leden van de taliban en Al Qaida ondervroeg die ze gevangen hadden genomen. Zelfs met een tolk erbij kon je mensen onder druk zetten. En dat deden ze nu ook met Devine, of dat probeerden ze tenminste.

Ekman pakte een notitieboekje en Shoemaker keek Devine aan.

Shoemaker zei: 'Ranger, hè? Mijn zoon zit in het leger. Infanterie. Zit in Zuid-Korea.'

'Ja, daar ben ik ook uitgezonden geweest.'

'U hebt veel medailles verdiend. Gewond geraakt. Twee keer. U hebt uw land uitstekend gediend. Verdomd goede soldaat.'

'Ik deed gewoon mijn werk.'

'U was bevriend met Sara Ewes?'

'Ik kende haar.'

'Dat vroeg ik niet.' De blik van de man was niet veranderd, maar zijn toon wel.

Goed gedaan. Devine had dit soort verhoren vaker meegemaakt, als zijn *security clearances* moesten worden geactualiseerd. Dan werd hij streng verhoord en moest vragen beantwoorden zoals of hij ooit seks met dieren had gehad. Hij kon zien of iemand goed was.

'We zagen elkaar tijdens bedrijfsuitjes en groepsbijeenkomsten. Ik vond haar aardig. Volgens mij vond ze mij ook aardig. Als dat betekent dat ik haar vriend was, dan was ik haar vriend. Maar dat geldt ook voor andere mensen.'

'U bent naar haar huis gegaan. Hebt haar ouders bezocht. Als enige van alle mensen hier.' Shoemaker leunde naar achteren en knoopte zijn jasje los. Aan de ene kant van zijn riem zat een holster met een Glock erin en aan de andere kant van de gesp zat zijn glimmende badge. Hij zag eruit alsof hij hier zo nodig de hele dag kon blijven zitten, terwijl Devine naar zijn pistool en badge mocht kijken – twee machtige symbolen.

'Ik liep langs haar huis en zag ze...'

Ekman viel hem scherp in de rede. 'Hoe wist u waar ze woonde?'

'Zoals ik haar ouders ook al vertelde, ben ik op een avond toen we in een bar in de buurt waren met haar meegelopen naar huis om ervoor te zorgen dat ze veilig thuiskwam.'

'Vertel verder,' zei Shoemaker.

'Ik zag ze, dacht dat het haar ouders wel zouden zijn; ze leek wel wat op hen. Heel spontaan belde ik aan om ze te laten weten hoe erg ik het vond wat er was gebeurd en dat ze me konden bellen als ze iets nodig hadden. Ik heb ze mijn kaartje gegeven.'

Shoemaker haalde een visitekaartje uit zijn zak. 'Mevrouw Ewes gaf ons dit vanochtend toen we haar spraken. Ze belde ons en vertelde dat u langs was geweest. Daarom zijn we hier, om met u te praten.'

'Waarom belde ze jullie?' vroeg Devine, opgelucht door het feit dat ze hier niet waren omdat ze het elektronische logboek hadden gezien.

Ekman leunde naar voren. 'Laat ik zeggen dat ze het gevoel had dat u niet helemaal eerlijk was over uw relatie met haar dochter.'

'Op welke manier?'

'Waarom vertelt u ons dat niet?' zei Ekman.

'Hoe dan? Ik kan geen gedachten lezen.'

'Lees dan alleen uw eigen gedachten.'

'Ik kende Sara en vond haar aardig, net zoals andere mensen hier. Hebt u al met een van hen gepraat?'

'Met vrij veel,' antwoordde Shoemaker, 'maar nu praten we met u.'

'Oké, en ik beantwoord uw vragen.'

'Ewes hield een dagboek bij, wist u dat?'

'Haar moeder vertelde me dat ze dat al deed sinds ze klein was, maar dat de politie het kennelijk niet had gevonden toen ze haar huis doorzochten. Waren haar telefoon en laptop hier op kantoor of bij haar thuis?'

Shoemaker zei: 'We hebben haar mails, andere berichten en haar agenda bekeken. En weet u wat we hebben ontdekt?'

'Ik heb geen idee.'

'Mevrouw Ewes heeft een abortus ondergaan.'

Devine ging rechtop zitten en leunde naar voren. 'Wat? Was Sara zwanger?'

'Vrouwen die niet zwanger zijn ondergaan geen abortus,' zei Ekman sarcastisch.

'Waar heeft ze dat laten doen?'

'Het stond in haar agenda. We trekken na in welke kliniek.'

'Stond erbij wie de vader was?'

Shoemaker sloeg zijn benen over elkaar en tikte met zijn wijsvinger op zijn schoen. 'Was u dat?' vroeg hij, terwijl hij om zich heen keek en toen zijn blik weer op Devine richtte. Dat deed hij alleen voor het effect.

Devine moest toegeven dat de man dat uitstekend deed. 'Ik weet nergens van.'

'Nogmaals, dat was mijn vraag niet. Hebt u seks gehad met Sara Ewes?'

'Ik hoef die vraag niet te beantwoorden.'

Ekman zei: 'Nee, maar uw weigering zal wel consequenties hebben. En u moet weten dat u volgens haar de vader was.'

Devine keek de man aan. 'En het is volkomen legaal dat agenten liegen tegen verdachten om hen zover te krijgen dat ze dingen zeggen. Dat zou dus grote onzin kunnen zijn. Laat me zien waar ze dat heeft geschreven.'

Shoemaker zei: 'Paul, deze man praat als een advocaat. Wie had dat verwacht van een goede militair?'

Devine wist dat allemaal omdat de CID hem na Hawkins' dood had verhoord, had geprobeerd hem in verwarring te brengen, tegen hem had gelogen, had geprobeerd hem een bekentenis af te dwingen en hem had overvallen met alles wat ze wisten. Alleen hadden wilde dieren het lijk zo aangevreten dat het forensisch onderzoek niets had opgeleverd waarmee ze Devine konden beschuldigen, en de wonden die hij zelf had opgelopen tijdens zijn vechtpartij met Hawkins waren minimaal en bewezen niets. Alle soldaten hadden blauwe plekken en zwellingen en snijwonden. En als ze het DNA van iemand op iemand anders vonden zei dat ook niets, omdat ze altijd zo dicht bij elkaar waren. Geen getuigen, geen andere bewijzen en geen aanwijzingen voor het tijdstip waarop de dood was ingetreden, zodat Devine kon aanvoeren dat hij voor dat heel grote tijdvak een alibi had. De CID had het uiteindelijk opgegeven. Devine dacht ook dat ze het niet grondiger wilden uitzoeken omdat ze daardoor het witwasonderzoek in gevaar brachten dat ze hadden ingesteld naar Blankenships zogenaamde zelfmoord.

'Julie mogen mijn vingerafdrukken en mijn DNA afnemen. Ik heb haar niet vermoord.'

'En een leugentest? Bent u daartoe bereid?'

Devine leunde naar achteren. 'Dat betekent dus dat jullie op de plaats delict geen DNA en geen vingerafdrukken hebben gevonden, of misschien niet die van mij. En nu proberen jullie me zover te krijgen dat ik een bekentenis afleg, zodat jullie deze moord van je lijstje kunnen schrappen, je bazen blij kunnen maken en Wall Street opgelucht adem kan halen. Het enige probleem is dat als jullie mij die moord in de schoenen schuiven de moordenaar nog steeds vrij rondloopt. Maar ik kan jullie een deal aanbieden.'

'Ik kan me niet herinneren dat we daarom hebben gevraagd,' zei Ekman.

'Ik zal een leugentest ondergaan als jullie me laten zien waar Sara beweert dat ik de vader was, en als jullie in een beëdigde verklaring zweren dat die echt van haar is en niet is vervalst om me iets te laten bekennen wat ik niet heb gedaan.'

'U kijkt te vaak naar politieseries,' zei Shoemaker. 'Maar hoewel we tijdens een verhoor misleidende verklaringen mogen afleggen, mogen we geen bewijzen fabriceren. Dat zou een misdaad zijn.'

'Jullie nemen mijn aanbod dus niet aan?'

'Waar was u tussen middernacht en vier uur op de vrijdagochtend?'

Devine zei ongeduldig: 'Kom op, zeg. Dat heb ik die andere man allemaal al verteld.'

'Welke andere man?' vroeg Shoemaker scherp.

'Hancock.'

'Hancock?' echode Ekman.

'Rechercheur Karl Hancock van de NYPD. Ik neem aan dat hij met jullie samenwerkt aan deze zaak.'

De twee mannen keken elkaar aan met een blik die Devine niet goed begreep, maar die hem niet beviel.

'Wanneer heeft deze Hancock met u gepraat?' vroeg Ekman.

'Hij stond me op te wachten op het station vlak bij mijn woning in Mount Kisco. Vrijdag was dat. En de volgende dag toen ik van mijn werk kwam stond hij voor mijn huis te wachten.'

'En u hebt hem verteld waar u die nacht was?'

'Ja, en dat heeft hij opgeschreven.'

'Beschrijf hem eens,' zei Shoemaker.

'Zwarte man, 1 meter 82, kaal, atletisch lichaam, in de veertig. Net zo gekleed als jullie en hij reed in een auto die naar koffie en sigarettenrook stonk omdat de NYPD al tien jaar geen nieuwe auto's had gekocht. Dat zei hij tenminste. Hij vertelde me ook dat hij in Trenton woonde, in New Jersey.' Hij keek de mannen één voor één aan. 'Kennen jullie hem niet? Hoeveel moordrechercheurs zijn er in de stad?'

'Manhattan South Homicide, waar wij werken, heeft er tien. In 2001 waren het nog zesentwintig. En u kijkt naar twee van hen.'

'Hij liet me een badge zien die echt leek. En hij praatte als een agent. Hij vertelde me dat Sara geen zelfmoord had gepleegd, maar dat ze was vermoord.'

'Zei hij dat?' riep Ekman. 'Op záterdag?'

'Ja. En hij wist alles van mijn tijd bij het leger.'

'Wat wist hij precies over die misdaad?' vroeg Ekman.

Devine vertelde alles, ook over de rechte en gebogen touwafdruk. Maar hij zweeg over de identieke zaak in het leger waar hij het tegen Hancock over had gehad. 'Hij zei dat was bewezen dat het moord was en geen zelfmoord.'

Shoemaker keek nerveus naar zijn collega, waaruit bleek dat hij de zaak niet langer volledig onder controle had.

Zijn collega leek hieruit op te maken dat hij aan zet was en vroeg: 'Oké, laten we maar doorgaan. Waar was u in dat tijdvak?'

'Thuis in bed, tot vier uur. Toen deed ik mijn work-out bij de highschool naast mijn huis. Daarna douchte ik, kleedde me aan en nam ik zoals altijd de 6:20-trein. Op het station zullen wel camera's hangen waarop te zien is dat ik binnenkwam. Op dat tijdstip zijn daar niet zoveel mensen.'

Shoemaker zei: 'U had haar die nacht kunnen vermoorden, daarna met de trein naar huis kunnen gaan en vervolgens met de 6:20-trein naar de city kunnen reizen.'

'Maar nogmaals, er hangen waarschijnlijk camera's op het station en het kantoorgebouw heeft een bewaker.'

'U hoefde niet met de trein te gaan,' zei Ekman. 'En de bewaker maakt rondes.'

'Maar je hebt een bedrijfspas nodig om binnen te komen. Daarmee houden ze bij wie er komt en gaat.'

En daar is te zien dat ik binnen dat tijdvak binnenkwam en weer vertrok, dus waarom zitten jullie me nog steeds aan mijn hoofd te zeuren?

'Dat checken we allemaal,' zei Shoemaker, 'maar dat kost tijd.'

En ik zal niet blij zijn met wat jullie ontdekken.

'Staat u om vier uur op voor uw work-out?' vroeg Ekman.

'Dat doet iedereen toch?'

'Kan iemand dat bevestigen?'

'Nee. Ik sliep alleen en ik trainde alleen. Verder was er niemand.'

'Geen huisgenoten?'

'Ja. Drie. Maar die sliepen op dat tijdstip, zoals de meeste normale mensen. Zij kunnen me geen alibi geven.'

'Hoe weet u dat?' vroeg Ekman.

'Omdat ik ze dat heb gevraagd nadat die Hancock opdook en leek te proberen mij de schuld in de schoenen te schuiven. Maar ze konden me geen alibi geven, en ik zou ze nooit vragen te liegen.'

Shoemaker bekeek hem zo aandachtig dat Devine zeker wist dat hij hem op zijn rechten zou wijzen en in de boeien zou slaan. 'Wat bent u toch een aardige man,' zei Shoemaker. Het klonk niet vals, maar alsof hij oprecht verbaasd was.

'Als u die Hancock weer ziet, zou u hem dan herkennen?' vroeg Ekman.

'Verdomme, natuurlijk! Ik hou er niet van om bedrogen te worden. En waarom koos hij mij eigenlijk uit? Dat snap ik dus niet.'

'Misschien omdat er iets bijzonders met u aan de hand is, Devine. In elk geval met betrekking tot Sara Ewes,' zei Shoemaker.

Die opmerking beviel Devine helemaal niet.

De twee mannen stonden tegelijk op, alsof ze aan elkaar vastzaten.

'U verlaat de omgeving niet,' zei Shoemaker waarschuwend.
'Dat ben ik ook niet van plan. Ik moet een klus klaren.'
Shoemaker keek om zich heen. 'Ja, hier geld verdienen.'
'Dat is niet de klus die ik bedoel.'
Dat was waar. Hij dacht aan Emerson Campbell en diens opdracht. En aan de dode Sara Ewes.
Shoemaker en Ekman keken elkaar verbaasd aan en vertrokken.
Devine bleef nog een paar minuten zitten om wat er net was gebeurd te verwerken. Hij probeerde alles in de meest logische vakjes in zijn hoofd te plaatsen. Sommige dingen leken logisch, maar de meeste niet.
Sara was zwanger en heeft een abortus ondergaan? Dat was schokkend nieuws.
Hij streek door zijn haar en sloot zijn ogen even terwijl hij probeerde alles op een rij te zetten. *Was ik de vader? We hebben één keer seks gehad. Ik heb geen condoom gebruikt, omdat ze zei dat ze aan de pil was, maar misschien was dat niet waar. De rechercheurs vertelden niet wanneer Sara die abortus had gehad. Heb ik zonder dat ik het wist een kind verloren?*
Hij stond op en keek door het kleine raam naar een ander gebouw dat even hoog was. Hij voelde zich ingesloten en heel erg verblind.
Straks kijken ze naar de entry log *en dan zien ze alleen mijn naam staan. En dan komen ze terug. Met een arrestatiebevel. En wie is die Karl Hancock, verdomme?*
Nu begreep hij beter waarom de man hem beide keren niet op het werk had benaderd. Dat was veel veiliger, als hij geen echte agent was.
Devine keek naar zijn bedrijfspas aan het koordje om zijn hals. Hij was niet in het gebouw geweest toen Sara was vermoord. Dus misschien had iemand zijn pasje gestolen uit zijn kamer thuis en teruggebracht voordat hij wakker werd. Dat leek hem echter niet waarschijnlijk, want daar was eigenlijk onvoldoende tijd voor geweest. *Of iemand heeft het systeem gehackt en mij erin geluisd.* Dat was ook niet eenvoudig, maar misschien een eitje voor degene die de mail had verstuurd die niet kon worden getraceerd door de beste mensen in dat wereldje.
Hij liep terug naar zijn bureau met het gevoel dat iemand een mes in zijn maag had gestoken.

29

Toen Devine zijn kantoor binnenkwam, zag hij dat verschillende andere Burners hem vals aankeken. Hij ging weer zitten. Er was iets mis. Iemand wist wat er aan de hand was en had dat aan de anderen verteld. Tijdens zijn afwezigheid waren kennelijk mails en andere berichten rondgegaan.

Devine had met een paar mensen hier weleens een biertje gedronken of was met hen uit eten of naar een concert geweest, en hij beschouwde Wanda Simms als een vriendin. Zijn directe baas had behalve Devine zelf een heleboel nieuwelingen onder zich, en de ongeschreven regel bij Cowl and Comely was dat je nooit vriendschap sloot met een Burner, omdat de kans groot was dat die binnen een jaar weer was vertrokken. En omdat de concurrentie zo hevig was, dachten de meesten hier dat echte vriendschappen onmogelijk waren.

Maar hij wist wat zijn collega-Burners dachten.

De politie zit Devine op de huid. Devine heeft Sara vermoord. Ik vond altijd al dat hij er griezelig uitzag. Misschien PTSS. Klootzak! Hoop dat ze hem de stoel geven.

Misschien overdreef hij, maar zo voelde het wel.

Hij schoot niet op met zijn werk. Zijn taak op dit moment was het analyseren van een deel van het risico van een deal tussen twee multinationals, en Cowl and Comely gaf advies aan de koper. Aan de andere kant stond het complete leger van het eerbiedwaardige Morgan Stanley. Beide cliënten wilden deze spin-off van een dochteronderneming in een managementbuy-out afronden zodat de onderhandelingen vrij amicaal verliepen. In de financiële wereld werd dit een *shit sandwich* genoemd. Het management kocht het bedrijf goedkoop, want dat maakte deel uit van het plan. M&A kreeg voor elke fase een gigantisch honorarium. De sub zou vervolgens een schuld aangaan, maar nooit van plan zijn die af te betalen, en de opbrengst van de schuld gebruiken om het management een gigantisch dividend uit te keren. Daarna zouden ze teruggaan naar de bankiers, de *junk debt* netjes veranderen in een CBO (een collateralized bond obligation, oftewel een obligatie met een onderpand als zekerheid) en die verkopen aan pensioenfondsen, politievakbonden en oma's. Vervolgens zou het management het bedrijf uitkleden, alles van waarde verkopen, een kwart van het personeel ontslaan, het pensioenplan op zo'n ingewikkelde manier wijzigen dat geen enkele openbaar aanklager ooit iets kon bewijzen, en ten slotte de rest van het personeel laten zitten zonder salaris. Als de schuld niet kon worden afgelost, wat nooit de bedoeling was geweest, zouden ze terugkomen, de laatste goede onderdelen verkopen en daar zelfs nog meer geld uit halen, terwijl de oma's en de werknemers naar de bijstand moesten. Die konden geen verhaal halen, omdat je geld nodig had om advocaten in te huren. En zelfs als de oma's nog wat geld overhadden, hadden lieden als Cowl de beste advocaten al ingepikt. Het proces zou jaren in beslag nemen en tegen de tijd dat de laatste juridische strijdpunten waren bevochten, zouden de bedrijven met onuitputtelijke hoeveelheden geld al zijn begraven onder een berg juridisch jargon en zou er geen geld meer zijn om een eventuele toegekende schadeloosstelling te betalen.

Kop of munt: bij kop win ik, bij munt win ik zelfs nog meer. En jij, oma, verliest elke cent die je bezit.

Devine haatte elke toetsaanslag. Hij verfoeide elke dollar die over zijn scherm rolde. Hij walgde van het feit dat de rijken onvoorstelbaar veel rijker werden door iedereen in deze ruimte tegen elkaar op te zetten. En over twintig jaar zouden degenen die het overleefden de top hebben bereikt en neerkijken op een nieuwe ploeg sukkels en precies hetzelfde doen. Het was een hamsterrad van plutocratische proporties met als doel iets te bereiken wat misschien zelfs nog erger was.

De man naast hem stond opeens op, greep naar zijn maag en zag een beetje groen.

Devine wist dat hij uit Connecticut kwam en op Yale had gezeten. Zijn pa was de CEO van een Fortune 100-bedrijf. De man had hem verteld dat hij een fulltime gokker had willen worden, maar dat zijn vader had gedreigd hem te onterven als hij dat deed. Dus was hij nu hier en stond hij op het punt over te geven.

Toen Devine naar hem keek, stamelde hij gegeneerd: 'B-buikgriep. Had het de hele nacht al.' Daarna rende hij weg.

Bedankt, man! Je hebt gewoon de hele ochtend naast me gezeten!

Devine keek naar het scherm van zijn collega, dat nog niet op zwart was gegaan. Rijen cijfers vlogen eroverheen. Devine wist niet waar zijn collega-Burner aan werkte, zodat de cijfers hem weinig zeiden. Sterker nog, er was bijna niets meer wat hem nog iets zei.

Tegen lunchtijd zwom hij opnieuw tegen de stroom in en nam de lift naar het restaurant op de derde verdieping. Hij kreeg zijn eten en ging in zijn eentje aan een tafel zitten.

Toen zag hij Jennifer Stamos die ontdaan en verloren aan een tafel zat met een fraai uitzicht op de East River. Zonder dat te zien, leek het.

Hij liep met zijn dienblad naar haar toe en vroeg: 'Zin in gezelschap?'

Ze keek versuft naar hem op. 'Eh... Oké.'

Hij ging zitten, nam een slok ijsthee en keek naar haar. Haar make-up had de wallen onder haar ogen een beetje gecamoufleerd, maar niet helemaal. Haar gezicht was vertrokken en haar haar, dat altijd zo prachtig was, leek dunner en minder stevig. 'Gaat het?' vroeg hij.

'Nee, niet echt.' Ze keek hem aan. 'Ik hoorde dat de politie met je heeft gepraat.'

'Ze stelden vragen over mij en Sara. Wist je dat ze zwanger is geweest?'

Stamos verstijfde even. 'Hoe weet jij dat?'

'De politie vertelde me dat ze een abortus heeft gehad.'

Op agressieve toon vroeg ze: 'Wilden ze weten of jij de vader was?'

'Inderdaad.'

'En, was je dat?'

'Nee.'

'Hoe zou je dat kunnen weten als je seks met haar hebt gehad?'

'Wie zegt dat ik seks met haar heb gehad? En ik heb haar niet vermoord.'

'Sommige mannen vermoorden de vrouw die zwanger van hen is.'

'Maar ze had de zwangerschap al afgebroken. Welk motief zou er dan nog zijn voor moord?'

Stamos keek hem bevreemd aan. 'Ik... Jij... Daar heb je denk ik gelijk in.'

Hij keek naar buiten en beet een stukje van een selderijstengel af.

'Waar wilde de politie nog meer over praten?' vroeg ze.
'De gebruikelijke dingen. Alibi's, leugendetector. Ze hingen leugens op in de hoop dat ik zou bekennen.'
'Waarom wilden ze juist met jou praten?' vroeg Stamos.
'Ze hebben vast met heel veel mensen gepraat.'
'Daar ben ik niet zo zeker van.'
'Heb jij een vreemde mail ontvangen op de dag waarop Sara werd gevonden?'
Ze leunde naar voren, alweer gespannen. 'Een vreemde mail? Nee. Dat vroeg je me laatst ook al. Heb jij er wel een gekregen? Je zei dat er bijzonderheden over Sara's dood in stonden. Wat stond er precies in?'
'Ik denk dat iemand gewoon zat te kloten of zo,' zei hij vaag. 'Ik begreep het niet goed. Het was een rare tekst en ik heb geen idee wie me die heeft gestuurd.'
Stamos keek alsof ze hem niet geloofde.
Hij besloot over iets anders te beginnen, voordat ze zou doorvragen. 'Ik sprak met iemand die zei dat er die ochtend geen managers op de tweeënvijftigste verdieping waren.'
Ze keek hem verbaasd aan. 'Dat had wel gemoeten.'
'Ik weet het. Sara's kantoor was op die verdieping. Maar in het Ritz was die ochtend een seminar voor M&A. Iedereen moest erbij zijn. En het ondersteunende personeel komt pas om negen uur.'
'Wat wil je daarmee zeggen?' vroeg ze.
'Alleen dat het erg toevallig was dat er juist die ochtend een seminar was. Of niet.'
Ze verwerkte dit en leek nog meer van slag.
Hij zei: 'Ik heb hier zaterdag ook geluncht. Brad Cowl was hier met een paar leden van zijn gebruikelijke gevolg.'
'Het verbaast me dat je dat deed. Het verbaast me dat je hier nú bent.'
'Ach, ik mag waarschijnlijk toch niet blijven. Dus waarom zou ik niet van een paar goede maaltijden genieten voordat ze me de zak geven?'
'Je praat als een gevangene in afwachting van zijn executie.'
'Misschien zouden bepaalde mensen dat prima vinden.'
Ze ging hier niet op in. 'Waarom zei je dat over Cowl?'
'Omdat hij me aankeek met een blik die ik niet kon plaatsen. Ik

bedoel, waarom zou die man zelfs maar weten wie ik ben?'

'Je bent een Burner, Travis. Dat weet hij, ook al denk je dat die man jullie niet ziet. Brad Cowl weet alles wat hier gebeurt en was waarschijnlijk nijdig omdat je hier was. Je hoort aan je bureau te zitten en droge crackers te eten en keihard te werken om geld voor hem te verdienen. Daarom keek hij je zo aan.'

'Hoe is hij echt?'

'Hoe moet ik dat weten?'

'Kom op. Jij bent een ster, Jennifer. Haal jezelf niet zo omlaag. En Cowl is een slimme vent. Hij past goed op zijn sterren. Je zult hem dus wel beter kennen dan de meesten hier.'

Haar reactie was onverwacht en griezelig. Heel zacht zei ze: 'Je hebt ons gezien, hè?'

'Wát?'

'Die onzinverklaring van je waarom je me "schatje" noemde.' Ze leunde naar voren en zei zelfs nog zachter: 'Jij was die nacht in het gebouw. Je was je telefoon niet vergeten. Je ging naar de tweeënvijftigste verdieping en je zag ons. Probeer je me nu te chanteren of zo? Of wil je me een klotegevoel geven? Of allebei?'

'Als ik verdomme wist waar je het over hebt, zou ik antwoord geven, maar dat is niet zo.'

Ze keek hem kwaad aan en hij keek stomverbaasd terug. Hij wist niet of ze dit verhaal zou geloven. Dat betwijfelde hij, want ze had haar positie hier niet bereikt doordat ze stom was.

Maar misschien ben ik nog stommer dan ik dacht, aangezien mijn bedrijfspas niet alleen laat zien dat ik die nacht op een bepaald tijdstip binnen ben gekomen, maar ook dat ik naar de tweeënvijftigste verdieping ging op het moment waarop zij op dat bureau hun ding deden. Cowl heeft dat natuurlijk ontdekt en aan Stamos verteld. En zij heeft Cowl natuurlijk verteld dat ik haar 'schatje' noemde. Dat verklaart de vuile blik van die man en dit gesprek met haar.

'Weet je, misschien moet je eens proberen de waarheid te spreken.'

Devine zei bijna: dat moet jij nodig zeggen. Maar dat had geen zin.

Ze vertrok.

Hij bleef chagrijnig door het raam naar de blauwe hemel kijken. *Wie had verwacht dat het midden op de dag zo pikdonker kon zijn?*

30

Toen Devine die avond vertrok werd hij in de lobby aangesproken door een man in een donker pak met bloedrode stropdas die heel gewichtig tegen hem zei: 'Meneer Devine, ik ben Willard Paulson, *special assistant* van meneer Cowl.'

'Juist.' Devine kende de man wel, want hij hoorde bij Cowls officiele harem. Hij was mager met smalle schouders, achter in de dertig, al kalend en nietszeggend en onbetekenend. Een groot contrast dus met de opzichtige en aanmatigende Cowl.

'Meneer Cowl wil u spreken.'

'Oké, maar het verbaast me dat u me dat komt vertellen. De hiërarchie hier valt in het niet bij die wij in het leger hadden.'

'Normaal zou dit inderdaad via uw directe baas gaan, maar meneer Cowl geeft er de voorkeur aan de gebruikelijke kanalen te omzeilen.'

'O, waarom dan wel?'

Paulson werd nijdig. Hij had kennelijk geen ander antwoord verwacht dan: ja meneer, dank u wel meneer, voor dit hemelse cadeau dat ik keizer Cowl mag ontmoeten.

'Dat zei hij niet.'

'Waar en wanneer?'

'Vanavond om tien uur. Dit is het adres.' Hij overhandigde Devine een papiertje.

Devine nam het aan, maar keek er niet naar. 'Is dit echt noodzakelijk?'

'U maakt zeker een grapje. Dit is meneer Cowl! Werkt u hier graag?'

'Beste baan ooit,' zei Devine zo oprecht als hij kon opbrengen, hoewel dat nogal moeilijk was.

Hij liep naar de ondergrondse, vouwde het papiertje open en las het adres.

Goed, dit kon weleens heel leerzaam worden. Of rampzalig.

Devine nam de trein naar Mount Kisco en liep snel naar huis, drijfnat door de hitte en de hoge luchtvochtigheid. Hij dacht diep na, hoewel hij daar niets mee opschoot.

Valentine lag op de bank te werken, met zijn laptop en gamingheadset op. Op de grond naast hem stond een blikje bier. Toen Devine binnenkwam, keek hij met een gespannen blik op. Hij had kennelijk op hem gewacht. 'En?' zei hij, terwijl hij zijn headset afzette.

'Ik heb met de bewaker gepraat en met de man die haar heeft gevonden. Het heeft hoogstens tien minuten geduurd dat die werkkast niet in het oog werd gehouden. Maar er was niemand op die verdieping, omdat er buiten het Cowl Building een seminar plaatsvond voor mensen zoals ik. En het ondersteunende personeel was nog niet op kantoor.'

'Hoe kwam de afzender dan aan al die informatie?'

'Dat weet ik niet. De moordenaar wist dat natuurlijk omdat hij Sara had vermoord. Maar de afzender kon niet weten dat ze was ontdekt door een facilitair medewerker, tenzij hij toen in de buurt was en dat zelf heeft gezien, wat ik betwijfel, of doordat iemand hem kort daarna heeft verteld, wat niet erg waarschijnlijk is. En volgens mij heeft niemand behalve ik die mail gekregen, en als dat wel zo is houden ze hun mond.'

'Dus in die tien minuten heeft de verzender van die mail het lichaam en zo gezien?'

'En zag dat de facilitair medewerker haar ontdekte. Maar dat is niet zeker en ik ben er nog mee bezig. O ja, met de info die jij me had gegeven, heb ik ingelogd in de securitydatabase, en nu heb ik een vraag.'

Valentine klapte zijn laptop dicht en keek op. 'Vertel, dude.'

Devine vertelde dat het securitysysteem van Cowl RFID-pasjes gebruikte. 'Kun je dat systeem manipuleren zodat het lijkt dat er iemand binnen was die er niet werkelijk was?'

Valentine knikte al voordat Devine was uitgesproken. 'Zeker, met gekloond pasje, een elektronische tweeling zeg maar. Eitje. Kost een paar seconden, afhankelijk van bescherming op het pasje. Laat me die van jou eens zien.'

Devine gaf hem zijn bedrijfspas. Valentine haalde een apparaatje uit zijn rugzak die op de grond stond en hield het bij het pasje. 'Deze is één vijfentwintig. Stelt niets voor. Ik heb app op telefoon. Ik kan je pasje nu klonen door alles wat op jouw pasje staat op een leeg exemplaar te schrijven die ik bij Amazon heb gekocht. Stelt niks voor, net als encryptie op jullie "securitydatabase".'

'Eén vijfentwintig?'

'Honderdvijfentwintig kilohertz. Is radiofrequentie. Een open format van zesentwintig bit. Pasje is gewoon eenvoudig LC-circuit, capacitor en geïntegreerd circuit die samenwerken. Ingevoerd pasnummer is sleutel, is wat lezer leest. Maar één vijfentwintig is niet encrypted. Als je die sleutel gebruikt, zeg je tegen lezer "laat me binnen" en dan doet-ie dat. RFID-lezer/schrijver van tien dollar en tada, je hebt pasnummer. Meeste "securitypasjes" zijn één vijfentwintig. Mijn kleine neefje kan deze shit hacken.'

'Je kleine neefje is echt heel handig. Wat bestaat er nog meer dat je kunt gebruiken dat beter is?'

Hij zei meteen: 'Dertien komma zesenvijftig megahertz. SOS-technologie. Encrypted. Moeilijk te klonen, moeilijk te hacken, maar niet onmogelijk voor iemand als ik.'

'In het leger zouden we ons RFID-pasje in een beschermhoesje stoppen om elektronisch skimmen onmogelijk te maken.'

'Dat is goed. Dat werkt, meestal. Tenzij hackers heel goed zijn. Tweefactorauthenticatie is heel goed, dan heb je twee dingen nodig om binnen te komen.'

'Dat gebruik ik op mijn telefoon.'

Valentine nam een slok bier. 'Goed van je, Travis. Je bent echte kampioen.'

'Maar bij Cowl hebben we geen tweefactorauthenticatie en volgens mij zijn alle pasjes één vijfentwintig. Iedereen draagt ze zonder beschermhoesje aan een koordje om de hals.'

'Is fout. Stom.'

'Kun je het bewijzen? Ik bedoel, dat iemand een pasje heeft gekloond?'

'Afhankelijk van pasje en van hoe goed dat is gekloond. Nogal technisch.' Hij hield zijn telefoon omhoog. 'Gebruik dit als bedrijfspas. Mobiel pasje kun je te gemakkelijk uitlenen. Kan niet met je telefoon. Nieuwe iPhones hebben NFC-chip. Activeer Bluetooth, gebruik NFC-chip en dan kun je die gebruiken met deurlezer om deur te openen als de lezer is geprogrammeerd om iPhone te herkennen. En als je je telefoon verliest, heeft hij nog steeds securityfeatures voordat je hem kunt gebruiken. Pasjes hebben dat niet. Lezers lezen pasje, niet persoon met pasje. Daar is biometrie voor nodig. Dat is ook goed. Beter dan telefoon. Je hebt ogen of duim nodig. In Rusland moeten dat levende ogen en duimen zijn, trouwens. In Rusland gebruikten ze vingers en ogen van mensen om deuren te openen, maar dode vingers en ogen werken niet meer. Hartslag nodig. Geloof me.'

'Ik geloof je.' Devine dacht aan de nacht toen Cowl de garage binnen was gereden. 'Cowl gebruikte zijn telefoon om de parkeergarage van het gebouw binnen te komen. En ik heb hem nooit rond zien lopen met zo'n pasje aan een koordje om de hals.'

'Omdat hij geen risico's neemt. Hij gebruikt NFC-chip. Hij geeft alleen mensen zoals jij die waardeloze één vijfentwintig-security.'

'Maar het is zíjn gebouw. En we kunnen naar binnen met die waardeloze pasjes.'

Valentine gaf hem het pasje terug. 'Kun je hiermee overal in het gebouw komen?'

Devine dacht hierover na. 'Nee. Er is een ruimte op de eenenvijftigste verdieping waar niemand mag komen. We noemen het voor de grap Area 51.' Hij keek aandachtig naar Valentine, om te zien of hij dat snapte.

'Wat is daar zo bijzonder aan?' vroeg Valentine op een toon waardoor Devine zich afvroeg of hij die naam wel kende.

'Dat weet ik niet. Volgens mij werkt er niemand op die verdieping en staan er misschien alleen maar computers.'

'Niet zo vreemd. Misschien is dat *supercomputer trading space*. Met zo'n omvang hebben ze voorsprong van een milliseconde op de handel. Ze verdienen elke dag miljoenen door die voorsprong op anderen die dat niet hebben.'

'Dat weet ik. Het wordt high-frequency trading genoemd. Koop het één milliseconde voordat aandelen en bonds een cent duurder worden, wat ze in de loop van de dag allemaal doen, en verkoop ze één milliseconde later voordat de aandelen of bonds een cent goedkoper worden. Daar heb je kostbare en speciaal ontwikkelde software en infrastructuur voor nodig. Banken en andere financiële instellingen hebben die en bovendien hebben ze *naked access*, oftewel directe toegang tot de beurzen, omdat ze een vergunning hebben. Dat geldt niet alleen voor brokers, maar ook voor hedgefondsen en *specialty firms*.'

'Is slim maar ook stom.'

'Waarom is dat stom als ze daar zoveel geld mee verdienen?' vroeg Devine.

'Eerste reden: de kans op een *flash crash*, als computer fout maakt door verkeerde code of zo. Dan verkoopt het als het moet kopen en andersom. Dan verlies je miljarden in één seconde.'

'Dat is weleens gebeurd, ja,' zei Devine. 'Wat is de tweede reden?'

'Alle eieren in één mandje, dude. Ransomware? Je neemt één doelwit te pakken, maar wat betalen ze je om weer te kunnen werken? Nou? Ik vertel je dat ze betalen. Heel veel geld. En dat weet niemand, omdat bedrijf dat niemand vertelt, omdat ze bang zijn dat cliënten ze niet meer vertrouwen en naar een ander gaan. Dus met een paar klikken van je muis ben je verdomme miljardair. Tegenwoordig betalen ze in bitcoins. Cryptocurrency.'

'Hoe weet je dat?' Devine keek hem argwanend aan.

Valentine zag zijn blik en hief zijn handen in onschuld. 'Dat hoor ik op straat. Ik doe dat niet. Ik ben nu goede man. Ik spek mijn bankrekening niet.'

'Maar sommige landen vullen hun schatkist wel met ransomware,' zei Devine.

'Is waar. Maar met ransomware hebben Noord-Koreanen niets te eten en dan zetten ze hun leider af. Andere landen doen dat ook.'

'Rusland?'

Valentine wees naar hem. 'Haha! Poetin is gek op zijn geld. Hij koopt grote paarden en berijdt die met een blote bast. Hij is getikte gek.'

'Kun jij zien of Cowl vanuit Area 51 aan high-frequency trading doet?'

'Ik kan handel zien als op openbare markten wordt gekocht en verkocht. Ik kan het niet zien als ze handelen in *dark pools*, niet tot de verkoop afgerond is. Daardoor kunnen high-frequency traders zo lang opereren zonder dat het bekend wordt.'

'Maar kun je zien of er sprake is van high-frequency trading? Op basis van de activiteiten in de pipeline?'

'Zal tijd kosten. Ik heb andere dingen te doen.'

'Ik dacht dat je wel van een uitdaging hield. En je kon die mail niet traceren. Ik dacht: dat wil je vast wel goedmaken.'

'Hoe bedoel je, goedmaken?' vroeg hij fronsend.

'Een tweede kans om te bewijzen dat je een hacker van wereldklasse bent.'

'Ik bén hacker van wereldklasse. Dat weet ik al.'

'Maar ik niet, omdat je die mail niet kon traceren.'

'Je bent vreemde man. Ik moet nadenken. Kom erop terug.'

'Wacht niet te lang. Ik heb het gevoel dat het beter is dat we het zo snel mogelijk weten.'

Valentine zette zijn headset op, klapte zijn laptop open en ging weer aan het werk.

Devine ging naar boven, douchte om het zweet van de dag van zich af te spoelen en trok een lichtbruine lange broek aan en een overhemd met korte mouwen dat hij niet helemaal dichtknoopte. Daarna trok hij zijn nette schoenen weer aan.

Op de trap kwam hij Helen Speers tegen, die net naar boven liep. Ze had waarschijnlijk weer yoga gedaan in de eetkamer, want ze zweette en droeg ook nu kleurrijke kleding. Zijn hartslag versnelde toen hij haar zag.

'Ga je weg?' vroeg ze.

'Heb een bespreking.'

Ze keek hem bevreemd aan. 'Hoe gaat het met het politieonderzoek?'

'Het gaat. Vliegt nogal vreemde kanten op, moet ik zeggen.'

'Heb je die advocaat al nodig?'

'Waarschijnlijk al heel binnenkort.'

Ze keek hem ernstig aan en liep toen door naar haar kamer waar ze haar yogakleren zou uittrekken en onder de douche zou gaan. Nee, zulke gedachten moest hij niet hebben.

Devine klopte op Tapshaws deur. 'Hoi, ik ben het, Travis. Heb je vandaag al iets gegeten, Jill? De datingwereld van Hummingbird wil dat weten.'

Ze opende de deur gekleed in een rood sportbroekje, een witte tanktop, kuitlange sokken en roze Converse-tennisschoenen. Ze had haar haar opgestoken met een heleboel haarspeldjes. 'Ik heb geluncht,' zei ze opgewekt. 'En misschíén neem ik ook wel iets als avondeten.'

'Hoe gaat het met je fundraising?'

'Hé, jij werkt toch op Wall Street?'

'Ja, bij Cowl and Comely. Hoezo?'

'Ik wil je iets laten zien.' Ze nam hem mee naar een van haar reusachtige beeldschermen. Hij was een keer in haar kantoor in het winkelcentrum geweest dat eruitzag als een commandocentrum voor *cyberwarfare*.

Allemaal in naam der liefde.

Ze veegde een paar post-its van het scherm en sloeg een paar toetsen aan, waarna haar LinkedIn-pagina verscheen. Tapshaw scrolde naar beneden en wees naar een bericht. 'Ik kreeg deze ping. Van een investeringsgroep die mijn hele volgende ronde wil financieren. Ik bedoel de hele vijfentwintig miljoen, Travis. Ze willen een Zoommeeting en daarna meteen beginnen. Als alles goed gaat, zeiden ze, sturen ze me binnen twee weken een overzicht van alle afspraken en voorwaarden, en het geld een paar dagen nadat de overeenkomst is getekend en de advocaten alles op papier hebben gezet.'

'Dat is geweldig!' Hij keek haar aan. 'Waarom kijk je dan zo sip?'

'Ik heb een hele tijd stad en land afgelopen om de financiering van deze ronde voor elkaar te krijgen. Dat was moeilijker dan ik dacht. Je hoorde me laatst praten met die Taiwanese VC, een venturecapitalgroep. Ze hadden belangstelling, maar zeiden dat de procedure ongeveer zes maanden zou kosten en hun cashflow beperkt was. Dat hoor ik steeds opnieuw. En ik heb contact met hén opgenomen. Dat heb ik ook gedaan met alle andere mogelijke investeerders voor deze ronde. Ik heb iedereen benaderd, vrienden en familie en zelfs *business angels*, durfkapitaalverschaffers dus. Maar in deze ronde ben ik op zoek naar geld van professionals, en nu benaderen deze mensen mij en zeggen dat het allemaal binnen twee weken in kannen en kruiken kan zijn? Ik weet het niet, hoor. Het lijkt me gewoon vreemd. Wat denk jij?'

'Het klinkt niet goed. Hoe heet die investeringsgroep?'

Ze drukte een andere toets in en wees even later naar een naam.

'Mayflower Enterprises. Ooit van gehoord? Ik heb ze gegoogeld, maar kon weinig vinden. De man heet...'

Devine hoorde haar niet, omdat hij naar de naam keek van de man die haar had gepingd met dat investeringsvoorstel.

Ja hoor, Christian F. Chilton. Dat is geen toeval. Hij weet dus wie ik ben en dat Jill mijn huisgenoot is.

Hij wendde zijn blik af. 'Luister, je moet op dit moment helemaal niets doen met die lui, oké? Zet het even op een laag pitje.'

Aarzelend zei ze: 'Oké, maar vijfentwintig miljoen is vijfentwintig miljoen, Travis.'

'Hou de boot gewoon even af, dan wordt het misschien vijftig miljoen of meer.'

'Wacht even, ik wil het bedrijf niet verkópen, alleen uitbreiden. Dit is mijn kindje!'

'Ik vraag je ook niet om iets te verkopen. Vertrouw me nu maar, Jill. En ga wat eten.'

Hij vertrok, stapte op zijn motor en ging op weg naar zijn afspraak met Brad Cowl.

31

Devine stopte tegenover Cowls paleis, zette zijn motor op slot en rende naar de overkant. Dit was het adres op het papiertje dat Paulson hem had gegeven. Het licht brandde; het huis leek wel een kerstboom. Er stonden dure auto's voor, waaronder een oude maar perfect gerenoveerde kersenrode Duesenberg Phaeton. Het leek alsof er een feest aan de gang was, terwijl Devine in Cowls huis een gesprek onder vier ogen had verwacht. Dat was de eerste verrassing van de magnaat deze avond.

Bij het hek zag hij een belknopje en een videocamera. Hij zwaaide en vertelde wie hij was. De hekken gingen open en hij liep naar binnen.

Bij de voordeur stonden gespierde mannen, even groot als Devine of zelfs nog groter, die hem systematisch fouilleerden, hem zijn overhemd lieten optillen en ook nog eens zijn bovenlichaam en armen aftastten.

'Daar genieten de dames vast net zo van als jullie,' zei hij tegen een van de mannen. Ze glimlachten niet eens.

Het paleis was vanbinnen al even modern en schitterend als vanbuiten. Hoge plafonds, heel veel vreemd gevormde ramen, kostbaar hout en glanzend metaal in interessante configuraties. Op de prachtige tegelvloer lagen kleurrijke kleden. Minimalistisch meubilair, bijzondere lampen, sommige klein en intiem, andere gigantisch, met op maat gemaakte objecten van hout, metaal en zelfs stof. De schilderijen aan de muren leken eerder gemaakt door Picasso en Pollock dan door Da Vinci of Degas.

Devine telde ongeveer twintig mensen, in dit gedeelte tenminste. Het was een mooie avond, dus zouden er ook wel mensen bij het zwembad zijn. Hij zocht de bikinivrouw, maar zag haar niet. Hij wist niet goed wat hij moest doen. Zou hij vragen waar Cowl was? Zou de man hem komen zoeken? Moest hij hier blijven staan als een schooljongen die wacht tot de directeur hem vertelt wat zijn straf is?

Hij besloot op zoek te gaan naar een drankje. Dat vond hij in het vertrek ernaast bij een goed voorziene bar. Een paar mensen die voor hem in de rij stonden draaiden zich om en keken even naar hem. Hij nam aan dat hij er niet belangrijk genoeg uitzag of niet stijlvol genoeg was gekleed, omdat ze zich zonder iets te zeggen weer omdraaiden.

Hij nam een glas bier aan en liep van het ene vertrek naar het andere. Her en der stonden groepjes mensen die heel klein leken in de enorme ruimtes. Devine dacht dat je hier zonder enig probleem een hele legereenheid kon onderbrengen.

Iedereen was zongebruind, leek ontspannen en droeg vrijetijdskleding die – daar was hij zeker van – een klein vermogen had gekost. Hij liep een andere kamer in en bleef abrupt staan toen de bikinivrouw opeens verscheen en naar hem toe liep. Een man zou gewaarschuwd moeten worden voordat ze op het toneel verscheen, vond hij.

Ze droeg een superstrak limoengroen mini-jurkje dat haar figuur en zongebruinde huid enorm accentueerde. Ze had opvallende blauwe ogen, een prachtig wit gebit en haar blonde haar danste om haar fraai gevormde gezicht. Goudkleurige sandalen maakten het plaatje compleet en hij betrapte zichzelf erop dat hij naar haar turquoise gelakte teennagels keek.

In gedachten zag Devine Christie Brinkley in de rode Ferrari die de sukkelige Chevy Chase naar de poorten van de geile hel reed. Hoewel die film al gemaakt was voordat hij was geboren, was het toch een klassieker en moest Devine nog altijd glimlachen als hij eraan dacht.

'Ik ben Michelle Montgomery.'

'Travis Devine.'

Ze gaven elkaar een hand.

'Meneer Devine, leuk u te ontmoeten.'

'Travis, alstublieft.'

In gedachten zag hij haar terwijl ze bij het zwembad met Christian F. Chilton met zijn gezicht vol pleisters stond te kletsen.

Over mij misschien?

Daarna vroeg hij zich af of Chilton hier vanavond ook was. Als dat zo was, waren de rapen gaar. Hij had de BMW 8 niet zien staan, maar iemand als Chilton had vast meer dan één auto én iemand die hem ergens naartoe bracht als hij dat wilde. Misschien was die Duesenberg wel van hem.

Montgomery zei: 'Hé, heb je een ongeluk gehad of zo? Je gezicht zit onder de schrammen.'

'Ben van een ladder gevallen en landde met mijn gezicht op een stenen paadje.'

'Dat heeft vast veel pijn gedaan!'

Niet zoveel pijn als die andere mannen. Devine keek naar Montgomery. *Niet zoveel als jouw man.*

'Ben je hier om iemand te spreken?' vroeg ze.

'Brad Cowl. Hij heeft me uitgenodigd'

'Brad is hier ergens. Hij vindt je wel. Laten we een drankje halen. Je glas is leeg en ik heb dorst.' Ze haakte haar arm door de zijne en nam hem mee.

32

Ze liepen naast elkaar naar de bar en hij snoof haar geur op. Gelijke delen vanille, zonnebrandcrème met kokosgeur, lavendel en iets wat hij niet kon thuisbrengen. Een zware geur waar hij tegen moest vechten, omdat het noodzakelijk was dat hij vanavond helder kon blijven denken.

'Leuk optrekje,' zei hij.

'Brad heeft het een paar jaar geleden laten bouwen, voordat wij elkaar kenden. Hij houdt van dit soort huizen. Hij heeft overal huizen, twee privévliegtuigen, een jacht dat hij ongeveer één maand per jaar gebruikt en zijn eigen helikopter. Voor mij is dit te veel. Ik hou alles graag eenvoudig.'

'Zo te horen gaat dat met deze man niet lukken.'

Bij de bar bestelde hij nog een biertje. Zij bestelde een Cosmo en hief haar glas. 'Ik was nog maar vier toen *Sex and the City* afgelopen was, maar later heb ik alle seizoenen achter elkaar bekeken. Heel leuk bedacht. Maar weet je, niemand kan op die manier van zijn salaris in New York wonen. Dat geldt ook voor *Friends*.'

'Zoals je al zei, heel leuk bedacht. Hoe hebben jij en Cowl elkaar ontmoet?'

'Hij was in Italië en ik was in Italië en we werden verliefd. Ik weet dat hij veel ouder is dan ik, maar dat merk je niet aan hem. Soms heb ik het idee dat ik de oudste ben van ons tweeën. Hij is in veel opzichten nog altijd een kleine jongen, met al zijn speeltjes.'

'Hij heeft heel veel geld verdiend met zakendoen.'

'Met mij praat hij nooit over zaken. Daar heb ik niets mee.'

'Woon je hier?'

'Niet continu. Brad en ik zijn gewoon... ik weet het niet, vriendje en vriendinnetje, om een ouderwetse uitdrukking te gebruiken.'

'Wat doe je als je niet bij hem bent?'

'Reizen. Ik heb een jaar gestudeerd, maar ik vond er niets aan en toen besloot ik iets van de wereld te gaan zien. Zo heb ik Brad leren kennen. Ik woonde in een studentenhostel in Toscane en hij had op een heuvel een stuk of drie villa's gehuurd. We ontmoetten elkaar in een restaurant, hadden een klik, dronken heerlijke wijn, Brunello di Montalcino, en toen was ik opeens in een van die villa's.'

'Leuk, zeg! Hoe lang is dat geleden?'

'Bijna een jaar nu. De tijd vliegt. Hoe ken jij Brad?'

'Ik werk bij zijn bedrijf. Ben maar een eenvoudige nieuweling, hoor. Ik ben een laatbloeier.'

'Wat deed je daarvoor dan?'

'Heb een tijd in het leger gezeten.'

'Waarom?'

Devine had verwacht dat ze hem zou bedanken voor zijn diensten, zoals iedereen altijd deed, zodat hij even van zijn stuk gebracht was en haar vraag eerlijker beantwoordde dan hij waarschijnlijk van plan was. 'Om mijn pa te pesten.'

Ze lachte, een aangename, schorre lach. Ze nam een slokje van haar Cosmo en keek hem aan met een blik die hij niet goed kon peilen. 'Bevalt het je om voor Brad te werken?'

'Ben gewoon op jacht naar het geld, net als iedereen.'

Ze trok haar neus op en keek om zich heen. 'Ik keek naar je toen je binnenkwam en je leek helemaal niet op je gemak. Je nam een biertje in plaats van iets duurs en hips. Je wilt hier niet echt zijn.'

'Toch ben ik hier, in opdracht van de baas.'

Ze leek teleurgesteld door zijn antwoord. 'Zoals een hond aan de riem, bedoel je?'

Hij nam een slok bier en dacht hierover na. Hij besloot de touwtjes van het gesprek weer in handen te nemen. 'Een vrouw op mijn werk werd dood gevonden. Zelfmoord, dachten ze. Nu ziet het eruit alsof het moord was.'

'Dat heb ik gehoord. Hoe heette ze ook alweer?'

'Sara Ewes.'

'Ben je daarom hier om met Brad te praten?'

'Ik weet het niet.'

'Kende je haar?'

'Ja.'

‘Waarom wilde iemand haar vermoorden, denk je?’

‘Dat probeert de politie uit te zoeken.’

Ze rilde. ‘Er zijn zoveel griezels op de wereld.’

Hij keek langs haar heen, in de richting van het zwembad. ‘Mijn trein komt hier elke ochtend langs. Hij stopt precies achter dit huis, ik weet niet waarom, maar het zal wel een technische reden hebben.’

Ook zij keek waar hij naar keek. ‘Ik ben ’s ochtends weleens bij het zwembad.’

‘Dat weet ik.’ Hij liet die opmerking in de lucht hangen.

Ze keek hem weer aan, niet echt verontschuldigend en met grote ogen die... alles zagen. ‘Probeer je me via een gênante omweg te vertellen dat je naar me hebt zitten kijken?’

‘Ik en alle andere mannen in de trein. Volgens mij is de populariteit van de 6:20 enorm toegenomen. Zoiets wordt rondverteld.’

Nu werd ze rood, en niet omdat ze zich gevleid voelde.

‘Dat zei ik niet om je in verlegenheid te brengen,’ zei hij snel. ‘Het verbaast me gewoon dat je zo vroeg al op bent.’

Ze beheerste zich. ‘Ik vind het prettig om tijd voor mezelf te hebben, om te mediteren of te zwemmen.’

‘Dat is heel goed.’

Ze keek hem fel aan. ‘Doe niet zo neerbuigend.’

Hij zei: ‘Was niet mijn bedoeling. Voordat ik in de trein stap doe ik een volledige work-out, en daar begin ik om vier uur mee. Voor mij is dat ook een soort meditatie. Endorfine, om de dag mee te beginnen.’

‘Je lijkt ontzettend fit,’ zei ze, terwijl ze hem zo langzaam en uitdagend taxeerde dat hij het gevoel had dat hij naakt was.

‘Dat eiste het leger, zeg maar. En ik ben ermee doorgegaan omdat ik het prettig vind mezelf te kunnen verdedigen.’ *Zoals ik in die steeg heb gedaan.*

‘Ik had niet door dat mensen in de trein me bij het zwembad kunnen zien. Er staan bomen voor.’

‘Klopt, maar er is ook een opening.’

Ze keek hem ondoorgrondelijk aan. ‘Ik zal eraan denken.’

‘Oké.’

‘Twintig over zes? Waarom ga je zo vroeg naar je werk?’ vroeg ze.

'In mijn wereld moet je, als je de volgende ronde wilt halen, keihard werken en de anderen verslaan.'

'Klinkt als een snelle weg naar een hartaanval.'

'Misschien. Je kent bijna iedereen hier, neem ik aan?'

'Nee, niet iedereen. Er zijn altijd nieuwe gezichten. Brad kent heel veel mensen.'

'Als je hier niet bent, waar ben je dan?'

'Ik heb een appartementje in een flatgebouw zonder lift in SoHo,' zei ze.

Hij vroeg niet of Cowl dat voor haar had geregeld. Dat was niet nodig. Ze had niet gezegd dat ze een baan had en gezien het feit dat ze in Italië in een hostel had gelogeerd, kwam ze waarschijnlijk ook niet uit een rijke familie. En zelfs een klein appartement in een flatgebouw zonder lift in New York was niet goedkoop, vooral niet in SoHo.

'Werk je in de buurt?'

Ze negeerde de vraag en zei: 'Misschien tot ziens. Of je kunt langskomen om met me te zwemmen, misschien 's avonds laat als Brad er niet is. Hij is vaak in zijn penthouse.'

Dit overdonderde hem. 'Ik weet niet zeker hoe mijn baas het zou vinden als ik 's avonds alleen met jou zou gaan zwemmen. Nee, ik weet wél zeker hoe hij dat zou vinden. Hij zou me ontslaan.'

'Waarom? Ik ben zijn vriendin, niet zijn vrouw.'

'Wie weet word je zijn vrouw nog eens.'

'Gaat niet gebeuren. Ik wil dat niet en hij ook niet. Op een bepaald moment zal hij me inruilen voor een jongere versie.'

'Wat vind jij daarvan?'

'Ik vind daar helemaal niets van.'

'Wat win je hier dan mee?' vroeg hij.

'Dit is gewoon iets... anders. Wat denk je van dat zwempartijtje? Hou je van gokken?'

Devine kon haar amper bijbenen. 'Ik neem aan dat het in een huis als dit stikt van de hulpjes, of bedienden, of hoe je ze maar wilt noemen. Heel veel dwalende ogen die ons kunnen zien.'

'Dat kan ze niets schelen. Brad behandelt ze als oud vuil.'

'Als hij zo'n man is, waarom blijf je dan bij hem?'

'Je gaat ervan uit dat ik een keus heb.'

‘Niet dan?’

‘Geef me je telefoonnummer. Dan geef ik je mijn adres als je hier niet naartoe durft te komen.’

Om een reden die hij niet helemaal begreep, gaf hij haar zijn nummer en Montgomery sloeg het op in haar telefoon.

‘Ik zie dat Brad eraan komt, dus neem ik afscheid van je.’ Snel zei ze nog: ‘Morgenavond ben ik in mijn appartement. Ik stuur je wel een berichtje met het adres. Gewoon voor het geval je geïnteresseerd bent.’

Ze liep weg toen Devine zich omdraaide en zag dat Cowl als een zware tank op hem afkwam.

33

'Devine, klopt dat?' Cowl was gekleed in een spijkerbroek, een zwart overhemd dat zo ver openstond dat zijn donkere, krullende borsthaar te zien was, en droeg instappers. Zijn haar was niet naar achteren gekamd zoals op kantoor. Hij leek minder op Michael Douglas dan Gordon Gekko in de film *Wall Street* en meer op een jongen met een warrige bos haar, maar wel iemand die heel belangrijke dingen moest doen.

'Ik ben Travis Devine.'

'Kom mee.' Hij liep weg.

Devine volgde hem en toen hij om zich heen keek, zag hij dat Michelle Montgomery hen met haar blik volgde. Ze hief haar glas en knikte bemoedigend.

Devine verwachtte dat ze naar een privévertrek zouden gaan, maar Cowl nam hem mee naar buiten, naar het zwembad. Daar was verder niemand, zoals misschien door iemand was geregeld. Devine zag een gespierde bewaker bij de achterdeur, waarschijnlijk om ervoor te zorgen dat er niemand anders naar buiten ging. De lampen brandden en kleine tuinfakkels hielden de muggen op afstand, maar overal om hen heen waren krekels te horen en het rook sterk naar gemaaid gras. Cowl ging aan een tafel naast het zwembad zitten en gebaarde dat Devine tegenover hem moest plaatsnemen.

Devine ging zitten en zette zijn glas bier neer.

Cowl keek niet naar hem, maar staarde naar het zwembad en de muur erachter.

Devine volgde zijn blik en zag de trein die de city verliet langzaam passeren. Het licht in de trein was aan en door de opening waardoor hij altijd vanuit de trein naar het huis keek, zag hij een aantal vermoeide New Yorkers. Ze zaten met gebogen hoofd en hangende schouders; sommigen zaten te soezen alsof ze een veldslag hadden geleverd en terugkeerden om even te slapen en de volgende ochtend opnieuw te beginnen.

'Arme klojo's,' zei Cowl.

'Waarom?'

'Een vermoeiende treinreis maken, elke dag heen en terug, als muizen in een hamsterrad. Maar ja, ik heb ze nodig om te doen wat ze doen om mijn droom levend te houden. Maar ik ben geen volslagen hufter, wat sommige mensen ook over me zeggen. Ik kom uit een rijke familie, maar tegen de tijd dat ik had leren tellen was al het geld verdwenen, doordat mijn pa en mijn opa stomkoppen waren. Daardoor weet ik hoe het is om geen cent te hebben. Ik had kunnen opgroeien als een rijkeluiszoontje en via al die connecties aan elke goede universiteit kunnen studeren. Dan had ik een rijke klojo kunnen worden, heel aardig en beleefd, en hield ik mijn vork en kopje keurig vast, kijk zo, terwijl ik je ondertussen een mes in de rug stak. In plaats daarvan ben ik een straatvechter die ervoor kiest je in je borst te steken, wat veel eerlijker is, dat zul je moeten toegeven.' Hij keek naar Devine alsof hij wilde checken of hij naar hem luisterde, echt luisterde. 'Dus weet ik hoe het is om in die trein te zitten, maar dat is ergens zeer de moeite waard. Ze doen het niet voor niets en de laagstbetaalden die in mijn wereld werken, verdienen nog altijd bakken met geld meer dan de meeste mensen.'

'Oké. Dat begrijp ik.' Devine vroeg zich af of Cowl die opening opzettelijk had laten bestaan zodat de arme klojo's in de trein konden zien hoe welvarend zijn leven was. Zo'n hufter was hij wel.

'Je woont hier in de buurt, nietwaar?' vroeg Cowl.

'Maar niet in deze wijk. Kan ik niet betalen. Ik woon met drie andere mensen in een huis.'

'Aha.' Hij trommelde met zijn vingers op het teakhouten tafelblad. 'Je kende Sara Ewes, hoorde ik.'

'Klopt.' Devine aarzelde, vroeg zich af hoe hij dit moest aanpakken en besloot een gokje te wagen. 'Kende u haar?'

Cowl keek hem scherp aan. 'Ik stel de vragen, Devine, niet jij.'

Devine ademde in en bewoog zijn hoofd heen en weer om de spanning te laten wegebben.

'Als je me een opstopper wilt verkopen, ga je je gang maar,' zei Cowl, die hem aandachtig aankeek. 'Dan doe ik aangifte en ga je de bak in voor mishandeling.' Hij zweeg even en zei toen: 'En misschien voor meer dan dat.'

Devine hapte niet. Hij greep terug op zijn militaire training. Als je twijfelt, moet je je mond houden. Als je niet twijfelt, moet je zeker je mond houden.

De trein met zijn uitgeputte passagiers reed door.

Cowl zweeg nog steeds. Hij keek nu zo aandachtig naar het donkere water in het zwembad dat Devine bijna dacht dat er een lijk in dreef. 'Ik probeer de beste manier te bedenken om dit te doen, Devine.'

'Om wat te doen?'

'De politie heeft belangstelling voor je. Ik hoop dat je zo slim bent dat je dat beseft. Anders hoor je niet voor me te werken.'

'Ze hebben met me gepraat. Ze weten bepaalde dingen. Ze hebben met andere mensen gepraat. Ze hebben geen enkel bewijs dat ik iets met Sara's dood te maken heb, omdat dat niet zo is.'

'Op één ding na, iets heel belangrijks.'

Devine wist precies wat dat ene ding was. De entry log, waaruit bleek dat hij in het gebouw was geweest én op de tweeënvijftigste verdieping in het tijdvak waarin Ewes was vermoord. 'Waarom hebben ze me dan niet gearresteerd?'

'Dat heb je aan mij te danken,' was Cowls verrassende antwoord.

Nu werd Devine pas echt gespannen. 'Dat zult u me moeten uitleggen.'

'Het is delicaat. Het is allemaal delicaat, Devine.' Hij ging opeens rechtop zitten. 'Een dode in een gebouw trekt allerlei soorten aandacht. Ongewenste aandacht voor een bedrijf als het mijne.'

'Waarom?'

'Dat is toch duidelijk, Devine! Shit, ben je zo stom?'

'Misschien.'

Cowl stak een dikke vinger op, terwijl Devine in gedachten deze man zag die het kantoor verliet terwijl hij zijn broek dichtritste, niet ver van de plek waar Ewes was opgehangen, terwijl Jennifer Stamos naakt en met gespreide benen op een metalen bureau met gelamineerd blad lag. Goedkoop op goedkoop.

Cowl zei: 'De enige belangrijke kwaliteit die ik bezit is niet geld of talent, maar aanzien. Mensen betalen ons enorme bedragen omdat we respectabel zijn. Geen schandaal. Geen vuiligheid. Geen Ponzi Bernie Madoff, geen afpersers zoals Enron, geen klootzakken zoals Ivan Boesky. Dat zou het einde betekenen.'

'Een moord is niet hetzelfde als financiële misdrijven,' zei Devine.

'Je moet verder kijken dan dat, Devine. Niemand beweert dat we hun geld stelen nu Sara in ons gebouw is gevonden. Maar in hun achterhoofd zullen de cliënten denken: zal ik het risico nemen? Waarom zou ik naar hen toe gaan als ik ook in zee kan gaan met Morgan Stanley of Merrill Lynch of een van hun concurrenten? Voor de beurswaarde maakt het ook weinig uit, want we doen feitelijk allemaal hetzelfde.'

'U kunt de moord niet wegpraten, meneer Cowl. De politie zal niet stoppen met het onderzoek omdat u bang bent dat het u cliënten en opdrachten zal kosten.'

'Wat me terugbrengt naar jou. Heb jij haar vermoord?'

'Nee.'

'Heb je iemand ingehuurd om dat te doen?'

'En hem mijn bedrijfspas geven?'

'Waarom zeg je dat?'

Devine was niet van plan nu te vertellen dat hij de boel had gehackt. 'Hoe kon iemand anders binnenkomen en naar de verdieping gaan waar Sara is gevonden?'

'Hm.' Daarna zei Cowl iets schokkends. 'Misschien zijn er wel bewakingsopnamen van iemand die heel veel op jou lijkt die op de betreffende tijdstippen komt en gaat.' Hij keek naar Devine om zijn reactie te peilen.

Daarom had Devine naar zijn glas gekeken. Toen hij opkeek had hij zichzelf weer in de hand. 'Ik ben geen computergenie, maar met de juiste apparatuur en wat tijd zou ik uw gezicht op het lichaam van iemand anders kunnen plakken en u overal naartoe kunnen laten lopen.'

'Is dat zo?'

'U hebt twee maanden geleden een bedrijf gekocht dat dat kan doen.'

'Cyber-Surgeon, Ja, ik weet het. We gaan dat bedrijf binnen een jaar doorverkopen en een grote slag slaan, inderdaad omdat zij dat kunnen doen, zoals je net al zei. Wat betekent dat de waarheid onbelangrijk wordt doordat je je eigen waarheid kunt uitvinden. Niet dat mensen dat nu al niet zouden doen, maar met deze technologie wordt de leugen wel heel overtuigend.'

'En dan kun je dus niets meer bewijzen,' zei Devine.

'Misschien wel, misschien niet, als de politie gelooft wat ze denken te zien. En de jury vervolgens ook. Heb je ongeveer een miljoen dollar om aan advocaten uit te geven? Want dat is waarschijnlijk het minimum dat je nodig hebt.'

'Nee, dat heb ik niet. Bij lange na niet.'

'Dan ben je de lul, of je haar nu wel of niet hebt vermoord,' zei Cowl.

'Rechtvaardigheid in Amerika?'

'De realiteit in Amerika. Weet je, we hebben helemaal geen "rechtvaardig" systeem in dit land. We hebben een juridisch stelsel. Ik heb een heel leger bedrijfsadvocaten en nog eens vijftien externe advocaten op de loonlijst staan. Stuk voor stuk het neusje van de zalm op het gebied van talent en relaties. Toch is dat volgens mij nog altijd niet genoeg. Gewoon de prijs van het zakendoen. De rechtbank staat open voor iedere klootzak die aan de legale loterij wil meedoen. En ik ben een heel groot doelwit.'

'Waarom ben ik hier eigenlijk?'

'Ik wilde zien wat voor man je bent, Devine. Militair, gevochten, medailles, enzovoort, dat weet ik allemaal. Maar ik wilde met je praten, je zien, in je hoofd kijken.' Hij keek naar Devines gehavende gezicht. 'Deed het veel pijn?'

Devine begreep dat de man van Stamos had gehoord wat er was gebeurd. 'Zelfs niet een beetje.'

Cowl zei met een spottende glimlach: 'Natuurlijk niet.'

Devine besloot een poging te wagen. Hij pakte zijn telefoon en legde die voor Cowl neer. 'Ik heb een paar keer met Jennifer Stamos gepraat. Heb haar ook in een bar gezien.'

'Is dat zo? Waarom zou ik dat willen weten?' Cowl keek niet eens naar de telefoon.

Devine keek ernaar. 'Ik hoorde dat u haar mentor was, net als van Sara.'

'Dat geldt voor tientallen mensen.'

'Maar die zijn allemaal niet zoals Jennifer. Zij zijn geen eh... schatjes.'

Nu keek Cowl wel naar de telefoon. 'Misschien ben je wel slim genoeg om voor me te werken.'

'Misschien wel.'

'En moet ik hier nog even over nadenken in plaats van je meteen te pakken te nemen, zoals ik van plan was.'

'Misschien moet u dat maar doen. Zoals u al zei, is het delicaat.' Devine zweeg even en koos zijn woorden zorgvuldig. 'Maar ja, u kunt me altijd ontslaan.'

Cowl schudde zijn hoofd. 'Vrienden dichtbij en vijanden dichterbij. Op die manier doe ik zaken. En bedankt dat je hebt bevestigd wat jij bent.' Hij stond op en liep weg.

Devine bleef achter, niet op zijn gemak, keek naar zijn telefoon en slaakte een diepe zucht. Vreemd, als je een oorlog had meegemaakt, anderen had gedood en bijna zelf was gedood, verwachtte je niet dat een woordenstrijd je zo zou aangrijpen. Maar je dacht wel even na als je door een vuile truc werd beschuldigd van moord en de rest van je leven in de gevangenis kon doorbrengen.

Ik tenminste wel.

Hij stond op en liep door het paleis zonder iemand aan te kijken.

Buiten botste hij tegen Christian Chilton op.

34

'Wat doe jij hier in vredesnaam?' snauwde Chilton. Hij stapte onwillekeurig bij Devine vandaan en balde zijn vuisten, klaar voor de aanval. Devine kon echter aan zijn angstige blik zien dat Chilton liever op de vlucht sloeg dan opnieuw met hem te vechten.

Devine keek naar hem. Het verband was weg, maar de kneuzingen en sneden waren er nog. 'Even op bezoek bij een vriend.'

'Wat? Daar? Larie!'

'Ach, je kunt nooit weten waar je er eentje vindt.'

'Ricks gebit is naar de klote en Dougs kaak is gebroken.'

'Ik weet dat je buiten westen was en het niet kon zien, maar ik liet Rick gaan met maar één gemene snee. Toen besloot hij mijn schedel te verbrijzelen terwijl ik met mijn rug naar hem toe stond, hij mag dus van geluk spreken dat het niet erger is.'

Chilton keek naar Devines gewonde gezicht. 'Mijn makkers hebben jou gelukkig ook te pakken genomen. En jij viel me zomaar aan, klootzak.'

'Toen ik voor je stond en jij met gebalde vuisten op me afkwam?'

'Je weet wel wat ik bedoel. Ik probeerde...'

'Je staat uit je nek te lullen. Het was geen duel waarbij je tot drie kunt tellen. Jij wilde vechten, dus vocht ik. Het was drie tegen één. Wat verwachtte jij dan verdomme, de Queensberry-regels? En ik heb je heel vaak de kans gegeven weg te lopen, maar dat wilde je niet. Maar misschien voel je je beter als je weet dat ik een hele dag mijn armen niet kon optillen en mijn rug nog altijd verdomd veel pijn doet.' Hij raakte zijn gezicht aan. 'En ik word er niet knapper op met zo'n toegetakelde tronie.'

De mannen bleven elkaar een tijdje aankijken.

Toen zei Chilton: 'Ja, misschien was het behoorlijk stom om voor die vrouw te gaan vechten.'

'Dat is vechten om vrouwen meestal,' zei Devine, die zich nog altijd afvroeg waarom Chilton die nacht in die bar was geweest. 'Kom je daar vaak?'
'Soms. Kende je haar echt?'
'We werken bij hetzelfde bedrijf. Een vriendin van ons was daar gestorven.'
'Shit, dat heb ik gelezen. Zelfmoord, hè?'
'Dat dachten ze eerst, maar nu lijkt het erop dat iemand haar heeft vermoord.'
Chilton keek hem met grote ogen aan, waardoor Devine zelfs nog wantrouwiger werd. 'Verdomme! Weten ze wie dat heeft gedaan?'
'Nog niet. O ja, nog één ding.'
'Wat?' vroeg Chilton.
'Jij was in die bar in Greenwich Village en probeerde een vrouw te versieren die bij Cowl and Comely werkt. Nu ben je hier.'
'Nou en?'
'Was je haar gevolgd naar die bar en deed je net alsof je haar wilde versieren? Anders lijkt dit me allemaal wel heel toevallig.'
'Misschien wist je het niet, maar de financiële wereld van New York is vrij klein en die bar is een van onze favoriete bars. Sodemieter dus maar op.'
Terwijl Chilton aanstalten maakte om door te lopen zei Devine: 'Hummingbird?'
Chilton draaide zich weer om. 'Wat?'
'Er wordt beweerd dat jouw bedrijf belangstelling heeft om mee te doen aan de volgende investeringsronde van Hummingbird.'
'Hoe is het mogelijk dat je dat weet?'
'Ik werk in die "kleine" financiële wereld waar je het net over had. En ik hou mijn oren open.'
'Hoe kán het dat je dit weet over mij en mijn bedrijf?'
'Je familie is hier met de Mayflower naartoe gekomen. Iedereen kent je.'
'Je begint me echt te irriteren.'
'Niet echt mijn bedoeling. En dat hebben we al eerder meegemaakt. Maar goed, een vriendin van me vertelde het. Hoe kun je die Hummingbird-deal zo snel regelen?'
'Ik hoef jou niet uit te leggen hoe ik mijn zaken afhandel.'

'Je hebt gelijk, dat hoef je niet te doen. Maar als mijn mening je iets waard is, Hummingbird is een geweldig bedrijf en wordt heel binnenkort goudgeld waard. Je investering zal binnen een jaar honderd miljoen waard zijn.'

Chiltons agressieve houding verdween. 'Waar baseer je dat op?'

'Op de CEO. Zij is de slimste persoon die ik ooit heb ontmoet. Afgestudeerd aan het MIT, MBA van Harvard, gokker van wereldklasse. Er is niets wat ze niet kan doen met een computer. En Hummingbird betekent alles voor haar. Het aantal inschrijvingen rijst de pan uit, ze heeft een uitstekende cashflow, haar businessplan is gezond en het enige wat ze nodig heeft is het kapitaal om het belangrijkste platform op dat gebied te worden. En dat is een grote markt die alleen maar groter wordt.'

'Je lijkt haar chief marketing officer wel,' zei Chilton. 'Heb je zelf financiële belangen bij dat bedrijf?'

'Ongeveer een miljoenste deel van een procent. Maar ik geloof in haar. Ik heb heel veel zakenlui ontmoet, sommige goed, andere afschuwelijk. Maar zij is echt een topper.'

Chilton wendde zijn blik even af. Toen hij Devine weer aankeek, was zijn houding compleet veranderd. 'Alles wat je net zei, komt overeen met wat wij tijdens ons vooronderzoek hebben ontdekt.'

'Je kunt die deal dus echt zo snel afhandelen? Ze heeft andere gegadigden, maar niemand kan het zo snel regelen als jullie.'

Chilton glimlachte. 'Dat horen we wel vaker. Dat komt doordat we veel kapitaal hebben klaarliggen en ik hou die online datingsite al een tijdje in de gaten. Tapshaw heeft een compleet andere insteek: ze biedt niet alleen dat daten aan, maar ook een heleboel andere diensten en voordelen. Daaruit blijkt hoe doordacht en degelijk haar product is. Ik denk dat zij echt mensen bij elkaar wil brengen. De meeste andere platforms doen het alleen voor het geld, volgens mij tenminste.'

'Waar heb je over haar gehoord?'

'We hebben overal spionnen. Ze heeft onlangs met een Taiwanese VC gesproken. De Taiwanezen stappen niet zomaar ergens in, dus als zij geïnteresseerd zijn, moeten wij geïnteresseerd zijn.'

'Je hebt Tapshaw dus nog niet ontmoet?'

'Nee, maar we hebben officieel contact met haar opgenomen. We hopen haar heel binnenkort persoonlijk te spreken.'

Dit klonk allemaal heel legitiem, vond Devine. Misschien had Chilton toch geen contact met Tapshaw opgenomen omdat ze zijn huisgenote was. Misschien wist hij niet eens dat ze huisgenoten waren.

'Waar komt al je geld vandaan? Gewoon professionele nieuwsgierigheid,' voegde hij er snel aan toe.

Chilton keek even alsof hij Devine opnieuw wilde slaan, maar toen haalde hij zijn schouders op. 'Ik kan je geen namen geven, maar het komt overal vandaan. Van familiebedrijven tot institutionele investeerders. Mijn opa heeft Mayflower opgericht. Ik ben geen wonderkind dat met niets is begonnen. Ik ben gewoon de volgende generatie en ben er vanaf mijn vroegste jeugd voor klaargestoomd. We hebben banden met iedereen.'

'Ook met Brad Cowl?'

Chilton keek naar het huis. 'Je móét hem kennen, anders was je hier niet.'

'Hij is mijn baas. Hij had me uitgenodigd voor een gesprek.'

Chilton bekeek Devine nu met andere ogen. 'Hoe is je gesprek met hem verlopen?'

'Kan ik nog niet zeggen. Zijn jij en Cowl bevriend?'

'We doen zaken met elkaar. Hij deed zaken met mijn pa voordat die stierf.'

'Succes met Hummingbird. Als je haar netjes behandelt zul je daar geen spijt van krijgen. Maar jij bent niet de enige gegadigde, stel je er dus maar op in dat je een goed voorstel doet. O ja, ik heb Michelle Montgomery ook ontmoet. Heel aardig. Ken je haar?'

'Ja, zij is zelfs een vriendin van onze familie. Ik was hier laatst op een avond om haar te bezoeken.'

Dat weet ik. 'Bijzonder dat jij haar kent, dat zij Cowl kent en dat jij ook met Cowl werkt. Alweer zo'n toeval.'

'Daar is niets toevalligs aan. Ik heb Michelle aan Brad voorgesteld, in Italië.'

'Echt? Had je zelf geen belangstelling dan?'

'We zijn samen opgegroeid. En ik dacht dat het misschien wel goed was voor Michelle.'

Dus een rijke jongen en een meisje dat in hostels logeert zijn samen opgegroeid? Bijzonder.

'Goed dan, veel plezier daar.'

Devine bleef kijken tot Chilton binnen was. Daarna liep hij weg, stapte op zijn motor en scheurde weg.

Hij kon bijna niet geloven dat hij de hoogste baas van een van de grootste investeringsbedrijven ter wereld had bedreigd. Stel dat Cowl de politie erbij haalde? Stel dat hij zei dat Devine had geprobeerd hem te chanteren? Dat kon de man waarschijnlijk wel aannemelijk maken. Devine had niet genoeg geld om de juiste advocaten in te huren om terug te vechten, wat Cowl dus ook al had gesuggereerd.

Feitelijk ben ik dus de klos. Maar ja, dat is toch niets nieuws?

Als hij voor de haaien werd gegooid, zou Emerson Campbell geen hand uitsteken om hem te helpen. Anders dan in het leger moest hij helemaal in zijn eentje proberen zijn hachje te redden.

35

‘Hé, dude...’

Toen Devine thuiskwam zat Valentine op de bank. ‘Ja?’

‘Cowl doet geen high-frequency trading vanuit jullie gebouw.’

Devine ging naast hem zitten. ‘Hoe kan het dat je dat nu al weet? Ik dacht dat je nog steeds niet zeker wist óf je dat wel wilde gaan uitzoeken.’

‘Ik heb me bedacht, oké? Maar ik heb het geldspoor van de pipeline gevolgd en aan beide kanten bevestiging gekregen. Is een heel unieke datastroom. Als een groene rivier.’ Hij lachte. ‘Groen. Begrijp je mijn grapje?’

‘Ja, een beetje.’

‘Er zijn er niet veel die zo handelen. Gemakkelijk te checken.’

‘Oké, jij zegt dus dat Cowl niet aan high-frequency trading doet, maar ik weet dat ze een afdeling hebben die dat wel doet. En je zei dat je die datastroom hebt bevestigd, dus snap ik het niet helemaal.’

‘Dat bedoel ik dus, dude. Je hebt gelijk. Ze hebben high-frequency trading-platform, alleen werkt dat vanuit gebouw in Queens. Dat is pipeline die ik volg.’

‘Weet je het zeker?’

Hij keek Devine aan met zijn hoofd schuin en een ongelovige blik. ‘Dude? Digitale handtekening is uniek, oké? Ik ben geen amateur.’

‘Oké, wat is Area 51 in mijn gebouw dan? Heb je dat kunnen hacken?’

Valentine keek naar zijn scherm. ‘Dat is... goed beveiligd. Kost veel tijd om binnen te komen. En misschien zelfs dan niet.’

Devine dacht ergens aan. ‘Kan het zijn dat ze in mijn gebouw aan *cryptomining* doen?’

‘Kan zijn. Kost veel energie en computerkracht. Heel veel mensen doen dat. Maar is eigenlijk slecht.’

'Waarom?'

'Is perfect voor ransomware. Je kunt geldtransfers traceren. Maar heel moeilijk te doen met iets als Monero, een gedecentraliseerde crypto, onafhankelijk functionerende valuta's, heel privé. Je kunt voorwaarden onderhandelen, en de echt professionele hackers doen altijd wat ze beloven en ontsluiten de encrypted files. Enige manier voor hen om aan het werk te blijven. Maar is nog steeds slecht omdat je niet kunt achterhalen waar geld naartoe ging.'

'Dan moet ik een andere manier bedenken om te kijken wat ze op die verdieping doen.'

'Waarom?'

'Omdat het misschien iets te maken heeft met de moord op Sara Ewes.'

'Je bedoelt dat zij misschien heeft ontdekt wat daar gebeurt?'

'Uitstekend motief voor moord, vind je ook niet, afhankelijk van wat daar gebeurt?'

'Misschien. Maar cryptomining is niet illegaal.'

'Misschien is het geen cryptomining en heeft Sara iets gehoord of gezien wat ze niet had mógen horen of zien. En misschien kwam daar die ontraceerbare mail vandaan,' zei Devine.

Dat wekte Valentines belangstelling. 'Hoe wil je naar binnen gaan?'

'Ik kan niet met mijn bedrijfspas naar die verdieping.' Hij dacht ergens aan en zei: 'Maar misschien kan het op een andere manier.'

Hij ging naar boven en klopte op Tapshaws deur.

Ze deed open, gekleed in een lichtblauwe driekwartbroek en een witte blouse.

Hij glimlachte en zij glimlachte terug.

'Heb nieuws over Mayflower. Ik weet dat het geen weekend is, maar wat vind je ervan nu die tequila te gaan drinken, voordat de bar sluit? Dan kan ik je bijpraten.'

Ze deed teenslippers aan en haakte haar arm door de zijne. 'Laten we gaan.'

De bar was op loopafstand, een paar blokken bij de hoofdstraat vandaan. Mount Kisco was een interessante mix van arbeidersklasse en extreem rijken. De bar waar ze naartoe gingen, werd alleen bezocht door mensen die moeite hadden de eindjes aan elkaar te knopen.

Ze gingen op het terras zitten, allebei met een glaasje tequila en een schaaltje noten voor zich.

'En?' zei ze nieuwsgierig. 'Mayflower?'

Hij vertelde haar over zijn gesprek met Chilton. 'Dus als ze met een aanbod komen, moet je het bedrag verdrievoudigen. Dan happen ze nog steeds. Zolang je alles kunt waarmaken, en ik weet dat dat zo is.'

'Mag ik je een kus geven?'

Hij grijnsde als een schooljongen. 'Daar heb ik geen bezwaar tegen.'

Ze boog zich naar hem toe en gaf hem een kusje op de wang, waarna ze weer naar achteren leunde. 'Ik waardeer dit echt, Travis. Dat was heel aardig van je.'

Hij hief zijn glas. 'Ach, ik ben immers ook aandeelhouder.'

Ze proostten en dronken hun tequila. 'Wat ga je doen nadat je de wereld hebt veroverd?' vroeg Devine.

'Je hebt veel te hoge verwachtingen van me.'

'Volgens mij niet.'

'Het is wel raar dat ik een datingsite heb opgericht, omdat ik op dat gebied zelf nog geen succes heb gehad.'

'Soms heeft geluk er niets mee te maken. Soms gebeurt het gewoon als je dat het minst verwacht.'

'Ik wacht nog steeds tot mij dat overkomt. Misschien werk ik te hard.'

'Laat dat "misschien" maar zitten, je werkt inderdaad te hard. Maar je vindt het heerlijk, dus misschien kun je het niet eens werken noemen.'

Ze glimlachte. Daarna vroeg ze ernstig: 'Je lijkt jezelf niet de laatste tijd, Travis. Is alles wel in orde?'

'Bij mij op kantoor is een vrouw vermoord.'

'Wát?'

'Ze dachten dat het zelfmoord was, maar nu blijkt ze te zijn vermoord.'

'O mijn god! Waarom zou iemand zoiets doen?'

'Dat weet ik niet. Nog niet.'

'Helen vertelde me dat de politie je had verhoord, maar ze zei niet waarom.'

'Ik denk dat de politie denkt dat ik er iets mee te maken had.'

'Kende je die vrouw?'

'Ja.'

'Hoe heette ze?'

'Sara Ewes.'

Tapshaw zette haar glas langzaam neer en leek zich opeens helemaal niet goed te voelen. 'Sara Ewes? Heette ze zo?'

'Ja. Wacht eens even, kende je haar?'

'Nee, maar ik ken die naam.'

'Waarvan?'

'Ene Sara Ewes was een van de eersten die zich hebben ingeschreven bij Hummingbird.'

36

Het was inderdaad dezelfde Sara Ewes. Devine zat in zijn kamer naar haar foto op Hummingbird te kijken. Hij had haar datingprofiel bekeken. Ze had met drie mannen een match gehad. Allemaal vrij snel nadat ze zich had ingeschreven, jaren geleden alweer.

Sara leek jonger en zorgeloos, hoewel ze toen al enige tijd in de zwaarbewaakte gevangenis werkte die ook wel bekendstond als Cowl and Comely. Ze was kennelijk op zoek geweest naar iemand om haar leven mee te delen, maar had hem niet gevonden. En misschien was ze ontmoedigd geraakt, want na deze drie pogingen was ze niet meer actief geweest op de site.

Ze glimlachte en droeg haar haar net als de laatste tijd, tot op haar schouders. Hij wist dat ze een leuke lach had en gemakkelijk was in de omgang. Ze had niets arrogants. Hij had haar aardig gevonden en was misschien zelfs van haar gaan houden, als daar genoeg tijd voor was geweest.

En nu was er een autopsie gedaan op haar lichaam, waarna haar stoffelijke resten zouden worden overgedragen aan haar intens verdrietige ouders. Op haar achtentwintigste! Iets tragischer kon hij niet bedenken.

Hij keek op toen Tapshaw binnenkwam. 'Is... zij het?'

Hij knikte langzaam.

'Wat vind ik dat erg.'

'Je hebt een goed geheugen voor namen.'

Ze kwam dichterbij en bleef naast hem staan. 'Mijn eerste honderd klanten zijn heel lang de enigen gebleven. Ik heb elke minuut van elke dag naar hen gekeken, terwijl ik me afvroeg hoe ik aan meer mensen zoals zij kon komen. In bepaalde opzichten kende ik hen beter dan mijn eigen familie.'

'Dat snap ik wel.'

Ze keek naar de foto. 'Was ze aardig? Ik bedoel, in het echt?'
'Ja, heel aardig.'
'Waren jullie... Gingen jullie samen uit?'
Hij wendde zijn blik even af. 'Misschien wilde ik dat wel.'
'Maar?'
'Maar zij kennelijk niet.'
'Zijn jullie met elkaar...'
'Dat hoef je niet te weten, Jill.'
'Klopt, sorry.' Ze bloosde. 'Ik ben nu eenmaal een matchmaker.' Ze keek weer naar het scherm. 'Zal dit helpen om haar moordenaar te vinden?'
'Misschien. Ik heb haar profiel bekeken. Ze had een match met drie mannen, maar meer dan dat weet ik niet.' Hij keek haar aan. 'Kun jij me helpen?'
'Sta eens op.' Ze ging zitten en liet haar knokkels kraken, waarna haar lange, slanke vingers zo snel over het toetsenbord vlogen dat hij de bewegingen amper kon volgen. 'Dit zijn die drie mannen,' zei ze.
Devine keek naar de foto's van drie knappe en verzorgd uitziende mannen. Ze leken opvallend veel op elkaar.
'En dit zijn hun bio's.'
Meer toetsaanslagen, weer een scherm, nu met de bio's.
'Een acteur, een zakenman en een arts. Weet je wat er met hen is gebeurd?'
Haar vingers vlogen weer over het toetsenbord, waarna er verschillende schermen verschenen. 'Oké, de acteur postte dat hij naar Londen is vertrokken en in West End werkt; dat is wel te checken lijkt me. De zakenman is getrouwd met de vrouw die hij via Hummingbird heeft leren kennen; zij wonen met hun pasgeboren baby in Boston. Ook dat is wel te checken. Nu de arts.' Ze keek naar het scherm, opende nog meer schermen, bekeek ze, schudde haar hoofd en zei: 'Laat ik iets anders proberen.'
Weer gerammel op het toetsenbord, waarna een overlijdensbericht met een foto op het scherm verscheen.
'Dat is hem!' zei Devine. 'Is hij dood? Wat is er gebeurd? Hij was van mijn leeftijd.'
Tapshaw scande de tekst. 'Hij werkte op een covidafdeling in Chi-

cago, aan het begin van de pandemie. Hij kreeg het virus en stierf. Geen vrouw of kinderen.'

'Verdomme, aan dat soort mensen zou je moeten denken als je denkt dat jíj een slechte dag hebt.'

Ze ging rechtop zitten en keek hem aan. 'Ik moet toegeven dat ik vooral voor mezelf met Hummingbird ben begonnen. Het is zo moeilijk om mensen te leren kennen en een relatie te ontwikkelen. Maar daarna dacht ik aan andere mensen.' Ze keek naar het scherm. 'Aan mensen zoals zij.'

'Heb je zelf een profiel op Hummingbird?'

'Wel gehad. En ik had ook een paar matches, maar dat heeft niet echt iets opgeleverd. Ik denk dat ik ben voorbestemd om mijn bedrijf op te bouwen en pas daarna zelf op zoek kan gaan.'

'Bedankt voor deze informatie. Je bent echt geweldig met computers.'

'Ik kreeg mijn eerste Apple MacBook toen ik acht was.'

'Ik herinner me dat je me iets over je ouders hebt verteld. Hebben zij je aangemoedigd?'

'Zeker wel. Mijn vader heeft een hele serie patenten die hij ontwikkelde voor bedrijven zoals Microsoft en Intel. Hij geeft ook lezingen, in de hele wereld. Mijn moeder doceert natuurwetenschappen op Caltech.'

'Helaas heb je hun intelligentie niet geërfd,' zei hij plagend. 'Je vertelde ook dat je een broer hebt...'

'Dennis. We zijn een tweeling. Hij is een *scholar-athlete*, wat betekent dat hij uitblinkt in sport én wetenschappen. Oftewel de perfecte broer, wat heel intimiderend kan zijn. Maar ik hou ontzettend veel van hem.'

'Ja, ik heb ook een perfecte broer en zus. Dat kan heel zwaar zijn. Maar ik kan me niet voorstellen dat iemand zelfs maar bij benadering kan bereiken wat jij hebt bereikt.' Hij keek naar het toetsenbord. 'Hé Jill, mag ik je om een gunst vragen?'

'Natuurlijk.'

Hij pakte zijn telefoon. 'Ik kreeg een vreemde mail van iemand die volgens mij iets met Sara's dood te maken kan hebben.'

'Wat?' vroeg ze verbijsterd. 'Heeft de politie die mail al getraceerd?'

'Dat is het probleem. Die mail lijkt niet te traceren. Verschillende mensen hebben het al geprobeerd, zoals Will, maar zonder succes.'

Ze keek nieuwsgierig. 'Will is heel goed.'

'Maar jij bent misschien beter.'

'Stuur me die mail maar, dan zal ik zien wat ik kan doen.'

'Bedankt, Jill.'

Nadat ze was vertrokken, stuurde hij de mail aan haar door. Daarna googelde hij de twee andere mannen met wie Sara een match had gehad en vond ze ook. De acteur was inderdaad in West End; hij was een understudy in een toneelstuk daar en had de hoofdrol gespeeld op de avond waarop Sara was gestorven, dus kon hij geschrapt worden. De zakenman werkte bij Fidelity in Boston. Devine verschafte zich toegang tot zijn Facebook-pagina op dezelfde slinkse manier als hij bij Christian Chiltons pagina had gedaan. Op de avond waarop Sara was vermoord, was de zakenman met zijn gezin op vakantie geweest in Nederland, met de foto's om dat te bewijzen.

Een dood spoor dus.

Devine pakte een flesje bier, liep ermee naar buiten en ging op de voorveranda zitten. Het was koeler geworden, de sterren schitterden aan de hemel en de stille avond was enorm rustgevend.

Hij keek op toen Helen Speers eraan kwam. Ze droeg een donker mantelpakje en had een aktetas bij zich. 'Wat ben je laat. Op dit tijdstip is het trouwens niet veilig om vanaf het station naar huis te lopen,' zei hij waarschuwend.

'Dat doe jij ook altijd.'

'Ja, maar ik ben minstens 40 kilo zwaarder dan jij én ik ben een getrainde Army Ranger. Waarom ben je zo laat?'

'Heb gewerkt bij een bedrijf in de city. Parttime tot ik mijn rechtbankexamen heb behaald.' Ze ging naast hem zitten, trok haar pumps uit en masseerde haar voeten. 'Waarom kijk je zo somber?'

'Gewoon een lange rotdag gehad. Dat is alles.'

'Ik ook.'

'Dan kun je dit wel gebruiken.' Hij gaf haar zijn bier.

Speers nam twee slokken, slikte het bier langzaam door en gaf het flesje terug. 'Heb je die advocaat al nodig?'

'Wel bijna, denk ik.'

'Is de NYPD al verder met de zoektocht naar de moordenaar van die vrouw?'

Hij nam een slok, gaf haar de fles weer en zei dat ze hem leeg mocht drinken. 'Dat weet ik niet. Ik weet wel dat de man die hier was en me de hemd van het lijf vroeg loog toen hij zei dat hij bij de NYPD zat. Rechercheur Karl Hancock bestaat kennelijk niet, dat begreep ik tenminste uit de reactie van de echte rechercheurs die me hebben ondervraagd.'

'Een neprechercheur? Hoe is dat mogelijk?'

'Wist ik het maar. Ik bevind me zo te zien in het hart van een kleine samenzwering.'

Ze keek hem aan. 'Bestaan er wel kleine samenzweringen?'

Hij keek terug. 'Niet als je ermiddenin zit. Ga je yoga doen?'

'Overweeg het over te slaan. Hoezo?'

Hij keek haar onderzoekend aan en vond haar enorm aantrekkelijk. Hij loog: 'Dat weet ik niet,' en wendde zijn blik af.

'Weet je het echt niet, Travis?'

Hij keek haar even aan. 'Wat?'

'Denk je soms dat ik blind ben of zo?'

Ze stond op, trok haar pumps aan en zei: 'Geef me een paar minuten om me op te frissen.'

Hij keek naar haar op, volkomen van slag door deze onverwachte ontwikkeling. 'Weet je dit wel zeker, Helen? Ik bedoel...' Hij had het gevoel dat dit wel heel plotseling was, terwijl het er eigenlijk al heel lang zat aan te komen, met heel veel blikken en bedekte toespelingen. Waarschijnlijk het natuurlijkste – en moeilijkste – fenomeen tussen twee mensen.

'Ik vind jou aantrekkelijk en jij mij. We zijn volwassen en willen het allebei, ja toch?'

Devine antwoordde niet, omdat dat volgens hem niet nodig was.

Hij gaf haar tien minuten en ging toen naar boven.

Ze lag op haar bed toen hij haar kamer binnenkwam. Ze droeg een wijd topje en een korte pyjamabroek. Toen hij naast haar ging liggen kuste ze hem. Nadat ze elkaar vijf minuten hadden gestreeld – vertrouwd en tegelijkertijd niet vertrouwd – kleedden ze elkaar langzaam uit. Daarna duwde ze hem op zijn rug en ging ze boven op hem zitten.

Ze keek naar zijn schouder waar de granaatscherven naar binnen waren gedrongen en waar sommige nog altijd zaten. Daarna keek ze naar zijn kuit. 'Doet het nog steeds pijn?'

'Op dit moment niet, nee.'

Ze glimlachte. 'Dank je voor je dienst, soldaat.'

Hij glimlachte terug. 'Fuck me, slimme advocaat.'

'Uw wens is mijn bevel.'

Twintig ademloze minuten later liet ze zich van hem af vallen en ging ze naast hem liggen. 'Dat was even geleden,' zei ze, terwijl ze met haar nagels zacht een spoor over zijn borst trok.

'Voor jou of voor mij?'

'Voor ons allebei, denk ik.'

'Klopt.'

Speers sloot haar ogen, nam zijn hand in de hare en viel in slaap.

Hij bleef ongeveer een uur naast haar liggen, voordat hij zich van haar losmaakte en naar zijn kamer ging.

Later, toen het vier uur was en het alarm van zijn telefoon afging, verroerde hij zich niet.

Het hoosde buiten en hij hoorde een donderslag. Even later werd zijn kamer kort verlicht door een bliksemflits.

Geen work-out vanochtend. Hij moest toch slapen. Maar hij lag naar het plafond te staren.

En daarop zag hij het beeld van de dode Sara Ewes. En hij had het gevoel dat zijn hart zou breken.

37

Devine arriveerde iets te vroeg bij het station en praatte even met een man die daar werkte. De beveiligingscamera's werkten vaak niet, werd hem verteld. En de politie was niet langs geweest om de opnamen te bekijken. Deze informatie kostte Devine tien dollar.

Hij had een app voor treinkaartjes op zijn iPhone en betaalde zijn ritje op die manier. De conducteur scande het scherm met zijn lezer, zodat werd geregistreerd wanneer hij een rit maakte. Het enige probleem was dat je met contant geld nog gewoon een kaartje bij de kaartjesautomaat kon kopen. Dat werd niet geregistreerd, dus zou de politie dat wel aanvoeren. Hij had ook met zijn motor naar de city kunnen rijden. Als hij de Henry Hudson Bridge nam, moest hij tol betalen en werd dat geregistreerd, maar hij kon ook andere routes zonder tolwegen nemen. Dus was ook dat voor de politie geen bewijs.

Maar je hebt je bedrijfspas die avond niet gebruikt om het gebouw binnen te gaan en toch verscheen je naam in de entry en exit log. Iemand heeft je pasje gekloond; de enige vraag is wie.

Terwijl hij op de trein stond te wachten dacht hij aan Cowl. Kennelijk had de man het elektronische logboek nog niet aan de politie gegeven. Hoe dat mogelijk was bij een moordonderzoek wist Devine niet. Cowl was rijk en had veel invloed én waarschijnlijk een directe lijn naar het kantoor van de burgemeester. Maar op een bepaald moment zou hij het logboek wel moeten overhandigen.

Cowl suggereerde dat mijn foto op die securityvideo stond. Zal de politie denken dat ik echt zo stom ben om zo'n spoor achter te laten?

Maar criminelen waren inderdaad dom. Zulke verhalen hoorde je heel vaak. Maar wat zou zijn motief zijn? Niet Sara's zwangerschap, want die had ze al afgebroken door een abortus. Opeens dacht hij ergens aan.

Stel dat ik wist dat ze zwanger was van mijn kind en ik dat kind wilde laten komen en toen ontdekte dat ze het had laten weghalen?

Dat was een duidelijk motief.

De trein opende de deur en hij stapte in. Doordat deze gevaarlijke gedachten door zijn hoofd schoten, was hij al doodmoe voordat hij aan zijn werkdag was begonnen.

De onweersbui was uitgeraasd, zodat het al droog was toen de 6:20 bij het paleis stopte.

En ja hoor, daar was ze. Nu wist hij eindelijk hoe ze heette.

Michelle Montgomery zat naar het zwembad te staren. Deze keer droeg ze – heel verrassend – geen bikini, maar een blauw zwempak. Nadat Devine haar had ontmoet en had verteld dat heel veel mannen naar haar keken, had Montgomery misschien besloten zich iets fatsoenlijker te kleden.

Dat dacht Devine tenminste, tot ze zich omdraaide en hij kon zien dat het zwempak haar zongebruinde billen niet bedekte. Montgomery liep weg als een model en stak haar beide middelvingers op.

Hij glimlachte. Hij moest toegeven dat ze stijl had, en ongelofelijk veel lef.

De trein reed door terwijl Devine terugdacht aan de vorige nacht met Helen Speers. Het was al even geleden sinds hij met een vrouw had geslapen. Hij wist zelfs precies wanneer hij dat had gedaan. Daar kon hij grote problemen mee krijgen, omdat het Sara Ewes was geweest. Ze waren met elkaar naar bed geweest in haar huis in Brooklyn. Dat was een heerlijke ervaring geweest en Devine had gedacht dat er nog vele keren zouden volgen. Maar dat was dus niet gebeurd. En dat was niet zijn beslissing geweest, maar de hare.

Zijn telefoon zoemde. Aan het lange onbekende nummer kon hij zien dat het een internationaal nummer was. ‘Hallo?’

‘Meneer Devine?’

‘Ja?’

‘U spreekt met Ellen Ewes. Mijn excuses dat ik u zo vroeg bel.’

Dat was de verklaring. Het was een Nieuw-Zeelands telefoonnummer.

Door de telefoon leek de stem van de moeder griezelig veel op die van Sara. En hij vond het bijzonder onplezierig dat hij haar stem hoorde toen hij net terugdacht aan de keer dat hij seks met haar

overleden dochter had gehad. 'Geen probleem, mevrouw Ewes.'
'Zeg maar Ellen, alsjeblieft. Ik hoorde dat de politie bij u is geweest.'
'Dat klopt. Ik heb ze verteld wat ik wist en dat was dat.'
'Zeiden ze waarom ze bij u kwamen?'
'Ja, omdat u contact met hen had opgenomen.'
'Kunt u straks naar het huis komen? We willen graag met u praten.'
'Ik kan na mijn werk langskomen. Acht uur, oké?'
'Acht uur is prima. Dan zien we u straks.'
Hij stopte zijn telefoon weg en bleef hier de hele reis aan denken.

***

Devine zat in zijn hokje toen er een mail binnenkwam in zijn zakelijke mailbox.

17.00 uur. Bovenste verdieping. Ik zal je door iemand laten halen.
BC

Hij raakte zijn telefoon aan en was erg blij dat al zijn 'bewijzen' van die nacht in zijn persoonlijke cloud stonden. Toch zou Cowl iets voor hem in petto kunnen hebben.
Hij keek om zich heen en zag dat verschillende mensen naar hem keken en toen snel hun blik afwendden. Dat was die dag al zo vaak gebeurd dat Devine opstond en naar een vrouw toe liep die dat al een paar keer had gedaan. 'Is er iets?'
Ze heette Lydia White. Ze had donker haar, was gezet en zou de finish van Cowl waarschijnlijk halen omdat ze slim was, werkte als een paard en wist wat ze wilde. Hij had nog geen vijftig woorden met haar gewisseld en zij had hem nog niet eerder met zo'n vuile blik aangekeken. 'Dat weet ik niet. Waarom vertel jij me dat niet?'
'Wat bedoel je daar nu weer mee?'
Het werd muisstil, want alle andere Burners stopten met werken om te luisteren.
'De rechercheurs hebben met je gepraat,' zei White.
'Ze hebben met heel veel mensen gepraat,' zei Devine.
'Niet waar, ik heb wat rondgevraagd. Zo te zien hebben ze alleen

met jou gepraat en ook vaker dan één keer. En jij kende Sara.'

'We kenden Sara allemaal, iedereen in dit vertrek.'

'Misschien kende jij haar beter dan wij,' zei White beschuldigend.

'Waar baseer je dat op?' zei hij.

'Dat hoef ik nergens op te baseren.' Ze keek hem onderzoekend aan. 'Je hebt in het leger gezeten. Je weet hoe je mensen moet doden.'

'Ja, ik heb de vijanden van ons land gedood. En je hoeft me niet te bedanken, hoor, voor mijn dienst. Daar is het nu een beetje te laat voor.'

White bloosde en wendde haar blik af.

Hij keek naar de anderen. 'Heeft er nog iemand een probleem dat-ie met me wil delen?'

Ze begonnen weer driftig te typen, zodat het algauw weer rumoerig was. Daarom droegen de meesten een headset of AirPods.

Devine ging weer zitten en stopte zijn AirPods in zijn oren. Die hielpen echter niet om het lawaai in zijn hoofd te dempen.

Hij werkte tot twee minuten voor vijf. Toen ging de deur open en kwam Willard Paulson binnen, Cowls schoothondje. Hij ving Devines blik en wenkte hem.

Devine vertrok, nagekeken door alle Burners.

Paulson zei niets en Devine had niets te zeggen tegen die sukkel. Paulson gebruikte zijn bedrijfspas om de liften te bedienen. De pas leek precies op die van Devine, een één vijfentwintig, zoals Valentine die had genoemd. Eenvoudig te klonen troep.

'Ik dacht dat deze lift niet naar het penthouse ging,' zei Devine. 'Alleen meneer Cowl kan daar toch naartoe?'

Paulson keek hem even aan. 'We stappen uit de lift op de verdieping eronder, waar iemand op je wacht die je naar meneer Cowl brengt.'

Toen ze bijna bij de eenenvijftigste verdieping waren, keek hij naar Paulson, die op zijn telefoon keek. Devine leunde tegen de wand en drukte met zijn elleboog op het knopje voor die verdieping. Dat begon niet te branden en de lift bleef stijgen.

De liftdeuren gingen open en Devine verliet de lift.

Daar werd hij opgewacht door iemand die hem glimlachend aankeek.

'Hallo meneer Devine,' zei Michelle Montgomery.

38

De liftdeuren gingen weer dicht. Devine en Montgomery waren alleen. Ze was gekleed voor het kantoor, niet voor het zwembad. Donker krijtstreep jasje met lange broek, witte blouse, geen decolleté te zien, vijf centimeter hoge hakjes, het haar in een middenscheiding en aan de zijkanten een beetje naar achteren gekamd. In het kunstlicht leek haar huid minder stralend.

Hij liep met haar mee door een lange gang. 'Waarom ben jij hiervoor uitgekozen?' vroeg hij.

'Volgens mij omdat Brad niemand die hier werkt vertrouwt.'

'O ja, ik vond je optreden vanochtend geweldig. Je beide middelvingers opsteken naar de trein.'

Ze glimlachte. 'Genoot jij ook van het uitzicht?'

Zijn blik dwaalde onwillekeurig naar haar achterste.

'Dacht ik al,' zei ze ondeugend.

Toen ze bij een andere lift kwamen hield ze een telefoon voor een lezer daar.

Cowls telefoon?

De liftdeuren gingen open, ze stapten naar binnen en Montgomery drukte op het knopje.

'Mag ik de telefoon van een miljardair misschien heel even vasthouden?'

Ze keek hem aan, glimlachte en gaf hem de telefoon.

Het was zo'n nieuwe, grote Apple. De buitenkant was goudkleurig en glanzend. En de schermafbeelding was van een Bugatti Chiron.

Natuurlijk.

Hij pakte zijn eigen telefoon en maakte een foto van Cowls scherm.

'Waarom deed je dat?'

Hij lachte. 'Voor het nageslacht.'

Toen lachte zij ook.

Hij gaf haar de telefoon terug.

Ze vroeg: 'En hoe voelde dat, de telefoon van een miljardair?'

'Loodzwaar. Het verbaast me eerlijk gezegd dat Cowl hem aan iemand anders toevertrouwt.'

Ze haalde haar schouders op. 'Wat zou ik ermee kunnen doen, een internationaal telefoongesprek voeren?'

Ze kent de mogelijkheden kennelijk niet. Maar ik wel. 'Ik kwam de vriend van jullie familie gisteravond tegen.'

'Dat zei Christian al.'

'Wat zei Christian nog meer?'

'Dat je hem en twee van zijn grote vrienden verrot hebt geslagen.'

'Vertelde hij ook waarom?'

'Om een vrouw. Hij zei niet dat hij in zijn recht stond, voor het geval je je dat afvraagt. Hij is echt een aardige man, heeft een iets te hoge dunk van zichzelf, maar ik heb veel erger gezien bij rijke mannen.'

De liftdeuren gingen open bij de foyer van het grote penthouse.

'Aardig onderkomen,' zei Devine.

'Ja, als je houdt van alledaags, conventioneel en te veel meubels. Dat andere huis bevalt me veel beter, ik hou van minimalisme.' Ze riep: 'Brad? Hij is er.'

'Weet je waarom ik hier ben?'

'Ik word niet betrokken bij zijn zaken, dat heb ik je al verteld. Kom je nog een keer naar mijn huis, zoals ik je had gevraagd?'

'Hoe vroeg ga je weg?'

'Hangt ervan af. Ik app je mijn adres wel. Het is hier niet ver vandaan.'

Misschien verder dan je denkt, vanuit mijn gezichtspunt tenminste.

'Devine!' riep Cowl die een hoek om kwam. Toen hij zijn hand uitstak legde Montgomery de telefoon er meteen in. 'Deze kant op. Dank je wel, Michelle.'

Montgomery keek Devine met een raadselachtige glimlach aan en verdween ergens naartoe.

Cowl zei: 'Kom mee.'

Ze gingen naar een studeerkamer.

Cowl sloot de dubbele deuren en vroeg: 'Wat wil je drinken?'

'Bier?'

'Nee. We drinken cognac.'
'Oké.' *Je hebt dus geen keus bij deze man.*
Cowl liep naar een bar bij een van de muren, schonk wat drank in twee cognacglazen en gaf er eentje aan Devine. Daarna haalde hij een elektronische detector uit een kast en scande Devine. 'Even checken of je microfoontjes en zo bij je hebt. Je kunt nooit voorzichtig genoeg zijn tegenwoordig. Pak je telefoon en zet hem uit.'
Terwijl Devine zijn telefoon uitzette zei Cowl: 'Iedereen, en dan bedoel ik echt iedereen, bespioneert iedereen met deze elektronische shit. Ik gebruik liever geen mails of tekstberichten. Ook telefoneer ik liever niet, want je weet nooit wie meeluistert. De belangrijke zaken, die doe ik op de ouderwetse manier. Analoog. Persoonlijk.'
Ze gingen tegenover elkaar in leren fauteuils zitten.
'Weet je, ik heb nagedacht over ons gesprekje.'
'En?'
'En ik moet weten wat jij in handen hebt voordat ik jou dat laat zien.'
Devine liet hem de foto's en de video op zijn telefoon zien.
'Wat deed je daar eigenlijk?' vroeg Cowl hoofdschuddend.
'Kijken waar Sara Ewes was gestorven. Toen hoorde ik dat jullie bezig waren.'
'Je ging dus niet naar boven om ons bezig te zien?'
'Was niet mijn bedoeling, nee,' zei Devine.
'Maar je maakte die foto's en die video.'
'Zou u dat niet hebben gedaan, dan?'
Cowl zei: 'Goed, ik zal je vertellen wat ik weet. Jij hebt Ewes vermoord.'
'Nee, dat heb ik niet gedaan.'
'Laat ik het anders formuleren. De bewijzen die ik heb gezien, zijn voldoende om je te veroordelen voor de moord op Sara.'
'Welke bewijzen zijn dat?'
'De video van jou terwijl je het gebouw binnenkomt en de registratie van je bedrijfspas waaruit blijkt dat je op het juiste moment binnenkwam en naar de tweeënvijftigste verdieping bent gegaan om haar te vermoorden.'
'Die kunnen allebei worden vervalst, zoals u al toegaf. Waarom

hebt u die bewijzen niet aan de politie overhandigd? Eerder zei u dat ik u daarvoor moest bedanken. Wat betekent dat?'

'Ik heb ze niet aan de politie gegeven, omdat we een technisch probleempje hadden.'

Devine leunde naar achteren. 'Ik begrijp het niet, meneer Cowl. Weet u, op dat moment was ik de perfecte sukkel geweest om die moord in de schoenen te schuiven. Dan was Cowl and Comely buiten schot gebleven. Ik kende Sara, ik was een ontevreden medewerker, een voormalig militair, misschien wel met PTTS, je moet hiernaar kijken maar niet daarnaar. Dan was de politie vertrokken. Dus waarom hebt u dat niet gedaan?'

'Ik hoef jou mijn redenen niet te vertellen. Goed, in ruil voor wat op je telefoon staat, verdwijnen de video waar jij op staat en de registratie dat je het gebouw binnenkwam. Wat zeg je daarvan?'

'Hoe kan ik weten dat u dat echt doet?'

'Hoe kan ik weten dat je die opnamen niet op verschillende plaatsen hebt opgeslagen? Op een bepaald moment zullen we elkaar moeten vertrouwen.'

'Als dat zo is, waarom zouden we de bewijzen dan uitwisselen?'

'Wederzijdse verzekerde vernietiging. Ik wilde het zelf al voorstellen. Moord verjaart niet, maar als die video van mij en Jenn over een jaar of tien ergens opduikt, komt dat wat ik in mijn bezit heb op miraculeuze wijze weer boven water en gaat rechtstreeks naar de NYPD. Dan ga jij naar de Sing Sing of welke gevangenis ze dan ook maar hebben en kom je nooit meer vrij. Ben ik duidelijk?'

'Waarom kan het u iets schelen of iemand die foto's of die video ziet? U bent niet getrouwd. Jullie zijn allebei volwassen en wilden het allebei.'

'Het gaat erom hoe het óverkomt, Devine. Ik ben de hoogste baas van een belangrijke investeringsfirma. Ik wil niet dat die onzin breed wordt uitgemeten in de roddelpers. Dat vinden mijn klanten niet prettig. Zij zullen denken dat ik risico's neem en vrouwen verneder. Terwijl vrouwen aan het hoofd staan van een paar van onze grootste projecten.' Hij snauwde: 'Dat heb ik al eerder tegen je gezegd. Denk verdomme eens na!'

'Oké. Ik begrijp het.'

Cowl keek hem aan. 'Wie heeft Sara vermoord?'

'Geen idee. Had u dezelfde soort relatie met Sara als nu met Jennifer?'

'Net zoals de vorige keer dat je dat vroeg, ga ik die vraag niet beantwoorden. Maar ik kan je wel vertellen dat wat Jenn en ik hebben... bijzonder is.'

Devine zag hen in gedachten bezig op dat bureau en moest zijn best doen om niet te lachen. 'U bedoelt hetzelfde als u met Michelle Montgomery hebt?'

'Michelle is voor de korte termijn. Dat weet ze. Ze is prachtig om te zien en geweldig in bed, maar daar houdt het mee op. Jenn is anders. Ze is bloedmooi, maar heeft ook hersens.'

Devine merkte dat hij kwaad werd door deze minachtende opmerkingen over Montgomery en besloot over iets anders te beginnen. 'Sara heeft een abortus ondergaan.'

Hij kon niet aan Cowls gezicht zien of de man dat wist of niet.

'Nou ja, ik ben de vader niet,' zei Cowl.

'Hoe kunt u daar zo zeker van zijn?'

'Daar is een bepaalde handeling voor nodig en die heeft niet plaatsgevonden tussen Sara en mij.' Hij zweeg even. 'Niet omdat ik dat niet heb geprobeerd. Ze was net als Jenn: slim en knap, maar ook ontoeschietelijk en liet zich niet zomaar inpalmen. Ze maakte me gek, maar ik heb haar nooit kunnen naaien.'

Wat ben jij een hufter, zeg!

Cowl dronk zijn glas leeg en stond op. 'Goed, zijn we klaar?'

Devine stond ook op. 'Klaar.'

'Uitstekend. Ga dan als de sodemieter aan het werk om geld voor me te verdienen, Devine.'

39

Devine verliet het gebouw voor zijn afspraak met Ellen en Fred Ewes toen de vrouw naar hem toe snelde. Ze had duidelijk op hem gewacht.

Rachel Potter leek klaar voor de strijd toen ze met een microfoon in de hand naar hem toe liep, gevolgd door haar gezette cameraman die aan het filmen was. 'Meneer Devine, Rachel Potter, Channel 44 News. Ik begrijp dat de NYPD onderzoek naar u doet in verband met de moord op Sara Ewes, een verhaal dat ik onlangs heb gebracht. Hebt u iets te zeggen, meneer Devine?'

'Nee.' Hij baande zich een weg langs haar heen, terwijl mensen op straat naar hem keken en begonnen te fluisteren.

Potter rende achter hem aan, terwijl de powerpack op haar rug op en neer wipte. 'Ontkent u dat u een verdachte bent in de zaak van de moord op Sara Ewes? Ontkent u dat u een seksuele relatie met haar had? Ontkent u dat u de vader bent van het kind dat ze heeft laten weghalen? Ontkent u dat u een motief had om haar te vermoorden?'

Ze leek net een machinegeweer, alleen kwamen er woorden uit.

Devine liep nog een half blok door, terwijl hij werd bestookt met dit spervuur van bezwarende en belachelijke verklaringen vermomd als vragen waar de vrouw nooit een antwoord op verwachtte. 'Wordt dit live uitgezonden?' vroeg hij, terwijl hij zich zo abrupt omdraaide dat ze tegen hem opbotste.

'Zou het een probleem voor u zijn als dat zo was?' vroeg ze zelfvoldaan. Ze duwde de microfoon in zijn gezicht. 'Praat tegen onze kijkers, meneer Devine. Dit is uw kans! Vertel ons uw kant van het verhaal!'

'Oké, ontkent u dat u me gevangennam in uw nieuwsbusje terwijl u probeerde me zover te krijgen dat ik u een primeur gaf en tegen me zei dat u weg wilde bij dat achterlijke Channel 44 zodat u het eindelijk kon maken bij de belangrijkere nieuwszenders?'

Hij bleef staan.

Potter bleef ook staan. Haar gezicht verschoot van kleur, terwijl de camera trilde doordat de dikzak niet wist wat hij moest doen. 'Hoe durft u zo'n beschuldiging te uiten!' jammerde ze.

'U neemt me de woorden uit de mond, mevrouw.' Hij draaide zich om en beende weg.

Deze keer liep Potter hem niet achterna.

Hij belde een Uber en reed naar Sara's oude huis in Park Slope.

Oude huis. Zo klinkt het alsof ze al tientallen jaren dood is in plaats van een paar dagen.

Ellen Ewes deed open. Ze droeg een spijkerbroek, een mouwloze witte blouse en sandalen. Binnen was het warm. In Nieuw-Zeeland was het nu winter, dacht hij. Misschien probeerden ze zo veel mogelijk warmte op te nemen voordat ze teruggingen.

Fred Ewes zat in de woonkamer en dronk zo te zien frisdrank. Hij droeg ook een spijkerbroek, en een lavendelkleurige polo. Hij keek afwezig naar Devine.

Ellen en Devine gingen tegenover elkaar zitten.

Ellen begon: 'De politie heeft ons bepaalde dingen verteld.'

'Echt? Zoals?'

'Ze hebben de kliniek gevonden waar Sara abortus heeft ondergaan.'

'Hoe hebben ze dát gedaan?' vroeg Devine.

'Dat weet ik niet. Die is buiten de stad.'

'Konden de artsen de politie informatie geven? Weten zij wie de vader was?'

'Nee, dat hebben ze ons tenminste niet verteld.'

Devine leunde naar achteren en was zichtbaar teleurgesteld.

'Als ze het wisten, hadden ze jouw naam dan genoemd?'

'Waarom vraag je dat? Heeft Sara zoiets gezegd?'

'Nee, ze was tegenover mij niet heel open over haar relaties.'

'Ik dacht dat jullie zo'n goede band hadden. Je zei dat jullie elkaar bijna elke week spraken.'

Ellen leek niet op haar gemak door zijn vraag. 'Weet je, Sara en ik waren een beetje uit elkaar gegroeid, al een jaar of zo. Ze leek veranderd.'

'Op welke manier?'

'Ze was niet meer het meisje dat ik had grootgebracht,' zei Ellen.

'Dat begrijp ik niet.'

'Dat hoeft ook niet. Ik wilde alleen weten of jij de vader kon zijn geweest.'

'Juist. Weten ze hoe lang Sara zwanger was?' vroeg Devine.

'Acht weken. Dat zeiden ze tenminste tegen ons.'

'En wanneer heeft ze die abortus gehad?'

'In december,' zei Ellen.

'Dan was ik de vader niet, want toen kende ik haar nog niet eens.'

'Maar je hebt wel seks met haar gehad? Terwijl jullie niet getrouwd waren?'

'Zijn jullie daarom vervreemd van elkaar? Omdat Sara seks had voor het huwelijk?'

'Zo hebben we haar niet opgevoed!' Ze keek naar haar man. 'Fred?'

Hij keek niet naar haar of naar Devine. Hij zei alleen: 'Jonge mensen nemen... slechte beslissingen.'

Ellen rolde met haar ogen om zijn milde opmerking en schudde haar hoofd. 'Ja, heel slecht. Ze heeft ons kleinkind vermoord en dat is een doodzonde.'

'Ik denk dat het een ongelofelijk moeilijke beslissing voor haar is geweest,' zei Devine.

'Het was niet aan haar om dat te beslissen,' zei Ellen verhit.

Devine stak zijn hand op. 'Ik wil dat nu niet met jullie bespreken. Maar ze moet een goede reden hebben gehad. De vrouw die ik kende was vriendelijk en zachtaardig.'

Ellen riep: 'Dan kende je haar dus niet! Maar nee, je kende haar wel. Je hebt met die slet geslapen.'

'Hoe kun je dat zeggen? Ze was jouw kind!' snauwde Devine. 'Ze was een goed mens. En ze heeft het niet verdiend om vermoord te worden!'

'Die arme onschuldige baby ook niet!'

Even bleef het stil, maar toen vroeg Devine: 'Heeft iemand Sara's socialmedia-accounts bekeken? Ik weet dat ze op Instagram zat.'

Fred zei: 'De politie heeft die allemaal bekeken en niets nuttigs ontdekt. Geen foto's of verwijzingen naar huidige of vroegere vriendjes.'

‘Maar dat hoeft niets te betekenen, want jij werd ook nergens genoemd, Travis,’ zei Ellen scherp.

‘Heeft de politie jullie dat met zoveel woorden verteld?’

Ze sloeg haar blik neer en gaf geen antwoord.

‘Hebben ze haar dagboek al gevonden?’ vroeg Devine.

‘Nee, niets wat daarop leek, zoals ik je eerder al vertelde.’

‘En op haar apparaten? Of in haar persoonlijke cloud?’

‘Dus jullie gingen met elkaar uit?’ vroeg ze.

‘Dergelijke relaties zijn niet toegestaan bij Cowl and Comely,’ zei Devine. ‘Dan word je ontslagen.’

‘Dus jullie hielden het geheim?’ drong Ellen aan.

Hij negeerde dit. ‘Weet je hoe de arts die de abortus heeft uitgevoerd heet?’

‘Ja. Hoezo?’

‘Mag ik weten wie het is?’

‘Je zegt dat je de vader niet bent, dus waarom kan jou dat wat schelen?’

‘Het kan me iets schelen omdat een vriendin van me, iemand om wie ik veel gaf, is vermoord. Ik wil graag uitzoeken waarom en door wie.’

Ellen keek naar haar man, die iets uit zijn broekzak haalde en aan Devine gaf. Op het papier stonden de naam en het adres van een kliniek in Westchester.

‘Dank je.’

‘Ik zal je uitlaten,’ zei Ellen.

Ze stonden even op de drempel.

Ellen zei: ‘Ik zie dat je mijn overtuigingen niet goedkeurt.’

‘Het zijn jouw overtuigingen, dus moet ik ze wel respecteren.’

‘Maar je bent het er niet mee eens?’

‘Zoals ik net ook al zei, Ellen, is dit echt niet de tijd noch de plaats voor zo’n gesprek. Je hebt absoluut het recht om te geloven wat je wilt, en ik ook.’

Ze vertrok haar mond vol afschuw, maar ze keek niet naar hem.

Devine keek achterom en zag twee vrouwen op het trottoir die elkaars hand vasthielden en elkaar kusten. Hij keek Ellen weer aan. De blik vol afschuw was verdwenen, maar ze zei: ‘Ik kan niet wachten om deze stad te verlaten.’

40

'Zo, twee keer op één dag! Heb ik even geluk!'

Michelle Montgomery deed open nadat Devine op haar voordeur had geklopt. Ze had haar zakelijke pakje verwisseld voor een gebleekte, gescheurde korte spijkerbroek, een wit T-shirt met korte mouwen. Ze was blootsvoets en had haar teennagels donkerrood gelakt.

'Hangt ervan af,' zei hij.

Ze liet hem snel binnen.

Hij keek om zich heen. Schoon, geen rommel, weinig meubels, een paar fraaie kunstwerken, kleurige kleden op de hardhouten vloeren, een paar stukken Afrikaanse kunst en de geur van marihuana.

'Nog een paar keer inademen en ik ben helemaal ontspannen na mijn lange werkdag bij Cowl and Comely.'

'Ik heb nog wat hasj, als je dat wilt.'

'Ik wil wel een koud biertje, als je hebt.'

Ze haalde twee biertjes en zei: 'Kom mee, we gaan naar een plek waar het een beetje waait. De airco hier is niet geweldig.'

Ze nam hem mee naar het platte dak, waar een paar ligstoelen stonden. Hij deed zijn colbertje uit en trok zijn das los. Ze gingen zitten en Montgomery wees naar een schittering tussen twee gebouwen en zei: 'Uitzicht op het water. Dat kost kennelijk extra.'

'En het is elke cent waard. Net als dit windje.' Hij draaide zijn gezicht in de richting van het koele briesje en nam een slok bier.

'Hoe ging het met Brad?'

'Verrassend goed. We hebben een deal gesloten.'

'Dat is dus goed voor je, neem ik aan.'

'Goed voor ons allebei. Hé, was jij afgelopen donderdagnacht bij Brad?'

'Donderdagnacht?' Ze dacht even na. 'Nee, ik was wel in zijn huis, maar hij niet. Hij was waarschijnlijk in de city.'

Misschien op de plek waar Sara stierf.

'Ken je ene Jennifer Stamos?'

'Nee.'

'Oké. Chilton zei dat jullie families bevriend zijn. Omdat ik weet dat zijn familie hier met de Mayflower is gekomen en zijn adellijke familie geld had, dacht ik dat dit ook voor jou gold. Maar toen vertelde je dat je in Italië in een studentenhostel verbleef.'

'Wij zijn niet van adel en mijn familie is niet rijk. Mijn vader repareerde de Rolls-Royces en Bentleys van de Chiltons, en mijn moeder maakte hun huis schoon en zorgde voor de kinderen. Ik was de wilde en leuke dochter van de hulp die op het terrein woonde.'

'Interessant. Heb je broers en zussen?'

'Twee zussen. Een is jonger, studeert en doet het goed. De oudste is getrouwd met een dokter en is erg gelukkig.'

'Fijn voor ze. Lijken ze op jou?'

'Ik vind mijn zusje mooier dan ik ben.'

'Dat bedoelde ik niet, maar dat kan ik bijna niet geloven.'

'Geloof het maar wel. Mijn oudere zus, Beth, is de enige met hersens.'

Hij dacht aan Cowls minachtende opmerkingen over haar. 'Volgens mij ben jij ook niet dom, Michelle.'

'Ik heb college niet eens afgemaakt.'

'Dat komt waarschijnlijk doordat je je verveelde met al die domme lessen in ruil voor een enorme studieschuld. Jij wilde de wereld zien, zoals je zei. En moet je zien hoe het nu met je gaat.'

Ze speelde met haar bier. 'Ja hoor, ik word betaald om aan de arm van een rijke man te hangen en er mooi uit te zien. Ik denk graag dat ik op een slimme manier aan de kost kom, maar dat is natuurlijk niet zo.' Ze haalde zichzelf onderuit. 'Ik heb dit nodig. Brad heeft geen belangstelling voor mijn hersens, voor het geval je dat nog niet was opgevallen.'

'Gebruik wat je hebt. Mannen doen dat, dus waarom zouden vrouwen dat niet doen?'

Ze keek hem aan. 'Mannen doen dat op een volkomen andere manier. En ik vind je aardiger als je minder inschikkelijk bent.' Ze wendde haar blik af. 'Mijn moeder wilde dat ik model werd. Pushte me al sinds ik nog heel jong was. Allemaal audities, commercials voor lokale bedrijven toen ik zes was, de ene misswedstrijd na de andere, een beugel, lessen om op een bepaalde manier te lopen en te praten. Ik heb geen normale jeugd gehad. Ze werd woedend als ik mijn huiswerk wilde maken. Ze zei dat mijn sterke punt niet zoals bij mijn zus mijn hersens waren, maar mijn lichaam. Ze was nijdig toen ik uiteindelijk alles in de steek liet, zei dat ik haar had verraden. Alsof het niet mijn leven was, maar haar plaatsvervangende fantasie.'

'Mijn vader probeerde me ook altijd te sturen. Ik was nooit goed genoeg. Niet zoals mijn broer en zus.'

Ze zei opeens: 'Wil je mijn voeten masseren?' Ze legde haar voeten op zijn schoot.

Dit overviel hem een beetje, maar hij zette zijn bier neer en begon haar voeten te masseren.

'Je hebt heel sterke handen. En ik kan het eelt voelen.'

'Dat wil een man graag horen.'

'Ik ben aan het sparen,' zei ze opeens. 'Brad betaalt me en investeert het voor me. Mijn portfolio draait super.'

'Fijn voor je. Ik heb maar tien dollar op mijn rekening staan.'

Ze nam een slok bier. 'Ik wil op mijn dertigste met pensioen gaan.'

Hij masseerde haar hakken, met heel veel druk.

'O mijn god, dit is zalig. Daar zou je geld voor moeten vragen.'

'Misschien doe ik dat wel, juffrouw Portfolio,' zei hij. 'Wat wil je na je pensioen gaan doen?'

'Misschien weer studeren. Iets leren zodat ik geen bikini hoef aan te trekken.'

'Klinkt goed.'

'Dat moet ook. Als ik niet meer knap ben, is het afgelopen.'

'Kom op, zeg! Je doet jezelf tekort. Volgens mij ben je heel slim, slimmer dan een heleboel van die zogenaamde slimmeriken met wie ik werk en die amper in staat zijn zelf hun lunch klaar te maken of veilig de straat over te steken.'

'Je leugens geven me wel een beter gevoel.'

'Ik lieg niet om wie dan ook een beter gevoel te geven, mezelf ook niet.'

Ze legde een hand op zijn arm. 'Maar je wilt seks met me, toch? Ik ben de droomvrouw van je treinreis, toch?'

Hoe meer het deze kant opging, hoe minder goed hij zich hierbij voelde. Betaalde Cowl haar om dit te doen, als een soort schaakzet in de strijd tussen hen?

'Ik zit nu niet in de trein. Ik masseer je extreem gespannen voeten en geniet van het tien centimeter brede uitzicht op de Hudson River. En jij bent van vlees en bloed, geen droom. We voeren een leuk gesprek dat om de een of andere reden een vreemde wending neemt.' Hij keek haar aan. 'Waarom zou jij seks met mij willen hebben?'

Ze verslikte zich bijna in een slok bier. 'Oké, dat is nieuw voor me. Geen enkele man heeft me dat ooit gevraagd, vooral niet als ik het initiatief nam. Meestal moet ik ze tegenhouden als ze me de kleren van mijn lijf willen rukken.' Ze keek hem onderzoekend aan. 'Je bent een aardige man, dat lijkt tenminste zo. Je bent echt anders. Je lijkt je niet druk te maken over dingen waar zoveel mensen in deze stad zich druk over maken.'

'Bedoel je geld? Prestige?'

'Ja, dat allemaal. Dit is een fantastische stad voor cultuur en amusement en ik ben gek op de sfeer, maar het is ook allemaal ontzettend prestatiegericht. Hoeveel mensen ook hebben, het is nooit genoeg. Dat haat ik.'

'Bedoel je mensen als Brad Cowl?'

Ze dronk haar bier op en keek ongeïnteresseerd door de opening naar het water.

Hij pakte zijn bier en vroeg: 'Als je weer naar college gaat, wat wil je dan studeren?'

'Mensen,' zei ze langzaam.

'Psychologie dus?'

'Nee, ik wil fotograaf worden. Een foto kan alles vangen. Hoeveel leugens mensen ook ophangen, op hun foto's is hun ware ik altijd te zien.'

'Altijd, zelfs als ze weten dat je ze maakt?'

Ze keek hem aan. 'Juist dan, omdat ze hun best doen te verbergen wie ze echt zijn. Dan komt het op een andere manier naar buiten in hun lichaamstaal, in hun blik.' Ze haalde haar telefoon uit haar zak. 'Lach eens.' Ze maakte een foto van hem en keek ernaar.

'Wat zie je daar?' vroeg hij, een klein beetje nieuwsgierig.

'Een ongeruste man. Maar een goede man. Je hebt veel op je bordje.'

'Denk je dat we dit allemaal goed gaan doorstaan?' Hij wist niet waarom hij dit vroeg, maar toch wilde hij haar antwoord horen.

'Ik weet het niet, Travis. Volgens mij weet niemand dat zeker. Vooral wij niet.' Ze keek hem aan. 'Wat zou je vandaag doen als je wist dat er geen morgen meer was?'

'Dan zou ik mijn vader opzoeken.'

'Waarom? Om het goed te maken?'

Hij dacht aan de avond waarop hij en zijn vader dronken waren geworden toen ze hadden gevierd dat Devine een baan bij Cowl and Comely had gekregen. 'Nee. Ik zou tegen hem zeggen dat hij zich niet meer met me moet bemoeien en me mijn leven op mijn eigen manier moet laten leiden. En dat zijn mening over mij me niet meer interesseert en ik die ook niet meer wil horen.'

Ze bleef hem ongemakkelijk lang aankijken.

'Wat is er?' vroeg hij na een tijdje.

'Dat is bijna letterlijk wat ik tegen mijn moeder heb gezegd.'

41

Devine liet haar achter op het dakterras en liep de straat op. Hij had nog maar een paar stappen gezet toen hij ergens aan dacht. Hij pakte zijn telefoon en zocht bij het kadaster op wie de eigenaar was van Montgomery's flatgebouw.

Bingo! Dat was eigendom van de Locust Group.

Hij stopte zijn telefoon in zijn zak en wilde net naar het dichtstbijzijnde metrostation lopen toen er twee mannen uit de schaduw opdoken.

Rechercheurs Shoemaker en Ekman.

Ze leken allebei nog sleetser en zelfs nog chagrijniger dan de vorige keer. En dat was nogal wat. Shoemaker haalde de sigaret uit zijn mond, liet hem vallen en trapte hem uit met de hak van zijn schoen.

Dat zou hij waarschijnlijk ook heel graag met mij doen.

'Volgen jullie me nu?' vroeg hij. 'Dat geeft me een heel bijzonder gevoel.'

Ze zeiden niets.

'Rechercheur Karl Hancock al gevonden?'

'Die bestaat niet,' zei Ekman.

'Dat hoeven jullie mij niet te vertellen.'

'Omdat u hem hebt verzonnen, volgens ons.'

'Waarom zou ik dat doen?'

Ekman snauwde: 'Om onschuldig te lijken. Als zogenaamd slachtoffer van een stomme samenzwering zouden wij u met rust laten.'

'Juist. Nou, dat is uitstekend gelukt, nietwaar? Ik bedoel, jullie zijn vast wel een minuut of twee bezig geweest om dat uit te zoeken.'

Shoemaker zei dreigend: 'Hou op met die gelikte praatjes. Bij wie was u op bezoek?'

'Dat heeft niets met jullie onderzoek te maken.'

'Dat bepalen wij wel!' snauwde Ekman.

'Nee hoor, echt niet.'

'Denkt u soms dat we een spelletje spelen of zo?' Ekman kwam zo dichtbij dat Devine zijn muffe adem kon ruiken. 'Denkt u dat we een potje maken van moordonderzoeken?'

'Ik denk dat jullie alles proberen om die moord op te lossen. Dat hoop ik tenminste. Hebben jullie de camerabeelden en de elektronische entry log voor het betreffende tijdvak al bekeken? Jullie hebben een tijdraam waarin jullie je verdachten kunnen plaatsen. Dat heb ik allemaal ook al tegen rechercheur Hancock gezegd.'

Ze keken hem zwijgend aan.

'Zeg alstublieft dat jullie dat al hebben gedaan.'

'Er schijnt een kleine elektronische storing te zijn,' gaf Ekman toe.

O, maar zo klein is die niet, meneer de moordrechercheur.

'Oké. En voor het geval jullie haar weer spreken: mevrouw Ewes heeft me gevraagd vanavond weer bij hen langs te komen. Ze vertelde me dat jullie de abortuskliniek hebben gevonden.' Hij keek om zich heen, dacht na. 'Maar misschien zijn jullie me vanuit Brooklyn hiernaartoe gevolgd.'

'Ze had u niets mogen vertellen.'

'Hebben jullie haar expliciet gezegd dat ze dat niet mocht doen? Want volgens mij maakt die vrouw gebruik van elke speelruimte die je haar geeft. Dat denk ik tenminste.'

Toen ze niet reageerden, zei hij: 'Er is iets wat bijzonder relevant is voor het onderzoek. Zit er nog DNA in Sara's baarmoeder dat jullie kunnen vergelijken met dat van degene die de vader van haar baby was?'

'Hoezo?' vroeg Ekman.

'Omdat ik mijn DNA vrijwillig aanbied om mij uit te sluiten als mogelijke vader.'

'U biedt dat alleen aan omdat u weet dat er geen DNA is.'

'Weet u het zeker? Ze was zwanger.'

Ekman snauwde: 'Maar ze heeft die foetus maanden geleden al laten weghalen. We zouden dus niets bruikbaars krijgen.'

Shoemaker keek Devine met samengeknepen ogen aan. 'Waarom denk ik dat mevrouw Ewes u heeft verteld hoe lang Sara al zwanger was, en dat u weet dat u de vader niet kon zijn, al hebt u seks met haar gehad?'

'U zegt dat alsof dat slecht is.'

'Nu probeert u de beledigde onschuld te spelen door uw aanbod om uw DNA af te staan. U maakt me kotsmisselijk.'

'Dat was niet mijn bedoeling. Maar als we klaar zijn, wil ik mijn trein graag halen.'

Shoemaker legde een hand op zijn schouder. 'Ik zeg het nog maar een keer: verlaat de omgeving niet.'

'Ik heb al gezegd dat ik dat niet zal doen. Aangezien jullie Sara's moordenaar niet kunnen vinden, zal ik dat wel moeten doen.'

'Als u dit onderzoek op welke manier dan ook belemmert...' begon Ekman.

'Ik dacht meer aan het verbeteren van het onderzoek.'

'U moet heel voorzichtig zijn, Devine.'

'Klopt. Ik wens jullie nog een productieve avond. Voor het geval jullie me willen volgen, ik neem de Metro North naar Mount Kisco. Als jullie deze Karl Hancock ooit vinden, kan hij jullie dat ook allemaal vertellen.'

42

In de trein naar huis keek Devine naar buiten toen ze langs Cowls huis reden. Hij wist dat Montgomery daar nu niet zou zijn, maar toch keek hij. Uit gewoonte misschien? Of om een andere reden? Eigenlijk was hij graag met haar naar bed gegaan. Hij was immers jong en single, en zij was knap en sexy en gewillig. Soms was alles echt zo eenvoudig. Het was ook niet zo dat hij seks had afgezworen gedurende de tijd dat hij op zoek was naar Sara Ewes' moordenaar.

Ik ben wel meteen met Helen Speers het bed in gedoken, ja toch?

Maar dat zat er al heel lang aan te komen. Helen was op de veranda naar hem toe gekomen, ze hadden gekletst en samen zijn bier opgedronken, en pas nadat zij had gezegd wat ze wilde was het ervan gekomen. Toch voelde hij zich schuldig, omdat hij zich met Helen had vermaakt nu Sara dood was.

Maar tegen de tijd dat hij Montgomery's huis verliet, was de hartstocht verdwenen en had plaatsgemaakt voor melancholiekere en complexere gevoelens. Ze hadden allebei peinzend over hun leven gepraat, over het verleden en de toekomst, en toen was hij vertrokken.

Iedereen die zei dat het leven niet ingewikkeld was had nooit echt geleefd.

Toen hij thuiskwam zat Valentine op de bank.

Devine ging naast hem zitten en zei: 'Ik wil dat je probeert zo veel mogelijk te weten te komen over de Locust Group. Die bestaat uit een heleboel bedrijven, maar het bedrijf waar ik belangstelling voor heb is eigenaar van een bepaald pand.' Hij pakte zijn telefoon en stuurde Valentine de informatie.

'Wat is er zo belangrijk aan dat Locust-ding?' vroeg de Rus.

'Dat weet ik niet, maar ik kom die naam steeds weer tegen. Ik wil graag weten of Brad Cowl daar iets mee te maken heeft.'

'Oké. Ik ga ermee aan de slag. Maar op een bepaald moment zul je voor dit soort shit moeten betalen, dude. Ik werk niet voor niets, ik ben een Amerikaanse kapitalist.'

'Wat is je tarief?'

'Vijfhonderd per uur, maar voor jou tweehonderdvijftig.'

Devine hapte naar adem. 'Shit, als je vijfhonderd per uur verdient, waarom woon je dan in dit krot?'

'Is veel beter dan mijn flat in Vladivostok. Die had geen deur en geen ramen. Alleen deken hing in deuropening.'

Devine ging naar boven en trok onderweg zijn colbertje uit en deed zijn stropdas af. Toen hij langs Speers' deur kwam, deed zij die open en kwam in de deuropening staan. Ze droeg geen verleidelijk transparant nachthemd, maar een T-shirt met het logo van NYU Law en een trainingsbroek. Op haar bureau lagen een heleboel juridische boeken.

'Wat is er, Helen?'

'Je hebt nog niet om een advocaat gevraagd. Wacht daar niet te lang mee.'

'Nu je het zegt, kunnen we daar nu over praten?'

Ze trok de deur verder open en stapte opzij. 'Maar alleen praten, ik ben aan het studeren.'

Hij hief zijn handen. 'Maak je geen zorgen, ik laat me niet opnieuw door je verleiden.'

Ze sloot de deur en ging op haar stoel zitten, terwijl hij op het bed plaatsnam. Hij dacht terug aan hun standjes, hun passie, de intensiteit, haar zachte huid...

'Travis!' riep ze.

Hij keek op en zag dat ze zijn gedachten had gelezen. 'O ja. De politie is weer bij me geweest. Ze denken echt dat ik schuldig ben, maar hebben geen bewijzen. Ze kunnen niet aantonen dat ik daar op het betreffende tijdstip was.'

'Hoe zit het met de camera's en entry logs?'

'Er was een storing, dat zeiden ze tenminste. Er is dus niets.'

'Shit, dat is ongelofelijk!'

'Inderdaad. Maar zijn er andere manieren waarop ze achter me aan kunnen komen?'

'Waarom vraag je dat? Had je toch iets met haar dood te maken?'

'Op geen enkele manier, Helen, echt niet. Waarom zou ik anders alles op alles zetten om uit te zoeken wie haar heeft vermoord?'

'Nou, om onschuldig te lijken.'

Hij wist dat ze gelijk had en werd daar toch nijdig om. 'Nou, ik bén onschuldig...' Hij aarzelde.

'Maar?'

'Maar ik heb wel een relatie met haar gehad. Dat hielden we geheim, omdat dergelijke dingen verboden zijn bij Cowl.'

'Ben je met haar naar bed geweest?'

Hij dacht even na over zijn antwoord. 'Ja, één keer maar.'

'Kun je de vader zijn geweest van het kind dat ze heeft laten weghalen? Want dat zou een belangrijk motief zijn.'

'Hoe weet je dat?'

'Dat is overal op het nieuws.'

'Nee, ik was de vader niet.'

'Hoe weet je dat zo zeker?'

'Ze had die abortus in december, maar ik werk pas sinds begin februari bij Cowl. Toen leerde ik Sara dus pas kennen.'

'Heb je daar bewijzen voor?' vroeg ze.

'Hoe bewijs je iets wat niet is gebeurd?'

'Dat kun je niet, niet tijdens een proces, wat betekent dat het onbruikbaar is als verdediging.'

Devine liet zich achterovervallen op het bed. 'Geweldig.'

Ze ging naast hem zitten en klopte op zijn schouder. 'Maar zo te horen heeft de politie geen forensische bewijzen waarmee ze je in verband kunnen brengen met de moord.'

Hij ging rechtop zitten en keek haar aan. 'Niet omdat ze dat niet proberen. En misschien vinden ze een andere manier.'

'Heeft iemand zich afgevraagd wat het motief was om haar te vermoorden?' vroeg ze.

'Alleen die zwangerschap, volgens mij. Ze schijnen te denken dat niemand anders dan ik ooit seks met haar heeft gehad. En er is nog iets.'

'Wat dan?'

'Je mag het aan niemand vertellen.'

'Ik word advocaat. Als ik geen geheimen kan bewaren, zal mijn carrière van korte duur zijn.'

'Ik heb het securitysysteem van het bedrijf gehackt. De enige bedrijfspas waarmee in de betreffende tijd is ingelogd was... die van mij.'

Ze keek hem doordringend aan.

'Ik was daar niet, Helen. Ik zweer het.' Hij liet haar zijn bedrijfspas zien. 'En vraag maar aan Will, hij zegt dat het heel eenvoudig is om zo'n pasje te klonen. Dat zelfs zijn kleine neefje dat zou kunnen doen.'

'Vertel verder.'

'Brad Cowl zei tegen me dat hij wist dat mijn bedrijfspas is gebruikt, en ook dat er een video van me is terwijl ik in het betreffende tijdvak de lobby binnenkom. Maar die kan ook vervalst zijn.'

'Maar toen was er die storing waar je het over had?'

'Cowl heeft de politie verteld dat het systeem eruit lag. Dat hij ze geen bewijzen kan geven. Dat heeft hij zo geregeld.'

'Waarom zou hij dat doen?'

Met tegenzin vertelde hij haar over de foto's en de video die hij had gemaakt van Cowl en Stamos nadat ze seks hadden gehad.

'Dus feitelijk heb je die man gechanteerd om te voorkomen dat hij de politie voldoende bewijzen geeft om je te arresteren?'

Hij keek haar wanhopig aan. 'Ik weet dat het er niet goed uitziet, maar die bewijzen zijn nep. Ik heb het niet gedaan en moest daarom wel vuur met vuur bestrijden.'

'Nee, het ziet er niet goed voor je uit. Maar heb je al een andere mogelijkheid overwogen?'

'Zoals?'

'Dat Cowl die bewijzen heeft gemanipuleerd om jou de schuld in de schoenen te kunnen schuiven.'

'Waarom zou hij die dan niet gebruiken?' Opeens begreep hij het allemaal. 'Natuurlijk! Hij heeft me zelfs met zoveel woorden verteld waarom.'

'Juist. Je hebt de rollen omgedraaid voordat hij de trekker kon overhalen door je aan de politie over te leveren, dus moest hij zijn plannen wijzigen en de NYPD tegenhouden.'

'Hij heeft onlangs een bedrijf gekocht dat elke video kan manipuleren. Voordat hij wist dat ik iets tegen hem in handen had, zei hij feitelijk dat hij probeerde de politie te lozen door mij verdacht te maken.'

Tot zijn verbazing schudde Speers haar hoofd. 'Wát?'

'Heb je al nagedacht over de mogelijkheid dat er bewijs is in de vorm van videobeelden en entry logs dat Cowl zélf in het gebouw was toen die vrouw werd vermoord? Als dat zo is, heeft hij zeker stappen gezet om die te wissen. Daarna liet hij de video manipuleren, misschien door het bedrijf dat hij heeft gekocht, en toen stond niet hij maar jij op die video.'

Deze hypothese intrigeerde Devine, maar baarde hem ook zorgen. 'En zijn motief?'

'Misschien was hij de vader van haar baby. Misschien wist hij dat ze abortus had ondergaan en besloot hij dat tegen jou te gebruiken, nadat hij had ontdekt dat jij en Sara met elkaar naar bed zijn geweest. Als ik gelijk heb, betekent dit dat hij jou en de politie heeft voorgelogen.'

Devine liet zich weer achterovervallen. Uitgeput zei hij: 'Waarmee je bedoelt dat ik een deal met hem heb gesloten om te voorkomen dat ik word beschuldigd van de moord op Sara, ook al ben ik onschuldig? En dat hij door die deal het echte bewijs van zijn schuld heeft vernietigd en gewoon wegkomt met die moord?'

'Wat ben je toch een slimme vent.'

43

Devine liep naar zijn kamer en werd onderweg aangesproken door Jill Tapshaw. Ze stond in haar deuropening, helemaal opgedoft, hoewel dat niets voor haar was. Ze droeg mooie kleren, had een verzorgd kapsel en had zich opgemaakt.

'Ga je uit?' vroeg hij.

'Nee, ik kom net terug. Ik had een bespreking met Christian Chilton van Mayflower Enterprises. Hij kwam naar Mount Kisco en we hadden afgesproken in een chic restaurant in het centrum. Hij heeft alles betaald. En hij had twee zakenpartners bij zich.'

'Wat vond je ervan?'

'Hij is bijzonder professioneel en stijlvol; duur pak, zijn kapsel kost meer dan mijn jurk. Maar zijn gezicht was gekneusd en opgezet, alsof hij tegen iets heel hards op was gelopen.'

Dat is ook zo.

'Hoe is het gegaan?' vroeg Devine.

'Ze hebben veel belangstelling voor Hummingbird. We sturen ze onze huidige powerpointpresentatie en recente financiële stukken. Zo te horen hebben ze bakken met geld en niet veel geschikte bedrijven om dat in te investeren, een probleem voor heel veel investeringsbedrijven tegenwoordig. Heel veel waardeloze bedrijven vragen geld.'

'Nou ja, jij bent geen waardeloos bedrijf, jij bent supergoed. En vergeet niet wat ik zei over hun aanbod.'

'Maak je geen zorgen. Ik zal dat eerder vervier- dan verdrievoudigen. Dan kunnen we ons terugtrekken en doen alsof we een beetje toegeven, maar toch nog het drievoudige krijgen van waar we op hadden gehoopt.'

'Kijk, dat is dé manier. Nu denk je weer als iemand met een MBA van Harvard.'

'Maar ik wilde je bedanken voor wat je hebt gedaan. Dit zou echt het keerpunt voor Hummingbird kunnen zijn.'

'Wat ik deed is niets vergeleken met wat jij hebt gedaan, Jill. Als Hummingbird echt gaat draaien, komt dat door jou en niemand anders.'

'Zeg, wil jij je niet inschrijven? Er zijn een heleboel geweldige vrouwen die op zoek zijn naar iemand als jij.'

'Misschien doe ik dat wel. Hé, is het al gelukt met die mail die ik aan je heb doorgestuurd?'

'Ik heb drie lagen obstakels uit de weg geruimd en begrijp ook waar Will problemen mee had, maar ik blijf ermee bezig. Ik beschouw het nu als een geweldige uitdaging.'

'Bedankt.'

'Hebben ze al ontdekt wat er met Sara Ewes is gebeurd?'

'Nee, nog niet. Ik heb haar ouders gesproken. Ze zijn uit Nieuw-Zeeland overgekomen en verblijven nu in haar huis.'

'Ze zullen wel volkomen van slag zijn.'

'De vader misschien wel.'

Tapshaw fronste. 'Wat bedoel je daarmee? Haar moeder niet dan?'

'Dat is een onaangename vrouw, hoor. Sara was zwanger, maar heeft een abortus ondergaan. Nu roept haar moeder dat ze een slet was en haar kind heeft vermoord.'

'Dat is afschuwelijk.'

'En nu blijkt, geen verrassing natuurlijk, dat Sara en haar moeder van elkaar vervreemd waren geraakt. Ze zei dat Sara het afgelopen jaar was veranderd. Ik vraag me dus af of ze het wel zo erg vindt dat haar dochter dood is. Sara's ouders zijn allebei zendeling en leren de mensen in Nieuw-Zeeland alles over het christendom.'

'Ze zouden zichzelf moeten leren om aardiger tegen andere mensen te zijn.'

'Maar jij probeert iedereen op de wereld gelukkiger te maken. Ga dus maar lekker door met wat je aan het doen bent.'

Ze gaf hem een klein kusje op de wang, ging haar kamer in en deed de deur dicht.

Devine wilde net zijn kamer binnengaan toen er werd aangebeld. Hij keek op zijn horloge. *Wat nu weer?*

Hij rende de trap af, maar Valentine had al opengedaan.

Voor de deur stond... Jennifer Stamos.

44

Valentine draaide zich om en zei: 'Het is voor jou, Travis.'

'Bedankt.'

Valentine liep weg en Stamos keek nerveus naar Devine. 'Verbaasd?'

'Ja, inderdaad. Alles in orde?'

'Kunnen we praten?'

Hij keek om zich heen. 'Op de voorveranda is het meest privé. Ik heb drie huisgenoten.'

'Oké. En de buren?'

'De huizen van de buren zijn leeg. Worden gerenoveerd door de eigenaar.'

'Oké.'

'Wil je een biertje of zo?'

'Nee, ik hoef niets.'

Devine deed de voordeur achter zich dicht, waarna ze naast elkaar op de stenen trap gingen zitten.

Stamos droeg een korte broek met een mouwloos blouseje en sandalen. Het was nog steeds een graad of zesentwintig en de luchtvochtigheid was hoog. Ze keek naar zijn kleren en vroeg: 'Ben je net thuis?'

'Na mijn werk moest ik nog een paar dingen doen.'

'Komt dit slecht uit?'

'Nee hoor. Ben je hier met de trein gekomen?'

'Nee, met die Zipcar die daar staat. Het is idioot om als je in de city woont zelf een auto te hebben.'

Devine keek naar de groene Prius. 'Mee eens. En je hebt mijn adres van...?'

Beschaamd zei ze: 'Van de afdeling Personeelszaken.'

'Dacht niet dat ze die informatie zomaar geven.'

'Dat doen ze normaal ook niet. Sorry, ik wilde alleen...'

'Het is al goed, Jennifer. Vertel op.'

Hij wist waarom ze hier was, maar hij wilde haar gewoon duidelijk maken dat het niet zou gaan zoals zij wilde, niet heel gemakkelijk tenminste.

'Ik heb Brad gesproken.'

'En hij heeft je zeker verteld dat wij elkaar hebben gezien?'

'Ja, zo te horen is alles opgelost.'

'Er is niets opgelost.'

Geschrokken vroeg ze: 'Wat? Maar ik dacht...'

'Dat gedeelte is in orde, maar we hebben nog steeds geen idee wie Sara heeft vermoord. Ik heb het niet gedaan. Weet jij waar Cowl was toen Sara werd vermoord?'

Stamos schrok van die vraag. 'Je denkt toch zeker niet dat...'

'Nou ja, sommige mensen dachten dat ik haar had vermoord. En hij heeft me verteld dat hij met haar naar bed wilde, maar dat zij daar helemaal geen zin in had en daar baalde hij waarschijnlijk van. Ik vertel je dit in goed vertrouwen. Als je Cowl tegenkomt en tegen hem zegt dat ik je dit heb verteld, wordt alles heel snel heel ingewikkeld.'

'Dat zal ik niet doen, ik zweer het.'

Hij keek haar onderzoekend aan, om te zien of ze dat meende. 'Wist hij dat Sara in december een abortus heeft ondergaan? Dat was al voordat ik bij het bedrijf kwam werken.'

'Waarom is dat belangrijk?'

'Omdat sommige mensen beweerden dat ik de vader van haar kind was.'

'Dat is belachelijk.' Ze zweeg even. 'Maar heb je wel seks met haar gehad?'

'Dat gaat je niets aan. Weet jij waar Cowl was toen Sara werd vermoord?'

'Nee, ik was die avond niet bij hem.' Ze keek hem opeens met een vuile blik aan. 'Ik hoorde dat je foto's van mij en Brad hebt gemaakt.'

'Daar hoef je niet kwaad om te worden, Jennifer. Ik moest iets in de hand hebben. Hoe haalde je het trouwens in je hoofd om dat daar te doen? Hij heeft verdomme een penthouse met een bed!'

'Hij... nam me gewoon te pakken en zei dat het opwindend zou zijn. Het gebeurde allemaal zo snel.' Ze bloosde. 'Ga je die foto's wissen?'

'Nee, maar ik zal er nooit meer naar kijken.'

'Kan ik dat geloven?'

'Geloof het maar. Ik vond het helemaal niet leuk, en dan bedoel ik niet alleen wat Sara is overkomen. Ik bedoel, ik vond dat het er verdomd vernederend uitzag... voor jou.'

Ze bloosde weer. 'Dat zijn mijn zaken.'

'Klopt, maar waarom neuk je met de baas? Je hebt genoeg talent om zelf de top te bereiken. Het is geen 1980 meer.'

'Denk je echt dat er zoveel is veranderd, Travis?'

'Dat weet ik niet. Ik ben geen vrouw.'

'Klopt, dat ben je niet, en dus kun je me ook niet veroordelen,' zei ze scherp. 'Weet je, er zijn maar drie vrouwen partner bij dit bedrijf. Ik ken minstens twintig andere vrouwen die hebben verloren van mannen die volgens het Boek maar half zo goed waren. Hou je mond dus maar over de jaren tachtig.'

'Oké, je hebt gelijk. Maar goed, Sara wilde dus niet met hem naar bed. Daar beklaagde Cowl zich tenminste over tegen mij. Is dat volgens jou een motief voor hem om haar te vermoorden?'

'Kom op, zeg! Hij kan zo ongeveer iedere vrouw krijgen die hij wil.'

'Maar de vrouw die hij kennelijk wilde was Sara, en zij wilde er niets van weten. Dat moet hem behoorlijk nijdig hebben gemaakt.'

'Je wilt dat niet laten rusten, hè?'

'De man heeft voor zover ik weet geen alibi voor toen ze is vermoord. En misschien loog hij tegen me en hebben ze wel seks gehad, werd ze zwanger en was het kind van hem. Misschien heeft hij voor die abortus betaald, kreeg ze er spijt van en wilde ze bekendmaken wat er was gebeurd. De hoogste baas die een werkneemster zwanger maakt en dan betaalt voor haar abortus... Weet je hoeveel geld Cowl krijgt van pensioenfondsen van kerken en overheden, van onderwijsvakbonden en andere organisaties die dat echt zouden afkeuren?'

'Hij was de vader niet.'

Hij keek haar bedachtzaam aan. 'Hoe weet je dat?'

'Dat weet ik gewoon.'

'Hoe dan?' drong Devine aan.

'Dat heeft Sara me verteld.'

'Waarom zou ze? Jullie waren geen vriendinnen.'

'We... waren beter bevriend dan ik zei.'

'Wat? Als dat waar is, heeft ze je dan verteld waarom ze echt belangstelling had voor het toneelstuk *Wachten op Godot*?'

'Dat weet ik niet.'

'Wat bedoel je verdomme met "dat weet ik niet"? Je weet het of je weet het niet.'

'Ze maakte zich ergens zorgen over, maar wilde me niet helemaal in vertrouwen nemen. Volgens mij was ze bang, zoals ik laatst ook al tegen je zei. En ze wilde mij er niet bij betrekken. Ik denk dat ze me beschermde.'

Devine keek haar aandachtig aan en zei langzaam: 'Zo te horen waren jij en Sara veel meer dan vriendinnen.'

'Sara en ik...'

'Sara en jij wat?'

'Ik kan niet...'

Devines geduld was op. 'Verdomme, Sara is dood! Vertel het maar gewoon!'

Ze haalde diep en moeizaam adem en zei toen: 'We... waren verliefd, oké? We waren verliefd op elkaar. Heb je nu je zin, klootzak?' Ze sprong op, rende naar de Prius, startte en reed weg.

Devine bleef zitten waar hij zat, terwijl Stamos in het donker uit het zicht verdween. Na een tijdje ging hij weer naar binnen.

Valentine zei: 'Verdomme, wat een hete meid. Neuk je haar?'

'Hou je kop, Will. Hou alsjeblieft je kop.'

Devine liep de trap op naar zijn kamer, terwijl er allerlei gedachten door zijn hoofd schoten en sloeg de deur achter zich dicht.

45

Het was 4.15 uur. Warm, drukkend, donker, bewolkt, een beetje motregen.

Devine was tien minuten bezig met zijn work-out bij de highschool. Hij was al een beetje opgewarmd en bezweet, had een ritme gevonden en probeerde zich te concentreren op zijn lichaam, hoewel hij mentaal onrustig was. Het was gewoon te veel om te verwerken allemaal. Als hem dat overkwam, moest hij zich concentreren op de basis: één stap zetten, een oplossing bedenken, de volgende stap zetten en ga zo maar door. Dan zouden de puzzelstukjes op een bepaald moment in elkaar passen.

Dat hoop ik tenminste van harte.

Op dat moment kwamen er drie mannen uit het donker tevoorschijn en vielen al zijn wijze plannen in duigen.

Devine had hen horen aankomen en liep naar hen toe. 'Zozo, maar dat is rechercheur Karl Hancock van de NYPD, van wie niemand ooit heeft gehoord.'

De twee andere mannen waren exacte kopieën van Hancock, maar dan wit.

Hancock knikte. 'Het verbaast me dat het zo lang heeft geduurd. Je hebt met ze gepraat en ze over mij verteld en toen draaiden ze door. Klopt dat?'

'Zoiets, ja.'

Het begon nu echt te regenen en Devine keek naar de andere mannen: meedogenloze klootzakken die werden betaald om andere mensen te mishandelen. Hij had al heel veel mannen gezien zoals zij. Ze leken allemaal op elkaar: zombies met vuurwapens.

Hancock haalde een kauwgumpje uit zijn zak, propte dat in zijn mond en begon erop te kauwen. Zijn jasje hing open. De Glock was er. Ze waren allemaal gewapend, daar was Devine van overtuigd.

Het enige wat hij had, was zichzelf en alles wat hij maar kon vinden om zichzelf te verdedigen. Hij was ervan overtuigd dat er genoeg te vinden was. Ze hadden al één cruciale fout gemaakt.

Ze hebben me niet meteen vermoord.

'Ga je me de drogreden nog vertellen?' vroeg Devine.

Hancock glimlachte. 'Drogreden? Dat woord hoor je ook niet elke dag.'

'Leek toepasselijk, vond ik tenminste.'

Devine bewoog zich langzaam naar links, steeds maar een paar centimeter, waardoor het leek alsof hij zich helemaal niet verroerde.

'Wie ben je, Devine, wie ben je echt?'

'Dat kan ik ook aan jou vragen.'

'Je hebt een paar bijzonder gevaarlijke mensen bang gemaakt en die houden er niet van om bang te zijn. Daarom halen ze er mannen bij zoals ik.'

'Ik heb geen idee waar ik al die aandacht aan te danken heb.'

'Alleen al door het feit dat je niet eerlijk tegen me was. Een ex-militair die het nu probeert te maken in de financiële wereld... Wat is dat nou voor onzin?'

'Ik kan niet de rest van mijn leven een schietschijf blijven.'

'Maar je speelt ook privédetective, met al je vragen, en je bent betrokken bij shit waar je niets mee te maken hebt. Dat vinden mensen heel storend.'

'Nou ja, jij doet hetzelfde. Dat stoort mij ook enorm. En Sara was een vriendin van me, dus natuurlijk wil ik weten wie haar heeft vermoord. Maar ik heb een deal gesloten met de grote baas. Het is wel goed, je diensten zijn niet langer nodig.'

'Dat betwijfel ik.'

Dat was niet handig van Hancock. Hij had net iets heel belangrijks onthuld.

Hopelijk overleef ik dit om dat feit te kunnen gebruiken.

'Wil je dat even uitleggen?'

'We zijn hier niet naartoe gekomen om onzinverhalen op te hangen, Devine. O ja, bedankt dat je me vertelde waar je je work-out doet en hoe laat.'

'Ja, toen wist ik nog niet dat je een rotzak was.'

'Geen rotzak, gewoon iemand die werkt voor zijn geld, net als jij.

Voor wie werk je echt, Devine? Je wilt helemaal niet zijn waar je nu werkt, dat is wel duidelijk. Je bent daar omdat iemand je daar heeft gestationeerd. Als je ons dat vertelt, gaan we weer.'

'Terwijl je me hier achterlaat met een kogel in mijn kop zodat de footballcoach van de school me straks op de *fifty-yard line* kan vinden?'

'We laten je hier niet achter. We leveren kwaliteitswerk. We doen de dingen goed. Er is een meer niet ver hiervandaan. Je voelt er niets van, dat zweer ik.'

Devine was in totaal twintig centimeter naar links opgeschoven zonder dat dit in het slechte licht was opgevallen. Het was een soort optische illusie, en de mannen waren erin meegegaan door langzaam tegelijk met hem mee te bewegen om hun relatieve positie te bewaren zonder dat ze merkten dát ze dat deden. Het was vergelijkbaar met planeten die om elkaar heen draaien; zolang de afstand en de hoek dezelfde blijven, let je helemaal niet op de echte beweging. Dat had Devine geleerd tijdens de trainingen voor man-tegen-mangevechten in het leger. En dat gold nu evenzeer als toen.

Bovendien waren ze te zelfverzekerd, te arrogant omdat het drie tegen één was; dat was het verschil tussen mannen zoals zij en mannen zoals hij.

'We moeten informatie hebben. Als we dat eerst uit je moeten slaan, dan doen we dat.'

'Jullie zijn maar met z'n drieën. Hoe wil je dat dan voor elkaar krijgen?'

'Is dat de Army Ranger die dat vraagt?' zei Hancock grijnzend. 'Je denkt dat je heel wat bent, hè? Als je sneller bent dan een kogel, knap van je. Oké, laatste kans: wie ben je en waarom werk je bij Cowl and Comely?'

Devine bewoog nog een centimeter tot hij de autoband tegen zijn enkel voelde. 'Ik hou van het kapitalisme, mannen, net als jullie.'

'Ik wil je niet doden, maar bevel is bevel.'

'Bevel van wie?'

Hancock schudde zijn hoofd.

'Kom op, Hancock, of hoe je ook maar heet. Ik zal het heus niet verder vertellen. Ik ga immers naar dat leuke meertje...'

'Ik kan je vertellen dat je je niet kunt voorstellen waar dit om draait. Klinkt als een cliché uit een slechte film, dat weet ik. Maar in dit geval is het toevallig waar. De echte wereld is veel ingewikkelder en gevaarlijker dan het lijkt op films en de tv, nietwaar.'

'Bedankt dat je me feitelijk niets vertelt.'

'Het is niet persoonlijk, hoor, maar op deze manier verdien ik de kost voor mijn gezin. En daar verandert niemand iets aan.'

'Dan moet je wel bereid zijn de consequenties te dragen.' Devine spande zijn lichaam en boog iets naar voren.

'Oké, we zijn zover.' Hancock sloeg zijn blik neer en trok zijn pistool op hetzelfde moment waarop de autoband zijn hoofd raakte. Hij ging neer.

Devine ramde de tweede band tegen de man naast Hancock, die ook viel.

De derde man had zijn pistool op Devine gericht en stond op het punt op hem te schieten. Devine had zich vooral zorgen om deze man gemaakt.

Shit.

Toen weerklonk ergens een luide knal. De derde man draaide zich vliegensvlug om om te zien waardoor die was veroorzaakt, zodat Devine tijd kreeg hem een stomp in zijn maag te geven. Ze vielen vechtend op de grond en het pistool verdween in het donker. Devine pakte de man bij zijn keel, drukte zijn sterke duim op de linkerhalsslagader en drukte tegelijkertijd zijn wijsvinger midden op de keel. Hij plette de halsslagader met zijn duim en gebruikte zijn wijsvinger om de luchtpijp te vermorzelen. De man hield op met zijn geworstel en verslapte.

Devine stond meteen op en rende weg. Toen hij langs Hancock kwam, die probeerde op te staan, schopte Devine hem tegen zijn hoofd waardoor de man kreunend van de pijn weer neerging.

Devine sprong over het één meter hoge hek en rende door. Er werd geschoten, en hij rende zigzaggend verder, tussen twee gebouwen door, versnelde zijn tempo en was even later uit het schootsveld van de man.

Thuis belde hij 911 en vertelde de telefonist wat er was gebeurd. Toen pas merkte hij dat hij gewond was. De man die hij had gedood, had kennelijk een mes gehad, want Devine had een snee in zijn arm en een diepere snee in zijn handpalm. De luide knal, waarschijnlijk de uitlaat van een auto, had zijn leven gered. Hij maakte zijn wonden schoon en verbond ze, en had zich al omgekleed toen de politie arriveerde.

Ze waren eerst naar het footballveld gegaan, vertelde de leider. 'Daar is nu niemand,' zei de agent. 'De telefonist zei dat je dacht dat je een van hen ernstig verwond had of misschien had gedood, maar je moet je vergist hebben. We hebben wel een paar hulzen en wat bloed gevonden. Je hebt verdomd veel geluk gehad, makker. Wat deed je daar ook in je eentje op dat tijdstip? Ik bedoel, dit is een relatief veilige buurt, maar je vroeg er gewoon om.'

Natuurlijk, ik vroeg er gewoon om.

46

De 6:20 verliet het station. Devine zat op zijn vaste plek en keek door hetzelfde raam naar hetzelfde landschap. Hij had niet verwacht Michelle Montgomery te zien, zodat hij stomverbaasd was toen hij zag dat ze in haar minuscule bikini bij het zwembad naar het water zat te staren alsof dat het mooiste was wat ze ooit had gezien. Ze keek niet één keer op naar de trein, stak haar middelvinger niet op en liet, tot grote teleurstelling van de mannen die met hun neus tegen het raam gedrukt zaten te kijken, haar billen niet zien. Ook trok ze – wat natuurlijk nog beter was geweest – haar bikini niet uit om in haar blootje in het zwembad te duiken.

Pas toen de trein weer ging rijden, keek ze op... en ze zwaaide.

Bijna iedere man in de coupé zwaaide terug. Behalve Devine. Grappig, dacht hij, omdat hij bijna zeker wist dat hij de enige was naar wie ze zwaaide.

Toen versnelde de trein en was Montgomery niet meer te zien.

Devine leunde weer naar achteren. Hij nam aan dat ze daar vaker zou zijn, omdat hij in deze trein zat en naar haar zou kijken. Hij wist niet wat hij daarvan vond. Hij deed onderzoek naar Cowl en zij was Cowls vriendin. Dat zou heel snel heel ingewikkeld worden.

Hij pakte zijn telefoon en stuurde een berichtje naar Emerson Campbell om een afspraak voor die dag te maken. Daarna keek hij naar het papiertje dat Fred Ewes hem had gegeven, met de informatie over de kliniek die Sara's abortus had uitgevoerd. Hij dacht niet dat ze hem iets zouden vertellen als hij hen belde, maar misschien wel als hij ernaartoe ging. Hij moest het proberen. Hij checkte de reisplanner op zijn telefoon om te zien welke trein hij moest nemen.

Daarna dacht hij aan de man die hij die ochtend had gedood en keek naar zijn grote en sterke vingers waarmee dat was gebeurd. Hij wreef over de pleister op zijn handpalm en over de pleister onder de mouw van zijn overhemd.

Voel niets, Devine, geen spijt en al helemaal geen schuld, want het was hij of ik.

Misschien had de man een gezin en zouden ze hem missen en om hem treuren als hij niet thuiskwam. Maar híj had de keus gemaakt, niet Devine.

Hij balde zijn moordenaarshanden tot vuisten en verstopte ze in zijn zakken.

De trein reed door en nam een onwillige passagier mee.

***

Toen het lunchtijd was, ging Devine niet naar de eetzaal om zich te mengen onder de uitverkorenen van Cowl and Comely. Hij liep weer naar de Fifties in het noorden van Manhattan en ging het kleine Italiaanse restaurant binnen dat kennelijk nooit open was voor het publiek.

Campbell zat op dezelfde stoel in hetzelfde vertrek, maar droeg nu andere kleren. Voor hem stonden een kom spaghetti en een mandfles chianti met een halfvol glas wijn ernaast, en op zijn schoot lag een groot servet. Hij keek niet op van zijn maaltijd.

'Ik heb vanochtend een man moeten doden,' zei Devine.

Dit nieuws alarmeerde de oude soldaat niet. Campbell nam een hap pasta en een slok wijn. 'Verklaar je nader.'

Dat deed Devine. Hij sloot af met: 'Ik denk niet dat Cowl hier de hoogste baas is.'

'Dat heb ik ook geen moment gedacht. Hij was een middel tot een doel en kreeg daar een vermogen voor.'

'Wilt u dat uitleggen?'

'Kon ik dat maar. Maar meer dan dat weet ik echt niet.'

'Hancock wist ook dat ik een Army Ranger ben geweest. Ook al toen hij me de eerste keer aansprak.'

'Je militaire dienst is geen geheim.'

'Toch bevalt het me niet.'

Campbell dronk zijn glas leeg en duwde de kom pasta, die nog voor de helft vol was, van zich af. 'Ik hou niet echt van pasta.' Hij depte zijn mond.

'Ze wilden weten wie ik echt ben en waarom ik bij Cowl and Comely werk. Dat is wel heel erg to the point. Dáár zou u zich zorgen over moeten maken.'

Campbell schonk zijn glas weer vol. 'Ik zal navraag doen. Wat nog meer?'

'Sara Ewes en Jennifer Stamos waren een stel, volgens Stamos tenminste. Ze zei ook dat ze wist dat Cowl niet de vader was van Sara's baby, waardoor ik denk dat ze weet wie de vader wél was.'

'Misschien is dat Brad Cowl wel.'

'Hij heeft geen alibi voor de tijd waarop ze is vermoord,' zei Devine.

'Heeft dat iets te maken met wat er aan de hand is bij dat bedrijf? Want uitzoeken wat dat is, dát is je opdracht.'

'Ewes kwam naar het kantoor van Stamos en vertelde haar over het toneelstuk van Godot. Om dat te controleren ben ik ernaartoe geweest, maar ik heb niets ontdekt. Maar nu ik weet dat ze meer waren dan gewone vriendinnen, móét dat van belang zijn. En het heeft iets te maken met Cowl. Dan is er nog Area 51.' Devine vertelde snel over de ontoegankelijke verdieping. 'Daar bevindt zich niet hun high-frequency trading-platform, zoals ik dacht. Dat is in Queens. Ik heb dat door een vriend laten checken.'

'Een vriend?' Campbell keek geschrokken.

'Hij weet hier niets van. Hij is een white-hatter, hij hackt om de kost te verdienen.'

'We hadden al van een andere bron gehoord over die verboden verdieping daar en gingen er ook van uit dat daar het high-frequency trading plaatsvond. Maar nu we weten dat dit niet zo is, moet je daar naar binnen.'

'Ik probeer een manier te verzinnen om binnen te komen.'

Campbell leunde naar voren. 'Heb je al een manier bedacht?'

'Dat denk ik wel. Maar ik heb uw hulp nodig. Dat is de andere reden dat ik hier ben.'

47

Na zijn gesprek met Campbell nam Devine de trein naar Westchester en vervolgens een taxi naar de abortuskliniek. Voor het pand liepen demonstranten rond met aanschouwelijke afbeeldingen en riepen leuzen.

Een man liep naar Devine toe en wilde weten of hij de vader was van een baby die in deze 'gruwelkamer' werd afgeslacht, zoals hij het noemde.

'Nee,' zei Devine. Hij liep snel om de man heen en drukte op de bel naast de hoofdingang van de kliniek. Deze deur van gepantserd glas was vergrendeld en in de hoek hing een bewakingscamera.

Iemand vroeg door een luidspreker: 'Ja?'

'Travis Devine. Ik heb jullie gebeld en met ene dokter Tillis gesproken.'

'Identiteitsbewijs?'

Hij liet zijn rijbewijs zien.

'Wacht even.'

Devine wachtte en keek achterom naar de demonstranten die zoals de wet voorschreef afstand hielden. Toen hij de deurzoemer hoorde, trok hij de deur open, ging naar binnen en deed de deur weer stevig dicht.

In de kleine foyer stond een gewapende bewaker die Devine met een wantrouwige blik aankeek en zei dat hij door een magnetometer moest lopen, hem vervolgens aftastte met een elektronische detector en fouilleerde.

Even later werd Devine begroet door een vrouw van in de veertig die operatiekleding droeg. 'Deze kant op,' zei ze.

Ze bracht hem naar een klein kleurloos vertrek, waar vrouwen waarschijnlijk een intakegesprek over hun abortus hadden. Devine wist dat er altijd meningsverschillen zouden blijven bestaan over deze ingreep, maar hij kon zich voorstellen dat de mensen die hier zaten de misschien wel belangrijkste en gruwelijkste beslissing van hun leven moesten nemen.

Een vrouw van in de vijftig kwam binnen. Ze droeg een donkerblauwe jurk met een lange witte labjas eroverheen. Ze had grijs haar tot op haar schouders, droeg een bril zonder montuur aan een ketting om haar hals, had blauwe ogen en een alerte blik, en leek efficiënt en professioneel. Ze stelde zich voor als dokter Tillis. 'De politie is al bij ons geweest, zoals ik u al aan de telefoon vertelde, meneer Devine. Ik heb ze verteld wat ik volgens de wet mag vertellen, maar meer niet. Ik verwacht dat ze terugkomen met een rechterlijk bevel om meer informatie los te krijgen, en dan moet ik maar zien wat ik doe.'

'Ik begrijp het.'

'Maar ik kan u echt niets vertellen. De politie probeert tenminste te achterhalen wie Sara heeft vermoord. Ik was alleen bereid u te ontvangen omdat de media over Sara's abortus hebben bericht en u zei dat u een vriend van haar was.'

'Hoe heeft ze uw kliniek gevonden?'

'Sara zei dat iemand haar over ons had verteld, maar ze heeft niet gezegd wie dat was. Nadat we alles hadden besproken, werd een besluit genomen over de beste manier om dit af te handelen.'

'Ze heeft u nooit verteld wie de vader zou kunnen zijn?'

'Zelfs als ze dat wel had gedaan, zou ik u die informatie niet kunnen geven.'

'Hebt u dat ook tegen de politie gezegd?'

'Alstublieft, meneer Devine!'

'Oké, en heeft ze gezegd waarom ze de abortus liet doen?'

'Dat kan ik ook niet zeggen.'

Hij keek naar een paar afbeeldingen met medische termen die aan de muur hingen. 'Kunt u me vertellen hoe het is gedaan?'

Ze zei behoedzaam: 'Ik kan u in algemene termen over onze verschillende procedures vertellen. Tot elf weken spreken we nog over een embryo en tot die tijd kan abortus worden uitgevoerd met behulp van medicatie thuis.'

'Met een pil, bedoelt u?'

'Ja. In dat geval kan na een of twee weken een vervolgafspraak worden gemaakt om te controleren of de zwangerschap is afgebroken en de patiënt in orde is. Als de laatste menstruatie meer dan elf weken geleden was, is misschien een echte abortus nodig die hier in de kliniek moet worden uitgevoerd.'

'Mij is verteld dat ze nog maar acht weken zwanger was, dus had Sara het gewoon met een pil kunnen doen?'

'Dat had ze kunnen doen,' zei Tillis vaag. 'Ongeveer veertig procent van de zwangerschappen wordt op die manier afgebroken.'

Devine dacht snel na en toen dacht hij ergens aan. 'Weet u wie haar gynaecoloog was?'

'Ik ben bang dat...'

'Luister, ik weet dat u me officieel niets mag vertellen over haar persoonlijke medische geschiedenis, maar ik vraag alleen naar de naam van haar arts. Volgens mij is er geen enkele wet die u verbiedt me dat te vertellen.'

'Wat wilt u met die informatie doen? Die arts opzoeken?'

'Misschien, en ook hij of zij zal me niets vertellen als dat niet mag. Ik wil alleen meer weten over haar zwangerschap. Waarom ze die heeft afgebroken. Misschien weet haar gynaecoloog dat.'

'U kende haar goed, neem ik aan?'

'We werkten samen en we waren bevriend, zoals ik u telefonisch al vertelde. Ik vind het verschrikkelijk dat ze dood is.'

'Dat begrijp ik.' Tillis tikte met haar nagels op het bureau en keek even naar iets op haar telefoon. 'De naam die Sara opgaf was die van ene dokter John Wyman.' Ze gaf hem ook de contactgegevens van de man.

'Ontzettend bedankt. Was Sara alleen toen ze hier kwam?'

'Daar zal ik niet op antwoorden. Maar als de patiënt een medische behandeling nodig heeft, moet er iemand bij haar zijn. Met de abortuspil hoeft dat normaal gesproken niet. Dat kan ook thuis gebeuren, en dat wordt dan ook vaak gedaan.'

'Het moet wel een heel moeilijke beslissing voor haar zijn geweest.'

'Dat geldt voor iedere patiënt die ik zie, en Sara was geen uitzondering.'

'Haar ouders zijn overgekomen uit Nieuw-Zeeland. Hebt u hen al gesproken?'

'Nee, ik heb geen contact met hen. Waarom vraagt u dat?'

'Sara's moeder vertelde me over uw kliniek. Daardoor wist ik dat ik contact met u moest opnemen.'

'Dat moet ze van iemand anders hebben gehoord, misschien van de politie.'

'Dat is waar ook, dat zei ze.'

'Heeft de politie al enig idee wie Sara heeft vermoord?'

'Daar hebben ze me niets over verteld.'

Ze keek hem aandachtig aan. 'Ik verwacht niet echt dat u mijn vraag beantwoordt, maar was u de vader?'

'Nee, dat was ik niet. Maar dat had gekund, denk ik, als het anders was gelopen.'

Tillis leek niet te weten wat ze hiervan moest denken. Devine vond dat ze een beetje geschrokken leek en hij vroeg zich opeens af of hij alweer iets stoms had gedaan. Misschien belde ze de politie wel zodra hij was vertrokken.

'Ik hoorde pas nadat ze was vermoord dat ze zwanger was geweest,' zei hij. 'Niemand wist het kennelijk.'

'Het was ook nog niet te zien. Veel vrouwen weten dan nog niet eens dat ze zwanger zijn.'

'Sara was ontzettend aardig. Een goed mens. Iedereen was er kapot van toen we op het werk hoorden wat er was gebeurd. Het leek gewoon onmogelijk.'

'Dat begrijp ik wel. Hebt u enig idee wie het gedaan kan hebben?'

'Nee, maar daar kom ik hopelijk nog wel achter.'

Ze leek alweer geschrokken. 'Volgens mij kunt u dat beter aan de politie overlaten.'

'Ja, dat zou je denken, hè? Alleen zou het weleens ingewikkelder kunnen zijn.'

48

In de trein terug naar de city belde Devine het kantoor van dokter Wyman en vroeg of hij hem kon spreken over Ewes. Maar hem werd verteld dat Wyman niet beschikbaar was. Devine liet zijn nummer achter en vroeg of de arts hem zo snel mogelijk wilde bellen omdat het belangrijk was. De receptioniste zei dat ze dit zou doorgeven en verbrak de verbinding.

Juist, en dat is dan dat.

Hij stapte uit bij Broadway en liep naar het Lombard Theater. *Wachten op Godot* zou nog ruim een week worden opgevoerd. Devine liep voor het theater langs en bekeek de luifel, de kassa, de zuilen en de mensen die in de buurt rondliepen.

Er was een reden voor geweest dat Sara belangstelling voor dit toneelstuk had gehad. Ze was naar Jennifer Stamos' kantoor gegaan en had tegen haar gezegd dat ze het echt moest gaan zien. Nu Stamos had verteld dat zij en Sara minnaars waren, was het logischer dat Sara haar in vertrouwen had genomen. Maar hoe langer hij erover nadacht, hoe meer hij ervan overtuigd raakte dat Sara Jennifer meer had verteld. Hij geloofde Jennifers verklaring niet dat Sara haar wilde beschermen door haar niets te vertellen. Als Sara tegen Jennifer Stamos had gezegd dat ze bij het theater moest gaan kijken, had ze zeker ook verteld waarom.

Opeens schoot hem iets te binnen en hij baalde van zichzelf omdat hij daar niet eerder aan had gedacht. Hij pakte zijn telefoon, googelde iets en vond zijn antwoord.

Het Lombard Theater was eigendom van... de Locust Group. Sara's belangstelling had niets te maken gehad met het toneelstuk, maar met het gebouw. Dit prachtig gerenoveerde gebouw.

Christian Chiltons pand aan Upper East Side was van de Locust Group. Montgomery's flatgebouw was van de Locust Group. Het

Lombard Theater was van de Locust Group.

Devine keek om zich heen. Welke panden bezat de Locust Group nog meer? En wat was het verband met Cowl and Comely? Hij had tegen Campbell gezegd dat hij een manier had bedacht om Area 51 binnen te komen. Misschien zouden de antwoorden op zijn vragen daar te vinden zijn.

Tijdens hun gesprek in het restaurant had Devine Campbell gevraagd om bepaalde apparatuur die hij misschien nodig had. Toen pakte hij zijn telefoon en vond de dichtstbijzijnde Apple Store voor iets anders wat hij nodig had.

Later, terug in zijn hokje, stuurde hij met zijn telefoon een berichtje naar het nummer dat hem had laten weten dat Brad Cowl hem wilde zien.

Er is een probleem. Moeten dit vanavond bespreken.

Zijn duim bleef even boven VERZENDEN hangen, maar toen drukte hij toch en stopte zijn telefoon weer weg. De rest van de dag werkte hij aan een opdracht die hem geen bal interesseerde. Alle andere Burners waren fanatiek aan het werk en analyseerden data vanuit de hele wereld. Elke dollar die werd verdiend, elke dollar die werd betaald, elke dollar die werd verloren. Eigenlijk was dat het enige waar het om draaide. Zoals hij Brad Cowl een keer had horen zeggen tijdens een interview met CNBC: 'Het eerste miljard verdienen is het moeilijkst. Daarna wordt het veel gemakkelijker.'

Dat geloof ik meteen, klootzak.

Om zeven uur die avond, toen hij op zijn telefoon keek om te zien hoe laat het was en overwoog naar huis te gaan, kwam het berichtje binnen: *Zelfde plek, zelfde procedure. Negen uur.*

Slimme vent. Hij wil dat ik overuren draai, alleen maar voor de eer hem te mogen spreken. Maar geen enkele Burner kreeg overuren uitbetaald. De enige die geld verdiende door dat extra werk was Cowl and Comely. Maar hij was blij dat het later was, omdat hij het ding dat hij van Campbell zou krijgen nog niet in zijn bezit had. Het had allang gebracht moeten zijn. Zonder dat ding kon zijn plan niet slagen. Er verscheen zweet op zijn voorhoofd. Nu moest hij iets anders checken. Zonder dat kon zijn plan ook niet slagen. Normaal zou hij alles klaar hebben staan voordat hij een plan uitvoerde, maar hier was dat niet mogelijk. Dit was het klassieke kip-of-eiprobleem.

Hij stuurde Michelle Montgomery een berichtje met de vraag of ze hem wilde laten weten of zij hem weer naar zijn afspraak met Cowl zou brengen.

Kom op, antwoord alsjeblieft.

Tien minuten later kreeg hij haar bevestiging.

Hij was ongelofelijk opgelucht. Zonder haar had zijn plan geen enkele kans van slagen. Misschien had het sowieso geen kans, want het hing helemaal af van zijn goede of slechte overredingskracht.

Daarna googelde hij de naam Anne Comely. Hij had dat al eerder gedaan en niets gevonden. Deze keer was het resultaat hetzelfde. Zelfs Emerson Campbell en zijn mensen konden niets over deze vrouw vinden.

Vervolgens googelde hij Bradley Cowl en vond ongeveer tien miljard resultaten. Misschien één voor elke dollar die de man bezat.

Hij leunde naar achteren en dacht hierover na. Morgan en Stanley. Heel veel info over twee mensen die al heel lang dood waren. Datzelfde gold voor Merrill en Lynch. De overleden Lehman Brothers, idem dito. J.P. Morgan was een echte man, net als E.F. Hutton. Verdomme, zelfs Harley en Davidson, als je buiten de financiële wereld keek.

Maar dat gold kennelijk niet voor Cowl and Comely, en Devine betwijfelde of hij de eerste was die zich daarover verbaasde. Hij ging weer op zoek, deze keer vooral gericht op die vraag, en vond een zes jaar oude opname van Cowl met *The Wall Street Journal*. De verslaggever vroeg Cowl naar zijn 'partner' en Cowls reactie was interessant geweest. Zonder echt antwoord te geven op de vraag had hij gezegd: 'Partnerschappen bestaan in allerlei soorten en maten. Het kan gewoon een idee zijn, of een visie.'

Toen de journalist hem op de man af vroeg of Anne Comely bestond en zo ja waar en wie ze was, had Cowl het interview beëindigd. Toen de opname afgelopen was, meende Devine een heel lichte glimlach op Cowls gezicht te zien.

Om tien voor acht ontving Devine eindelijk een berichtje van Campbell.

Gelukkig!

Devine verliet het gebouw, sloeg de hoek om en kwam een man tegen die zojuist een papieren zak op een stenen muur had gezet.

Devine liep door maar pakte de zak en keek erin. Het ding was klein en dun als een muntje. Hij haalde het onopvallend uit de zak, die hij in een afvalbak gooide, waarna hij zich bukte alsof hij zijn veter wilde strikken. Hij stopte het apparaatje in zijn sok en duwde het naar beneden tot het in zijn schoen zat.

Hij was niet opgeleid als spion, maar had jaren als soldaat in het Midden-Oosten doorgebracht. In die oorlogen droeg je niet alleen een wapen en schoot je op de vijand, maar moest je ook informatie vergaren, zorgen dat de Afghanen en Irakezen in de steden, dorpen en woestijnen je vertrouwden en je informatie gaven. Devine had verschillende infodroppings afgehandeld in de wetenschap dat hij in de gaten werd gehouden, en die hij had moeten uitvoeren zonder dat hijzelf problemen kreeg of zijn informanten werden gedood.

Hij ging met een veel beter gevoel weer aan het werk.

Om twee minuten voor negen werd de deur geopend door Willard Paulson. Hij wees naar Devine, die zijn colbert aantrok, zijn aktetas pakte en even naar de nog aanwezige Burners zwaaide. Twee van hen, een man en een vrouw, keken nieuwsgierig naar hem. Hij had weleens een biertje met hen gedronken en een hapje met hen gegeten, maar niet vaak. Ze hadden toen stoom afgeblazen over Cowl and Comely, over de gigantische werkdruk, de idiote concurrentie in dit gebouw en ieders twijfel of ze goed genoeg waren om uitverkoren te worden.

Desondanks wist hij vrijwel niets over hun privéleven en zij wisten niets over het zijne. Zo was dat nu eenmaal. Als soldaat had hij zo ongeveer alles geweten van de mannen en vrouwen met wie hij diende. Maar op Wall Street was gewoon sprake van een volkomen andere realiteit en waren figuurlijk gesproken overal muren opgetrokken.

Ik hoop echt dat ik vanavond door een grote muur heen kan breken.

49

Montgomery stond op hem te wachten bij de liften en Paulson liet hen alleen. Ze was helemaal in het zwart gekleed, alsof ze in de rouw was.

Devine hoopte maar dat dit niet voor hem was en hij begon opeens aan haar te twijfelen. Maar goed, hij moest een opdracht uitvoeren en moest daar maar eens mee beginnen. Hij keek naar de pot vol goud in haar hand. Daar draaide alles om. Hij haalde diep adem en zei: 'Eh, Michelle?'

'Ja?'

'Kun je me ergens mee helpen?' Hij had het haar niet in zijn berichtje gevraagd, want dit was iets wat hij persoonlijk moest doen. Zoals Cowl had gezegd: analoog.

'Waarmee?'

Hij haalde de iPhone tevoorschijn die hij die dag had gekocht en liet hem aan haar zien. Het was hetzelfde model als Cowls telefoon met dezelfde gouden cover, en hij had er dezelfde screensaver op gezet, de blauwe Bugatti Chiron. Hij had ook een paar icoontjes geplaatst aan de hand van de foto die hij van Cowls telefoon had gemaakt en een abonnement genomen bij dezelfde telefoonmaatschappij, zodat links bovenin dezelfde naam en dezelfde netwerkstreepjes te zien waren.

'Ik begrijp het niet,' zei ze toen ze ernaar keek.

'Ik moet die telefoon hebben, een paar minuutjes maar. Dan kun je deze zolang aan Cowl geven.'

Ze werd bleek en deinsde achteruit. 'Wát? Ben je gek? Nee!'

'Misschien ben ik inderdaad een beetje gek, maar vanochtend vroeg hebben een paar mannen geprobeerd me te vermoorden en dat had te maken met iets wat hier gebeurt.'

Ze keek hem stomverbaasd aan. 'Heeft iemand vanochtend geprobeerd je te vermoorden? Je denkt toch zeker niet dat ik dat...'

Hij trok de pleister van zijn hand en liet haar de wond zien. 'Ik heb me niet gesneden aan een soepblik, hoor.' Hij trok zijn colbertje uit, rolde de mouw van zijn overhemd op en liet haar de wond zien die daar zat.

'O mijn god, heb je de politie gebeld?'

'Ja, maar toen zij kwamen waren die mannen allang verdwenen.'

'Hoe weet je dat het iets met Brads bedrijf te maken heeft?'

'Door wat die man zei. Hoewel hij misschien een freelancer is, dat weet ik niet.'

'Een freelancer?'

'"Huurling" is misschien een woord dat je wel kent.'

'Waar ben je verdomme bij betrokken, Travis?'

'De vraag is: waar is Brad Cowl verdomme bij betrokken? Daarom moet ik zijn telefoon dus hebben.'

Ze keek naar Cowls telefoon alsof het een cobra was die op het punt stond haar aan te vallen.

'Alsjeblieft, Michelle! Het heeft misschien ook iets met de moord op Sara te maken.'

Ze stond zichtbaar in tweestrijd. 'Wat ga je ermee doen?'

'Ik ga naar een plek in dit gebouw waar ik zonder die telefoon niet kan komen. Ik hoop tenminste dat dat ding de toegangssleutel is. Zo niet, dan is er niets aan de hand.'

'Wat ga je doen als je daar bent?'

'Alleen rondkijken. Dat beloof ik. Ik zal niets meenemen.'

'Als je liegt...'

'Ik lieg niet. Ik wil dit helemaal niet doen, maar ik heb geen keus. Ik moet wel, want die mannen hebben hun opdracht vanochtend niet uitgevoerd. Ze komen terug. Luister, we moeten gaan anders wordt hij wantrouwig.'

'Maar hij merkt echt wel dat ik...'

'Het is een exacte kopie, inclusief screensaver en apps.'

'Maar als hij hem probeert te gebruiken?'

'Als ik bij hem ben zal hij hem niet gebruiken en als ik ben vertrokken moet jij hem bezighouden. Ik heb niet veel tijd nodig. Daarna kom ik ongemerkt terug en ruilen we ze weer om.'

'Mijn god, weet je wel wat er allemaal fout kan gaan met dat plan? En dan heb ik een heel groot probleem.'

‘Het is de enige manier om achter de waarheid te komen, Michelle. Als er een andere manier was, zou ik het anders doen.’

‘Maar ik ken je niet eens erg goed, Travis. Brad ken ik al veel langer. Ik weet dat hij een lastpak kan zijn, maar...’

‘De Locust Group.’

‘Wat?’

‘De Locust Group. Die is eigenaar van jouw flatgebouw, en van het Lombard Theater, en van de brownstone waar je vriend Christian Chilton woont.’

‘Ik begrijp je niet.’

‘Sara zei tegen Jennifer Stamos dat ze bij het Lombard Theater moest gaan kijken. Ze maakte zich zorgen, ze was bang. Toen werd ze vermoord. Ik heb een kijkje genomen bij het kadaster en ontdekte dat het theater eigendom was van de Locust Group. Net als jouw flatgebouw. En ik weet bijna zeker dat Cowl de Locust Group ís.’

‘Vastgoed bezitten is geen misdaad.’

‘Moord is wel een misdaad, Michelle.’

‘Maar je hebt geen enkel bewijs dat Brad...’

‘Geef me zijn telefoon, dan probeer ik dat bewijs te vinden. Het is een feit dat een hele verdieping hier verboden gebied is. Ik dacht dat daar het high-frequency trading-platform was, maar dat is niet zo. Dat zit ergens anders. En ik móét te weten komen wat daar wel is. Ik durf te wedden dat ik daar kan komen met Cowls telefoon, die hij op dezelfde manier gebruikt als ik mijn bedrijfspas.’

‘Maar waarom doe je dit? Om Sara?’

‘Deels.’

‘Waren jullie meer dan collega’s? Lieg niet!’

‘We waren meer. We... Ik dacht zelfs dat zij de ware weleens kon zijn, voor mij.’

‘Zijn jullie met elkaar naar bed geweest?’

‘Eén keer. Daarna heeft ze het uitgemaakt en volgens mij weet ik nu waarom.’

‘Waarom?’

‘Omdat ze van iemand anders hield, van een vrouw.’

Montgomery haalde diep adem. ‘Waarom doe je het nog meer?’

‘Je moet me gewoon vertrouwen, Michelle. Ik heb een groot risico genomen door je dit allemaal te vertellen, want je zou nu gewoon naar Cowl kunnen gaan om dit door te brieven, maar ik vertrouw erop dat je dat niet doet. Wil je mij ook vertrouwen?'

Ze dacht hier heel lang over na, gruwelijk lang zelfs, en Devine hield zijn adem in. Maar toen bood ze hem de telefoon aan.

Hij nam hem aan en gaf haar de andere iPone. 'Dank je wel,' zei hij zacht.

Ze keek hem niet aan.

De security-app was al geactiveerd op het scherm. Dat had Cowl ongetwijfeld gedaan voordat hij zijn telefoon aan Montgomery gaf.

Devine gebruikte de app om de lift te bedienen.

Ze gingen naar boven en toen de liftdeuren opengingen stond Cowl op hen te wachten.

Cowl scande Devine, maar ging niet lager dan zijn kuiten. 'Hou het kort, Devine.' Hij knikte even tegen Montgomery en stak zijn hand uit. Ze gaf hem de neptelefoon, waar hij niet eens naar keek. 'Kom mee.'

Ze liepen naar een ander vertrek en Cowl legde de telefoon op een tafel. 'Dank je, Michelle,' zei hij en hij gebaarde dat ze moest vertrekken.

Ze liep een gang in.

Cowl ging op een bank zitten en maakte Devine met een gebaar duidelijk dat hij ook plaats moest nemen. 'En?'

Devine ging tegenover hem zitten. 'Vanochtend heel vroeg kwamen een paar mannen naar me toe.'

'Mannen? Wat wilden ze?'

'Een van hen had zich eerder voorgedaan als een rechercheur van de NYPD die meewerkte aan het onderzoek naar de moord op Sara, maar hij was nep. Ze kwamen naar me toe omdat ze wilden dat ik ze dingen over dit bedrijf vertelde. Omdat ik dat weigerde te doen, vielen ze me aan.' Hij liet Cowl zijn verwondingen zien.

Cowl keek er amper naar. 'Wat voor dingen wilden ze weten?'

Devine had aandachtig naar hem gekeken, omdat het niet onmogelijk was dat Hancock in feite voor Cowl werkte, ook al had de man gezegd dat er andere mensen bij betrokken waren. Cowl zou zeker een motief hebben om Devine voor eens en altijd kwijt te raken, maar hij leek verbaasd, en sterker nog: bang. Niet voor Devine natuurlijk, maar voor zichzelf.

'Wat Sara hier in werkelijkheid deed,' loog Devine. 'Wie haar heeft vermoord en waarom. Dat soort dingen.'

'Maar je hebt ze niets verteld?'

'Wat kon ik ze vertellen? Ik weet niets. Denkt u soms dat ze me te pakken hadden genomen als ik wel wat had gezegd?'

'Nee, dat lijkt me niet,' zei Cowl afwezig. Hij dacht kennelijk al ver vooruit.

'Wat moet ik doen als ze terugkomen?'

'Ik zal navraag laten doen.' Toen keek Cowl hem aandachtig aan. 'Je kunt het me wel vertellen, Devine. Gewoon tussen vrienden, of zakenpartners, wat we volgens mij nu zijn.'

'Wat vertellen?'

'Waarom je Sara hebt vermoord.'

'Ik heb haar niet vermoord.'

'Kom op!'

'Luister...'

'Nee, jij moet luisteren!' brulde Cowl. 'Jouw bedrijfspas is volgens de entry log de enige die die nacht is gebruikt. En jouw gezicht staat op die video.'

'Doordat u die gegevens hebt gemanipuleerd!'

'Dat beweer jij.'

'U hebt mijn pas gekloond en liet iemand naar binnen lopen met mijn gezicht op zijn lichaam. Geef maar toe, u hebt net een bedrijf gekocht dat zulke dingen kan doen.'

'Ik weet dat ik dat bedrijf heb gekocht, maar weet je, Devine, ik heb niemand laten doen waar jij me nu van beschuldigt. Ik heb niets gedaan met je bedrijfspas en jouw gezicht niet op een ander lichaam laten zetten.'

Devine keek hem strak aan. 'Denkt u nu echt dat ik dat geloof?'

Cowl schudde zijn hoofd en zei berustend: 'Verdomme, als ik eraan had gedacht, had ik dat allemaal wel laten doen, oké? Ik was van plan je uit te leveren aan de politie om van dat probleem af te zijn. Maar toen overviel je me met die foto's en die video van mij en Jenn. Ik ben ontzettend blij dat ik de informatie over jou niet aan de politie had overgedragen vóórdat je me liet zien wat jij in handen had. Dan had ik niets meer gehad om jou mee in toom te houden.'

Devine wist niet goed waarom, maar hij geloofde Cowl, omdat de man altijd zo berekenend was. Dus als Cowl niet had geprobeerd hem erin te luizen, wie dan wel?

Cowl zei ontevreden: 'Ik moet betere adviseurs zoeken. Niet een van mijn huidige adviseurs heeft zelfs maar iets gezegd over de mogelijkheid jou erin te luizen met de technologie die ik net had gekocht. Nutteloze stomkoppen!' Hij leunde naar achteren en staarde voor zich uit, zichtbaar nijdig.

'Laat me weten wat u ontdekt,' zei Devine.

'Ja, zal ik doen. Oké, we zijn klaar.'

Devine stond op, maar Cowl zei: 'Wacht even, dan geef ik je mijn telefoon zodat je de lift kunt bedienen.' Hij stond op en liep naar de tafel om zijn telefoon te pakken. Alleen was dit de neptelefoon.

Devine had dit nooit verwacht en had dan ook geen idee wat hij moest doen. Hij raakte helemaal in paniek.

'Ik doe het wel, Brad,' zei Montgomery, die alles kennelijk had gehoord en opeens binnenkwam. Ze pakte de telefoon voordat Cowl bij de tafel was en nam Devine mee naar buiten.

'Ik sta bij je in het krijt,' fluisterde Devine.

'Meer dan je ooit zult kunnen terugbetalen. Dat mag je nooit vergeten, menéér Devine.'

50

Devine stapte in de lift en drukte op het knopje voor de eenenvijftigste verdieping. Hij hield zijn adem in. Het lichtje begon te branden en bleef branden. Hij ademde uit, leunde tegen de wand en toen de deuren op de eenenvijftigste verdieping opengingen, stapte hij behoedzaam uit. Hij had de instellingen van de telefoon bekeken. Cowl gebruikte nu geen tijdslot, waarschijnlijk omdat hij de telefoon aan Montgomery had moeten geven om hem met de lift naar boven en naar beneden te brengen, zodat de kust wat dat betreft veilig was.

Hij zag een lange, lege gang. Er lag niet eens vloerbedekking op het kale beton. Hij keek of hij bewakingscamera's zag, maar dat was niet zo.

Ze zullen er wel van uitgaan dat behalve Cowl niemand op deze verdieping kan komen. En Cowl zou niet willen dat iemand hier een kijkje kan nemen.

Devine keek op zijn horloge en versnelde zijn pas. Achter in de gang was een deur met een elektronische lezer. Hij drukte zijn oor tegen de deur en hoorde alleen gezoem. Geen voetstappen, geen flarden van gesprekken en niemand aan de telefoon.

Je hebt niet veel tijd. Doe het maar gewoon. Shit, in het Midden-Oosten aarzelde je minder lang voordat je een kamer in ging, terwijl je wist dat daar mannen waren die wachtten tot ze je konden vermoorden.

Hij hield de telefoon voor de lezer en de deur klikte open. Hij glipte naar binnen en bleef staan terwijl hij keek of hij ergens camera's zag, maar ook hier zag hij ze niet.

Hij stond in een enorme ruimte vol servers in kasten en beeldschermen op tafels. Hij liep er snel naartoe en keek op een paar schermen. Daar verschenen data op, net als op zijn beeldscherm in zijn hokje. Hij pakte zijn eigen telefoon en begon foto's en video's te maken. Rekeningnummers misschien, geldtransferdata waarschijnlijk. Geld dat werd verplaatst, bijna zeker. Namen van bedrijven, vastgoed en andere bezittingen die vast en zeker werden gekocht en verkocht.

Ondertussen dacht hij na, probeerde te begrijpen wat voor zaken hier werden gedaan. Illegaal of alleen uiterst vertrouwelijk, dat wist hij nog niet.

De rijen bedragen met de valutasymbolen die hij zag, leken erop te wijzen dat geld over de wereld werd verplaatst. Als dit vierentwintig uur per dag en zeven dagen per week doorging, was de omvang van de operatie, van wat hier gebeurde, onvoorstelbaar groot. Voor zover hij begreep waren de meeste bezittingen gekocht in de Verenigde Staten. Maar aan de namen van de banken en de andere data die hij zag, leek veel van dat geld van buiten het land te komen.

Op een van de schermen verscheen de naam 'Locust Group'. Er was zojuist vier miljoen ergens vandaan op hun rekening bijgeschreven. Hij maakte er een foto van. Op andere schermen werden aankopen gedaan. Groot, klein en alles ertussenin. Bedragen werden bijgeschreven en afgeboekt op rekeningen, en daarna weer bijgeschreven in een zo te zien eindeloze cyclus. Hij maakte een video van dat alles.

Hij keek op zijn horloge. Hij moest zonder gezien te worden terug naar het penthouse. Hij kon geen smoesje tegenover Cowl ophangen over waarom hij terugkwam, want de enige manier waarop hij alleen terug kón komen was als hij in het bezit was van een telefoon die hij niet geacht werd te hebben.

Devine haalde het heel dunne apparaatje dat hij van Emerson Campbell had gekregen uit zijn schoen en zocht een goede plek om het te plaatsen. Hij vond algauw een plekje op de muur en nadat hij het had geplaatst, viel het helemaal niet op. Deze camera had bijna futuristische mogelijkheden en was oorspronkelijk ontwikkeld door NASA voor gebruik in de ruimte. Maar vrij snel daarna werd hij ingezet door de Amerikaanse inlichtingendienst voor surveillancedoeleinden op de meest ontoegankelijke locaties. Area 51 was ongetwijfeld uitstekend beschermd tegen elektronische spionage van buitenaf; er waren geen ramen in dit vertrek en achter de wanden bevonden zich ongetwijfeld koperen schilden en andere contraspionagemaatregelen. Valentine was er ook niet in geslaagd binnen te komen. Maar Devine had nu een voordeel, want Valentine had van buiten naar binnen willen gaan, terwijl Devine binnen was en probeerde informatie naar buiten te krijgen. En dit futuristische apparaatje annex spionagecameraatje was volgens hem wel in staat om de geheimen van Area 51 te stelen. Dat hoopte hij tenminste.

Hij opende de bijbehorende app op zijn telefoon, activeerde deze en zag op het kleine scherm... alle activiteiten van Area 51. Het was nog wel de vraag of de app dat ook zou doen nádat hij dit gebouw had verlaten.

Devine verliet het vertrek en liep naar de lift. Hij deed een schietgebedje voordat de deuren opengingen, keek om zich heen, zag niemand en drukte op het knopje voor de lobby van het penthouse. Daarna drukte hij op het knopje waardoor de liftdeuren open bleven staan en stapte uit de lift. Dit was het moment waarop alles waarschijnlijk op een fiasco uitliep. Want de kans was heel groot dat Cowl nog op de bank zat na te denken, of met de neptelefoon in de hand was weggelopen.

Devine keek even naar binnen in de kamer waar ze een paar minuten geleden hadden zitten praten.

Cowl was er niet, dus vroeg hij zich af waar de man kon zijn.

Hij liep snel naar de tafel en zag tot zijn grote opluchting dat de telefoon daar nog lag. Hij wisselde ze om nadat hij met zijn mouw zijn vingerafdrukken van de case had geveegd. Weer keek hij om zich heen en toen hoorde hij het.

O shit!

Hij liep op het geluid af en zag de deur waarachter het vandaan leek te komen. Even later werd zijn vermoeden bevestigd, want de kleren die Montgomery had gedragen, lagen op een hoopje op de grond.

Hij kwam in de verleiding om naar binnen te gaan en er een einde aan te maken, om tegen haar te zeggen dat...

Maar wat had dat voor zin?

Hij liep snel terug naar de lift, drukte op het knopje om de liftdeuren weer te laten sluiten en daarna op het knopje voor de begane grond.

De lift schoot naar beneden en ondertussen zag Devine in gedachten dat de deur van de slaapkamer openging en Cowl naar buiten kwam en zijn gulp dichtritste, met die triomfantelijke blik van hem, waardoor Devine zin had hem verrot te slaan. En Michelle zou in de slaapkamer liggen, op haar rug en met gespreide benen, net als Jennifer, terwijl ze zich afvroeg wat ze in vredesnaam had gedaan.

Devine verliet het gebouw en kon zich niet herinneren dat hij zich ooit zo had geschaamd.

O mijn god, laat het de moeite waard zijn geweest!

Daarna activeerde hij de camera-app op zijn telefoon en deed een schietgebedje. Eén, twee, drie!

Op zijn scherm verschenen in realtime beelden van Area 51. Hij ademde langzaam uit.

Bingo.

Hij keek achterom naar het gebouw waar de nachtwaker aan de balie zat. Hij kreeg een idee. Hij gebruikte zijn pas om weer naar binnen te gaan en liep naar hem toe.

Het was dezelfde man als altijd. Hij keek Devine glimlachend aan en vroeg: 'Probeer je nu al aan morgen te beginnen?'

Devine glimlachte terug. 'Echt niet. Ik ben klaar, maar ik heb een vraag.'

'Vertel.'

'Had jij nachtdienst toen Sara Ewes werd vermoord?'

De glimlach verdween. De man schudde zijn hoofd en sloot zijn ogen even. 'Dat was zieke shit, man. Ziek.'

'Inderdaad. De politie heeft met mij en met anderen hier gepraat. Ze zeiden dat iemand die nacht om middernacht binnenkwam en om tien over één weer vertrok.'

'Er is niemand op dat tijdstip binnengekomen.'

Devine leek te schrikken. 'Hoezo niet?'

'Ik begin altijd precies om twintig over het hele uur aan mijn ronde. Die kost ongeveer twintig minuten. Bij bepaalde locaties moet ik inloggen, zodat er een elektronisch spoor is. Dat betekent dat ik om middernacht en om tien over één in de lobby was. Niemand is die nacht de lobby binnengekomen. Het aantal keren dat iemand zo laat binnenkwam, is op de vingers van één hand te tellen en ik werk hier al zes jaar.'

'Heb je dat ook tegen de politie gezegd?'

'Inderdaad. En ik heb ze ook verteld waar ze volgens mij wel moeten kijken.'

'Waar dan?'

'De personeelsingang en de lift aan de achterkant van het gebouw. Daar kun je met dezelfde bedrijfspassen naar binnen en er hangt een camera.' Hij wees naar de console met zes schermen met videobeelden. 'Dat scherm helemaal rechts. Maakt opnamen van iemand die die deur gebruikt. Dat is een van de plaatsen die ik elk uur check, gewoon om er zeker van te zijn dat het in orde is. Maar je hebt een bedrijfspas nodig om naar binnen te kunnen en naast die deur hangt een telefoon. Tijdens kantooruren moeten werklieden hiernaartoe bellen en dan sturen we iemand om ze binnen te laten, nadat we hebben gecheckt of ze hier echt moeten zijn en zo.'

'Heeft de politie de opnamen van die camera bekeken om te zien of iemand die deur heeft gebruikt in de nacht waarin Sara Ewes is vermoord?'

'Aangezien ik het voorstelde, heb ik dat voor ze gedaan.'

'En, is iemand die nacht tussen twaalf en vier via die deur binnengekomen?'

'Ik dacht dat die man, als hij niet via de hoofdingang was binnengekomen omdat ik hem dan had gezien, die deur wel had gebruikt. Ik heb de opnamen van elf uur en later afgespeeld, gewoon voor de zekerheid.' Hoofdschuddend zei hij: 'Maar er was niets te zien. Er was daar niemand.'

'Kan iemand die opnamen hebben gemanipuleerd?'

'Dat weet ik niet, man. Ik ben maar een bewaker, geen whizzkid. Na kantooruren bellen werklieden daar niet aan, tenzij ze een speciale klus moeten uitvoeren en 's avonds of 's nachts moeten komen. Maar dat wordt altijd van tevoren geregeld. Tijdens mijn dienst kijk ik nooit naar die camera, maar de opnamen waren duidelijk, dat kan ik je wel vertellen.'

'Maar zal de bedrijfspas niet laten zien welke ingang iemand heeft gebruikt?'

'Voor zover ik weet niet. Voordeur of achterdeur, maakt niet uit. Maar het punt is dat je een pasje nodig hebt om binnen te komen en de politie zal de entry log voor dat tijdvak hebben bekeken. Ik kan je wel vertellen dat de beelden duidelijk waren en ik die nacht niemand heb zien binnenkomen. Daarom denk ik dat degene die die vrouw heeft vermoord al binnen wás.'

Wat Devine wel en de bewaker niet wist, was dat de opnamen waren gemanipuleerd zodat het leek alsof hij in dat tijdvak het gebouw was binnengegaan. En zijn pas was gekloond en de entry log gemanipuleerd om hem nog verdachter te maken.

De entry log en de beelden van de surveillancecamera's zijn dus feitelijk nutteloos.

De bewaker had wel een intrigerende mogelijkheid genoemd: was de moordenaar al in het gebouw geweest? Dat moest bijna wel, omdat het onmogelijk was om te bevestigen dat iedereen het gebouw die avond had verlaten. Inclusief Brad Cowl.

De politie had niet gezegd dat Ewes seks had gehad of seksueel was misbruikt of verkracht. Had Cowl geprobeerd seks met haar te hebben en had zij geweigerd? Was hij zo kwaad geworden dat hij haar had gewurgd en later had opgehangen om zijn misdaad te camoufleren? Cowl was daar fysiek wel toe in staat. En het was heel duidelijk dat hij kwaad was omdat ze had geweigerd op zijn avances in te gaan.

En Helen Speers had de spijker misschien op de kop geslagen. Cowl had het wel ontkend, maar hij had zijn eigen info in de elektronische log kunnen wissen en die van Devine kunnen invoeren. Vervolgens had hij iemand van Cyber-Surgeon opnamen kunnen laten maken waarop te zien was dat Devine op dat tijdstip het gebouw binnenkwam. Alleen kon de bewaker dat plan laten mislukken. Dus ook als de NYPD die entry log en zelfs de beelden had gezien waaruit bleek dat Devine het gebouw binnenkwam, zouden ze worden geconfronteerd met een echt mens, de bewaker, die zei dat dat niet was gebeurd.

Elektronisch bedrog had kennelijk ook beperkingen.

Misschien heb ik ook wel beperkingen, en sta ik op het punt daar tegenaan te lopen.

Devine verliet het gebouw.

51

Devines notebook stond vol krabbels, aantekeningen en gedachteballonnetjes die hadden geresulteerd in berekeningen, lijsten met bedrijfsnamen, bedragen in allerlei valuta's, plus transactiedatums en andere gegevens. En een heleboel vraagtekens.

Devine gaapte en dronk nog een kop koffie. Hij zat in zijn kamer op zijn bed. Hij had de videobeelden die hij met zijn telefoon van Area 51 had gemaakt op zijn laptop gezet en bijna allemaal bekeken. Daarna bekeek hij op zijn telefoon de opnamen van de camera die hij had geplaatst. Area 51 was nog steeds druk bezig en een paar schermen waren goed zichtbaar.

Hij had de Locust Group vaak voorbij zien komen. Hij had ook gezien dat geld was bijgeschreven op Chiltons Mayflower Enterprises, in één nacht bijna drie miljoen.

Hij keek op zijn horloge. Het was bijna vier uur 's ochtends en hij besloot zijn work-out te gaan doen. Hij kleedde zich om en toen hij zijn kamer verliet, zag hij licht onder Jill Tapshaws deur. Hij klopte aan. 'Jill, wat ben je vroeg op. Alles in orde?'

Ze opende de deur, helemaal gekleed en zei stralend: 'Ik word geïnterviewd door een tijdschrift in Amsterdam.'

'Hoe laat vertrekt je vlucht?'

'Doe niet zo stom! Via Zoom natuurlijk.'

'Hoe heet dat tijdschrift?'

'*The Magazine*. Ik bedoel, dat is toch heel slim? Hoewel, het is de vertaling van de Nederlandse naam. Ik denk niet dat ik Nederlands zou kunnen spreken. De woorden zijn te lang en hebben te veel medeklinkers.'

Hij glimlachte en zei: 'Maar ze hebben heerlijke koffie, en zelfs nog betere hasj.'

'Het is een van de hottest online tijdschriften in Europa, Travis. En hun abonnees en de gebruikers van Hummingbird vormen een perfecte mix. We hebben geprobeerd onze internationale bekendheid te vergroten en dat kunnen we hiermee doen.'

Devine begon zich beter te voelen door haar enthousiasme, zelfs zo vroeg in de ochtend. 'Zet 'm op!'

Haar glimlach verdween. 'O ja, dat vergat ik je nog te vragen. Waarom was de politie hier gisterochtend? Het was vroeg, maar ik werd wakker toen ze op de deur klopten en ik zag zwaailichten buiten. Mijn kamer zit immers aan de voorkant.'

'O, dat. Dat had niets te betekenen.'

Kwaad zei ze: 'Travis, de politie komt niet voor niets langs.'

'Oké, ik was zoals altijd bezig met mijn work-out bij de highschool toen ik werd overvallen.'

'Overvallen?'

'Er mankeert me niets, Jill, echt niet. Het waren gewoon een paar stomkoppen.'

'Hebben ze je verwond?' Ze keek hem onderzoekend aan.

Gelukkig had hij de tegenwoordigheid van geest om zijn verbonden hand achter zijn rug te houden, zodat ze niet kon zien dat hij gewond was. 'Nee hoor, helemaal niet. Toen ze zagen hoe groot ik ben, gingen ze ervandoor. Maar ze hadden een mes en zo, daarom heb ik de politie toch maar gewaarschuwd. Ik wil je niet bang maken, maar wees voorzichtig, oké? Zodra je iets verdachts ziet, moet je de politie bellen. En het is echt verkeerd om de achterdeur niet op slot te doen als je vanuit de garage binnenkomt. En doe je auto op slot. Begin daar meteen mee, oké? We kunnen niet voorzichtig genoeg zijn.'

'Goed, Travis, zal ik doen.' Ze keek naar zijn sportkleding. 'Is het wel slim om daar weer naartoe te gaan?'

'Dat ga ik ook niet doen.' Hij liet haar zijn zaklamp zien. 'Ik ga even hardlopen. Oké, zorg er nu maar voor dat er een paar Nederlanders kunnen gaan daten.'

Ze glimlachte weer. 'Ga ik doen. Bedankt.'

Terwijl hij wegliep dacht hij dat als Hancock probeerde om Jill, Helen of Will iets aan te doen, hij de man zou weten te vinden en zou vermoorden.

***

Nadat Devine zich had gedoucht en omgekleed liep hij naar het station.

In de trein bleef hij zijn telefoon checken om te controleren of de surveillancecamera nog werkte. Hij verbaasde zich nog steeds over de hoeveelheid geld en transacties die door die digitale ruimte stroomden.

Hij had niet verwacht Michelle Montgomery te zien na wat er de vorige avond was gebeurd, maar ze was er wel, in haar bikini. Ze keek niet naar de trein en zwaaide ook niet. Ze zat daar met hangende schouders en zag er moe uit. Ze was kennelijk samen met Cowl teruggegaan. Hij begreep wel dat ze na de gebeurtenissen van de vorige avond vroeg was opgestaan om bij het zwembad te mediteren.

Ik ben haar meer verschuldigd dan ik ooit zal kunnen terugbetalen.

In de city stapte hij in de ondergrondse. Hij keek weer op zijn telefoon en schrok enorm.

De hele operatie in Area 51 was gestopt. De beeldschermen waren zwart. De servers zoemden niet langer. Alles was tot stilstand gekomen.

Er stonden twee mannen voor het gebouw en Devine nam aan dat ze op hem wachtten. Shoemaker en Ekman zagen eruit alsof ze de hele nacht niet hadden geslapen.

Devine liep naar hen toe en zei: 'Ik dacht dat ík er niet uitzag, tot ik jullie zag.'

'Hou op met die onzin, Devine. We hebben een groot probleem en dat betekent dat jij een groot probleem hebt.'

'Waar hebt u het over?'

'Waar was je vannacht tussen twaalf en drie?'

'Thuis.'

'Kan iemand dat bevestigen?'

'Op dat tijdstip liggen mensen in bed, ik ook. Waar heb ik nu weer een alibi voor nodig?'

'Jennifer Stamos is vermoord, in haar huis,' zei Ekman grimmig.

52

Om te zeggen dat er een grafstemming hing bij Cowl and Comely was een understatement. Iedereen leek gespannen. Iedereen zag eruit alsof hij ergens anders wilde zijn.

Net als ik.

Het bedrijf had om negen uur een bijeenkomst gehouden voor iedereen. Verrassend genoeg was het niet Brad Cowl geweest die een toespraak hield; hij was er niet eens. Ook de geheimzinnige Anne Comely liet zich niet zien om het personeel toe te spreken. Alleen een van de directeuren vertelde iets over de moord.

Stamos was gevonden in haar slaapkamer. De politie had niets verteld over hoe ze was gestorven. Toen iemand vroeg wie haar had gevonden en de politie had gebeld, zei de directeur dat hij dat niet wist. Het bedrijf had hulp geregeld voor iedereen die daar behoefte aan had. Dat was het wel zo ongeveer. Iedereen ging weer aan het werk.

Ook Devine, tot er een bericht binnenkwam in zijn privémailbox.

En dat was Jennifer. Het was slechts een kwestie van tijd. Je kunt maar van één iemand houden. Als je daarna van iemand houdt, verlies je. En zij verloor. Ik zal je de meer intieme bijzonderheden besparen. Het was niet fraai. En het was niet leuk. Maar het moest gebeuren.

Devine staarde versuft naar het bericht. Alweer herkende hij de afzender niet. Alweer slechts een aantal cijfers, net als de vorige keer.

Devine stuurde een berichtje aan Montgomery met de vraag of ze hem tijdens de lunchpauze in de city wilde ontmoeten. Ze stuurde een berichtje terug dat dat goed was en hij verliet het gebouw rond halfeen.

Ze kwamen elkaar tegen ongeveer halverwege het Cowl Building en haar appartement in SoHo.

Montgomery droeg een witte spijkerbroek en een blauw blouseje met korte mouwen. Ze zag er gespannen uit en had dikke ogen.

Devine dacht iets vreselijks. 'Wacht eens even, hij heeft je toch niet...'

Ze hief haar hand. 'Nee, hij heeft me niet gedwongen. Ik... liet hem zijn gang gaan. Ik moedigde hem zelfs aan.'

'Dat had je niet hoeven doen, Michelle. Toen ik zei dat je hem moest afleiden, bedoelde ik niet...'

'Wat bedoelde je dan wel?' snauwde ze. 'Dat ik hem gedichten moest voorlezen? Zodra ik terugkwam pakte hij de telefoon om iemand te bellen. Ik moest snel wat doen en dat was het enige wat ik kon bedenken.'

'Wat ontzettend stom van me. Het spijt me heel erg.'

'Vergeet het maar. Het is al gebeurd en ik heb dat eerder met hem gedaan. Dat is de enige reden dat hij me bij zich houdt.'

'Je vat dit nogal rustig op.'

'Soms is seks gewoon seks, Travis, oké? Mannen denken daar anders over dan vrouwen. Zolang ik de controle heb en het ophoudt als ik dat wil, kan ik er wel mee dealen. Doe jij dat dus ook alsjeblieft, oké?'

'Oké,' zei hij snel.

Ze gingen naar een cafeetje, namen een tafeltje achterin en gaven hun bestelling op. Nadat hun drankjes waren gebracht, vroeg Montgomery: 'Heb je gevonden wat je zocht op die verdieping?'

'Ja.'

'Wat gebeurt daar?'

'Geldtransfers in ongelofelijke bedragen. Dat geld wordt doorgesluisd naar verschillende ondernemingen die het vervolgens voor andere doeleinden gebruiken.'

'Maar dat dóét Brads bedrijf toch? Dat doen al die bedrijven toch?'

'Niet zoals dit.' Hij nam een slokje van zijn ijsthee. 'Eén ding snap ik niet.'

'Eén ding maar? Jeetje, dan ben je stukken slimmer dan ik.'

Devine zei: 'Ik was ervan overtuigd dat Cowl had geprobeerd mij de schuld van de moord op Sara in de schoenen te schuiven door mijn bedrijfspas te klonen en mij op de securityvideo rond de tijd van haar dood te laten zien.'

'Wát?' riep ze.
'O ja, dat had ik je nog niet verteld.'
Ze keek hem argwanend aan.
Vermoeid zei hij: 'Ik heb het niet gedaan, Michelle. Ik heb met de nachtwaker gepraat en hij heeft de politie verteld dat niemand het gebouw binnenkwam op de tijd waarop ik volgens die beelden zogenaamd binnenkwam en mijn bedrijfspas in de entry log werd geregistreerd. Dus had het geen zin te proberen mij erin te luizen, maar dat wist Cowl niet.'
'Oké.'
'Maar gisteravond vroeg ik hem op de man af of hij dat had geprobeerd en dat ontkende hij.'
'Natuurlijk, wat had je dan verwacht, dat hij zou bekennen?'
'Ik weet het en ik vraag me dat ook steeds af: heeft hij dat wel of niet gedaan? Maar hoe langer ik erover nadenk, hoe meer ik denk dat hij de waarheid sprak. Hij is heel arrogant en wil altijd waar voor zijn geld. En hij was woedend dat hij er niet aan had gedacht om me op die manier verdacht te maken. Hij was ook kwaad op zijn duurbetaalde adviseurs, omdat zij ook niet op dat idee waren gekomen. Hij zei dat hij de entry log en opnamen later zag en toen besloot die te gebruiken om dat probleem op te lossen. En op basis van die zogenaamde bewijzen was hij er echt van overtuigd dat ik Sara had vermoord. Hij wil niet dat de politie daar loopt rond te neuzen en na alles wat ik vannacht heb ontdekt begrijp ik dat wel. Maar toen ik hem vertelde dat ik ook iets in handen had wat ik tegen hém kon gebruiken, besloot hij zijn zogenaamde bewijzen tegen mij niet te gebruiken.'
'Wat was dat dan?'
Devine dacht aan Jennifer Stamos die nu dood was. 'Gewoon iets waarvan hij niet wilde dat het ooit bekend werd. Maar als hij niet degene was die probeerde me erin te luizen, wie dan wel?'
'Daar kan ik je niet mee helpen, ik heb geen idee.'
Hij keek haar aan en kreeg alweer argwaan. 'Wanneer heb je het penthouse gisteravond verlaten? Vanuit de trein zag ik je bij het zwembad zitten.'
'Om een uur of een. Ik kon niet slapen na... dat. En Brad werd gewekt doordat iemand hem belde en toen zei hij dat hij weg

moest, maar dat ik daar vannacht kon blijven als ik dat wilde. Dat wilde ik niet, niet na wat er was gebeurd. We gingen samen met zijn privélift naar beneden en hij liet een auto voor me komen. Ik besloot naar zijn huis te gaan, omdat ik absoluut niet in het centrum wilde zijn.'

'Ging hij met zijn Bugatti?'

'Nee, hij bestelde ook een auto voor zichzelf.'

'Heeft hij je verteld wie hem had gebeld en waar hij naartoe ging?'

'Nee, hoezo?'

Hij keek haar gespannen aan. 'Omdat Jennifer Stamos, een vrouw van kantoor met wie hij een seksuele relatie had, vannacht tussen twaalf en drie in haar huis is vermoord.'

Montgomery had net een slokje cola genomen dat ze nu bijna uitspuugde. 'Wát?'

'Er was vanochtend een bijeenkomst voor het hele personeel. Iedereen op het werk is supergespannen nu twee van onze collega's zijn vermoord. Maar Cowl was er niet, een andere man verving hem.'

'Je vroeg me laatst of ik Jennifer Stamos kende.'

'Klopt, omdat ik wist dat zij en Cowl iets met elkaar hadden.' Hij keek haar aandachtig aan.

Ze kromp ineen en zei: 'Wacht eens even, je wilt toch zeker niet... suggereren dat Brad haar heeft vermoord?'

'Ik weet het niet. Het klinkt logisch dat ze hem 's avonds laat belt. Zelfs als hij haar niet heeft vermoord, kan hij degene zijn die haar heeft gevonden. De man zei vanochtend niet wie de politie heeft ingelicht of wie haar heeft gevonden.'

'Denk je dat Brad misschien ook dood is?'

'Dat zouden we dan al wel hebben gehoord.'

'Tenzij ze zijn lichaam nog niet hebben gevonden.'

'Hij heeft de politie misschien anoniem gebeld en is er daarna vandoor gegaan. Als hij haar heeft gevonden, dacht hij waarschijnlijk, net als ik, dat iedereen zou denken dat hij haar had vermoord. Misschien zijn er ook wel meer mensen op de hoogte van hun relatie. Ik heb hem gisteravond veel verteld om over na te denken, en als daar ook nog eens een moord bij kwam op de vrouw met wie hij naar bed ging... De media zouden daar bovenop springen. En de politie zou hem ook achter de broek zitten... Heb je enig idee of hij nog meer vrouwen zag?'

'Bij Brad is dat zeg maar een gegeven. En onze relatie zou nooit permanent worden. Ik vroeg jou om te komen zwemmen en had laatst zin om met je naar bed te gaan. Ik vind het dus geen enkel probleem als hij seks heeft met anderen, want ik heb dat ook. Eerlijk is eerlijk.'

'Oké.'

Ze schudde haar hoofd. 'Ik dacht nog wel dat ík een kloterige nacht had gehad. Arme vrouw.'

'Ik moet je nog iets vertellen.'

'Wat dan?'

'Ik kreeg een berichtje van haar moordenaar.'

'Travis!'

Hij vertelde haar over de mail die hij die ochtend had ontvangen en over de vorige mail nadat Sara Ewes was vermoord. En dat beide mails niet traceerbaar waren.

'Waarom zou de moordenaar contact met jou opnemen?'

'Dat weet ik niet, Michelle. Ik kende beide vrouwen. Dat is de enige connectie die ik kan bedenken, maar dat geldt ook voor heel veel andere mensen.'

'Maar jij en Sara hadden iets, jullie zijn met elkaar naar bed geweest.'

'Dat is zo,' gaf hij toe.

'Kun je op geen enkele manier achterhalen wie die mails heeft gestuurd?'

'Dat heeft een fantastische hacker geprobeerd, maar dat is hem niet gelukt. Nu probeert iemand anders het.'

'Dit is te gek voor woorden.'

'Klopt, maar we moeten verder.' Hij zweeg, nam een slok ijsthee en vroeg toen zacht: 'Kun je contact met Cowl opnemen en tegen hem zeggen dat ik hem wil spreken over de moord op Stamos?'

'Dat is wel een beetje vaag, vind je ook niet?'

'Dat is de bedoeling ook.'

Ze pakte haar telefoon en stuurde een berichtje naar Cowl. Ze legde haar telefoon neer en speelde met haar glas. 'Waar ging jij naartoe na je vertrek vannacht?'

'Naar huis, en daar heb ik alles wat ik had gevonden bekeken. Laat het me weten als hij reageert.'

'Denk je echt dat hij Jennifer heeft vermoord?' vroeg ze.

'Iemand heeft het gedaan en ik was het niet.'

53

20.00 uur.

Devine stond in Hamilton Heights vlak bij Harlem, tegenover het huis waar Jennifer Stamos had gewoond en nu was gestorven. Hij had haar adres opgezocht in een database van het werk en de cryptische mail tientallen keren gelezen. *Je kunt maar van één iemand houden.* Dat zou weleens een aanwijzing kunnen zijn. Jennifer had van Sara gehouden. Had Sara eerst van iemand anders gehouden? En had ze verloren omdat ze daarna van Jennifer hield? Had Jennifer daarom ook verloren? Maar wat bedoelde de afzender met dat het niet fraai was? Of leuk?

Jennifer Stamos' appartement was op de begane grond van een flatgebouw zonder lift, net als dat van Michelle Montgomery, maar dan in Upper Manhattan. Ze had het hele eiland dus elke dag van noord naar zuid moeten doorkruisen om naar haar werk te gaan. Deze buurt was minder chic dan die waar Sara Ewes had gewoond; het was een gemêleerde en bloeiende middenklassenwijk. Voor het gebouw stonden politieauto's, zodat hij ervan uitging dat rechercheurs en forensisch onderzoekers binnen probeerden te achterhalen wie haar had vermoord.

In het nieuws waren geen bijzonderheden vrijgegeven over hoe Jennifer Stamos was gestorven. Die informatie hield de politie natuurlijk achter. Devine vroeg zich alweer af of Cowl de moord had gemeld en er daarna vandoor was gegaan. Als Jennifer Cowl die nacht niet had gebeld, was het wel heel toevallig dat hij het penthouse had verlaten rond de tijd dat zij was vermoord.

En heeft Cowl me die ontraceerbare mails gestuurd? Hij heeft zoveel geld dat hij de beste IT'ers kan inhuren.

Chanteerde Jennifer hem misschien ergens mee? Misschien had Sara Jennifer iets verteld over Cowl en over wat er in Area 51 gebeurde. Sara kende de Locust Group en wist dat het Lombard Theater van dat bedrijf was. Sara was waarschijnlijk vermoord omdat ze dat wist, en misschien was Jennifer nu hetzelfde overkomen.

Devine stuurde Campbell een berichtje, maakte een afspraak en nam de ondergrondse terug naar Midtown en het kleine Italiaanse restaurant.

Campbell zat op dezelfde stoel in hetzelfde vertrek, maar nu met een andere maaltijd voor zich. '*Branzino*,' zei hij toen hij Devines nieuwsgierige blik zag. 'Volgens iedereen is Italië het land van spaghetti, maar eigenlijk is het het land van de vis. Heb je honger?'

Devine had gemerkt dat de voormalige generaal-majoor elke keer dat ze elkaar zagen informeler en vriendelijker werd. Hij wist niet of dat opzettelijk was, als een tactische zet, of dat de man hem inderdaad aardig begon te vinden.

En aangezien Devine amper iets had gegeten na zijn lunch van acht uur geleden, en daarvoor ook niet had ontbeten, zei hij: 'Inderdaad. Dank u wel.'

Zodra Devines bord was gebracht, begonnen ze te eten.

Devine vertelde Campbell gedurende een minuut of vijf wat hij allemaal had ontdekt op de eenenvijftigste verdieping en op welke manier Michelle Montgomery hem had geholpen.

'Zo te horen zou ze een goede spion zijn,' zei Campbell.

Waarschijnlijk een betere dan ik ben.

'Maar er is slecht nieuws. De camerabeelden kwamen prima binnen, maar toen ik vanochtend in de trein zat, was alles uitgeschakeld.'

'Wát?' vroeg Campbell op scherpe toon.

'Ik keek steeds op de telefoon om te zien of alles goed werkte. En dat was ook zo, tot ik in de trein naar de city zat.'

'Dan hebben ze de camera gevonden.'

'Dat denk ik niet, meneer. Als dat zo was, hadden ze de camera kunnen weghalen. Nu kan ik alles nog steeds zien als ze alles ooit weer opstarten.'

'Stuur alles wat je hebt aan me door,' zei Campbell.

'Dat zijn heel veel data en die passen nooit in een mail.'

Campbell belde iemand en even later kwam er een man binnen.

Devine liet hem zien wat hij had, waarna de man zorgde voor een beveiligde transfer op een laptop en vervolgens vertrok.

Campbell zei: 'Ik zal mijn mensen er meteen naar laten kijken.' Een beetje narrig vroeg hij: 'Waarom heb je trouwens zo lang gewacht tot je je meldde?'

'Dat was het andere wat ik u moet vertellen.' Devine vertelde dat de rechercheurs van de NYPD die ochtend heel vroeg voor Cowl and Comely hadden staan wachten om hem te vertellen dat Jennifer Stamos was vermoord. 'Daar ben ik de hele dag mee bezig geweest. Maar er is nog iets anders.' Hij liet Campbell de ontraceerbare mails zien die hij had ontvangen.

Campbell bekeek ze en zei toen: 'Als dit afkomstig is van de moordenaar, dan is er een reden voor dat hij jou hiervoor heeft uitgekozen. Heb je enig idee wat die reden kan zijn?'

'Nee, niet echt.'

'Wil je dat wij proberen hem te traceren?'

'Ik heb iemand die daar al aan werkt en dat lijkt te gaan lukken.'

'Je vriend de hacker?'

'Nee, iemand die zelfs nog beter is.'

'Stuur die mails toch maar naar me door, dan zet ik mijn mensen erop. Extra mankracht kan nooit kwaad.'

Dat deed Devine.

Campbell zei: 'Onze forensisch onderzoekers bekijken de surveillancebeelden natuurlijk, maar jij hebt je MBA. Wat is jouw indruk tot nu toe?'

'Er worden enorme bedragen bijgeschreven, zo te zien van buitenlandse rekeningen, en ook weer enorme bedragen afgeboekt. De Locust Group is een van de ontvangers. Zij zijn eigenaar van het Lombard Theater op Broadway, van Michelle Montgomery's flatgebouw in SoHo en van de brownstone aan Upper East Side waar Christian Chilton woont. En dat is slechts het topje van de ijsberg. Het is mogelijk dat duizenden, tienduizenden vastgoedprojecten en andere bezittingen worden gekocht.'

'Je zei buitenlandse rekeningen. Kun je zien van wie de bedragen precies afkomstig zijn?' vroeg Campbell.

'Nummerrekeningen, misschien in Zwitserland, de Bahama's, misschien Tsjaad. Buitenlandse platforms, en de routing is een doolhof. U hebt een heel leger van uw forensisch accountants nodig om dat uit te zoeken. Verder waren er zo te zien transfers van verschillende soorten cryptocurrency. Dit is zeker weten een mondiaal scenario.'

'Wat gebeurt daar volgens jou? Een witwasproject?'

'Het voor de hand liggende antwoord is natuurlijk ja. Maar in de huidige financiële wereld kan een geautomatiseerd systeem zoals dit dat allerlei bezittingen koopt en geld over de hele wereld verplaatst volkomen legaal zijn. Snelheid is in deze wereld van cruciaal belang en heel veel bedrijven doen identieke dingen, hoewel bij lange na niet in hetzelfde tempo en op dezelfde schaal.'

'Denk jij dat het legaal is?' vroeg Campbell.

'Op twee gebeurtenissen na zou ik zeggen dat ik dat niet zeker weet...'

'Welke twee gebeurtenissen?'

'De moorden op Sara Ewes en Jennifer Stamos. Dat is uiteraard niet iets wat logischerwijs verband houdt met grote investeringsfirma's die dergelijke transacties doen. Maar het is hopelijk wel voldoende om ze uit te schakelen, of niet?'

Devine keek naar Campbell, maar de man leek daar niet echt van overtuigd. 'Wat is er?' vroeg hij.

'Waar het om gaat is het bewijs.'

'Wat ik heb...'

'... is ontoelaatbaar bewijs, Devine. Afkomstig van een twijfelachtige bron.'

'Maar ik ben een burger.'

'Iedere competente advocaat zou aanvoeren dat je bent ingehuurd door de overheid en gebruik hebt gemaakt van gespecialiseerde surveillanceapparatuur afkomstig van de federale overheid. Juridisch hebben we daarom geen poot om op te staan.'

'Dat is misschien wel zo.'

'Maar misschien kunnen we dat omzeilen.'

'Dat hoop ik van harte. Wat hebben jullie ontdekt over Hancock, die zogenaamde rechercheur van de NYPD?'

'We weten het natuurlijk nog niet zeker, maar volgens mijn bronnen is dit hoogstwaarschijnlijk Eric Bartlett, een voormalige CIA-spion. Heeft de dienst ongeveer acht jaar geleden verlaten. Hij werkt af en toe voor nogal duistere figuren, maar hij was te slim om hem te kunnen oppakken en vasthouden. Hij heeft voor andere cliënten al eerder zo'n toneelstukje opgevoerd.'

'Hopelijk kunnen we een einde maken aan die toneelstukjes, en aan hem. Want als ik het kan voorkomen, kom ik hem liever niet weer tegen.'

***

Toen Devine later die avond thuiskwam, brandde er geen licht meer in Tapshaws kamer, maar nog wel bij Speers. Hij klopte op haar deur.

'Ja?'

'Ik ben het, Travis, heb je even?'

Ze opende de deur en keek hem onderzoekend aan. 'Jill vertelde me dat je was overvallen en dat je haar had gewaarschuwd, ons allemaal eigenlijk. Was het heel erg?'

'Het had erger kunnen zijn.'

'Maar het was geen gewone aanval, hè?'

'Het was dezelfde man die laatst deed alsof hij bij de NYPD werkte, met een paar andere kerels. Ze hadden vuurwapens en messen. Zo kom ik aan deze snee.' Hij liet haar zijn hand zien.

'Indrukwekkend dat je er levend vanaf bent gekomen,' zei ze bedaard.

'Meer geluk dan wijsheid.'

'Dat betwijfel ik. Het leger heeft je goed opgeleid.'

Achter haar zag hij de stapel boeken. 'Hoe gaat het met je studie?'

'Gaat wel. Aansprakelijkheidsrecht is een eitje, strafrecht is moeilijker.'

'Dat zeggen alle criminelen,' zei Devine.

'Ik zag op het nieuws dat Jennifer Stamos dood is.'

'Ja.'

'Was zij de vrouw die hier laatst was?'

'Ja.'

'Je vertelde me dat ze een affaire met Brad Cowl had en dat je daar bewijzen voor had.'

'Ja.'

'Dat ziet er niet goed uit, Travis. Voor jou.'

'Ik heb Stamos niet vermoord, Helen. Waarom zou ik?'

‘Je blijft me maar juridische ballen toespelen. Je motief is dat ze zich niet langer door jou liet chanteren en dreigde je aan te geven. Dus besloot je haar het zwijgen op te leggen. Heb je een alibi?’

‘Nee, maar ik heb ontdekt dat Cowl rond de tijd van haar dood is gebeld. En nu is hij onvindbaar. Dus hij heeft haar vermoord, of hij heeft haar lichaam gevonden, heeft de politie gebeld en houdt zich nu ergens schuil.’

Speers zei: ‘Misschien heeft hij haar vermoord én de politie gebeld.’

‘Waarom zou hij dat doen?’

‘Omdat hij zich schuldig voelde, of omdat hij dacht dat hij daar baat bij had. Mensen in stressvolle omstandigheden doen soms vreemde dingen.’

Hij keek weer naar de stapel boeken. ‘Nou, ik ga maar, dan kun je verder met je studie.’

Hij liep weg, maar met een nieuw probleem. Helen Speers.

Want die boeken en studiegidsen waren niet aangeraakt sinds de vorige keer dat hij ze had gezien. Ze lagen allemaal nog precies zo.

Ze studeerde niet voor haar rechtbankexamen. Ze had misschien helemaal geen rechten gestudeerd. Misschien heette ze helemaal niet Helen Speers. Tot nu toe had hij geen enkele reden gehad om dat te controleren.

Maar nu wel.

54

De 6:20 had vijf minuten vertraging door een probleem op het station, maar daarna vertrok hij.

Later ging de trein langzamer rijden en stopte. Devine keek naar Cowls zwembad. Daar was niemand deze ochtend. Geen mediterende Michelle Montgomery in bikini. En als Cowl Jennifer inderdaad had vermoord, was hij het land misschien al ontvlucht.

De trein stond nog stil. Devine bekeek de video-opnamen nog een keer en er gebeurde nog steeds helemaal niets in Area 51. Wat was er in vredesnaam gebeurd tussen het moment waarop hij de vorige ochtend in de trein had gezien dat alles in orde was en later in de city had opgemerkt dat alle activiteiten in Area 51 waren stopgezet?

Devine besloot Montgomery te bellen.

Ze nam slaperig op nadat de telefoon vier keer was overgegaan.

'Sorry dat ik zo vroeg bel,' zei hij verontschuldigend.

'Geeft niet. Wat is er?'

'Toen ik vanochtend langs Cowls huis kwam zat jij niet bij het zwembad, maar daardoor dacht ik wel aan je. Wilde gewoon even vragen of alles oké is met je, en of je al iets van Cowl hebt gehoord.'

'Nee, ik heb nog niets van Brad gehoord. Ik ben vannacht in de city gebleven.'

'Het verbaasde me dat je gisteren wel bij het zwembad zat, na alles wat er de vorige avond was gebeurd. Tijdens onze lunch gisteren heb ik er niet aan gedacht je te vragen waarom, doordat ik alleen maar aan de moord op Jennifer Stamos kon denken.'

'Dat was niet mijn eigen keus.'

'Wát?'

'Brad stuurde me om een uur of drie 's nachts een berichtje en zei dat ik om vóór kwart voor zeven bij het zwembad moest zitten. Ik lag gelukkig niet echt te slapen, zodat ik zijn berichtje hoorde binnenkomen. Ik antwoordde dat ik het zou doen.'

'Wat? Hij wilde dat je bij het zwembad zat voordat mijn trein voorbijkwam?'

'Dat weet ik niet; hij zei alleen hoe laat ik daar moest zitten.'

'Michelle, waarom heb je me dat gisteren tijdens de lunch niet verteld?'

'Er was zoveel aan de hand dat het me niet belangrijk leek.' Ze gaapte. 'Nog steeds niet, eigenlijk.'

'Niet belangrijk? Ik vertelde je dat hij Jennifer Stamos misschien had vermoord, of haar had gevonden.'

'Dat weet ik wel, maar waarom zou dat iets te maken kunnen hebben met zijn berichtje dat ik bij het zwembad moest gaan zitten? Ik bedoel, wat zou dat uitmaken? Hij zei niet waar hij was, zodat ik je daar niets over kon vertellen.'

'Maar kreeg je dan geen argwaan? Dat hij, nadat hij misschien een vrouw had vermoord of deze vrouw dood had gevonden, de tijd nam om jou een berichtje te sturen waarin hij je opdracht gaf de volgende ochtend op een bepaald tijdstip bij het zwembad te gaan zitten?'

'Luister, als je het echt wilt weten: Brad heeft een obsessie, hij wil dat mannen naar me kijken. Ik loog toen ik zei dat ik niet wist dat ze me door die opening vanuit de trein kunnen zien. Sommige mannen worden daar opgewonden van. Brad dus ook. Daarom loop ik een beetje rond in mijn bikini als Brad zegt dat ik dat moet doen en hij betaalt me daar goed voor. Het is ook niet zo dat hij me dat steeds laat doen. Het komt eigenlijk helemaal niet zo vaak voor, hoewel het de laatste tijd wel vaker gebeurt.'

'Maar de vorige keer was hij niet thuis.'

'Hij heeft camera's op het terrein. Ik nam aan dat hij er later wel naar zou kijken, als een soort privépornofilm.'

Devine schudde zijn hoofd, maar opeens dacht hij ergens aan. Misschien was het te gek voor woorden, maar misschien ook niet. 'Kies jij de bikini's uit die je dan draagt, of doet Cowl dat?'

'Ik.'

Devine was teleurgesteld, want zijn theorie was zojuist in rook opgegaan.

'Maar Brad kiest de kleuren uit.'

De adrenaline schoot door zijn lijf. 'Hij kiest de kleuren uit?'

'Ja. Zelf hou ik helemaal niet van rood of smaragdgroen; dat zijn mijn kleuren niet. Ik hou meer van blauw. De enige groene kleur die ik draag is limoengroen, en dan alleen in de zomer als ik lekker bruin ben. Maar Brad ziet me graag in die kleuren.'

'Dus hij zegt wanneer je in bikini bij het zwembad moet gaan zitten?'

'Ja. Zoals ik al zei, is dat een obsessie van hem.'

'En altijd om kwart voor zeven?'

'Ja.'

'Oké. Ik wil alles even op een rij zetten. Afgelopen vrijdag, voordat Sara's lichaam was gevonden, droeg je een groene bikini. Klopt dat?'

Ze dacht even na. 'Ja, dat klopt.'

'Maar zaterdag was je niet bij het zwembad.'

'Nee.'

'Zondag zat ik niet in die trein, maar moest je toen bij het zwembad zitten?'

'Ja.'

'In een rode bikini?'

'Eh... Ja.'

'Zaterdag hoorde ik dat Sara geen zelfmoord had gepleegd, maar was vermoord.'

'Ik snap het verband niet.'

'Maandagochtend zag ik je in een groene bikini.'

'Inderdaad, dat had Brad me opgedragen. Dat verbaasde me, want eerder hoefde dat nooit zo vaak. Er zaten meestal weken tussen, sinds afgelopen zomer, bedoel ik. We hebben elkaar in augustus leren kennen en toen ben ik hiernaartoe verhuisd.'

'Ik denk dat ik wel weet waarom het vaker moest.'

'Waarom dan?' vroeg ze nieuwsgierig.

'Omdat er mensen doodgingen. Goed, dinsdag zat je bij het zwembad, maar toen droeg je een blauw zwempak. Waarom die kleur?'

'Dat was mijn eigen beslissing, niet die van Brad. Zoals ik al zei, is blauw mijn lievelingskleur.'

'Maar waarom zat je bij het zwembad als Cowl je dat niet had opgedragen?'

'Dat leek me leuk nadat je me had verteld dat al die mannen naar me keken. Ik bedoel, ik wist altijd al dat ze keken, maar ik wist ook dat jij in die trein zou zitten. Daarom besloot ik een hele show op te voeren en daarna mijn middelvingers op te steken.'

Hij schudde zijn hoofd. Dáárom was het anders geweest dan anders. 'Oké, maar woensdag zat je dus weer bij het zwembad, in je rode bikini.'

'Ja. Brad had me een berichtje gestuurd en gezegd dat ik dat moest doen.'

'Dus Sara Stamos was dood, wat Cowl waarschijnlijk wist, en jij moest in je rode bikini bij het zwembad gaan zitten.'

'Je zult me wel heel dom vinden, maar ik snap niet waar je naartoe wilt, Travis.'

'Ik denk dat je opdracht kreeg die rode bikini te dragen omdat hij Jennifers lichaam had gevonden.'

'Waarom ben je zo gefixeerd op mij en mijn bikini's? Dat is gewoon een van Brads obsessies, zoals ik al zei. Daar heeft-ie er een heleboel van, dat kan ik je wel vertellen.'

Devine leunde met een diepe zucht naar achteren. 'Heb je weleens van Hermes gehoord?'

'Van die handtassen?'

'Nee, de Griekse god.'

'Wat heeft die hiermee te maken?'

'Hij was de slimste van alle goden. Hij was hun tolk, maar ook hun boodschapper.'

'Nou en?' zei Montgomery verbaasd.

'Het is heel eenvoudig, Michelle. Groen betekent "doorgaan" en rood betekent "stoppen".'

55

Nadat Devine alles aan Montgomery had uitgelegd, verbrak hij de verbinding.

Nu wist hij wat het patroon was. Met groen stroomden transacties Area 51 binnen en met rood stopten diezelfde transacties. En iemand in de 6:20-trein ontving die signalen en deed vervolgens wat gedaan moest worden, namelijk op de rem trappen of gas geven, afhankelijk van de kleur van een verdomde bikini.

En door de moord op Jennifer Stamos was het signaal op rood gezet en Area 51 stilgelegd. Maar degene die al dat geld naar Cowl and Comely stuurde, zou dat niet leuk vinden. Dat was net zoiets als een slagader met een blokkade of een dam die overstroomt door te veel regen: op een bepaald moment barst die. Daarom moest Cowl het ventiel weer openen, zelfs als dat voor hemzelf heel gevaarlijk was.

Cowl was ongetwijfeld bang, en niet ten onrechte, want nu er twee moorden waren gepleegd, zou de politie echt gaan graven. Maar er was ook een probleem met die theorie. Als de politie naar die verdieping ging en al die stilstaande servers en zwarte beeldschermen zag, kon Cowl dat gemakkelijk verklaren door te zeggen dat dit iets met zijn bedrijf te maken had. En hoe moest de politie bewijzen dat dit niet zo was? En zonder bewijs zouden ze geen doorzoekingsbevel krijgen voor de cloud met al die data, vooral niet dankzij de topadvocaten die Cowl had klaarstaan. De politie zou waarschijnlijk niet eens gerede twijfel kunnen aantonen om waar ook maar in het gebouw een doorzoeking te doen, omdat Stamos daar niet was vermoord.

Devine besefte dat hij geen goede verklaring kon vinden doordat hij niet genoeg wist over zijn tegenstander, Brad Cowl. Dus moest hij specifiek op zoek met een iets andere insteek.

Hij typte in zijn telefoon: 'negatieve verhalen over Bradley Cowl'. Daar waren er nogal wat van, ontdekte hij, maar het onderwerp was steeds hetzelfde. Belangrijke, slechte miljardair die alleen zichzelf belangrijk vond. Dat was natuurlijk geen verrassing, want wat hij had opgebouwd was nooit gelukt als hij een aardige man was.

Maar na veel gezoek vond Devine één artikel met een andere draai, geschreven door een financieel journalist van wie Devine nog nooit had gehoord. Toch was Elaine Nestor ooit een gerespecteerde journalist geweest en ze had artikelen geschreven voor *The Wall Street Journal*, *The New York Times* en *Mother Jones*. Ze had ook als verslaggever voor talloze zakelijke tv-programma's gewerkt. Maar bijna twee jaar geleden was ze opeens van het toneel verdwenen. En het verhaal dat Devine zojuist had gevonden, in die tijd door Nestor geschreven, zou Cowl woedend hebben gemaakt, dus misschien was dát de reden dat er een einde aan Nestors carrière was gekomen.

Nestor schreef in dat artikel feitelijk dat er iets heel erg mis was in het 'land van Cowl'. Iedere andere partner die zijn naam liet gebruiken door een belangrijke investeringsfirma aan Wall Street was goed gedocumenteerd en nagetrokken, zelfs als ze allang dood waren. Maar dat gold niet voor Anne Comely, schreef Nestor, wat Devine ook al had gedacht. Hoewel anderen in de financiële wereld dit afdeden als niet belangrijk, schreef Nestor dat Anne Comely een 'rode vlag' was, omdat niemand ook maar iets over haar kon vinden. En in de financiële wereld was die vorm van misleiding misschien ook terug te zien in andere onderdelen van de zaken van dat bedrijf, was Nestors conclusie.

Met betrekking tot de persoon Brad Cowl was de vrouw zelfs nog scherper. Nestor beweerde, gebaseerd op anonieme bronnen, dat Cowls uitmuntende studieresultaten op de universiteit met veel geld waren gekocht en dat hij zelfs niet bij benadering de geweldige zakenman was die hij beweerde te zijn. Dat hij veel geld had geërfd van zijn opa en zijn vader, maar dat had verkwanseld door feesten en slechte investeringen. Nestor schreef ook dat het fundament van Cowl and Comely weleens volkomen verrot kon zijn. Ze had zelfs een onderzoek geëist door de SEC, de Securities and Exchange Commission.

Devine las een paar gerelateerde artikelen en kon zich nu wel voorstellen wat er met Nestor was gebeurd. De 'anonieme' bronnen hadden de publiciteit gezocht en beweerd dat ze helemaal niet hadden gezegd wat Nestor had geschreven. Dat zij hun geld had aangeboden en op andere manieren had geprobeerd hen om te kopen. Cowls opa was dood en zijn vader had een slechte gezondheid, maar in een eerder geschreven verklaring zei Cowl senior dat zijn zoon geen cent van hem had gekregen en elke cent die hij bezat zelf had verdiend.

Cowls universiteit had de beschuldiging dat iemand een belangrijke academische titel kon kopen afgewezen, hoewel de voorzitter van het bestuur en andere belangrijke personen uit de tijd dat Cowl daar had gestudeerd weigerden commentaar te geven.

Daar kwam nog eens bij dat Cowl and Comely al twintig jaar enorm veel succes had. Onbekwame maar goedgebekte leugenaars slaagden er zelden in dat voor elkaar te krijgen. Hoewel Nestor had aangevoerd dat bijna alle investeerders die hun geld aan mensen als Bernie Madoff en anderen van zijn slag hadden gegeven het daar niet mee eens zouden zijn.

Cowl had Nestor voor de rechter gesleept en haar begraven onder advocatenrekeningen, stond in een ander artikel.

Daar dreigde hij mij ook mee.

De krant waar Nestor het artikel voor had geschreven, werd bedolven onder dreigementen van Cowls advocaten en had Nestor in de kou laten staan. De zaak was stilletjes geschikt, maar de voorwaarden waren nooit bekendgemaakt. Het verbaasde Devine dat Nestors artikel nog altijd online stond, maar hij had echt goed moeten zoeken om het te vinden. Zodra iets op internet stond, was het echt heel moeilijk om het van elk platform te verwijderen.

Nestors laatst bekende adres, voor zover Devine kon vinden tenminste, was op het platteland van Connecticut.

Devine probeerde te achterhalen of ze daar nog altijd woonde. Dat leek wel zo te zijn. Hij vond geen telefoonnummer of mailadres, en ze zat niet op social media, zodat hij zich afvroeg of dat onderdeel was geweest van de schikking.

Hij stuurde Montgomery een berichtje met de vraag of ze zin had de volgende ochtend op de motor naar Connecticut te gaan.

Echt wel! schreef ze terug, *ik zie je in Westchester, voor het treinstation.*

***

Na alweer een vreselijke dag keihard werken en argwanende blikken van zijn collega-Burners nam Devine de trein terug naar Mount Kisco. Toen hij van het station naar huis liep, stopte er een zwarte auto naast hem.

'Instappen,' zei de chauffeur.

Devine stapte in en zat naast Campbell.

'De gesprekken waar we op vertrouwden zijn helemaal gestopt,' zei Campbell.

'Wanneer precies?'

Hij vertelde wanneer dat precies was gebeurd en vroeg: 'Enig idee?'

Devine vertelde Campbell over zijn theorie dat Montgomery de onwetende boodschapper was doordat ze met de kleur van haar bikini een teken gaf aan iemand in de 6:20-trein om te stoppen of door te gaan met de activiteiten in Area 51.

Campbell knikte. 'Zo deden ze dat vroeger ook, niet met bikini's natuurlijk, maar met een teken of een systeem dat geen enkele argwaan zou wekken. Een opgevouwen krant met de onderste helft van de voorpagina zichtbaar, een andere kleur bloem in een vaas voor het raam, een lamp aan of juist uit. In Vietnam bonden ze verschillend gekleurde bandana's om een boomstam, veranderden de betekenis ervan continu, zodat de Vietcong die nooit heeft begrepen. Maar waarom die rode bikini en het stopzetten van Area 51?'

'De moord op Stamos. Cowl gaf Montgomery opdracht die bikini te dragen vóórdat de politie wist dat ze dood was. Dus of hij heeft haar vermoord, of hij heeft haar lichaam gevonden en is in paniek geraakt. Maar als Stamos degene was door wie Cowl die nacht werd gebeld, zal de politie dat kunnen zien aan de hand van haar belgeschiedenis.'

'Oké, wat ga je nu doen?'

Devine vertelde hem over Elaine Nestor en zijn geplande reis.

Campbell knikte. 'Zorg dat het wat oplevert, Devine. Mijn intuïtie als ex-militair zegt me dat we bijna geen tijd meer hebben.'

56

Devine meldde zich de volgende ochtend ziek en haalde daarna Montgomery van het station. Ze droeg een spijkerbroek, een trui met lange mouwen en zwarte enkellaarsjes. Hij gaf haar een helm, zij stapte achterop en daarna vertrokken ze naar Connecticut.

Elaine Nestor woonde in het enige huis aan de steenslagweg. Ze had een kleine maar bijzondere cottage met witte sierlijsten, met grijs cederhout beklede zijmuren en bloembedden vol kleurrijke zomerbloemen.

Een vrouw deed de deur open nadat ze hadden aangeklopt. Ze was eind veertig, had kort grijs haar met een lange pony en er hing een bril met zwart montuur aan een ketting om haar nek. Ze leek meer op een karikatuur van een bibliothecaris dan op een gedreven financieel journalist die belastende informatie verzamelde over de rijken en machtigen der aarde. Maar ze leek alert en keek hen met een onderzoekende blik aan.

'Elaine Nestor?'

'Ja. Wie bent u?' vroeg ze. Ze had een telefoon in haar ene en een kleine houten hamer in haar andere hand. Ze ontspande wel een beetje toen ze Montgomery naast hem zag staan.

'Mijn naam is Travis Devine. Dit is een vriendin van me, Michelle. Ik werk bij Cowl en Co–'

Ze smeet de deur voor zijn neus dicht.

Dat had je moeten zien aankomen, stomkop!

Hij keek Montgomery aan, die eruitzag alsof ze het helemaal met hem eens was.

Hij riep: 'Ik las uw artikel over Brad Cowl, waardoor uw carrière in het slop is geraakt. Ik kom u vertellen dat u gelijk had.'

Nestor deed de deur langzaam weer open, maar bleef hem argwanend aankijken. 'Waarom zijn jullie hier? Wat willen jullie?'

'Hebt u het gelezen, over die moorden?'
'Natuurlijk. Wat bedoelde u met dat ik gelijk had?'
Devine had onderweg al bedacht wat hij ging zeggen. 'Ik denk dat Cowl bezig is met het grootste witwasproject ooit. En wilt u uw carrière terug?'
Nestor bleef hem ongemakkelijk lang aankijken, maar vroeg even later opgewekt: 'Willen jullie een kop koffie?'
Drie koppen koffie later zat Nestor nog steeds met haar hoofd te schudden. 'Een soort Area 51? Echt waar?'
'Echt waar,' zei Devine. 'Hoe vreemd het ook klinkt.'
'Dat klinkt helemaal niet vreemd. Mensen zijn tot alles bereid om geld te verdienen. Maar je hebt veel risico genomen door te doen wat je hebt gedaan.'
Devine keek naar Montgomery, die met haar kopje speelde en peinzend naar de achtertuin keek. 'Daar had ik genoeg redenen voor,' zei hij.
Nestor zei: 'Je vroeg me naar Brad Cowl en ik heb je verteld wat ik dacht. Hij is een slimme man en kan geweldig praten, maar als hij het verschil weet tussen een leveraged buy-out en een management buy-out ga ik naakt de straat op. Hij heeft echt heel veel geld geërfd en dat heeft hij opgemaakt aan coke en vrouwen, en aan schimmige investeerders die hem hebben uitgekleed, en daarvoor heb ik de bewijzen zwart-op-wit. Hij is de frontman, dus alleen in naam de baas. Dat is echt waar en dat heb ik in mijn artikel allemaal beschreven. Maar toen werd ik aan de kant gezet en moest ik de stad halsoverkop verlaten. De geschiedenis herhaalt zich. Iedereen die net als Bernie Madoff het lef heeft om gegarandeerde winsten ter discussie te stellen, krijgt al tientallen jaren dezelfde behandeling.'
'Niemand wilde de illusie verstoren,' zei Montgomery opeens. 'Dat is het "de nieuwe kleren van de keizer"-syndroom.'
Nestor keek haar aan. 'Niemand geeft graag toe dat hij is belazerd. Het is beter voor je gevoel van eigenwaarde om de leugen in stand te houden.'
'Maar niet beter voor je portemonnee,' zei Devine. 'De zaak móét een keer een kritiek punt bereiken. Hoewel Cowl geen beleggingsfraude pleegt, is wat hij doet volgens mij veel erger en zelfs een gevaar voor de nationale veiligheid van dit land.'

Nestor knikte. 'Ik neem aan dat je over de Panama Papers hebt gelezen en, minder lang geleden, over de Pandora Papers. Het is voor niemand in deze wereld een geheim dat de rijken wereldwijd miljarden hebben gestopt in ondoorzichtige trustfunds die van de ene generatie overgaan op de volgende en daar geen cent belasting over betalen. Heel veel daarvan is illegaal verkregen geld van kartels, terroristische organisaties, afgezette dictators die de schatkist hebben leeggeroofd en ransomware-eisers. Crediteuren kunnen er niet aan komen en de mensen van wie het geld echt is, kunnen het nooit terugkrijgen.'

'Ik heb gelezen dat in South Dakota meer dan zeshonderd miljard dollar van dat geld vastzit,' zei Devine. 'In die staat creëert dat een paar honderd banen, maar het heeft de economie van de plaatsen waar dat geld vandaan kwam stilgelegd. Wyoming heeft iets wat de Cowboy Cocktail wordt genoemd met zelfs nog meer privacylagen.'

Nestor knikte. 'Je kunt de schenker en de begunstigde zijn, en de mensen die de trust beheren hebben geen idee wie de echte eigenaren zijn. Zij zien alleen de rekeningnummers. Er zijn nakomelingen die hun hele leven nog geen dag hebben gewerkt en een privévliegtuig hebben dankzij hun trucjes om de belasting te ontduiken.'

Devine zei: 'Dan heb je ook nog eens hooggeplaatste politici die moord en brand schreeuwen omdat ze denken dat arbeiders met drie banen die een paar honderd dollar aan uitkeringen krijgen daar lui van worden.'

Nestor zei: 'Gezien de omvang die jij noemde, kan ik me voorstellen dat het Russische oligarchen en Saoedische prinsen zijn, dictators die de schatkist van hun land hebben leeggeroofd, misdaadsyndicaten, drugskartels, doorsneemiljardairs met een criminele kant aan hun bedrijf of legitieme miljardairs die geld onzichtbaar willen maken om geen belasting te hoeven betalen en stiekem nog meer geld te verkrijgen dat vervolgens van de ene op de andere generatie overgaat zonder dat de belastingdienst daar een cent van te zien krijgt.'

Devine zei: 'Maar er zit meer achter. Dit geld zit niet vast in aandelen- en bondportefeuilles. Volgens de bronnen die ik heb gezien, kopen ze daar grote delen van dit land mee op.'

Nestor schudde haar hoofd. 'Kun je je voorstellen dat de taliban, Iran, Noord-Korea of Rusland cashflow krijgen van investeringen in dit land waarmee ze hun terroristische activiteiten kunnen financieren? Dat Kim Jong-un een vastgoedmagnaat is in New York? Dat een Iraanse ayatollah eigenaar is van varkensboerderijen in Kansas? Of dat Poetin olievelden in Texas bezit? Dat zou het schandaal van de eeuw zijn!'

'Hoe is dit allemaal begonnen, denk je?' vroeg Devine. 'Ik weet dat Cowl het land twintig jaar geleden heeft verlaten en een tijdje wegbleef.'

'Dat was nadat hij zijn hele erfenis erdoorheen had gejaagd en te kampen had met een paar persoonlijke schandalen. Meer dan twintig jaar geleden, toen ik nog maar een paar jaar onderzoeksjournalist was, hoorde ik iets over een bespreking van Cowl met een paar schimmige figuren op de Seychellen, maar daarna liep het spoor dood. Vervolgens verdween hij ongeveer een jaar van de radar. Hij zat in Azië of in Oost-Europa, dat dacht ik toen tenminste. Daarna was hij opeens terug in New York, kocht en renoveerde die wolkenkrabber, begon zijn investeringsmaatschappij, nam een heleboel dure mensen in dienst, had plotseling een clientèlelijst waar alle grote spelers op Wall Street jaloers op waren en was toen, pats-boem, hét onderwerp van gesprek. Hij was toen nog niet eens vijfentwintig!'

'En niemand heeft daar ooit echt vraagtekens bij gezet?' vroeg Montgomery. 'Dat lijkt onwaarschijnlijk.'

Nestor zei: 'De rijken zijn bereid veel door de vingers te zien als het geld maar blijft binnenstromen. Datzelfde geldt voor de overheid. Cowls transacties leveren de stad en de staat miljoenen dollars aan belastinggeld op. Hij heeft heel veel mensen in dienst die daar ook belasting betalen en daar hun geld uitgeven. Hij geeft politici smeergeld als dat nodig is. Hij geeft enorme bedragen aan de liefdadigheid. Hij is altijd goed voor een gevatte opmerking of scherpe kritiek als "expert" bij een zakelijk programma. Hij leeft snel en heftig, maar kan resultaten laten zien én hij kan zich een heel leger advocaten permitteren. Wie zal een man zoals hij aanpakken? Hé, daar ben ik het levende voorbeeld van.' Nestor keek Montgomery aan en zei: 'Ik vind signalen geven door middel van een bikini heel intrigerend, en ook wel uniek.'

‘Zo zou ik het niet willen noemen,’ zei Montgomery een beetje gegeneerd.

‘Ik vond het eerlijk gezegd omslachtig,’ zei Devine. ‘Een mailtje sturen leek me veel efficiënter.’

‘Ik denk dat ik daar wel een verklaring voor heb,’ zei Nestor. ‘Ongeveer twaalf jaar geleden werd Cowl bijna, echt bijna, in staat van beschuldiging gesteld door het ministerie van Justitie én de staat New York voor financiële trucs. En dan bedoel ik gigantische boetes, het intrekken van vergunningen en misschien zelfs gevangenisstraf. Ze kregen hem te pakken na het afluisteren van telefoons, computers en andere elektronica. Het is hem gelukt uit de bak te blijven dankzij zijn geld en invloed, een heel leger duurbetaalde advocaten en het inwisselen van gunsten van zijn politieke vriendjes, maar...’

‘... maar daardoor is hij paranoïde geworden en durft hij dergelijke communicatiemiddelen niet meer te gebruiken,’ zei Devine. ‘Hij heeft de dingen waar je het net over had tegenover mij zelfs laten doorschemeren. Hij zei dat hij voor belangrijke kwesties altijd analoog ging.’

‘Ik kan je nog meer vertellen. Anne Comely. Ik heb jarenlang geprobeerd haar te vinden, maar ze bestaat niet. Dat weet ik zeker.’

‘Ik heb een oud interview bekeken waarin Cowl zei dat ze misschien alleen een idee of zoiets vertegenwoordigt,’ zei Devine.

‘Dan weten we nu het antwoord: die naam vertegenwoordigt een criminele onderneming.’ Ze keek Devine over haar koffiekopje aan. ‘Wat ga je nu doen?’

‘Ik blijf het geld volgen. En alles wat we vinden gaat rechtstreeks naar jou voor jouw primeur. Ik wil ervoor zorgen dat jij uiteindelijk je carrière en je goede naam terugkrijgt.’

‘Dat waardeer ik heel erg, Travis. Maar hoe zit het met die moorden? Denk je dat die twee vrouwen hebben ontdekt wat er speelde en dat ze daarom zijn vermoord?’

‘Ewes kende de Locust Group. Stamos was haar minnares en ging ook met Cowl naar bed. Misschien heeft hij haar per ongeluk iets verteld en heeft eerst Ewes en later Stamos dat nagetrokken. En ze zijn allebei vermoord, misschien daarom wel.’

‘Financiële misdaden plegen is één ding, maar mensen vermoorden is iets heel anders.’

'Ik denk niet dat Cowl de touwtjes in handen heeft, niet echt. Ik kreeg bezoek van een paar mannen die vonden dat mijn tijd gekomen was, maar ze vergisten zich gelukkig. Maar uit wat zij zeiden, begreep ik wel dat Cowl niet degene is die bepaalt wat er allemaal gebeurt.'

'Als Brad Cowl te maken heeft met dat soort mensen, en dat lijkt wel zo te zijn, dan wordt dit zelfs nog gevaarlijker,' zei Nestor.

'Daar reken ik eerlijk gezegd wel op,' zei Devine.

57

Op de terugweg naar New York stopten Devine en Montgomery om te lunchen. Ze zaten op het terras van een restaurant aan het water aan een tafel met uitzicht op de Long Island Sound. Het was niet te heet, het briesje vanaf het water was aangenaam en verfrissend en het uitzicht was prachtig.

Toch zat Montgomery Devine somber aan te kijken. 'Nu je hier zo zit, heb je dan geen zin er gewoon mee te kappen?'

'Waarmee?' vroeg hij.

'Je weet heel goed wat ik bedoel, Travis.'

Hij leunde naar achteren en keek naar een zeilboot die door de golven voer. 'Moet de kost verdienen. Ik ben niet rijk. Ik heb niet eens genoeg geld om op vakantie te gaan.'

'Ik heb mijn portfolio.'

'Dan kun jij ermee kappen, Michelle.'

'In je eentje is dat helemaal niet leuk. Misschien wil je mee?'

'Er zijn zeker een miljoen andere mannen die veel beter voor je zijn dan ik.'

'Mag ik dat zelf niet bepalen?'

'Ja, maar ik moet dat ook voor mezelf beslissen.'

Ze trok haar wenkbrauwen op. 'En je hebt geen belangstelling?'

'Je weet denk ik dat ik dat wel heb, maar ik heb een verleden waar jij niet op zit te wachten.'

'En ik niet dan?'

'Denk je niet dat zij, als we er samen vandoor gaan, ons achterna zullen komen?'

'Dat denk ik wel.' Ze keek hem aandachtig aan. 'Waarom werk je echt bij Cowl, Travis? Je lijkt me niet iemand die echt geïnteresseerd is in dat wereldje.'

Hij wilde haar zijn standaardverhaal vertellen, maar besloot toen eerlijker te zijn. Door zijn gesprek met Campbell had hij nog eens over van alles nagedacht en ze had haar nek voor hem uitgestoken. Ze verdiende iets wat dicht bij de waarheid lag. 'Ik was depressief toen ik het leger verliet. Mijn pa wilde altijd dat ik achter het geld aan ging, dus besloot ik te doen wat hij wilde.'

'Ook al wilde je het niet echt?'

'Misschien wilde ik mezelf straffen of zo. Door mezelf te dwingen iets te doen wat ik haat.'

'Wat is er in vredesnaam gebeurd in het leger dat je jezelf dat wilde aandoen?'

'Dat kan ik je niet vertellen. Ik kan er bijna niet eens aan denken.'

'Oké, dat begrijp ik denk ik wel,' zei ze, hoewel ze teleurgesteld keek.

'Jij zei dat je niet in een fijn gezin bent opgegroeid,' zei hij.

'Ik ben het zwarte schaap, denk ik. Heb nooit bereikt wat ze hoopten, dat zei mijn moeder tenminste.'

'Kom op, zeg! Je bent toch nog maar tweeëntwintig of zo?'

'Bijna drieëntwintig. Ik had nu mijn collegediploma moeten hebben. Ik loop heel ver achter, Travis. Dat kan ik nooit meer inhalen. Het is alsof je in de negentiende eeuw leeft en opeens beseft dat je op je achttiende een ouwe vrijster bent die geen cent bezit.'

'Ik ben weer naar school gegaan na mijn tijd in het leger. Het kán wel.'

'Maar dat wil ik niet. Ik wil gewoon reizen, andere dingen meemaken. Ik wil de rest van mijn leven niet vastzitten aan een bureau of achter een computer. Maar nu ben ik het vriendinnetje van een rijke misdadiger.'

'Maar jij hebt me in Area 51 gekregen. Je bent met me meegegaan naar Nestor.'

Ze wendde narrig haar blik af. 'Waar is Brad nu, denk je?'

'Geen idee. Ik denk niet dat hij het surveillanceapparaatje heeft ontdekt dat ik daar heb geplaatst, want ik kan die ruimte nog steeds zien.'

'Misschien, maar misschien ook niet. Misschien hebben ze het wel ontdekt, maar laten zitten zodat je niet weet dat ze het hebben ontdekt en zij tijd hebben om een tegenaanval te bedenken.'

'Je wordt heel goed in deze dingen,' zei Devine.

'Niet echt, maar ik zal wel moeten.'
'Hoezo?'
'Weet je, Travis, ze zullen uiteindelijk kunnen achterhalen hoe die camera daar is terechtgekomen. En als het zover is, zitten we allebei tot onze nek in de shit.'

58

Ze reden door naar New York. Devine stopte voor Montgomery's flatgebouw.

Ze stapte af, gaf hem de helm terug en vroeg: 'Kun je nog even mee naar boven komen? Ik heb nu pas echt ingezien dat ik heb gefungeerd als een onwetende boodschapper van een misdaadsyndicaat en wil nu liever niet alleen zijn. Straks snij ik mijn polsen nog door.'

'Daar moet je geen grapjes over maken,' zei Devine.

'Dat was geen grapje.'

Ze liepen naar boven, pakten een biertje, klommen naar het dak en gingen in de leunstoelen zitten.

'Goed, je zei dat je Cowl ongeveer een jaar geleden hebt leren kennen. Maar ik kan me voorstellen dat Area 51 al veel langer in bedrijf is.'

'Hoe gaven ze elkaar voor die tijd dan signalen? Gebruikte hij gewoon een andere methode?'

'Hij heeft het huis dat je vanuit de trein kunt zien drie jaar geleden laten bouwen. Nu begrijp ik denk ik wel waarom hij die opening tussen de bomen en de muur heeft gelaten. Misschien is die manier van communiceren al die tijd al in gebruik.'

'Weet je, toen ik daar een keer was, kon ik niet slapen en stond 's ochtends heel vroeg op. Toen ik naar buiten keek, deed Brad de parasol op een van de tafels bij het zwembad open.'

'Rood of groen?' vroeg Devine.

Ze dacht even na. 'Rood. Ik vond het vreemd. Ik bedoel, het was nog heel vroeg. En volgens mij kwam de trein een paar minuten later voorbij.'

Devine dacht na. 'Een man in de trein zei een keer dat hij een andere vrouw bij het zwembad had gezien, voordat jij een relatie kreeg met Cowl. Zij was een brunette en droeg 's ochtends heel vroeg soms ook al een bikini.'

'Echt?'

'Ja.'

Ze leunde naar achteren, eerst stomverbaasd, maar toen leek ze iets te begrijpen. 'Ik dacht dat Christian me hielp toen hij me in Italië aan Brad voorstelde. Maar misschien was Brad gewoon op zoek naar een nieuwe vrouw om signalen af te geven en hielp Christian hém.'

'Volgens mij heb je gelijk. Hé, denk je dat die brunette ook in dit appartement heeft gewoond?'

Michelle verstijfde opeens. 'Toen ik mijn spullen naar mijn slaapkamer hier bracht, vond ik een creditcardafschrift die achter een lade was gegleden.'

Devine spitste zijn oren. 'Weet je nog welke naam op die creditcard stond?'

'Ja, omdat die naam zo bijzonder was. Dominique Deveraux. Door de alliteratie klinkt die naam zo nep.'

Devine pakte zijn telefoon en googelde de naam. 'Oké, Dominique Deveraux was een personage in de tv-serie *Dynasty*. In de originele serie in de jaren tachtig, maar ook in de remake door CBS en Warner Bros.'

'Dan was het misschien een alias.'

'Wacht even, er is nog een andere Dominique Deveraux.' Hij klikte op een link en las de hele webpagina. 'Vierentwintig, oorspronkelijk uit Californië. En...' Hij zweeg en staarde met een ongeruste blik naar het scherm.

'En wat, Travis?'

Hij keek haar aan. 'Deveraux heeft bijna een jaar geleden zelfmoord gepleegd, door in de East River te springen.'

59

Devine reed terug naar zijn huis in Mount Kisco.

Toen Michelle en hij wisten wat Deveraux was overkomen, hadden ze eerst overlegd of zij misschien ergens moest onderduiken. Devine had zelfs overwogen Campbell te bellen met de vraag of zijn mensen haar konden beschermen. Maar uiteindelijk hadden ze besloten dat het beter was dat Michelle bleef waar ze was, zodat Cowl of eventuele anderen niet wisten dat er iets aan de hand was. Devine had wel tegen haar gezegd dat ze haar ogen goed open moest houden en de politie moest bellen als ze de zaak niet vertrouwde.

Hij had Campbell telefonisch geïnformeerd over de recentste ontwikkelingen en verslag uitgebracht over zijn gesprek met Elaine Nestor, waarna ze voor later die dag een afspraak hadden gemaakt.

Op dit tijdstip was er niemand thuis. Valentine zat niet op de bank en de Mini Cooper stond niet in de garage. Tapshaw zou wel op haar kantoor zijn, dacht hij.

Hij klopte op Speers' deur. Geen reactie. Hij riep: 'Helen, ben je aangekleed?' Nog steeds geen reactie.

Hij probeerde de kruk, maar de deur zat op slot. Dat was niet ongebruikelijk, hij deed zijn deur ook op slot. Hij had het slot wel open kunnen breken, maar dat wilde hij niet riskeren. Als ze een camera in haar kamer had...

Hij ging naar zijn eigen kamer, zocht het nummer op van de juridische faculteit van de NYU en belde dit. Hij werd doorverbonden van de ene medewerker naar de andere en van de ene afdeling naar de andere tot hij een man aan de lijn kreeg die de juiste persoon leek te zijn.

Devine zei: 'Mijn dochter, Helen Speers, is net afgestudeerd aan de NYU. Ik kan haar niet bereiken en nu begin ik me zorgen te maken. Ze woont nog in hetzelfde appartement. Ik zit aan de westkust en wil vragen of iemand naar haar toe kan gaan om te zien of ze in orde is.'

'Dat is misschien een zaak voor de politie, meneer Speers.'

'Luister, ik heb bakken met geld betaald om haar aan jullie juridische faculteit te laten studeren. Kunnen jullie me op z'n minst niet helpen?'

'Blijf even aan de lijn alstublieft.'

Hij hoorde ongeveer dertig seconden klassieke muziek, maar toen was de man weer terug en zei ietwat geïrriteerd: 'We kunnen nergens vinden dat er ene Helen Speers ingeschreven heeft gestaan aan de juridische faculteit of net is afgestudeerd, meneer Speers. Misschien moet u het daar eens met uw dochter over hebben. Een goede dag nog.'

Devine legde zijn telefoon neer. *Oké, Helen Speers is dus niet wie ze zegt te zijn. Dus: wie is ze wel en waarom is ze hier?*

Devine dacht na en herinnerde zich dat Speers hier ongeveer tegelijk met hem was komen wonen. Was ze hier door iemand neergezet? Zo ja, door wie dan? Ze was heel nieuwsgierig geweest en had keer op keer tegen hem gezegd dat ze hem een advocaat kon aanbevelen. Aangezien ze geen rechten had gestudeerd, vroeg hij zich af wat ze zou hebben gedaan als hij haar aanbod had aangenomen. En waar ging ze overdag met haar aktetas naartoe?

Zijn telefoon zoemde. Op het scherm zag hij een onbekend nummer, maar hij nam wel op. 'Hallo?'

'Meneer Devine?'

'Ja?'

'U spreekt met dokter John Wyman. U had mijn assistente gebeld omdat u informatie wilde over Sara Ewes.'

Devine verstijfde. 'Ja, dat klopt. We waren collega's. En vrienden.'

'Dat zei u al. Wat wilt u precies weten?'

'Ik weet dat ze zwanger was, maar een abortus heeft ondergaan.'

'Ik wist dat ze zwanger was, maar niet dat ze de zwangerschap had laten afbreken.'

'Ik heb de arts gesproken die de abortus heeft uitgevoerd. Sara was nog niet lang zwanger, zodat er volgens hem geen enkele reden was voor een medische ingreep.'

'Een medische abortus dus. Waarschijnlijk thuis uitgevoerd.'

'Ja. Sara gaf uw naam op bij de abortuskliniek. Bent u haar gynaecoloog?'

'Niet echt.'
'Ik begrijp u niet.'
'Kunt u me vertellen waarom dit u interesseert?' vroeg Wyman.
'Zoals ik al zei werkte ik samen met haar, en haar moeder leek te denken dat ik de vader was. Ik heb Sara pas leren kennen toen ze al zwanger was, maar volgens mij geloven haar ouders me niet. Eerlijk gezegd denk ik dat ze mij de moord in de schoenen willen schuiven.'
'Zoiets dacht ik al.'
'Wát?'
'Ik weet dat u niet de vader bent van Sara Ewes' baby.'
'Hoe weet u dat?'
'Omdat ze kunstmatige inseminatie heeft ondergaan met sperma van een donor. Mijn praktijk houdt zich daarmee bezig. Dat heb ik de politie verteld toen ze bij me kwamen, vandaar dat ik het u ook vertel. Ze noemden uw naam, omdat ze toen nog niet wisten hoe Sara zwanger was geworden. Ze waren erg verbaasd toen ik het ze vertelde. Ze wilden weten of u het sperma had gedoneerd en ik vertelde ze dat dat niet het geval was. Ik heb ze ook verteld dat Sara het nooit met mij over u had gehad. Toen ik uw naam zag op de notitie van mijn assistente, begreep ik wat er aan de hand was en besloot ik dat u de waarheid moest weten.'
'Dat waardeer ik heel erg, dokter Wyman. Weet u van wie het sperma afkomstig was?'
'Nee, dat weet ik niet. Sara had het geregeld. Dat heb ik de politie ook verteld.'
'Hoe weet u dan dat het niet van mij was?'
'Ongeveer zes weken nadat ze zwanger was geworden door die inseminatie vertelde Sara me dat de spermadonor was overleden. En u bent zo te horen springlevend.'
'Hebt u met rechercheurs Shoemaker en Ekman gesproken?'
'Ja. En ze leken bijzonder teleurgesteld toen ze hoorden dat u de vader niet was.'
'Dat geloof ik graag. Had Sara iemand bij zich toen ze bij u was, of toen ze de inseminatie liet uitvoeren?'
'Nee, maar ik had het idee dat ze dit niet in haar eentje deed. Dat er iemand was die haar steunde tijdens het hele proces.'
Devine dacht aan Jennifer Stamos, en daarna aan Brad Cowl. Cowl

had gezegd dat hij niet met Sara had geslapen, maar met kunstmatige inseminatie was dat ook niet nodig geweest. 'Ze heeft geen namen genoemd?'

'Nee, maar van het weinige dat ze wel vertelde, kreeg ik de indruk dat ze van plan was een tijd vrij te nemen om voor het kind te zorgen.' Hij zweeg even. 'Was er zo iemand in haar leven, voor zover u weet?'

'Dat zou kunnen,' zei Devine raadselachtig, bewust omdat hij heel vaag wilde zijn.

'Weet u hoe lang Sara zwanger was toen ze haar zwangerschap afbrak?' vroeg Wyman.

'Een week of acht, hebben ze mij verteld. Dus kort nadat ze tegen u zei dat de spermadonor was overleden.'

'Ze leek zo blij dat ze moeder zou worden. Ik vraag me af waarom ze van gedachten is veranderd.'

Ik ook.

60

Devine hoorde dat Tapshaws auto de garage in reed. Even later kwam ze de trap op en ging haar kamerdeur open en weer dicht. Hij zat op zijn bed na te denken, maar het probleem was dat er te veel dingen waren om over na te denken.

Later hoorde hij de voordeur opengaan en voetstappen de trap op komen. Zo te horen was het Speers. Zij deed haar kamerdeur ook open en weer dicht. Daarna hoorde hij de veren van haar bed piepen.

Hij keek op zijn horloge. Halfzeven. Helen zou niet verwachten dat hij al thuis was. Hij liep naar de muur tussen hun kamers en drukte zijn oor ertegenaan. Hij hoorde getik. Ze was met haar laptop bezig. Hij bleef staan in de hoop dat ze iemand zou bellen en hij kon proberen haar gesprek af te luisteren, maar dat gebeurde niet. Het getik hield op. Na een minuut of zo ging haar deur open en liep ze door de gang. Hij opende zijn deur op een kier en zag dat ze bovenaan de trap was in haar yogakleren en naar beneden ging.

Hij glipte zijn kamer uit en liep naar haar deur. Hij voelde aan de deurknop, en die draaide. Ze was vergeten hem op slot te doen of dacht dat dat niet nodig was. Langzaam opende hij de deur en keek achterom. Normaal was Speers ruim drie kwartier bezig met haar yogaoefeningen.

Hij stond in de deuropening en keek naar binnen. De kleren die ze kennelijk had gedragen, lagen op de grond. Hij keek naar het bed en dacht even aan de nacht waarin ze seks hadden gehad, maar verdrong die gedachte meteen weer. De vrouw die hij als een vriendin had beschouwd, was een potentiële vijand. Hij liep de kamer in en deed de deur zachtjes achter zich dicht. Hij hoorde ook getik uit Tapshaws kamer komen; zij was kennelijk bezig met haar reusachtige beeldschermen.

Snel doorzocht hij de bureauladen en keek naar de stapel wetboeken die nog precies zo lagen als eerst. Hij sloeg het bovenste boek open en bladerde erin, maar nergens stonden aantekeningen en niets was gemarkeerd. Ze lagen daar duidelijk voor de show. Daarna doorzocht hij de kledingkast en ladekast, maar vond niets nuttigs. Haar laptop en telefoon hadden een tijdslot en waren biometrisch beveiligd, en dus niet toegankelijk. Haar handtas lag er en hij haalde haar portefeuille eruit. Op alle pasjes en het rijbewijs stond Helen Speers, en de foto op het rijbewijs was van haar. Hij stopte de portefeuille terug en keek onder het bed. Daar lag een koffer zonder naamlabel en hij was leeg. Hij tilde de matras op en zag wat eronder lag. Een matzwarte Glock 17 met een ruwe kolf en een Big Dot tritium nachtkijker. Hij liet de matras weer zakken en verliet de kamer.

Toen hij de deur dichtdeed vroeg iemand: 'Wat doe je, Travis?'

Hij draaide zich om en zag Jill Tapshaw in de deuropening van haar kamer staan met een grote koffiebeker met het logo van Hummingbird erop.

Hij zei: 'Ik was op zoek naar Helen. Ik dacht dat ze in haar kamer was. Ik had haar een boek geleend en ik wil het terug hebben, maar ik kon het niet vinden.'

'O, volgens mij is ze beneden met haar yoga bezig.'

'Bedankt. Ik had haar niet gehoord.'

'Waarom ben je zo vroeg thuis? Ben je ontslagen?' vroeg ze grijnzend.

Hij glimlachte. 'Soms wil ik niets liever.'

'Wil je koffie? Ik ga wat zetten.'

'Nee, bedankt. Ik vraag Helen later wel naar dat boek, dat hoef jij niet te doen, hoor.'

'Geen probleem.' Ze keek hem aan. 'Ben je echt in orde, Travis? Je lijkt een beetje... ik weet het niet, van slag.'

Hij besloot haar de waarheid te vertellen. 'Er is een andere vrouwelijke collega van me dood gevonden, in haar huis.'

Ze bleef hem een tijdje aankijken. Toen rilde ze, schudde haar hoofd en zei zacht: 'Een andere? Was zij ook...?'

'Zij is ook vermoord, ja.'

Tapshaw kreeg tranen in haar ogen. 'O mijn god, ik snap echt niet hoe...'

‘Ik kreeg weer een mail van dezelfde afzender. Mag ik hem naar jou doorsturen? Misschien helpt je dat om die andere te traceren.’

Ze keek hem vastbesloten aan. ‘Zeker weten. Ik zál hem traceren, Travis.’ Daarna draaide ze zich om, liep haar kamer weer in en deed de deur dicht. Daarna hoorde hij dat ze hem op slot deed.

Wie kan haar dat kwalijk nemen?

***

Om halftwaalf ’s avonds werd Devine wakker doordat iemand op de overloop liep. Hij luisterde even, stond op en opende zijn deur op een kier.

Speers was in haar nachthemd en keek door het trapgat naar beneden. Toen ze zich weer omdraaide, deed hij zijn deur zachtjes bijna dicht. Hij hoorde dat ze terugliep over de overloop en daarna dat er een deur werd geopend.

Hij keek weer en zag dat ze Valentines kamer binnenging en de deur achter zich sloot. Devine glipte zijn kamer uit en vroeg zich af of Helen ook met Valentine naar bed ging.

Waarom zou ik de enige zijn?

Maar toen hoorde hij iemand beneden snurken. Hij ging naar beneden en zag dat Valentine op de bank lag te slapen. Nu begreep hij het. Dáárom was ze eerst naar beneden gegaan: ze wilde er zeker van zijn dat de Rus niet in zijn slaapkamer was.

Devine ging terug naar zijn eigen kamer.

Een paar minuten later werd er op zijn deur geklopt.

‘Ja?’

‘Ik ben het, Helen.’

‘Wacht even.’ Hij ging rechtop in bed zitten met zijn rug tegen het hoofdeinde, schoof zijn kussen naar zich toe en pakte iets vast wat eronder lag. ‘Kom maar binnen.’

De deur werd geopend en toen stond Speers in de deuropening in haar nachthemd. Het was vrij doorzichtig zodat het, met het licht van de overloop achter haar, zijn volledige aandacht opeiste. Want eronder was ze naakt.

‘Wat is er?’ vroeg hij rustig.

‘Ik heb je gemist,’ zei ze.

'Ik ben hier de hele avond al.'

'Je weet wel wat ik bedoel.'

Is dat zo? 'Nu ik je in je nachthemd zie, weet ik dat inderdaad wel.'

Ze kwam binnen, sloot de deur en deed hem op slot.

'Ik weet niet of Jill en Valentine al slapen,' zei hij.

'Volgens mij is Jill weg en Will ligt op de bank te snurken. Dat is altijd zo na een pizza met bier. Nog even en hij krijgt een hartinfarct.' Ze ging naast hem op het bed zitten, trok haar benen op en keek hem aandachtig aan.

Hij maakte geen aanstalten haar aan te raken.

'Wat is er? Heb je geen belangstelling meer voor me?'

'Ik vraag me gewoon af waarom een jonge, knappe, pas afgestudeerde jurist naar mij toe komt. Je kunt iets veel beters krijgen dan een aankomende financieel analist van begin dertig.'

Ze zei: 'Je onderschat jezelf, Travis. Je ziet er goed uit en werkt in een wereld waar je veel geld kunt verdienen. Dat is een aantrekkelijke combi. Bovendien was je een militair, zodat je uitstekend op jezelf kunt passen. En op mij'

Volgens mij kun jij ook prima op jezelf passen.

Ze legde haar hand op zijn bovenbeen. 'Zo ingewikkeld is het niet, Travis.'

'Het is wel ingewikkeld, Helen. Daarom kun je maar beter teruggaan naar je kamer.'

Toen ze naar zijn hand onder het kussen keek, zag hij iets in haar blik wat hem absoluut niet beviel.

Ze weet het.

'Goed, maar je moet één ding weten.'

'O, wat dan?'

'Ik ga nooit met mijn vijanden naar bed.'

Daarna hoorde hij dat ze terugliep naar haar kamer en de deur sloot.

Devine haalde de SIG P226 onder het kussen vandaan. Het wapen leek op de Glock van Speers, zo op het oog tenminste.

Waarom heeft ze Valentines kamer in vredesnaam doorzocht? En kwam ze zojuist alleen naar me toe om me te laten merken dat ze mijn bondgenoot is?

Toen begreep hij het.

Ze weet dat ik haar kamer heb doorzocht. Ik heb alles precies zo teruggelegd als het lag, maar ergens moet ik er een millimeter naast hebben gezeten. Ze is dus goed. Verdomd goed. En als ze mijn bondgenoot is, is dat heel goed voor mij.

Maar stel dat ze liegt en mijn vijand is?

61

De 6:20 was precies op tijd. Devine begon echt genoeg te krijgen van deze reis naar en van zijn werk.

Maar dat was natuurlijk altijd al zo, eigenlijk.

Hij keek, maar Michelle Montgomery zat niet bij het zwembad. Hij dacht dat ze voorlopig niet de opdracht zou krijgen de groene bikini aan te trekken, als dat ooit nog zou gebeuren.

Later liep hij het gebouw van Cowl and Comely binnen, zwaaide naar bewaker Sam en nam de lift naar zijn verdieping.

Toen hij een hoek om kwam, struikelde hij bijna over de facilitair medewerker, Jerry Myers, die op zijn knieën voor een deur zat en bezig was het slot te repareren. 'Sorry,' zei Devine.

De man keek op en toen hij hem herkende, zei hij: 'Jij hebt me toen al die vragen gesteld.'

'Klopt.'

Myers stond op en legde zijn gereedschap in de kist op de grond. 'En nu is er weer eentje, zeggen ze. Maar zij is gelukkig niet hier vermoord. Ik moet er niet aan denken dat ik weer een dode zou vinden.'

'Dat begrijp ik.'

'Heeft de politie enig idee?'

'Niet dat ik weet, maar die neemt mij natuurlijk niet in vertrouwen.'

Myers pakte zijn gereedschapskist en zei: 'Jullie werken je hier echt uit de naad. Ik bedoel, als je het mij vraagt is het de moeite niet waard. Echt niet.'

'Misschien heb je gelijk.'

'Waarom doet u het dan?'

'Zodra ik dat weet, zal ik het je vertellen. Ik heb een vraag. Ik hoorde dat werklui en andere mensen via de achterdeur binnenkomen.'

'Klopt. Daar hangt een telefoon waarmee ze de bewakers kunnen bellen. En als het mag, laten zij ze naar binnen.'

'Of als ze een bedrijfspas hebben, dan kunnen ze zelf naar binnen.'

'Klopt, maar werklui hebben geen bedrijfspas. Niet iedereen kan zomaar via de achterdeur naar binnen.'

'Juist. Bedankt.'

Toen Devine om een uur of twee in zijn hokje aan het werk was ging de deur open. 'Meneer Devine?'

Hij keek op en zag dat dezelfde vrouw die hem de vorige keer had opgehaald hem wenkte. Hij stond op, zag dat de andere Burners hem wantrouwig aankeken en vertrok.

Rechercheurs Ekman en Shoemaker stonden op hem te wachten.

'Wat is er nu weer?' vroeg hij.

'Meekomen,' snauwde Shoemaker.

Ze namen hem mee naar dezelfde kamer als de vorige keer.

Shoemaker, die tegenover hem zat, zei: 'We hebben de bewaker gesproken die die nacht dienst had. Hij zei dat u en Stamos op de dag waarop Ewes werd gevonden nog laat het gebouw binnen zijn gekomen en daarna tegelijk vertrokken.'

'Dat is niet waar.'

'U zegt dus dat die bewaker liegt?' vroeg Ekman scherp.

'Nee, hij heeft gewoon een verkeerde conclusie getrokken uit wat hij zag. Ik wist niet dat Stamos die avond in het gebouw was. Ik kwam terug om mijn telefoon te halen en heb nog even gewerkt. Toen ben ik vertrokken. Alleen. Zei de bewaker dat Stamos en ik samen waren?'

De rechercheurs keken elkaar aan. 'Hebt u binnen met haar gepraat?' vroeg Shoemaker.

'Nee, en als u wilt ben ik bereid een leugentest te doen.'

'Had u later een afspraak met haar?'

Nu kwamen ze op gevaarlijk terrein. Maar gezien het feit dat ze dit vroegen, vermoedde Devine dat ze het al wisten. 'Het was geen afspraak. Ik ging naar een bar in Greenwich Village. Zij was daar en we hebben met elkaar gepraat.'

'En dat hebt u nooit verteld omdat...'

'Ik zag haar in een bar, net als heel veel andere mensen.'

'Dat excuus gebruikt u wel heel vaak,' zei Ekman.

'Omdat het waar is.'

'We hoorden dat jullie ruzie hadden in die bar. En dat u daarna in de steeg naast de bar drie mannen verrot hebt geslagen. En dat zij dat allemaal heeft gezien.'

'Ik heb inderdaad met drie mannen gevochten.'

'Ging dat over Stamos?'

'Dat zou iemand kunnen denken.'

'En ook dat hebt u niet tegen ons gezegd omdat...'

'Waarom zou dat belangrijk zijn?'

'U maakt zeker een grapje?' zei Ekman.

'Dat gebeurde allemaal voordat ze werd vermoord, maar dat bent u misschien vergeten. O ja, ik heb ontdekt dat Sara door kunstmatige inseminatie zwanger is geworden. Bedankt dat jullie me dat hebben verteld. Jullie wisten de hele tijd al dat ik de vader niet was.'

'Nu moet u even luisteren, wij hoeven u helemaal niets te vertellen!' snauwde Ekman.

'Hoe hebt u dat ontdekt?' Shoemaker boog naar voren en keek Devine strak aan.

'Ik kreeg de naam van de arts van mevrouw Ewes. Ik belde hem en hij vertelde me dat.'

'Waarom deed hij dat?'

'Omdat hij de indruk had dat jullie probeerden mij die moord in de schoenen te schuiven.'

Shoemaker leunde naar achteren en zei: 'We hebben ook gehoord dat Stamos u in uw huis in Mount Kisco heeft opgezocht. En dat jullie weer ruziemaakten.'

Shit, hoe weten ze dat? Van Helen Speers?

'Ze kwam naar mijn huis, maar we hadden geen ruzie. We hebben gewoon met elkaar gepraat.'

'Waarover?'

'Sara.'

'Wat zeiden jullie dan?'

'Gewoon, niets bijzonders.'

'Devine, we staan op het punt u te arresteren wegens belemmering van een politieonderzoek,' riep Shoemaker. 'U kunt dus beter goed nadenken voordat u mijn vraag beantwoordt. Wat hebben jullie besproken over Ewes?'

'Stamos zei dat zij ook wist dat ik niet de vader was van Ewes' baby. Ze zei het niet met zoveel woorden, maar ik begreep wel dat zij wist dat Ewes kunstmatige inseminatie had ondergaan.'

Ekman keek zijn partner aan. 'Wacht even, voor zover wij weten waren die vrouwen rivalen op het werk. Waarom zouden zij met elkaar over baby's en zo praten?'

Devine besloot gewoon de waarheid te vertellen. Hij begreep heel goed dat ze hem zomaar konden arresteren en vanuit de cel kon hij weinig uitrichten. 'Stamos vertelde me dat zij en Ewes... minnaars waren.'

Devine verwachtte dat de rechercheurs woedend zouden reageren, maar Shoemaker glimlachte en zei: 'Eindelijk spreekt u een keer de waarheid.'

'Wat bedoelt u daarmee?' vroeg Devine nieuwsgierig. 'Wisten jullie dat al?'

'Stamos' huis is doorzocht. Alle elektronische apparatuur was verdwenen. Haar telefoon en computer liggen nu waarschijnlijk op de bodem van de Hudson.'

'Hebben jullie dan iets op internet gevonden? Instagram, Facebook?'

'Nee, dat hebben we allemaal gecheckt, maar daar was niets te vinden.'

'Verbaast me niets. Het bedrijf wil niet dat collega's een relatie met elkaar hebben.'

Hij dacht even aan Stamos en Cowl, maar Cowl was natuurlijk geen medewerker.

Shoemaker zei: 'Maar we hebben met een van Stamos' zussen gepraat. Zij had haar kennelijk in vertrouwen genomen.'

'Jullie weten dus dat ik de waarheid spreek?'

'Alleen daarover, Devine. Maar er is nog heel veel aan u wat ons niet bevalt.'

'Nou ja, zodra dat een misdaad wordt, hoor ik het wel.'

62

Devine hield om een uur of acht op met zijn werk. Hij wilde Sara's ouders nog even zien. Ze konden elk moment teruggaan naar Nieuw-Zeeland, want Ellen Ewes had duidelijk laten merken dat het haar niet beviel in de city. En hij wilde weten of zij wisten dat Stamos en hun dochter een relatie hadden en dat Sara kunstmatige inseminatie had ondergaan. Ellen Ewes had dat niet verteld. Ze had helemaal niet gezegd of ze voordat de politie het hun had verteld al wist dat haar dochter zwanger was. Ze was alleen woedend over de abortus. Devine wilde het haar op de man af vragen, omdat hij het gevoel had dat zij iemand was die veel verzweeg.

Bij het huis klopte hij aan, maar er kwam geen reactie. Hij keek door het raam naast de deur naar binnen, maar kon niets zien. 'Meneer en mevrouw Ewes?' Hij klopte opnieuw en voelde aan de deurknop. De deur zat niet op slot.

Net als in de film.

Hij duwde de deur open en riep: 'Hallo Ellen, Fred? Ik ben het, Travis Devine. Ik wil nog even met jullie praten.'

Hij ging naar binnen en deed de deur achter zich dicht. 'Hallo? Iemand thuis?'

Binnen was het donker en de enige verlichting kwam van buiten.

Hij liep door de woonkamer en keek in de keuken. Niets, behalve een paar borden in de gootsteen en een leeg koffiekopje op de tafel.

Hij liep naar de slaapkamer en keek naar binnen. Het bed was opgemaakt en de badkamer was leeg. Zijn blik dwaalde even naar het bed. Daar hadden hij en Sara seks gehad. Eén keer. Daarna had ze het uitgemaakt. Hij had gedacht dat ze een andere man had gevonden. Maar nu had hij gehoord dat zij en Stamos verliefd op elkaar waren... Hij schudde zijn hoofd. Nergens had hij aan gemerkt dat Sara gay was of misschien biseksueel. Maar ze had kennelijk een kind willen hebben. Maar waarom had ze alle noodzakelijke stappen gezet voor kunstmatige inseminatie en vervolgens de zwangerschap beëindigd?

Nu hij hierover nadacht, klopte de timing helemaal niet. Ze was al zwanger geweest voordat hij haar had ontmoet. Als zij en Stamos samen een baby wilden, waarom had Ewes dan met hem geslapen? Dat moest na die tijd zijn geweest.

Dus misschien was Sara zwanger geweest én had ze een relatie met iemand anders gehad. Was die relatie daarna verbroken en de zwangerschap afgebroken? Ging ze daarom met mij naar bed? Als een soort reactie op een andere man? Of op een andere vrouw?

Devine had gedacht dat hij met Sara Ewes eindelijk een vrouw had gevonden met wie hij de rest van zijn leven samen wilde zijn. Ze was niet alleen mooi geweest, maar ook vriendelijk en grappig en zorgzaam. De eerste keer dat ze elkaar zagen hadden ze al een klik, met als gevolg nieuwe dates. Tijdens bedrijfsuitjes hadden ze met elkaar gepraat en stiekem afspraakjes gemaakt. Alles had stiekem moeten gebeuren vanwege de bedrijfsregels. Op een bepaald moment waren ze hiernaartoe gekomen en hadden ze seks met elkaar gehad. Devine had dat heel bevredigend gevonden. Hij had zelfs overwogen ontslag te nemen bij Cowl en ergens anders te gaan werken, zodat hij en Sara openlijk een relatie konden hebben.

Maar na die ene nacht samen had ze zich van hem teruggetrokken en het ten slotte uitgemaakt. Niet met een mail of een berichtje, maar ze had met een spijtige blik in de gang van Cowl and Comely geluidloos 'Het spijt me, Travis' gezegd. Dat was alles. En als Sara op vrouwen viel en niet op mannen, kon hij haar besluit wel begrijpen. Je was nu eenmaal zoals je was.

Hij draaide zich om en liep naar de logeerkamer. In de gang stonden twee grote rolkoffers. Hij keek naar de labels en zag dat ze van Sara's ouders waren. Ze waren met United vanuit Californië hiernaartoe gevlogen, na de veel langere vlucht van Nieuw-Zeeland naar de Golden State.

Hij liep de logeerkamer in, deed het licht aan en bleef abrupt stilstaan in de deuropening.

Ellen en Fred lagen in bed. Ze zouden niet meer wakker worden. Het beddengoed zat vol bloed en ze staarden met levenloze ogen naar het plafond. Ellen Ewes keek verbaasd. Fred keek gewoon alsof hij tv zat te kijken.

Devine liep naar hen toe en voelde aan Ellens huid. IJskoud. Hij probeerde haar arm te buigen. Nog steeds vrij stijf. Hij wist dat dit betekende dat de rigor mortis al in volle gang was. Ze waren dus al een tijdje dood. Devine had in het Midden-Oosten veel stijve lichamen gezien.

Hij keek of hij kon zien hoe ze waren vermoord. Er zaten scheuren in de lakens om hun borst. Met een mes waarschijnlijk. Door een woeste aanval.

Hij verliet de kamer en veegde onderweg naar buiten al zijn vingerafdrukken weg.

Bij de voordeur keek hij naar buiten. De kust leek veilig, dat hoopte hij tenminste. Hij verliet het huis en trok de deur dicht met zijn mouw over zijn hand. Hij liep snel weg, belde Campbell en vertelde wat hij had ontdekt.

'Ga daar zo ver mogelijk vandaan,' zei de oude ex-militair. 'Volledig terugtrekken, Devine.'

'Maar de doden dan? De politie moet op de hoogte worden gebracht.'

'Laat dat maar aan ons over.'

Devine verbrak de verbinding en versnelde zijn pas. Hij nam bij Fulton Street de ondergrondse en ging terug naar Grand Central, zodat hij de 7 kilometer in ongeveer twaalf minuten overbrugde. Hij nam de trein terug naar huis en keek onderweg aandachtig naar Cowls huis om te zien of daar iets gebeurde, maar zag niets.

In de oorlog had hij mensen gezien die gewelddadig waren gedood. Onherkenbaar verminkte doden. Mensen die hij kende en met wie hij had gevochten. Hij had verdriet gehad en was doorgegaan, omdat dat nu eenmaal moest in oorlogsgebied.

Maar de twee doden in dat bed? Dat had hem diep geschokt. Hij was niet meer in een oorlogsgebied, maar het voelde alsof dat wel zo was.

Devine keek tijdens de hele terugreis niemand aan.

Op het station nam hij een taxi, omdat zijn benen hem niet echt konden dragen. Thuis ging hij naar zijn kamer, zat op zijn bed en probeerde te begrijpen wat hij zojuist had gezien.

Wie zou Ellen en Paul Ewes willen vermoorden? Dezelfde mensen die Sara hadden vermoord? Maar Sara was vermoord omdat ze had ontdekt dat Cowl and Comely geld witwasten. Omdat ze het wist van het Lombard. En ze had waarschijnlijk nog veel meer geweten. Datzelfde gold voor Jennifer.

Maar waarom Sara's ouders? Ellen Ewes had gezegd dat zij en haar dochter van elkaar vervreemd waren. Waarom zou Sara haar vader en moeder iets hebben verteld over Cowl and Comely? En als ze dat niet had gedaan, waarom zou iemand hen dan vermoorden? Omdat de moordenaar bang was dat ze haar ouders wél iets had verteld? Of was de moordenaar bang dat haar ouders doordat ze in Sara's huis logeerden iets ontdekten wat gevaarlijk voor hem was?

Iets aan die redenering leek niet te kloppen, maar wat kon het anders zijn?

Hij ging naar beneden en pakte een blikje cola uit de koelkast. Er was niemand en dat was maar goed ook, want Devine wilde even niemand zien.

Hij ging aan de kleine keukentafel zitten en keek naar buiten. Misschien had iemand gezien dat hij Sara's huis binnenging en weer verliet. Campbell had gezegd dat hij ervoor zou zorgen dat de politie werd geïnformeerd. Toch verwachtte Devine een bezoek van Shoemaker en Ekman. Hoewel hun eerdere ontmoetingen erg onaangenaam waren geweest, nam hij aan dat de volgende ontmoeting de allerergste zou zijn. Als ze ook maar iets konden vinden om hem te kunnen arresteren, zouden ze het doen.

Hij hoorde dat de voordeur openging en even later kwam Will Valentine de keuken in.

'De Locust Group...' zei Will.

'Wat is daarmee?' vroeg Devine meteen. 'Heb je iets ontdekt?'

Valentine ging naast hem zitten en opende zijn laptop. 'Ze bezitten een heleboel vastgoed. Echt een heleboel.'

'Ik weet dat ze alleen al in de city drie panden bezitten.'

'Drie! Dude, dat is niets!' Hij drukte op een toets en daarna verscheen het ene na het andere scherm vol vastgoed en andere bezittingen.

'Wacht, is dat allemaal van Locust?' riep Devine.

'Ik heb de computer een telling laten doen en kwam op 141.312

verschillende bezittingen in zevenenvijftig landen, maar voornamelijk in Amerika. Dat is het topje van de ijsberg. Het is echt veel, in alle vijftig staten. En de info is diep weggestopt, zodat niemand het kan ontdekken. Ik traceer Locust Group door brievenbusfirma's, consortiums, spacs, investeringsfondsen, constructies voor belastingontduiking, CBO's, derivaten en geconsolideerde schulden. Ze bezitten verdomme hele steden in Idaho, Wyoming, Montana, Alabama, Arkansas en nog meer plaatsen. En ze bezitten hele blokken in New York, Chicago, Los Angeles, Atlanta, Houston en andere grote steden. Goud-, zilver- en uraniummijnen, chemische en andere fabrieken, olieraffinaderijen. Ze bezitten sportploegen en televisie- en radiostations, kranten, streamingplatforms, socialmediasites en een heleboel andere zaken. Zoiets heb ik nog nooit gezien, dude. Ik bedoel, zelfs Poetin is niet zo groot en ik heb nooit gedacht dat ik dat ooit zou zeggen.'

'Hoeveel zijn al die bezittingen waard?'

'Shit, misschien wel veertig biljoen.'

Devine kon zijn oren niet geloven. 'Hoe lang is dit al aan de gang?'

'Al zeker vijftien jaar.'

'Maar dat komt overeen met andere dingen die ik heb ontdekt.'

'Wat is er aan de hand, Travis?'

'Geld witwassen, denk ik. Je maatje Poetin en zijn vrienden hebben zwart geld dat ze moeten lozen. Geld dat ze van het Russische volk hebben gestolen. Ja toch?'

'Shit, ja. Poetin is zo rijk dat Bezos en Musk arm lijken. Maar hij zegt dat hij niet rijk is en niemand spreekt hem tegen, omdat ze dan worden doodgeschoten of vergiftigd of in de gevangenis gestopt.'

'Dus dat zwarte geld komt hiernaartoe en wordt gebruikt om van alles en nog wat te kopen. Daarna heb je geen zwart geld, maar een huis of een gebouw of een bedrijf of een stuk van de Dow Jones. Daarom noemen ze het ook witwassen.'

Valentine knikte. 'Dat weet ik! Geld schoonmaken, dude. Zo heet dat.'

'Maar dit draait niet alleen om bezittingen. Als zij in het bezit zijn van radio- en televisiezenders, kranten, online streamingplatforms en socialmediasites, hele steden en stratenblokken, kunnen ze alles manipuleren en controleren. Van de wieg tot het graf.'

'Dude, dat is niet goed. Dat is Rusland.'

'Kun je dat aan me doorsturen? Ik wil dit aan iemand laten zien.'

Valentine keek nieuwsgierig naar hem toen Devine het doorstuurde. 'Je bent dus niet wat je wilt dat we denken?'

'Jij wel?'

'Ben gewoon een hacker, dude.'

'Een goede.'

'Heeft lang geduurd voordat je dat zei, klootzak,' zei hij met een brede grijns. Valentine opende de koelkast, pakte een biertje en liep weg.

Devine staarde naar zijn handen en dacht na. Iets wat Valentine had gezegd, was blijven hangen en daardoor dacht hij aan wat Cowl had gezegd over dat oude interview met het *Journal*: een partnership kan gewoon een idee zijn of een visie.

Hij haalde zijn laptop uit zijn kamer en typte de naam 'Anne Comely' in op een populaire website die hij eerder had gebruikt. Die keer had hij het gewoon voor de lol gedaan. Deze keer was er geen lol aan deze sessie.

Algauw kwam het programma met de oplossing waarvan Devine wist dat dit het goede antwoord was.

Een anagram voor 'Anne Comely' was... *clean money*. Geld witwassen.

63

Devine zou die ochtend niet in de 6:20 zitten. Dat wist hij zodra hij rechercheurs Shoemaker en Ekman op het treinstation van Mount Kisco zag staan. Shoemaker doofde zijn sigaret en de mannen liepen naar hem toe.

'Jullie zijn hier al vroeg.'

'Kom mee, we brengen u vanochtend naar het werk, Devine. Met de complimenten van de NYPD,' zei Ekman.

Hij klonk vriendelijker dan eerder, wat Devine grote zorgen baarde. *Is dit een toneelstukje en delen ze straks een klap uit?* Devine stapte achterin en ze reden weg. Hij wachtte op de vraag en hoefde daar niet lang op te wachten. Hij hoefde alleen net te doen alsof hij verbaasd was.

'Fred en Ellen Ewes zijn dood.' Voordat Devine verbaasd kon reageren, draaide Ekman zich om en keek hem aan. 'Wij weten dat u dat al weet.'

Devine kon zijn oren niet geloven.

'We weten ook dat u een alibi hebt. We hebben uw "vriendin" Helen Speers gesproken. Jullie waren allebei thuis en samen op het betreffende tijdstip.'

'Hebben jullie met Helen gepraat? Wanneer?'

'Gaat u niets aan,' zei Shoemaker. 'Ik had verwacht dat u dolblij zou zijn omdat ze u een alibi verstrekte.'

'Dus toen zijn ze vermoord?' vroeg hij.

Ekman knikte. 'Tussen elf en één uur vannacht. Messteken in het hart. Zijn vrij snel gestorven. Maar de dader bleef doorgaan en was verdomd gewelddadig. Ik doe dit werk al heel lang, maar dit was een van de ergste gevallen die ik heb gezien.'

Shoemaker zei: 'U hebt goede relaties. Dat had u ons moeten vertellen.'

‘Als het had gekund, had ik het gedaan.’

‘Er zijn dus drie mensen dood die iets te maken hadden met Sara Ewes, die ook is vermoord. Wat had zij misdaan?’

‘Ze had iets te maken met Brad Cowl, die is verdwenen,’ zei Devine.

‘Dus hij heeft haar vermoord?’

‘Hij was die nacht waarschijnlijk in het gebouw. In de nacht waarin Stamos is vermoord werd hij door iemand gebeld, volgens mij door haar. Hij vertrok op tijd om haar vermoord te kunnen hebben. Dat zou te zien moeten zijn in haar belgeschiedenis.’

‘Waarom zou hij dat doen?’

‘Hebben mijn goede relaties jullie dat niet verteld?’

‘Het enige bericht dat we kregen was dat u een goede man bent die een missie uitvoert voor de overheid en dat we u moeten beschermen.’

Ekman zei: ‘Dus, wat is er zo bijzonder aan Cowl?’

‘Er zijn bepaalde dingen aan het licht gekomen, maar ik kan u daar niets over vertellen. Niet omdat ik dat niet wil, maar als ik die informatie nu met de politie deel, is de zaak dood en gaat die man vrijuit.’

Ekman knikte. ‘Oké, dat kan ik begrijpen. Cowl is dus een schurk. Heeft hij zwart geld, gaat het daarom?’

‘Dat geld is niet van hem, maar van andere mensen. Mensen uit het buitenland. Meer kan ik echt niet zeggen. Als de mensen voor wie ik werk meer willen vertellen, moeten ze dat zelf doen.’

Ekman en Shoemaker keken elkaar aan.

Ekman zei: ‘Oké, maar wij zijn van Moordzaken. Een andere afdeling houdt zich bezig met financiële misdaden. Wij willen alleen de moordenaar van deze mensen vinden. Volgens u is dat Cowl?’

‘Of iemand die voor hem werkt. Rijke mensen doen dat soort dingen meestal niet zelf, immers. Zij huren anderen in om het te doen. Zoals die Hancock. Over hem gesproken, waarom focust die man zich in vredesnaam juist op mij?’

‘We hebben geen idee,’ zei Ekman.

‘Hij wist ook al dat ze was vermoord voordat bekend was gemaakt dat Sara geen zelfmoord had gepleegd. Hebben jullie iemand vooraf geïnformeerd?’

Shoemaker zei: ‘Brad Cowl is een bijzonder belangrijke man in deze stad. Hij is heel gul geweest voor sommige mensen bij de NYPD en in het stadhuis. Ik zeg niet dat daar die informatie vandaan is gekomen, maar het zou me niet verbazen als dat wel zo was.'

Ekman zei: 'Maar als ik uw woorden goed interpreteer, is het mogelijk dat Cowl Stamos zelf heeft vermoord.'

'Dat zou kunnen. Misschien was er onvoldoende tijd om een huurmoordenaar te regelen. Hoe is ze eigenlijk gestorven?'

Ekman keek Shoemaker aan. 'Dit mag je aan niemand vertellen, Devine.'

'Beloofd.'

'De moordenaar heeft haar gedrogeerd, haar vervolgens op haar bed vastgebonden en daarna het woord "bitch" in haar buik gekrast. Ze is doodgebloed.'

Devine voelde dat zijn ontbijt omhoogkwam. Hij leunde naar voren en keek naar beneden, terwijl hij schokkerig ademde. Pas een halve minuut later ging hij weer rechtop zitten.

Shoemaker zei bijna meelevend: 'Ja, ik weet het. Behoorlijk gestoord.'

'Was Stamos zwanger?'

'Nee, dat dachten wij ook. Maar de autopsie heeft bevestigd dat dat niet het geval was,' zei Ekman.

'Waarom heeft de dader het dan... op die manier gedaan?'

'Om een boodschap over te brengen, dat denk ik tenminste. Maar wat die boodschap was, geen idee.'

'En niemand heeft iets gezien?' vroeg Devine.

'Nee. We hebben dat gecheckt. Dat is trouwens niet vreemd, door de week in die buurt en dan zo laat. Wij denken dat de moordenaar via een raam in de achtergevel naar binnen is gekomen. Stamos woonde op de begane grond. Geen sporen van een worsteling. Net zoals bij meneer en mevrouw Ewes, die waarschijnlijk diep sliepen.'

'De hele familie Ewes is nu dus uitgeschakeld,' zei Shoemaker peinzend. 'Zoals het plan was van de moordenaar, lijkt het. Maar waarom? Waarom moesten ze dood? Ze waren nog maar net in Amerika. Welke grief zou iemand tegen hen kunnen hebben? Was het alleen hun relatie met hun dochter?'

'En haar relatie met Brad Cowl?' zei Ekman. 'Als hij betrokken is bij een fraudezaak en Sara Ewes dat misschien heeft ontdekt? Misschien waren ze bang dat zij haar ouders iets had verteld.'

'Dat dacht ik ook, maar nu betwijfel ik serieus of dat kan zijn gebeurd,' zei Devine. 'Ze was vervreemd van haar ouders. Zij waren christelijke zendelingen en ik denk niet dat zij belangstelling hadden voor Sara's wereld of die konden begrijpen.'

'U bedoelt dat zij en Stamos een relatie hadden, zoals u ons laatst vertelde?'

'Ja. Haar moeder was tegen homoseksualiteit en maakte daar geen geheim van.'

'Maar hoe kan iemand dat weten? Ze waren nog maar net in New York.'

'Ik kwam het te weten toen ik haar nog maar een paar minuten kende. Ze vond haar dochter een slet omdat ze voor het huwelijk met iemand naar bed was geweest.'

Shoemaker zei: 'We draaien in een kringetje rond. Als al deze doden niets te maken hebben met Cowls bedrijf, waar dan wel mee?'

Devine dacht aan de mails die hij had ontvangen. De mails die zelfs mensen als Will Valentine niet konden traceren. Hij wist niet of Campbells mensen meer succes zouden hebben. Hoewel Tapshaw met haar magische vingers daar misschien wel in zou slagen.

Probeert de moordenaar me te laten weten dat ik bij dit alles betrokken ben? Geeft hij mij de schuld van wat er met Sara en Jennifer is gebeurd? Wie zou zo'n grief tegen me hebben? Wat heb ik gedaan?

Hij vroeg zich af of hij dit aan de rechercheurs zou vertellen, maar besloot het niet te doen. Ze zouden alleen maar kwaad worden omdat hij een dergelijk bewijs niet met hen had gedeeld. Terwijl ze het nu zo goed met elkaar konden vinden.

'Jullie zeiden dat Sara's ouders met steken in hun hart zijn gedood?'

'Dwars erdoorheen, ja. Hoezo?' vroeg Shoemaker.

'Het hart staat symbool voor emoties, overtuigingen en gevoelens.'

'Nou en?' zei Ekman.

'Ik weet het niet. Ik denk gewoon hardop. Misschien heeft de moordenaar ieder slachtoffer vermoord op een manier die iets zegt over de reden dat ze zijn vermoord.'

Ekman en Shoemaker keken elkaar aan met een geïnteresseerde blik.

'Sara Ewes is opgehangen. Wat symboliseert dat?' vroeg Ekman.

Devine zei: 'Vroeger werden verraders opgehangen.'

Dus wanneer ben ik aan de beurt?

64

Het was net twaalf uur en het nieuws dat Fred en Ellen Ewes waren vermoord ging al rond bij Cowl and Comely.

Devine stond opeens op en liep naar Wanda Simms. 'Enig idee waar meneer Cowl is?' vroeg hij.

'Ik ben zijn oppasser niet, Travis,' zei ze op scherpe toon, maar haar blik verzachtte meteen weer. 'Sorry, maar dit alles grijpt me erg aan. Vier mensen vermoord! Twee van hen werkten hier en de anderen waren de ouders van een van hen.'

'Je zou verwachten dat de hoogste bazen hier wel zouden zijn om leiding te geven.'

Ze keek hem sceptisch aan. 'Hij is misschien gewoon met een groepje zwempakmodellen in zijn vliegtuig gestapt en naar een eiland vertrokken. Maar als je tegen iemand zegt dat ik dit heb beweerd, dan ontken ik dat.'

'Heb je met zijn groepje directeuren gesproken?'

'Ja, maar zij willen geen woord over hem zeggen. Te bang, volgens mij.'

Dat denk ik ook.

'Wanda, heb jij enig idee wat er op de eenenvijftigste verdieping gebeurt?'

Ze keek meteen waakzaam. 'Waarom vraag je dat, wat heb jij daarmee te maken?'

'Er zijn vier mensen vermoord, zoals je zei. En dat is de enige verdieping waar niemand kan komen.'

'Kom op, Travis. Elk investeringsbedrijf heeft beveiligde afdelingen. Daar vindt waarschijnlijk de high-frequency trading plaats. Alleen maar servers en zo. Heb je je dat weleens afgevraagd?'

Wel dus.

'O ja, nog iets. Heb je iemand verteld dat ik die ochtend toen Sara was gevonden naar de tweeënvijftigste verdieping ben geweest?'

Ze keek hem ongerust aan. 'Waarom vraag je dat?'

'Ik probeer gewoon iets te snappen.'

'Misschien heb ik het wel tegen Jenn Stamos gezegd. Nu is zij ook dood. En ze was echt kapot van Sara's dood. Ik had nooit gedacht dat ze elkaar aardig vonden.'

'Ach, je weet maar nooit. Bedankt.'

Dus daarom werd Hancock zo snel op me afgestuurd. Jennifer had misschien van Sara gehoord dat we met elkaar naar bed waren geweest. En toen kwam ik bij haar met allemaal vragen. Zij vertelde dat weer aan Cowl die Hancock, of Bartlett, opdracht gaf zich voor te doen als rechercheur om zo veel mogelijk te weten te komen. En Jennifer vertelde Cowl ook dat ik die nacht terugkwam naar het gebouw en dat de bewaker me zag. Toen checkte hij de securitylog en zag aan mijn bedrijfspas dat ik op de tweeënvijftigste verdieping was geweest. Vervolgens zag hij mijn entry log en mijn gezicht op de video in de nacht waarop Sara werd vermoord en beraamde een plan om me erin te luizen.

Devine dacht ook dat Rachel Potter van Channel 44 hem zo had gevonden. Misschien was een van haar vertrouwelingen of anonieme bronnen Hancock/Bartlett die haar gebruikte om hem onder druk te zetten.

Hij stuurde Campbell een berichtje, vroeg om een ontmoeting en kreeg bijna meteen een bevestiging, en de locatie. Hij verliet Cowl en ging weer naar de Fifties in het noorden van Manhattan.

Onderweg kreeg hij weer een mail van de ontraceerbare bron.

Het verbaasde me dat ik een mes in het hart van meneer en mevrouw Ewes kon steken. De wereld is beter af zonder hen. Ik hoop dat je het met me eens bent.

Devine stak zijn telefoon in zijn zak en liep door. Maar met elke stap groeide zijn angst, als een tumor die naar al zijn organen kroop.

***

De deur van het restaurant ging open om Devine binnen te laten en hij glipte naar binnen.

Campbell zat in dezelfde kamer op hem te wachten.

'Bedankt voor uw bemiddeling afgelopen nacht.'

'Ik neem aan dat de rechercheurs die met deze zaak bezig zijn al contact met je hebben opgenomen?'

'Vanochtend al heel vroeg. Ze behandelen me vriendelijk.'

'Goed. We houden Area 51 in de gaten. Alles daar ligt nog steeds stil.'

'Een kennis van me heeft informatie gevonden over de Locust Group.' Devine vertelde Campbell om hoeveel bedrijven, bezittingen en landen het ging.

'Mijn mensen hebben dat ook ontdekt. Het gaat trouwens veel verder dan de Locust Group. We zagen heel veel ondernemingen die regelmatig op de surveillancebeelden verschenen, zelfs in de korte tijd dat we daar toegang toe hadden voordat alles werd stilgelegd.'

Devine vertelde hem ook dat volgens hem de naam Anne Comely een anagram was.

'Clean money? Ik denk dat je gelijk hebt.'

'Hebben jullie die mails kunnen traceren? Want ik kreeg er net weer een.' Hij liet Campbell de mail zien.

De man zuchtte en leunde naar achteren. 'Nee. Iedereen is het erover eens dat geen van mijn IT-mensen zoiets ooit eerder heeft gezien.'

Devine zei: 'Die eerste mail kreeg ik op de dag waarop Sara's lichaam is gevonden. Zoals u kon zien, stonden er bijzonderheden in over haar dood die alleen haar moordenaar kon weten. Eerst dacht ik dat iemand anders haar had gevonden en hij me die mail stuurde omdat hij wist dat ik Sara aardig vond.'

'Volgens mij vond je haar meer dan aardig, Devine.'

Hij keek de man met een ondoorgrondelijke blik aan.

'Ik heb drie zoons en twee dochters, soldaat. Ik heb eerder iemand met een gebroken hart gezien.'

Devine kreeg nog meer respect voor de generaal-majoor. 'Voor zover ik weet ben ik de enige die deze mails heeft gekregen.'

'De moordenaar moet iemand zijn bij Cowl and Comely. Maar dat denken we de hele tijd al, toch?'

'Ja, en er is nog iets. De manier waarop ze allemaal zijn vermoord. Sara Ewes is opgehangen. En Jennifer Stamos...'

'Ja, dat weet ik allemaal. Vertel verder.'

'Sara's ouders zijn gedood met een messteek in het hart. Volgens mij was elke methode symbolisch.'

'Wat betekent elke methode volgens jou?'

'Sara, de verrader. Jennifer, dat weet ik niet zeker, maar misschien betekenen haar wonden dat de moordenaar woedend was omdat hij Sara was kwijtgeraakt, en Stamos en Sara van elkaar hielden. En het hart van Sara's ouders is kapotgemaakt. Door wat ik over hun relatie heb gehoord, betekent dat misschien dat de moordenaar wist dat Sara en haar moeder van elkaar vervreemd waren en dat hij daarmee aangaf dat het hem moeite kostte om hun hart te vinden en de wereld beter af was zonder zulke mensen.'

'Je weet toch wat dit allemaal betekent?'

'Wat bedoelt u?'

'Dat de motieven voor de moorden niets te maken hebben met Cowl and Comely en Area 51, en alles met Sara Ewes. Dat betekent dat dit meer een zaak is voor de politie dan voor mij en jou. Wij moeten ons richten op de criminele dingen die bij Cowl and Comely gebeuren, Devine. De politie kan de moorden wel oplossen.'

'Maar het kan nog steeds zo zijn dat iemand bij Cowls bedrijf de moorden heeft gepleegd. Sara was zwanger, weliswaar door kunstmatige inseminatie met sperma van een donor, maar we weten niet wie die donor was.'

Campbell leek geïntrigeerd door zijn woorden. 'Denk jij dat het Cowl was? Want daardoor zou het wel weer onze zaak zijn.'

Ook al was Devine verteld dat de donor was overleden, was daar geen bewijs voor. 'Dat is zeker mogelijk. Hij zei dat hij nooit met haar had geslapen, maar hij had zijn sperma kunnen doneren. En hij had een motief, de middelen en de gelegenheid.'

'Dan moet je dus twee verschillende zaken oplossen die misschien een element bevatten dat voor beide zaken van belang is, Brad Cowl. Dan is het ook de vraag wie hierna aan de beurt is,' zei Campbell.

Devine zag dat Campbell hem aankeek en misschien zijn gedachten kon lezen.

'Misschien ben jij dat wel,' zei Campbell.

65

Devine vertrok vroeg van zijn werk en liep naar de ondergrondse toen zijn telefoon ging. 'Michelle?'

'Waar ben je?' vroeg ze.

'Ik loop door Broad Street en geniet van de warmte, hoezo?'

'Kun je straks naar me toe komen? Ik ben in Brads huis.'

'Waarom?'

'Zonder zijn telefoon kan ik zijn penthouse niet in, maar ik heb een sleutel van zijn huis. Als hij daar niet is, kunnen we het huis doorzoeken. Misschien vinden we iets waarmee we hem kunnen pakken. En als hij er wel is kunnen we hem... nou ja, wurgen.'

'Klinkt goed.'

Devine ging met de trein naar huis, kleedde zich om en wilde net weer weggaan toen Tapshaw hem riep. Hij draaide zich om en zag dat ze bovenaan de trap stond.

'Ik kreeg vanochtend een mailtje. Het gaat door, Mayflower wil echt investeren! Vijftig miljoen, Travis, en volgens de voorwaarden hou ik de absolute leiding van het bedrijf in handen. Dit zal alles veranderen.'

Hij dwong zichzelf te glimlachen. Hij moest zichzelf daar echt toe dwingen, want als dit oneerlijk verkregen geld was, moest ze het dan terugbetalen? 'Dat is geweldig, Jill. Je hebt hem echt geïmponeerd. En die voorwaarden betekenen dat je nu rijk bent!'

Ze bloosde. 'Ik ben al zo lang aan het schrapen dat het nog niet erg anders voelt. Maar ik denk echt dat mijn platform en businessplan veel mogelijkheden bieden. Als ik een deal heb gesloten, zullen we dan weer samen tequila gaan drinken? Je hebt me geweldig geholpen.'

Weer forceerde hij een glimlach. 'Daar ben ik helemaal voor. Maar het is mijn beurt om te trakteren.'

Ze zette haar handen in haar zij. 'Verdorie, Travis, met al dat geld kan ik me wel een uitspatting veroorloven, lijkt me. En die duizend dollar die je hebt geïnvesteerd... Die zijn nu veel meer waard.'

Toen ze wegliep keek hij haar na en zijn glimlach verdween. *Shit.*

Hij stapte op zijn motor en vertrok naar Montgomery.

Ze stond voor het hek op hem te wachten. Ze was met een Uber gekomen, vertelde ze.

'Hoe zit het met de personeelsleden?' vroeg hij.

'Die zijn eraan gewend dat ik daar ben. En zoals ik laatst ook al zei, zijn zij Brad niet echt goedgezind.'

Ze gingen naar binnen en botsten bijna tegen een dienstmeisje op.

'Lieve help, juffrouw Michelle. Neem me niet kwalijk.'

'Het is al goed, Denise. Is Brad er ook? Ik probeer hem al een hele tijd te bellen, maar hij neemt niet op.'

'Nee, ik heb hem al een paar dagen niet gezien. Maar dat is niet ongebruikelijk, hij heeft het zo druk. Hij zou zomaar in China kunnen zijn.'

'Nou ja, wij blijven hier een tijdje. Travis werkt voor Brad, die hopelijk snel terugkomt. Luister, waarom nemen jij en de rest van het personeel niet de rest van de avond vrij? Er is geen enkele reden om hier te blijven rondhangen.'

'Maar als meneer Cowl...'

'Als hij terugkomt, neem ik de volle verantwoordelijkheid op me.' Ze glimlachte ondeugend. 'Ik kan zelf wel een drankje voor hem mixen als hij er een wil, en een ei voor hem bakken.'

Denise glimlachte. 'Goed dan, juffrouw. Als u het zeker weet.'

Tien minuten later waren de personeelsleden vertrokken naar hun verblijf aan de andere kant van het terrein.

Montgomery deed de deur achter hen dicht en draaide zich om naar Devine. 'Laten we beginnen.' Ze nam hem mee naar een klein kantoor.

'Waar zijn we precies naar op zoek?' vroeg hij.

'Naar alles waaruit blijkt dat hij een schurk is.'

'En misschien een moordenaar,' zei hij.

'Twee mensen dood en...'

'Het zijn er al vier.'

Ze draaide zich vliegensvlug om. 'Wát?'

'Sara Ewes' ouders. Ze zijn twee dagen geleden 's avonds in hun bed in Sara's huis vermoord.'

'O mijn god. En jij denkt dat Brad...'

'Ik weet het niet. Ik weet wel dat iemand mij, en kennelijk alleen aan mij, een mail heeft gestuurd met bijzonderheden over de plek waar Sara is vermoord. Hij heeft me ook mail gestuurd over de moord op Jennifer Stamos en Sara's ouders. Dat moet de moordenaar zijn geweest en dat betekent dat die man iets tegen me heeft. Alleen weet ik niet waarom.'

'Je had iets met Sara. Misschien wist de moordenaar dat en was hij jaloers.'

'Dat zou een paar dingen verklaren. Jennifer en Sara waren kennelijk een stel, maar hielden dat geheim. Misschien is Jennifer daarom vermoord.'

'Maar haar ouders dan?'

'Haar moeder was absoluut niet te spreken over Sara's manier van leven. Uit de mail blijkt dat de moordenaar dat niet beviel. Maar ik zou graag willen weten hoe hij dat wist.'

'Misschien stond het in een dagboek of zo.'

'Dat kon de politie niet vinden.'

'Waarom zou de moordenaar het belangrijk vinden hoe Sara's moeder over haar dacht?'

'Geen idee.'

'Hé, misschien had ze het uitgemaakt met de man met wie ze wat had. Misschien was hij de vader en heeft ze abortus laten plegen omdat ze zijn kind niet wilde.'

'Ik heb ontdekt dat Sara zwanger is geworden door kunstmatige inseminatie en een spermadonor heeft gebruikt.'

'Waarom heeft ze de zwangerschap dan afgebroken?'

Devine schudde zijn hoofd. 'Dat weet ik niet.'

Ze doorzochten het kantoor, maar vonden niets nuttigs en gingen naar boven.

'We hebben aparte slaapkamers,' zei Montgomery. 'Die van Brad is helemaal achterin en ongeveer even groot als mijn appartement.'

Ze liepen Cowls slaapkamer in. Het was eigenlijk een suite met verschillende kamers en voorzien van elk speeltje dat een rijke man maar kon wensen: twee open haarden, gigantische tv-schermen, een volledige bar, een zithoek, een spa met stoomkamer, sauna en whirlpool, een massagekamer en een badkuip die bijna groot genoeg was om baantjes in te trekken met een inloopdouche ernaast die op een Romeinse grot leek. Plus vijf klassieke flipperkasten en een biljarttafel.

'Wie kan hier in vredesnaam slapen?' zei hij. 'Te veel afleiding.' Devine keek naar het bed, dat ongeveer zo groot was als zijn kamer. 'Hoe kunnen twee mensen elkaar daar vinden?'

'Brad had er nooit een probleem mee míj te vinden, dat kan ik je wel vertellen.'

'Hou je mond, Michelle. Dat wil ik niet horen.'

Na alweer een vruchteloze zoektocht zaten ze op het bed en keken door de getinte ramen die de hele wand besloegen.

'Wat doen we nu?' vroeg Montgomery.

'We kunnen niet naar het penthouse. En niet naar Area 51. Dus ik heb geen idee.'

Devines telefoon zoemde.

Campbell zei: 'We moeten elkaar onmiddellijk spreken.'

'Waar bent u?' vroeg Devine.

'Op de eerste plek waar we elkaar hebben ontmoet.'

'Ik kan er over een halfuur zijn.' Hij keek naar Montgomery. 'Bezwaar als ik iemand meeneem?'

'Wie?'

Dat vertelde Devine hem.

'Dat is geen goed plan, Devine. We hebben geen idee of ze voor Cowl werkt en jou misleidt.'

Devine keek naar Montgomery. 'Ik heb mijn leven aan haar toevertrouwd en ze heeft bewezen dat ze dat vertrouwen waard was. Ze heeft genoeg kansen gehad om me voor de leeuwen te gooien, maar heeft dat niet gedaan. Ik heb haar heel veel verteld en als ze me aan Cowl had verraden, was ik hier nu niet.'

'Dit is hoogst ongebruikelijk, Devine.'

'U hebt me gerekruteerd, meneer. Ik ben geen opgeleide spion of geheim agent. Ik doe maar wat. Maar in het Midden-Oosten heb ik jarenlang geprobeerd mensen in te schatten en te beslissen of ze vertrouwd konden worden of me zouden verraden zodra ze de kans kregen. En daar ben ik verdomd goed in geworden. Daarom vraag ik

u me wat dit betreft te vertrouwen, als soldaten onder elkaar.'
'Tot over een halfuur.'
Montgomery keek hem angstig aan. 'Ben je een spion?'
'Ik heb eerlijk gezegd geen idee wat ik ben.'
'Wie wás dat in vredesnaam?'
'Dat zul je straks wel zien.'

66

‘Een generaal-majoor buiten dienst?’ vroeg Montgomery nadat Devine haar had verteld waar ze naartoe gingen. Daarna stapten ze op de motor en reden weg.

‘Ja.’

‘En jij werkt voor hem?’

‘Het is ingewikkeld.’

‘Je werkt dus echt niet voor het geld bij Cowl. Ik wist het!’ zei ze zelfvoldaan.

‘Het is ingewikkeld,’ zei hij weer.

‘Volgens mij niet.’ Ze klemde haar armen nog steviger om zijn middel. ‘Ik ben zo trots op je.’

‘Oké. En bedankt, denk ik...’

Bij het winkelcentrum stapten ze af, gingen naar binnen en Devine klopte op de deur. Die werd geopend en ze mochten naar binnen. Een man in pak liep voor hen uit en bracht hen naar Campbell.

Campbell zat achter zijn bureau, maar hij stond op en stak zijn hand uit naar Montgomery. ‘Aangenaam u te ontmoeten, juffrouw Montgomery. Ik kom meteen ter zake: als u ook maar één woord hierover tegen wie dan ook zegt, zit u de komende twintig jaar in een federale gevangenis. Ben ik duidelijk?’

Montgomery keek Devine aarzelend aan en zei: ‘Verdomd duidelijk.’

‘Ga zitten.’

‘Wat is zo belangrijk dat we elkaar zo snel moeten spreken?’ vroeg Devine.

‘Bepaalde Congresleden in Washington hebben gehoord wat we doen en proberen onze missie te saboteren.’

‘Waarom in vredesnaam? Vijanden van dit land zijn...’ Devine zweeg en keek Campbell aan.

'Devine, onze politici worden maar door één ding gedreven: door geld. Dat is heel eenvoudig en heel duidelijk, en toch staan de meeste mensen er niet eens bij stil. Vroeger waren de bronnen van politieke financiering aan strenge beperkingen onderhevig en moesten die bronnen ook openbaar worden gemaakt. Dat is niet meer zo.' Hij leunde naar voren. 'Ik zal jullie vertellen waarom mijn kleine dienst echt belangstelling heeft voor Cowl and Comely.' Hij zweeg even om zijn gedachten te ordenen. 'Wij denken dat Cowl de tussenpersoon is voor niet alleen het witwassen van geld en het opkopen van delen van dit land door spelers uit de hele wereld, maar dat ook iets van het geld, miljarden, verdwijnt in de zakken van mensen met een publieke functie op elk niveau, van lokaal tot federaal. Mensen geven die enorme bedragen nu eenmaal niet uit zonder te verwachten dat ze daar iets voor terugkrijgen. Dat betekent dat alles wat werd onthuld in de Pandora Papers en dergelijke nog maar het begin was. Het geld dat is witgewassen, wordt gebruikt om dit land op alle niveaus over te nemen.'

Montgomery zei: 'Ik dacht dat er wetten waren om dergelijke dingen tegen te gaan?'

'Als je maar genoeg geld hebt, zijn wetten niet op jou van toepassing,' zei Campbell. 'En bepaalde mensen, sommigen op hoge machtsposities, willen dat dat zo blijft. Bepaalde anderen willen niet dat dit bekend wordt gemaakt en wordt onderzocht, omdat ze daar direct mee in verband worden gebracht.'

'Wat moeten we nu doen?' vroeg Devine.

'Deze zaak oplossen voordat ze ons uitschakelen. Maar ik heb wel een aanwijzing voor je.'

'En die is?' vroeg Devine.

'De brownstone aan de Upper East Side die eigendom is van de Locust Group...'

'Het huis waar mijn goede vriend Christian Chilton zogenaamd woont?' Devine keek naar Montgomery die de wending die het gesprek nam ongemakkelijk leek te vinden.

'Dat huis houden we al in het oog sinds jij ons over die relatie vertelde. Twee mensen die op een *keep eyes on*-lijst van Interpol staan zijn gezien terwijl ze dat pand binnengingen en weer verlieten.'

'En jullie konden hen niet oppakken?' vroeg Montgomery.

'We hadden geen rechtsgeldige redenen om dat te doen. Maar het zijn slechte mensen.'

'Weten we of daar behalve Chilton nog meer mensen wonen?' vroeg Devine.

Montgomery zei: 'Zijn opa Carroll Chilton woonde daar. We noemden hem Poppy, maar ik heb hem al jaren niet meer gezien.'

'Was de brownstone van Carroll Chilton en heeft hij die verkocht aan Locust?' vroeg Devine.

Campbell knikte. 'Wij hebben ontdekt dat dit het geval was. Voor drie keer de reële waarde. Misschien heeft zijn kleinzoon het wel verkocht.'

Devine en Montgomery keken elkaar aan.

Devine zei: 'Misschien moet ik dat pand gaan bekijken.'

'Misschien wel.'

Devine en Montgomery stonden op. Hij keek haar aan en zei: 'Ik zet je wel af bij je flat in het centrum.'

'Ik ga met je mee.'

'Dat kan ik je niet laten doen, Michelle.'

Campbell zei: 'Hij heeft gelijk, juffrouw Montgomery. Dat is niet mogelijk.'

'Als jullie me niet mee laten gaan, ga ik er wel alleen naartoe.'

Devine zei: 'Ik zet je af. Kom mee.' Hij pakte haar arm en trok haar de kamer uit.

Buiten rukte ze haar arm los en zei: 'Luister, stomme klojo die je bent, jij kunt me niet vertellen wat ik...'

'Hou je mond en stap op de motor. Dat zei ik alleen voor de generaal-majoor. Je gaat mee.'

Montgomery deed haar mond dicht en nadat ze haar helm had opgezet reden ze weg.

67

Ze stopten aan de overkant van de brownstone.

'De BMW die voor het huis staat is van Chilton,' zei Devine.

'Ik ken Christian al sinds we kinderen waren. Hij is echt geen crimineel.'

'Hij vertelde me dat hij de baas is van Mayflower. Zijn opa heeft het bedrijf opgericht en hij vertegenwoordigt zijn generatie. Wat kun je je herinneren over zijn vader en opa?'

'Meneer Chilton was een goede man, altijd vriendelijk tegen me. Christians opa, Poppy Chilton, was ongelofelijk aardig. Hij deed spelletjes met ons en las ons voor. Dat was echt een geweldige tijd.'

'Hadden ze geld?'

'O ja, een heleboel.'

'Echt heel veel, zoals Cowl?'

'Nee, zoveel niet. Ze moesten toen ik zestien was zelfs mijn ouders ontslaan en konden uiteindelijk maar twee auto's houden. Mijn vader onderhield de auto's niet alleen, maar fungeerde ook als hun chauffeur. De kinderen waren toen natuurlijk al volwassen. Mijn moeder werkte als huishoudster en zo, maar haar konden ze ook niet langer aanhouden.'

'Ze kregen het dus zwaar?'

'Een jaar na ons vertrek moesten de Chiltons hun huis verkopen. Het was een groot landgoed, maar wel oud, iets buiten Boston. Ik weet nog dat ik meneer Chilton voordat we vertrokken een paar keer iets over faillissement hoorde zeggen. Mijn oudere zus zat toen op college, maar mijn ouders en mijn zusje en ik verhuisden naar een appartement in een ander deel van Massachusetts. Mijn ouders kregen ander werk, ik werkte soms als model voor lokale bedrijven en als serveerster, maar daarna heb ik een jaar gestudeerd.'

'Verrassend dat je ouders dat konden betalen.'

'Dat konden ze niet, maar de Chiltons hadden een studiefonds voor ons opgezet. Ik heb één jaar gestudeerd, maar besloot toen dat dat niets voor mij was en wilde geen geld verspillen.'

'Christian vertelde dat zijn vader is overleden.'

'Twee jaar geleden, bij een auto-ongeluk. Zijn moeder woont in Boston, of dat was tenminste zo. Ik heb haar al jaren niet meer gezien.'

'Hoe oud is Christian? Ik schat hem op dertig.'

'Nee, hij is maar drie jaar ouder dan ik. Hij zat op Princeton toen het familiekapitaal op was, maar kreeg een volledige beurs. Hij is heel slim. Hij heeft twee jongere broers die aan de westkust wonen en hun eigen ding doen. Maar Christian is aan de oostkust gebleven.'

'En nu leidt hij Mayflower en woont in een grote brownstone die eigendom is van de Locust Group, die daar veel meer voor heeft betaald dan het pand waard is, én hij gaat om met mannen die door Interpol in de gaten worden gehouden. Bovendien verdient hij bakken met geld nadat de familie bijna zes jaar geleden alles was kwijtgeraakt.'

'Het ziet er niet goed uit, dat weet ik.'

'Helemaal niet goed.'

'Daar is hij,' siste Montgomery.

Chilton had de brownstone verlaten, stapte in zijn BMW en reed weg.

Devine en Montgomery volgden hem.

Ik wil weleens zien waar je naartoe gaat.

Het was een korte rit. De BMW stopte voor een chic verzorgingshuis in een oud bakstenen gebouw dat een half blok besloeg. Ze wachtten tot Chilton naar binnen was gegaan en volgden hem toen.

Het leek wel een duur hotel. Devine keek om zich heen en zag oudere bewoners in een rolstoel of met een rollator. Sommigen zaten te lezen in een soort bibliotheek en anderen keken tv. Nog weer anderen zaten gewoon wat voor zich uit te kijken of drentelden langzaam rond.

Toen Montgomery zag dat Chilton een gang in liep, pakte ze Devines arm om hem daar attent op te maken. Even later sloeg Chilton een hoek om en verdween uit zicht.

'Wat is er aan de hand, denk je?' vroeg hij haar. 'Waarom is hij hier?'

'Misschien woont Poppy hier.'

'Wat gaan we doen?'

'Ons gedragen alsof we hier horen te zijn. Eigenlijk doe ik mijn hele leven al niet anders,' zei ze met een zwakke glimlach.

Ze liepen de gang in en waar personeelsleden hun tegemoetliepen. Een van hen vroeg of ze hulp nodig hadden.

Montgomery zei: 'Ik heb een afspraak met Christian Chilton.'

'O ja, hij kwam net binnen. Hij is nu bij zijn opa.'

'Dat is waar ook! Hij zei al dat Poppy hier is. Ik heb hem al een tijdje niet meer gezien. Gaat het goed met hem?'

De vrouw zei met een verdrietige glimlach: 'Oud worden is niet gemakkelijk en meneer Chilton is al over de tachtig. Hij woonde eerst op onze verzorgingsafdeling, maar nu op onze dementieafdeling.'

'O, u bedoelt...' zei Montgomery.

'Ja, ik vrees van wel. Wilt u dat ik jullie naar hen toe breng?'

'Nee hoor, we wachten wel tot Christian klaar is, is dat goed? Ik wist niet dat Poppy... Ik laat hen liever alleen.'

'Dat is goed, jullie kunnen wel in de lobby op hem wachten.'

'Nogmaals bedankt.'

Montgomery zei met tranen in haar ogen tegen Devine: 'Mijn god, dat wist ik helemaal niet van Poppy. Ik herinner me hem nog steeds als die fantastische oude man die graag spelletjes met ons deed.'

Een halfuur later verscheen Christian Chilton in de lobby en Devine zag dat hij in zijn ogen wreef.

Hij schrok toen hij Devine en Montgomery zag. 'Wat doen jullie hier?'

'Hoe gaat het met Poppy?' vroeg Montgomery.

Chilton leek ontdaan. 'Hij heeft alzheimer.'

'Waarom heb je me dat niet verteld, Christian? Ik woon hier. Ik had hem kunnen bezoeken.'

'Hij zou je niet herkennen. Hij weet ook niet meer wie ik ben.' Hij keek Devine aan en vroeg: 'En wat doe jíj hier samen met haar?'

'We zijn vrienden, Christian, net als jij en ik,' zei Montgomery.

Chilton stopte zijn handen in zijn zakken en wendde zijn blik af.

'Dit tehuis zal wel heel duur zijn,' zei Montgomery.

'Alles in New York is heel duur.'

Devine zei: 'Je hebt goed geboerd in heel korte tijd.'

'Wat wil je daarmee zeggen?' snauwde Chilton.

'Van faillissement tot een vermogen in zes jaar?'

Chilton keek Montgomery vals aan. 'Je zou je mond moeten houden, Michelle.'

'Heb je het daarom gedaan? Om voor Poppy's verzorging te betalen? En om je moeder te steunen?'

'Wat gedaan?'

Devine vroeg zacht: 'Wil je echt samen met Brad Cowl naar de gevangenis gaan?'

Chilton stapte achteruit en zei: 'Ik moet naar een bespreking.'

Montgomery legde een hand op zijn arm. 'Christian, wij kunnen je helpen eruit te stappen.'

Hij schudde zijn hoofd, keek haar aan en zei met een verdrietige glimlach: 'Nee, dat kunnen jullie niet, Michelle. We zijn geen kinderen meer en dit is geen spelletje.'

'Het is nooit te laat. Je weet toch nog wel dat Poppy dat altijd zei als we in de problemen zaten?'

'Poppy... Het is gewoon te laat, Michelle. Maar ik waardeer het echt dat je het wilde proberen.'

'Michelle vertelde me dat jij haar aan Cowl hebt voorgesteld,' zei Devine. 'Waarom deed je dat?'

Chilton keek Montgomery aan en zei: 'Dat heb ik je verteld. Ik wist dat zij het geld kon gebruiken. Brad houdt van knappe vrouwen en geen enkele vrouw is knapper dan Michelle.'

'Was dat de enige reden?'

'Ja, waarom vraag je dat?'

'Hij betaalt haar ook om op bepaalde tijden bij het zwembad een rode of groene bikini te dragen.'

Chilton keek hem bevreemd aan. 'Een bikini? Waarom zou hij daarvoor betalen?'

'De vorige vrouw die hij voor dat doel gebruikte is dood. Officieel was het zelfmoord, maar volgens mij is ze niet uit zichzelf in de East River gesprongen.'

'Welke vorige vrouw?'

'Je weet het echt niet, hè?'

'Nee.'

'Hoeveel geld krijg je van Cowl?'
'Dat hoef ik jou echt niet te vertellen.'
'Nee, maar wel aan de politie.'
'Ik heb geen idee waar je het over hebt,' zei Chilton verhit.
'Jouw brownstone is eigendom van de Locust Group, niet van jou. Ze wassen geld wit en sluizen geld weg, Christian, wereldwijd. We bieden je een uitweg aan. Daarvoor hoef je alleen met ons samen te werken.'
'Christian,' zei Michelle, 'we proberen je te helpen.'
'Ik heb geen hulp nodig. Het komt wel goed allemaal.'
Devine zei: 'Er zijn vier mensen dood en Cowl is ervandoor, met als gevolg dat mensen zoals jij alle shit over zich heen krijgen.'
Chilton liep weg, maar ze volgden hem naar buiten.
Devine zei: 'Als je met ons samenwerkt, kunnen we je helpen.'
Chilton draaide zich om. 'Wie ben je eigenlijk? Ik dacht dat je voor Brad werkte.'
'Dat is waar, maar ook weer niet.'
'Lekker duidelijk.'
'Als je niet overstapt naar de andere kant, loopt dit niet goed voor je af. Wie moet er dan voor je opa zorgen?'
'Rot op!'
'Christian!' zei Michelle.
Hij stapte in zijn BMW en scheurde weg.
Devine keek naar Montgomery die de auto nakeek en zei: 'Jullie zijn inderdaad geen kinderen meer, Michelle. Je kunt hem niet redden als hij niet gered wil worden.'
'Ik betwijfel of ik iemand kan redden, ik kan mezelf niet eens redden.'
'Daar heb je mij dus voor.'

68

Toen Devine thuiskwam was het bijna elf uur. Tot zijn verbazing zat Tapshaw op de bank met een zak chips en een kommetje ijs. Ze was bijna altijd in haar kamer en hij had haar nog nooit chips en ijs zien eten. 'Hoi Jill, hoe gaat het?'

Ze keek hem aan. Haar gezicht was gezwollen en ze had zo te zien gehuild.

'Wat is er aan de hand?' riep hij.

'Mayflower heeft me afgewezen.'

O shit!

'Wat is er dan gebeurd?' vroeg Devine automatisch, al wist hij heel goed wat er was gebeurd.

'Christian Chilton stuurde me ongeveer een uur geleden een korte mail en schreef dat hun investeringsplannen waren gewijzigd en dat ze niet langer geïnteresseerd waren in de datingsector. Ik snap het niet, eerst willen ze vijftig miljoen investeren en dan helemaal niets...'

Devine ging naast haar zitten. 'Wat erg voor je, maar misschien is het wel beter zo.'

'Met dat geld zouden we de top bereiken, Travis. Ik denk niet dat ik ergens anders zo'n goede deal kan krijgen. Hun waardebepaling was torenhoog.'

'Maar tot nu toe heb je elke tegenslag overwonnen. Dat gaat je bij deze ook lukken.'

'Wat is er verdomme met hem gebeurd tussen zijn mail van vanochtend, toen alles nog pico bello was, en zijn mail van een uur geleden toen hij me gewoon liet vallen?' Ze keek hem aan. 'Heb jij enig idee?'

Devine kon haar niet eens aankijken. 'Ik weet het niet, Jill. In de zakenwereld gaat altijd wel iets mis, neem ik aan. Misschien hebben ze opeens financieringsproblemen,' zei hij zwakjes.

Ze fleurde op, veegde in haar ogen en gaf een klopje op zijn hand. 'Het is al goed. Ik heb nog andere ijzers in het vuur. Onze *cashburn* is onder controle. We redden het wel tot er nieuw geld binnenkomt, en over twee jaar zoek ik die vent op en zal hij moeten toegeven dat hij ongelijk had.'

Hij glimlachte maar kon haar nog steeds niet aankijken. 'Dát is de juiste instelling.'

Hij ging naar zijn kamer en viel met zijn kleren nog aan in slaap.

***

De volgende ochtend nam hij de 6:20-trein. Hij wist dat Montgomery niet in Cowls huis zou zijn, dus had hij bijna niet naar buiten gekeken. Maar toen hij zag dat de andere passagiers dat wel deden, deed hij het ook. En zijn hartslag versnelde.

O mijn god!

De politie en een forensisch team waren bij het zwembad. En ze haalden iets uit het water. Het leek wel...

De trein schokte en ging sneller rijden.

Devine strekte zijn hals, maar kon niets zien.

De man naast hem zei: 'Verdomme, man, was dat een lichaam in het zwembad? Zeg alsjeblieft dat dat niet die bikinivrouw was.'

Devine zei niets. Zijn hart sloeg op hol.

Hij pakte zijn telefoon en toetste Montgomery's nummer in.

Neem op, neem op! Shit, alsjeblieft, neem op! Je mag niet dood zijn, Michelle. Dat mag niet...

Hij kreeg de voicemail. Hij probeerde het opnieuw, met hetzelfde resultaat. Hij stuurde haar een berichtje en wachtte op een antwoord. Niets. Hij ging online en scande het nieuws of er een lijk was gevonden bij het huis van Brad Cowl.

Er was niets over te vinden.

Toen de trein bij het volgende station stopte, sprong hij op en stapte uit. Snel verliet hij het station en nam de eerste taxi die hij zag. Hij gaf het adres op en probeerde haar ondertussen de hele tijd te bellen.

Toen de taxi hem ten slotte afzette, had hij de hoop opgegeven. *Waarom was ze hier weer naartoe gegaan?*

De omgeving was afgezet, dus ging Devine bij een groep nieuwsgierigen voor het huis staan. Een zwarte bestelbus stond te wachten, waarschijnlijk voor het lichaam. Het wemelde van de agenten die de mensen op afstand hielden en de plaats delict afzetten.

Er stopte een auto. Ekman en Shoemaker stapten uit. Devine rende naar hen toe. 'Vanuit de trein zag ik dat ze een lichaam uit het zwembad haalden. Is het...'

Zijn telefoon piepte. Toen hij het berichtje las, stortte hij mentaal helemaal in.

Sorry, lag te slapen en hoorde de telefoon niet. Alles oké?

Het was van Montgomery. Ze leefde.

Hij keek de rechercheurs aan.

'Kom met ons mee, Devine,' zei Shoemaker.

Ze lieten hun badges zien en namen hem mee langs de afzetting.

Er stonden mensen bij het zwembad en daar lag een lichaam onder een laken. Agenten waren druk bezig met het zoeken naar aanwijzingen en het verzamelen van bewijzen.

De NYPD-rechercheurs en Devine bleven staan voor een agent in burger van de countypolitie.

'Dacht dat jullie dit moesten weten vanwege de connectie,' zei de man.

'Laat maar zien,' zei Ekman.

Iemand tilde het laken op.

Eronder lag Christian Chilton, drijfnat en morsdood.

69

Shoemaker bracht Devine naar het station, maar zijn collega bleef daar.

'Is Chilton verdronken?'

'Ja en nee.'

Devine keek hem vragend aan. 'Kunt u dat uitleggen?'

'Er zat water in zijn longen, wat betekent dat hij officieel door verdrinking is gestorven. Maar hij had slagwonden op zijn hoofd.'

'Wat betekent dat iemand hem bewusteloos sloeg en in het water gooide, waarna hij is verdronken?'

'Inderdaad.'

'Heeft iemand iets gezien?'

'Het personeel had die avond vrij gekregen.' Hij keek Devine aan. 'Van Cowls vriendin, Michelle Montgomery. Maar dat weet u, want u was erbij. Kunt u me nog meer vertellen?'

Devine vertelde hem dat ze Chilton de vorige avond hadden gesproken. 'Ik denk dat Chilton na ons gesprek naar Cowls huis ging om te weten te komen wat er in vredesnaam aan de hand was. En we hebben Cowls reactie gezien.'

'Maar er is geen enkel bewijs dat Cowl daar was.'

'Dan moeten we beter zoeken. Want volgens mij heeft deze man nu iets met vijf moorden te maken.'

'Gaan u en uw "goede relaties" ons hier ooit meer over vertellen?'

Devine snauwde: 'Luister, als het aan mij lag, had ik dat allang gedaan. Ik draag weliswaar geen uniform meer, maar ik ben wel opgeleid om bevelen op te volgen. Dat is dus wat ik doe. Als en wanneer dat verandert, zijn jullie de eersten die het horen.'

Later nam Devine de trein naar de city, maar eerst belde hij Campbell en vertelde hem over de laatste ontwikkelingen. Vervolgens maakte hij een afspraak met Montgomery in een eethuis bij haar om de hoek. Het leek hem zinloos om die dag aan het werk te gaan. Niet nu Cowl, de oprichter van het bedrijf en een mogelijke moordenaar, op de vlucht was.

Montgomery stond voor het eethuis op hem te wachten en zag er moe uit. Ze keek hem met een warme glimlach aan, maar toen ze zijn grimmige blik zag riep ze: 'Wat is er gebeurd?'

'Laten we naar binnen gaan,' zei hij zacht.

Nadat hun koffie was gebracht, nam hij haar hand in de zijne en vertelde haar wat er met Chilton was gebeurd.

Ze werd bleek en zakte in elkaar, terwijl de tranen over haar wangen stroomden. 'O mijn god!'

Hij streelde haar arm en klopte op haar hand. 'Ik vind het zo erg voor je, Michelle. Ik weet dat jullie bevriend waren. Had hij maar naar ons geluisterd.'

Ze ging rechtop zitten en wreef in haar ogen. 'Denk je dat Brad hier iets mee te maken heeft?'

'Je hebt Chilton gisteravond ook gezien en we hebben hem doodsbang gemaakt. Ik weet bijna zeker dat hij Cowl heeft gebeld en een afspraak met hem heeft gemaakt. En nu is hij dood. Ik wil dat je meteen je flat verlaat. Misschien heeft Chilton Cowl verteld over ons en over wat wij weten. Daardoor vormen we allebei een gevaar voor Cowl. Ik kan je wel helpen.'

Ze keek op. 'Waar moet ik naartoe? Een hotel?'

Devine dacht even na. 'Nee, ik neem je mee naar mijn huis. Jij kunt mijn kamer nemen, vannacht in elk geval.'

'Jouw kamer?'

'Ik kan wel op de bank slapen. Maar voor die tijd zal ik contact met Campbell opnemen. Hij kan hopelijk een veiliger plek voor je regelen.'

'Betekent dit dat Brad al die mensen heeft vermoord?'

'Dat hoeft niet. We moeten deze twee zaken zowel apart als in samenhang bekijken, hoe idioot dat ook klinkt. Cowl heeft de leiding over een mondiaal witwasproject. Hij heeft banden met een paar bijzonder gevaarlijke mensen. Maar hij had ook een relatie met Jennifer Stamos en wilde een relatie met Sara Ewes. Dus als ze dat allemaal hebben ontdekt, wat denk jij dan dat er zou gebeuren?'

'Ze zouden worden vermoord, net als Christian. En ze hebben Sara's ouders vermoord omdat ze niet het risico konden nemen dat ze iets wisten. Maar hoe zit het dan met die mails die jij kreeg? Op welke manier kunnen die iets met Brad te maken hebben? Waarom zou hij jou die mails sturen?'

'Dat past niet in het patroon, helemaal niet zelfs. Tenzij ze proberen de zaken te verwarren, maar ook dat lijkt niet erg logisch.'

'Loopt er misschien nog een moordenaar rond?' vroeg ze.

'Dat zou zomaar kunnen.'

Ze pakte zijn hand. 'Ik ben echt bang, Travis.'

'Het is niet verkeerd om bang te zijn. Als mensen in gevaar verkeren, móéten ze bang zijn. Maar je mag je nooit door je angst laten verlammen, want dan ben je al zo goed als dood.'

'Dat heb je zeker geleerd toen je als militair in het buitenland vocht?'

'Hier in New York heb ik dat opnieuw geleerd.'

70

'Wat is dit?' vroeg Valentine toen Devine en Montgomery aan het begin van de middag binnenkwamen. Devine droeg twee grote koffers en Montgomery een kleinere.

'Hoi Will, dit is Michelle.'

Toen Valentine Montgomery zag glimlachte hij. Hij stond snel op van zijn gebruikelijke plek op de bank en stak zijn hand uit.

Montgomery zette haar koffertje neer en gaf hem een hand. 'Hallo Will.'

'Hallo Michelle,' zei Valentine, terwijl hij Devine met opgetrokken wenkbrauwen aankeek. 'Wat een mooie naam.'

'Michelle komt hier een tijdje logeren, in mijn kamer.'

'Ja hoor,' zei Valentine glimlachend.

'En ik slaap op de bank.'

'Ja hoor,' zei Valentine weer. 'Op bank.'

'Wat betekent dat jij in je bed moet slapen, vannacht tenminste,' zei Devine.

Aan die mogelijkheid had Valentine kennelijk nog niet gedacht. 'O, oké,' zei hij, maar zijn gezicht betrok.

Als de Rus wist dat Helen Speers in zijn kamer was geweest, dan liet hij dat niet merken. *Voor een security-expert is hij laks wat zijn eigen veiligheid betreft.*

Devine nam Montgomery mee naar zijn kamer en zette haar koffers in de hoek.

'Ik haal er alleen uit wat ik vannacht nodig heb,' zei ze. 'Morgenochtend vind ik vast wel een andere plek.'

'Ik heb Campbell al een berichtje gestuurd. Hij is ermee bezig.'

'Ik kan nog steeds niet geloven dat Christian dood is.'

'Als je met een cobra slaapt, word je gebeten.'

'Die lui komen er dus gewoon mee weg?'

'Dat zei ik niet.'

'Maar wat kun jij eraan veranderen? Je baas zei dat deze hele zaak in elkaar kan storten dankzij een paar corrupte politici.'

'Maar we hebben nog steeds een kans.'

'Wie is je vriendin, Travis?'

Ze draaiden zich om en zagen Helen Speers in de deuropening staan.

Speers droeg een rode jurk met zwarte pumps, had een vlecht in haar haar en een aktetas in de hand. Ze keek Montgomery onderzoekend aan.

'Dit is Michelle Montgomery. Michelle, dit is Helen Speers, ze heeft rechten gestudeerd aan de NYU en is net klaar.'

De vrouwen gaven elkaar een hand en Devine zag dat ze elkaar strijdlustig aankeken.

'Michelle blijft hier vannacht slapen.'

'Hier, in jouw kamer?'

'Ik neem de bank.'

'Weet die arme Will dat al? Je zou die bank zijn tweede thuis kunnen noemen.'

'Hij weet het.'

'Dan laat ik jullie... alles regelen. Leuk kennisgemaakt te hebben, Michelle. Laten we weer wat gaan doen samen, Travis, na vannacht.' Ze liep weg.

Montgomery zette haar handen in haar zij, keek Devine aan en zei: 'Wat had dát te betekenen?'

'Wat bedoel je?'

'O, alsjeblieft. Jullie hebben iets samen.'

Devine liep naar de deur en deed hem dicht. 'Nee, dat is niet zo. We zijn gewoon huisgenoten.'

'Een gewone huisgenoot kijkt niet met zo'n blik naar een vrouw die de slaapkamer van een man betrekt. Ze had net zo goed op de vloer kunnen pissen om haar territorium te markeren.'

Devine sloot zijn ogen en streek door zijn haar. Hij had hier geen zin in en hij had al helemaal geen zin om Montgomery te vertellen dat hij en Speers met elkaar naar bed waren geweest. 'Ik kan alleen maar zeggen dat we niets hebben samen.'

Behalve een paar vuurwapens dan, en geheimen.

Later gingen ze naar een eethuisje in Mount Kisco. De televisie aan de muur van het restaurant zond het laatste nieuws uit over de moord op Christian Chilton en maakte bekend dat zijn lichaam in Brad Cowls zwembad was gevonden. Er werd niets gezegd over de verblijfplaats van de vermiste magnaat.

Na het eten liepen ze terug naar Devines huis. In de keuken zaten Jill Tapshaw en Valentine met elkaar te praten.

'Hallo,' zei Tapshaw tegen Montgomery. 'Ik ben Jill.'

Devine zei snel: 'Jill, dit is Michelle Montgomery, een vriendin...'

'... uit de city,' zei Montgomery. 'Leuk je te ontmoeten.'

'Jill heeft Hummingbird opgericht.'

'Die datingservice? Daar heb ik ook een profiel op gehad. Echt cool.'

'Jij hebt een datingsite gebruikt?' vroeg Devine.

Ook Valentine keek stomverbaasd.

Tapshaw fronste en zei: 'Datingservices, de goede tenminste, zijn voor iedereen die een relatie wil.'

'Travis vertelde me dat Sara Ewes ook bij Hummingbird ingeschreven was,' zei Montgomery.

'Dat klopt,' zei Tapshaw. 'Zij was een van mijn eerste honderd inschrijvers.'

Devine keek naar zijn handen, omdat hij niet wilde dat iemand zijn blik zag. *Ik kan me niet herinneren dat ik dat aan Michelle heb verteld.*

Later, toen Montgomery in zijn badkamer was, liep Devine snel zijn kamer in en pakte zijn pistool. Hij stopte het op zijn rug achter zijn riem en trok zijn shirt eroverheen zodat het wapen niet te zien was.

Montgomery kwam de badkamer uit in een ruimvallende korte sportbroek en een T-shirt.

'Je hoeft niet op de bank te slapen, hoor.' Toen ze zijn blik zag voegde ze eraan toe: 'Mannen en vrouwen kunnen in hetzelfde bed slapen zonder seks te hebben.'

'Ja, getrouwde mannen en vrouwen,' snauwde Devine. 'Op de bank ben ik veiliger.'

Hij viel snel in slaap, maar in zijn dromen zag hij de dode gezichten van Blankenship en Hawkins. In zijn slaap wilde hij iets zeggen als reactie op hun dreigende blik, maar dat lukte niet. Toch werd hij er wakker van.

Daarna lag hij naar het plafond te staren, terwijl hij zich afvroeg wanneer dit allemaal afgelopen zou zijn. En of hij dan nog zou leven.

Net als in het Midden-Oosten lijkt de kans daarop niet groot.

71

De volgende ochtend om zeven uur werd Devine gebeld door Campbell.

'De surveillancecamera in Area 51 is er vannacht helemaal mee opgehouden. Nu weten we niets meer.'

'Wat wilt u dat ik doe?'

'Ernaartoe gaan om te zien wat je kunt ontdekken.'

Devine liep naar boven en klopte op zijn kamerdeur.

'Ja?' zei Montgomery.

'Kan ik binnenkomen?'

Hij hoorde dat ze naar de deur liep en die van het slot deed.

Haar gezicht was dik van de slaap en haar haar zat heerlijk in de war. Devine vond dat ze er prachtig uitzag.

'Wat is er?' vroeg ze.

'Ik ga me douchen en aankleden.'

'Waar ga je naartoe?'

'Ik ga met de trein naar mijn werk. Als je wilt mag je mee.'

'Ik wil naar Poppy toe.'

'Poppy?'

'Ja. Zijn kleinzoon is dood.'

'Ik betwijfel of hij het begrijpt als je hem dat vertelt. En hij heeft toch nog meer familieleden?'

'Ik wil gewoon zijn hand vasthouden en er voor hem zijn. Op een bepaalde manier heb ik het gevoel dat ik familie van hem ben.'

'Oké,' zei hij zacht.

De trein reed langs Cowls huis. Devine keek naar Montgomery's gezicht toen de trein stopte.

Ze keek naar het zwembad waar ze Chilton de vorige dag uit hadden gehaald. Ze keek hem aan. 'Ander gezichtspunt.'

'Ja, klopt.'

Ze keek naar de andere passagiers, maar omdat dit niet de 6:20 was, zaten er andere mensen in de trein. Toch keken een paar mannen met een begerige blik naar Montgomery. Ze zuchtte berustend en keek weer naar buiten.

Devine besloot het onderwerp aan te snijden waar hij sinds de vorige avond aan had gedacht. 'Grappig dat jij een profiel op Hummingbird hebt gehad en Sara ook. Maar jij wist dat al, dat Sara gebruikmaakte van die site?'

'Christian vertelde me dat hij overwoog erin te investeren. Ik herinnerde me dat ik die site heel cool vond. Toen ik erop keek, zag ik Sara Ewes.'

'Je zag haar heel toevallig op die site? Maar je zei gisteravond tegen Jill dat ik je dat had verteld.'

Ze keek hem aan. 'Echt? Dat kan ik me niet herinneren.'

'Ja, dat zei je. Waarom?'

Haar blik verstrakte. 'Is dat belangrijk?'

'Geen idee, misschien wel.'

'Wil je me iets vragen, Travis?'

'Ik geloof niet in toeval. Daarom wil ik weten hoe jij wist dat Sara een profiel op Hummingbird had.'

'Dat zei ik net, ik zag haar toen ik die site bezocht.'

'Van al die mensen daar zag je haar toevallig?'

'Oké, ik heb haar opgezocht!'

'Waarom?'

'Als je het echt wilt weten: dat kwam door Christian. Ik wist dat hij investeringen deed, maar ik had niet gedacht dat hij dat zou doen in zaken als een datingservice. Ik wist ook dat jij dacht dat hij betrokken was bij het witwasproject van Cowl en dat dat iets te maken kon hebben met de moord op Sara. Daarom keek ik op Hummingbird en ging op zoek naar Sara. Ik dacht: als zij daar een profiel had, was dát misschien de connectie met Christian. Dat hij daarom overwoog daarin te investeren.'

'Maar Sara werkte bij Cowl. Dát was de connectie, niet Hummingbird.'

'Het was maar een idee.' Ze keek hem kwaad aan. 'Maar als je me niet vertrouwt, dan is dat maar zo.'

Zijn blik verzachtte. 'Ik vertrouw je wel, Michelle. Je hebt mijn leven gered met Cowl en zijn telefoon. Sorry, het zal wel door de stress komen dat ik dingen zie die er niet zijn.'

'Dat is gewoon menselijk. Zelf ben ik meer dan gestrest. Wat ga je doen als je op je werk bent?'

'Een bezoek brengen aan de eenenvijftigste verdieping, als het lukt.'

72

Het verbaasde Devine dat alles heel normaal leek bij Cowl and Comely, ondanks het feit dat er een dode man in het zwembad van de hoogste baas was gevonden en die hoogste baas zelf nog steeds afwezig was.

Geld is belangrijker dan moord, was Devines conclusie.

In de lift drukte hij op het knopje voor Area 51. En tot zijn stomme verbazing begon het lampje te branden.

Oké, dat had ik dus niet verwacht.

Hij stapte op de eenenvijftigste verdieping uit de lift en keek om zich heen. De deur stond open. Hij keek naar binnen en kon zijn ogen niet geloven.

De ruimte was leeg. Alle servers en beeldschermen waren verdwenen. Er stonden alleen nog kasten en tafels. Hij liep snel naar de muur waar hij de camera had geplaatst. Die was weg.

Hij nam de lift naar de lobby en stuurde Campbell onderweg een berichtje om hem te vertellen wat hij had gezien.

Of niet had gezien.

Hij liep naar Sam en vroeg de bewaker of er misschien verhuizers waren geweest om spullen weg te halen.

Sam schudde zijn hoofd. 'Niet terwijl ik hier was.'

'Kun je het aan de nachtwaker vragen?'

'Dat kan ik wel proberen, maar die ligt waarschijnlijk te slapen. Wat is er dan?'

'Ik vraag me gewoon iets af.'

'Hé, ik hoorde op het nieuws dat er een man in meneer Cowls zwembad is gevonden. Hoe kán dat?'

'Ja, dat vroeg ik me ook af.'

'Ik heb meneer Cowl al een tijdje niet gezien. Is alles in orde met hem?'

'Dat weet ik echt niet, Sam. Weet jij waar Jerry Myers is?'

'Ja, in de eetzaal op de derde verdieping. Probleem met een oven.'

Devine vond Myers, die in de keuken met een van de ovens bezig was, en vroeg hem of hij verhuizers in het gebouw had gezien.

'Nee, maar als dat vannacht was, kan ik ze niet hebben gezien. Wat is er verhuisd?'

'Dat weet ik niet zeker.'

Daarna ging hij op zoek naar Wanda Simms en besloot duidelijker tegen haar te zijn. 'Ik was vanochtend op de eenenvijftigste verdieping, Wanda.'

'Wát? Dat kán niet. Dat is verboden terrein.'

'Kom maar mee.'

In de lift maakte hij er een hele show van om het knopje in te drukken.

Simms keek stomverbaasd toen het lichtje begon te branden.

Op de eenenvijftigste verdieping liet hij haar de enorme lege ruimte zien.

Ze keek hem argwanend aan en vroeg: 'Waaróm ging je hier eigenlijk naartoe?'

'Denk je nog steeds dat hier hun high-frequency trading-platform was? Want dat bevindt zich in een gebouw in Queens.'

'Wie ben je, Travis? Ik bedoel, wie ben je echt?'

'Een heel gewone man die toevallig iets heeft ontdekt.'

'Wat dan?' Ze keek om zich heen. 'Bedoel je iets illegaals?'

'Waarom zou deze verdieping anders zijn leeggehaald?'

'Je wist dus wat hier was?'

'Weet je of dit door een verhuisbedrijf is gedaan?'

'Nee, daar stond niets over in de memo's. Wat was hier dan?'

'Dat kan ik je niet vertellen. Maar vijf mensen met een relatie met dit bedrijf zijn dood.'

'Vijf!'

'Een man die Christian Chilton heette was betrokken bij wat er in dit vertrek gebeurde.'

'Ik weet niet wie dat is, maar die naam komt me wel bekend voor.'

'Hij was de man die in Cowls zwembad is gevonden.'

Haar hand schoot naar haar mond. 'O mijn god, dat is waar ook. Ik hoorde zijn naam op het nieuws. Moet ik een andere baan gaan zoeken? Mijn man heeft net een vakantiehuis gekocht in Connecticut en de hypotheeklasten zijn niet mis.'

Ach ja, iedereen vindt andere dingen belangrijk.

'Als ik jou was, zou ik mijn cv maar opfrissen.'

Devine nam afscheid van haar en liep naar zijn hokje. Inmiddels waren alle andere Burners ook aanwezig, maar die waren niet op hun computer aan het werk. Een paar zaten niet eens op hun plek en stonden in groepjes met elkaar te praten.

De vrouw met wie hij eerder een discussie had gehad, Lydia White, kwam naar hem toe. Ze was bleek en leek ontdaan. 'Wat gebeurt er allemaal, Travis?'

Hoewel ze hem eerder kwaad had gemaakt, had hij nu medelijden met haar. Met hen allemaal, eigenlijk. Ze hadden zich de hele tijd kapotgewerkt, misschien wel voor niets.

'Niets goeds, dat is zeker. Area 51...'

'Wat is daarmee?'

De andere Burners kwamen om hen heen staan.

'Ga maar naar boven, dan kun je het zelf zien. Die verdieping is nu toegankelijk.'

White zei: 'Maar ik dacht dat de firma daar de high-freq...'

Devine viel haar in de rede: 'Ze wilden dat iedereen dat dacht. Die hele verdieping is nu leeg. Hij stond vol computers en servers, en die zijn nu allemaal weg. Ze hebben de boel vannacht leeggehaald.'

White vroeg: 'Heeft dit allemaal iets met die moorden te maken?'

'Het heeft zeker iets te maken met de man die dood in Cowls zwembad lag.'

White vocht tegen haar tranen. 'Mijn vader zei dat ik het aanbod van JPMorgan moest aannemen, maar Cowl leek me opwindender.'

'Ik zou de voorkeur geven aan de saaie JPMorgan boven deze vorm van opwinding.'

'Wat moeten we doen?'

'Doorgaan met werken, je salaris innen en je cv naar zo veel mogelijk andere bedrijven sturen.'

De Burners liepen allemaal naar hun computer om dat te gaan doen, maar White bleef staan waar ze stond. Ze zei: 'Ik zat er duidelijk helemaal naast wat jou betreft. Het spijt me.'

'Natuurlijk was je wantrouwig, Lydia. Dat zou ik ook zijn geweest.'

'Jij bent hier om een andere reden, klopt dat? Degene voor wie je werkt, wist dat er hier iets aan de hand was en stuurde je hiernaartoe om uit te zoeken wat dat was.'

Hij glimlachte. 'Je bent heel slim en zult ongetwijfeld een geweldige carrière opbouwen, waar je ook maar naartoe gaat. Misschien moet je Wall Street verlaten en bij een bedrijf gaan werken dat een positieve impact heeft op veel mensen die echt hulp nodig hebben.'

'Mijn oudere zus begint een non-profit om de daklozen in Californië te helpen. Dat is daar echt een groot probleem. Daar kom ik vandaan, de Bay Area.'

'Je zult daar lang niet zoveel verdienen als hier, maar ik denk wel dat het werk je veel meer voldoening geeft.'

In de lift naar de lobby besloot hij de directe aanval op de verdwenen vijand uit te voeren. Hij stuurde een berichtje naar Brad Cowl nadat hij even had nagedacht over de juiste formulering. Cowl was een man van daden. Dus deed Devine hem een aanbod dat hij niet kon afslaan.

Area 51 leeghalen zal niet voldoende zijn. De FBI zit je op de hielen. Ik kan al je problemen laten verdwijnen. Als je naar me wilt luisteren, winnen we allebei. Jij bent een man die deals wil sluiten, laten we dat dus doen.

Devine verliet het gebouw, snoof de frisse lucht op en liep weg.

73

Devine stuurde Montgomery een berichtje en zei dat hij haar wilde ontmoeten bij het verzorgingshuis aan de Upper East Side waar Poppy Chilton woonde.

Ze stond buiten toen hij daar aankwam en zag er ontdaan uit.

'Gaat het? Wat is er gebeurd?'

'Poppy is overleden.'

'Wat? Wanneer? Zeg alsjeblieft niet...'

'Nee! Het was een natuurlijke dood. Nou ja, min of meer dan.'

'Ik begrijp het niet.'

'Er was een tv en het nieuws stond aan. Hij zag...'

'Hij zag dat zijn kleinzoon dood was, bedoel je? Maar ik dacht dat hij dat soort dingen niet meer kon begrijpen.'

'De arts die ik sprak, zei dat je dat nooit zeker weet. Dat mensen soms heldere momenten hebben. Toen Poppy Christians naam op de televisie zag en hoorde dat hij dood was, kreeg hij een hartstilstand. Ze konden hem niet reanimeren.'

'Is dat vannacht gebeurd?'

'Ja. Dat vertelden ze me toen ik binnenkwam. De familie komt hiernaartoe voor... beide begrafenissen.'

Devine hield haar stevig vast, terwijl ze tegen zijn schouder stond te huilen. Toen ze zichzelf weer in de hand had, stapte ze achteruit en zei: 'We moeten die klootzakken absoluut te pakken krijgen.'

Hij vertelde haar over Area 51 en over zijn berichtje aan Cowl.

'Denk je dat hij zal reageren? Hij denkt misschien dat je hem in de val wilt laten lopen of zo.'

'Het is een poging waard. En ik heb geen Plan B.'

***

Nadat ze hadden geluncht in een restaurant aan de haven belde Devine Campbell.

Campbell zei: 'We hadden vannacht geheim agenten voor het Cowl Building geposteerd. We werden natuurlijk wantrouwig toen de verhuiswagens kwamen, maar hadden geen gegronde redenen om in te grijpen of om een huiszoekingsbevel aan te vragen. Een van mijn mannen sprak met de dienstdoende bewaker en die zei dat hem was verteld dat ze apparatuur kwamen bréngen, dus niet zouden weghalen. Daardoor maakten we ons minder zorgen dan had gemoeten. Ze reden door naar het laad- en losplatform, zodat we niet konden zien wat er echt gebeurde. Ik baal natuurlijk enorm.'

Devine verbrak de verbinding en keek uit over het water. Hier waren hij en Jennifer Stamos die dag naartoe gegaan. Hij keek naar het Vrijheidsbeeld en toen hij zich omdraaide, zag hij dat Montgomery naar hem keek.

'Vind je het een cool idee dat jij hebt gevochten om dat vrijheidsideaal in stand te houden?' vroeg ze.

'Als je aan het vechten bent, denk je niet echt aan het grote geheel. Dan hou je je elke dag opnieuw alleen bezig met overleven. Maar ik was wel trots dat ik mijn land diende, ook al dacht mijn vader daar anders over.'

'Is dat ook de reden dat je bij Campbell werkt?'

Hij keek haar aandachtiger aan. 'Waarom vraag je dat?'

'Omdat je het een keer met me over "bagage" had. En hoewel ik me jou wel kan voorstellen als militair, kan ik je niet echt zien als een FBI-spion.'

'Daar heb je meer gelijk in dan je waarschijnlijk denkt.'

'Het was vast heel erg.'

'Het was erg genoeg. Dat heeft zo ongeveer alles wat daarvoor is gebeurd in de schaduw gesteld.'

'Dat moet heel zwaar zijn geweest.'

'Zwaarder dan ik kon verdragen, kennelijk.'

Ze zwegen even tot Devine zei: 'Chilton is vermoord om zijn connectie met Cowl en Area 51.'

'Maar als ze Christian hebben vermoord nadat hij Brad ter verantwoording riep, waarom hebben ze zijn lichaam dan in Brads zwembad gedumpt? Daardoor verdenkt de politie Brad natuurlijk meteen.

Er waren meer dan genoeg andere manieren om zijn lijk te lozen.'

'Wat misschien betekent dat Cowl en zijn partners onenigheid hadden. Misschien hebben ze het wel gedaan om Cowl verdacht te laten lijken.'

'Betekent dit dat hij al dood is? Ze halen Area 51 leeg, vermoorden Christian en Brad, en gaan ergens anders naartoe waar ze de witwasoperatie voortzetten...'

Devines telefoon zoemde. Hij nam op en zijn mond viel open. Hij luisterde even en zei toen: 'Ik zal er zijn.' Daarna verbrak hij de verbinding. 'Nou, Cowl leeft nog. Hij belde net en wil me vanavond zien.'

'Waar?'

'In zijn penthouse.'

'Vertrouwen we hem?'

'Niet met ons leven.'

'Wat doen we nu dan? Niet gaan? Hulptroepen inschakelen?'

'Niets van dat alles.'

'Maar we moeten een plan hebben. We kunnen daar niet gewoon naartoe gaan om gedood te worden.'

'Het gevecht aangaan is het enige wat ik heel goed kan. En jij gaat niet mee.'

Ze keek hem ongelovig aan. 'Wat zeg je nu?'

'Ik ben opgeleid voor dit soort dingen, jij niet.'

'Zoals toen Brad de telefoon wilde pakken, hoewel de lift niet bediend kon worden, waardoor je dekmantel in rook zou opgaan? Ik heb toen je huid gered.'

Devine kwam dicht bij haar staan en zei langzaam en ernstig: 'Luister, ik denk dat ik een kans van vijftig procent heb om daar levend vandaan te komen. Ik vind dat voldoende, maar dat is niet genoeg voor jou. Dat kan ik je niet laten doen.'

'Waarom laat je die beslissing niet aan mij over?'

'Jezus, Michelle, waarom vertrouw je me niet wat dit betreft?'

'Waarom vertrouw je mij niet wat dit betreft?'

'Waar heb je het over?'

'Ik heb een plan waardoor we volgens mij levend naar binnen en weer naar buiten kunnen komen.'

'Hoe zou je dat moeten weten?'

‘Omdat ik Brad ken, beter dan jij ooit zult doen. Jij hebt me ooit gevraagd je te vertrouwen en dat heb ik gedaan. Wil je mij deze keer vertrouwen?’

Ze bleven elkaar zeker vijf seconden aankijken, maar toen vroeg Devine: ‘Wat is je plan?’

74

Om halftwaalf die avond gebruikte Devine zijn bedrijfspas om samen met Montgomery het Cowl Building binnen te gaan. De bewaker was er niet. Devine keek op zijn horloge.

Hij doet zijn ronde. Of misschien ligt hij ergens, dood. Dat soort dingen gebeuren hier.

Ze namen de lift naar de hoogste verdieping die ze met Devines pas konden bereiken.

Toen de liftdeuren opengingen, zagen ze Cowl. Hij was elegant gekleed in een donker pak en wit overhemd zonder stropdas. Hij leek fris ondanks het late uur en glimlachte toen ze de lift uit stapten. 'Michelle, ik had niet verwacht jou hier vanavond te zien.'

'Waar heb je verdomme gezeten, Brad?' riep Montgomery.

'Gewoon wat dingen regelen.' Tegen Devine zei hij: 'Ik kreeg je berichtje. Ik heb geen idee wat het betekent, maar het leek me goed je te laten komen, zodat we even konden praten.'

'Christian lag in je zwembad, dood!' snauwde Montgomery. 'De politie denkt dat jij hem hebt vermoord.'

'Maar dat is niet zo. Ik was de stad uit en er zijn heel veel mensen die dat kunnen bevestigen. Mijn advocaten hebben al contact opgenomen met de politie en we werken volledig mee. Het is mijn probleem niet als Christian zichzelf heeft laten vermoorden. Hij en Devine hier hadden dikke bonje, dus misschien is Devine teruggegaan naar mijn huis om de klus af te maken en heeft hij ervoor gezorgd dat het leek alsof ik er iets mee te maken had.' Cowl keek Devine met een zelfvoldane grijns aan. 'Dat hebben we de autoriteiten ook al laten weten. Ze zullen zeker contact met je opnemen.'

'Wil je het echt zo aanpakken?' vroeg Devine. 'Ook met de moord op Stamos?'

‘Laten we naar boven gaan om dit te bespreken.’ Hij nam hen mee in zijn privélift.

In het penthouse aangekomen fouilleerde Cowl Devine om te zien of hij gewapend was. Daarna keek hij naar Montgomery, maar met een felle blik zei ze: ‘Haal het niet in je hoofd, Brad.’

Cowl grijnsde en hief zijn handen in een speels gebaar van overgave. ‘Oké, schatje, oké.’ Hij keek naar haar superstrakke topje en knielange rok. ‘Dacht toch al niet dat je daar verstopplekjes kon hebben. Maar je moet me wel in je tasje laten kijken.’

Dat deed ze.

‘Nu moeten jullie je telefoon uitzetten, want ik wil niet dat ons gesprek wordt opgenomen.’

Ze deden wat hun gevraagd werd.

‘Ter informatie, ik heb hier een stoorzender voor het geval jullie een microfoontje dragen of zo. Iets drinken?’

‘Ik niet,’ zei Devine.

Montgomery schudde alleen haar hoofd.

‘Ik heb er de pest aan om alleen te drinken, maar oké.’ Hij schonk voor zichzelf een cognac met cola in en nam een slokje. ‘Laten we gaan zitten.’

Montgomery en Devine zaten naast elkaar op een bank en Cowl ging tegenover hen zitten.

‘Stamos?’ zei Devine.

Montgomery zei snel: ‘Jij kreeg die avond een bericht en je ging weg om iemand te spreken.’

Cowl zei: ‘Goed, ik zal gewoon vertellen hoe het zit. Dat berichtje was van Jenn. Ze was bang.’

‘Waarvoor?’

‘Door de telefoon wilde ze me dat niet vertellen, dus ging ik naar haar toe.’ Hij vertrok zijn gezicht toen hij daaraan terugdacht. ‘En na haar telefoontje en voordat ik bij haar was, heeft iemand haar... gruwelijk verminkt met een mes.’

Devine leunde naar voren. ‘Was jij die iemand?’

‘Waarom zou ik dat doen? Ik vond haar aardig, heel aardig.’

‘Omdat Sara Ewes wist dat de Locust Group eigenaar is van het Lombard Theater en tegen Stamos zei dat ze daar moest gaan kijken. Misschien heeft ze dat gedaan en besefte ze wat er aan de hand was.

Of misschien heb je je versproken nadat jullie seks hadden gehad en moest ze daarom dood.'

'Jezus, Devine! Je doet net alsof ik een soort creepy moordenaar ben.'

'Ben je dat dan niet?'

'Ik ben een zakenman.'

'Heb jij de politie gebeld?'

Hij aarzelde en zei toen: 'Ja, ik heb ze gebeld. Maar als je dat tegen iemand zegt, ontken ik het.' Met een blik vol afschuw zei hij: 'Je moet toch wel een heel verwrongen geest hebben om zoiets met een vrouw te doen. Ze hebben haar... verminkt.'

'Heb je iemand gezien of gehoord toen je daar was?'

'Nee. Ik had een sleutel en liet mezelf binnen. Ik riep haar naam. Ik liep naar haar slaapkamer en... daar lag ze, geboeid en doodgestoken, met het woord "bitch" in haar buik gekerfd. Ik moest bijna overgeven.' Hij zag eruit alsof hij op het punt stond dat nu ook te doen.

'De politie zei dat ze is doodgebloed. Dat moet wat tijd hebben gekost, maar je bent de moordenaar waarschijnlijk maar net misgelopen.'

'Ik weet het. Ik zou dood zijn als ik daar twintig minuten eerder was geweest.'

Montgomery zei: 'Of je had haar kunnen redden, Brad.'

Verbaasd zei hij: 'Ja, dat is zo. Misschien. Daar heb ik niet aan gedacht.'

'Dat is duidelijk,' zei ze vol afkeer.

Cowl keek naar Devine. 'Je zei dat je een deal wilde sluiten. Wil je dat uitleggen?'

'Area 51...'

'O, dat. Daar deden we gewoon wat cryptomining en we hevelden daar soms wat high-frequency trading naar over die onze faciliteit in Queens niet aankon. Alles volkomen legaal.'

'Die verdieping is leeggehaald,' zei Devine.

'Ja, we hadden besloten een en ander wat compacter aan te pakken en hebben dat allemaal verplaatst, ook onze Queens-operatie, naar een pand in Jersey. Nogmaals, allemaal legaal.' Hij keek Devine met een ondoorgrondelijke blik aan en vroeg: 'Probeer je me af te persen? Dát is wel illegaal.'

'Geld dat binnenkomt vanuit de hele wereld en geld dat wordt overgemaakt naar de Locust Group, Mayflower Enterprises en duizenden andere bedrijven. Volgens mij is er op de hele wereld niet genoeg zeep om zoveel geld wit te wassen.'

'Je bent een echte grapjas. Hoe wil je dat bewijzen?'

'Ik heb daar een camera opgehangen. Nu is die weg.'

'Juist. Illegale opnamen, ontoelaatbaar bewijs. Wordt afgewezen tijdens een proces of niet eens toegelaten als bewijs. Sterker nog, er is geen enkel bewijs van waar die camera was of waar die opnamen van maakte. Laten we naar de eenenvijftigste verdieping gaan en dat wat er op die film staat vergelijken met wat er in dat vertrek is. Wil je dat doen?'

'Het ziet er niet goed uit als bekend wordt wat wij weten.'

'Als je leugens gaat verkondigen over mij en dit bedrijf, zit je de komende twintig jaar alleen nog maar in rechtszalen. Datzelfde geldt voor wie je ook werkt. Daarna ben ik nog steeds rijk. Ik weet niet wat jij dan bent, maar goed zal het niet zijn. Ik heb ook wat informatie over jou ingewonnen, Devine. Je was in diskrediet geraakt toen je het leger verliet. Een man van jouw eenheid hing zichzelf op en liet een aantrekkelijke vrouw achter. Toen ging een andere man die je kende dood. Mijn mensen vertellen me dat hij met de vrouw van die eerste man naar bed ging. Misschien had hij die vent wel vermoord en was het helemaal geen zelfmoord. Jij kende hen allebei en ze zijn allebei dood. Daarna maakte je een einde aan je militaire carrière en stapte je mijn wereld in. Waarom? Voelde je je schuldig of zo?'

'Dit gaat niet over mij.'

Cowl keek Montgomery aan en liet zijn telefoon zien. 'En jij hebt hem geholpen die camera daar te plaatsen, schatje. Na alles wat ik voor jou had gedaan. Ik bedoel, shit, een man kan geen enkele vrouw vertrouwen, nietwaar?'

'Gold dat ook voor Dominique Deveraux?' vroeg ze. 'Je kon haar niet vertrouwen en dus sprong ze zogenaamd in de East River?'

Cowl keek haar met een nietszeggende blik aan.

'Hoe heb je haar doodverklaard?' vroeg Devine.

'Arme meid. Ze was een puinhoop, en verslaafd. De politie bedankte me zelfs omdat ik had geprobeerd haar een beter leven te geven. En als ze niet zo nieuwsgierig was geweest, had ze inderdaad een veel beter leven gehad.'

'En Sara? Ze wist dat het Lombard Theater eigendom was van de Locust Group. Dat vertelde ze aan Stamos. En volgens mij heb jij hen vermoord omdat zij hadden ontdekt waar jij mee bezig was.'

'Je hebt wel veel fantasie. Ik zei toch al dat ik Jenn heb gevónden. Ik heb haar niet vermoord. En wat is er met het Lombard Theater? Ik wist niet dat bezit van vastgoed een misdaad was.'

Devine keek naar Montgomery, maar zweeg.

Cowl schudde zijn hoofd en zei glimlachend: 'Je hebt niets om een deal mee te sluiten en je krijgt zeker weten geen cent van me. Daar gaat dit om, nietwaar? Je wilt me chanteren of proberen me een bekentenis te laten afleggen. Dat kun je vergeten.'

'Dan gaan we maar,' zei Devine.

Cowl schudde zijn hoofd. 'O nee, dat is niet de manier waarop dit eindigt.'

Vier mannen traden uit de schaduw.

Karl Hancocks gezicht was nog altijd bont en blauw van de klap met die autoband en hij had zijn pistool in de hand. Twee andere mannen hadden een geweer. De vierde man had een MP5. Ze hadden een tank bij zich voor een messengevecht, maar dat was prima, want Devine had geen mes.

Cowl zei: 'We hebben besloten om niet te wachten tot jij probeert problemen te veroorzaken, maar om proactief te handelen. Je hebt ons de moeite bespaard je te moeten zoeken door hiernaartoe te komen.'

Devine zei: 'Beneden staat een grote groep mensen klaar. Als wij niet terugkomen, gaan zij naar boven.'

Hancock zei: 'Beneden is helemaal niemand. Ik laat het hele blok in de gaten houden. Je kwam hiernaartoe omdat je dacht dat je Cowl eronder kon krijgen, maar je vergiste je.'

Cowl zei: 'Ik speel dit spel al heel lang. Ik heb alles gezien. En jij nu dus ook.'

'Oké, Devine,' zei Hancock. 'Jij en de dame gaan naar de filistijnen. We brengen jullie naar een heel slechte buurt in de Bronx, jullie worden beroofd en vermoord, en daarna worden jullie lijken gedumpt in een steeg, waar de NYPD jullie zal vinden samen met heel veel forensisch bewijs waaruit blijkt dat een bijzonder gewelddadige bende jullie te pakken heeft genomen. En de politie zal ook bewijzen vinden die jou in verband brengen met de moord op Chilton. Hij hield van deze vrouw en jij hebt hem uitgeschakeld. Jullie hebben al eerder ruziegemaakt om een andere bitch. Hij probeerde de vrouw terug te krijgen en jij besloot daar een einde aan te maken en smeet hem in dat zwembad om de arme meneer Cowl hier verdacht te maken. Dat kon heel gemakkelijk, want deze dame hier heeft een sleutel van dat huis en zij gaf het personeel een vrije avond. We weten dat je Chilton hebt gesproken op de avond van zijn dood voor het pand waar zijn opa woont. Je hebt geregeld dat hij jou in meneer Cowls huis zou ontmoeten. Hij kwam en jij hebt hem vermoord. Terwijl meneer Cowl niet eens in de stad was.'

Devine luisterde niet eens, omdat het niets uitmaakte. Hij concentreerde zich op het komende gevecht. In zijn hoofd veranderde dit vertrek in een gevechtszone voor man-tegen-mangevechten.

In zijn hoofd werden de vier mannen cijfers. Hun posities, de accuratesse en potentie van hun wapentuig, hun zichtlijnen, de obstakels om weg te komen, het probleem dat Montgomery bij hem was, de nabijheid en de mogelijkheid Brad Cowl te gebruiken kregen ook een cijfer. Hij zag dat de MP5 op *burst* stond, een schotgroep van meestal twee schoten, dus niet op *full auto*. De geweren waren dubbelloops met de lopen naast elkaar, geen pompgeweren, dus twee lopen met elk twee kogels. Hancock had zijn Glock, met een standaard magazijn. Cowl stond ruim een meter bij hem vandaan, met een glas in de hand en voor zover hij kon zien zonder wapen. Hij berekende de schootshoeken en obstakels. Bedacht mogelijke scenario's. Die waren geen van alle goed, maar dat waren ze nooit.

Nu zijn gevechtsplan was opgesteld, werd het tijd om het spel te spelen dat in geen enkel opzicht een spel was. Cowl was er misschien heel goed in om op een illegale manier geld te verdienen, maar dankzij het Amerikaanse leger was Devine misschien een van de allerbesten op het gebied van wat er nu ging gebeuren.

Drie... twee... één.

75

'Opstaan, nu!' brulde Hancock.

Ze stonden allebei op, maar Montgomery wankelde en zag eruit alsof ze moest overgeven. 'O mijn god! O mijn god!' zei ze huilend. 'Brad, doe dit alsjeblieft niet. Alsjeblieft. Ik wil alles doen.'

Hancock snauwde: 'Daar is het veel te laat voor, dame.'

'Alsjeblieft, Brad, ik wil niet dood! Ik zal niets zeggen, dat zweer ik!'

'Te laat, bitch,' zei Cowl. 'Als jij me belazert, belazer ik jou, alleen veel erger.'

Montgomery knipperde en haar ogen rolden weg. Ze verloor het bewustzijn en viel tegen Devine aan, die haar opving zodat ze niet op de grond viel.

'Kom op, zeg!' snauwde Cowl. 'Dit kan ik helemaal niet gebruiken.' Hij keek Hancock aan en zei: 'Ik heb plannen voor vanavond.'

Devine legde Montgomery op de bank en stond dus met zijn rug naar de mannen toe. Zijn hand gleed onder haar rok, trok de kleine tienschots Beretta-subcompact uit de holster die onder Montgomery's rok aan haar bovenbeen was bevestigd. Hij draaide zich vliegensvlug om en schoot twee keer snel achter elkaar. De man met de MP5 wilde hij het eerst uitschakelen, omdat dat wapen in deze kleine ruimte het gevaarlijkst was. Geweer Eén was de volgende, omdat Devine de indruk had dat de man beter met zijn wapen kon omgaan dan Geweer Twee.

Cowl gilde en probeerde over zijn stoel te springen, maar dat mislukte. Hij liet zijn glas vallen, gleed op zijn rug over de grond en sloeg zijn handen voor zijn gezicht. Montgomery sprong over de rugleuning van de bank en ging plat op de grond liggen.

Devine glipte tussen de bank en een stoel toen Geweer Twee eindelijk het vuur opende. De man had kostbare seconden verspild terwijl hij probeerde te begrijpen wat er zojuist was gebeurd. In een gevecht kostte je dat je leven.

De twee kogels boorden zich dwars door de stoel, alleen was Devine daar al niet meer en nu moest die stomkop eerst herladen. Als hij een pompgeweer had gehad, was Devine nu dood geweest. Alles hing inderdaad af van de details.

Tijdens een gevecht moest je in beweging blijven, zelfs als een deel van je hersens zei dat je moest blijven waar je was. Een bewegend doelwit trekt de aandacht, dat klopt, maar leidt ook tot slechte besluiten van degenen die proberen je bewegingen te volgen. Een niet bewegend doelwit geeft de tegenstander de tijd om betere besluiten te nemen en de prooi te doden.

Die stomme Hancock, die bijna onderuitging door de vallende MP5-man, schoot in een wijde boog en zonder te richten. Dat was prima als een tweede schutter datzelfde deed vanuit de parallelle positie, want dan overlapten de schoten elkaar en werd je doelwit negen van de tien keer geraakt. Maar aangezien dat nu niet het geval was, was hij zelf de klos. De CIA moest zijn mensen kennelijk beter trainen.

Devine keek van achter de stoel en schoot een kogel in de nek van Geweer Twee, waardoor de slagader daar scheurde, precies zoals de bedoeling was. De man gilde, liet zijn wapen vallen en viel over de stoel heen, terwijl hij naar zijn wond greep waar het bloed uit spoot. Hij had nog zo'n vijf seconden te leven. Hancock schreeuwde en viel achterover.

Devine gebruikte de dekking van dat afschuwelijke gebeuren om een kogel in Hancocks linkerknie te schieten, waardoor de knieschijf eraf vloog plus de botten en het weefsel erachter. De man viel bloedend op het vloerkleed dat waarschijnlijk vijftigduizend dollar had gekost.

Devine had hem nog met een laatste schot kunnen doden, maar behalve Cowl had hij nog een van deze mannen levend nodig, en Hancock was nu nog de enige kandidaat.

Hancock had zijn Glock laten vallen en probeerde die nu, ondanks zijn pijn, weer te pakken.

Devine had bewondering voor het lef van de man, maar daarmee hield zijn bewondering ook op. Hij rende naar hem toe, schopte het wapen weg en richtte zijn Beretta op Hancock, terwijl Montgomery haar hoofd boven de rugleuning van de bank uitstak.

Cowl lag op de grond moord en brand te schreeuwen, terwijl Geweer Twee bijna boven op hem lag.

'Hou je kop!' brulde Devine. Cowl duwde de dode man van zich af en liep bloedend naar de bank.

Devine raapte Hancocks vuurwapen op en stopte het achter zijn broeksriem, terwijl de man op de grond lag te kreunen en zijn verbrijzelde knie vasthield. Devine zag dat Cowl vol ongeloof naar hem keek.

Hancock zei tegen Cowl: 'Je hebt ze allebei gefouilleerd op wapens, stomkop!'

Devine keek Montgomery aan en zei: 'Geweldig plan van je!'

'Bedankt.' Triomfantelijk zei ze tegen Cowl: 'Je had gelijk, Brad. Je kunt vrouwen gewoon niet vertrouwen, deze tenminste niet.'

Devine controleerde hoeveel bloed Hancock had verloren. Hij had zoveel gewonde mensen gezien dat hij prima kon inschatten of iemand het overleefde of niet. Hancock zou het overleven.

Hij keek Cowl aan. 'Je zei dat je hier een stoorzender hebt. Waar is die?'

'Achter die vaas,' zei Cowl met trillende stem. Zijn dure pak en overhemd zaten onder het bloed van de andere man.

Devine knikte tegen Montgomery, die er snel naartoe liep en het apparaat uitschakelde.

'Bel een ambulance,' zei Devine.

Montgomery zette haar telefoon weer aan en belde 911.

Devine zette zijn telefoon ook aan, vertelde Campbell in een berichtje wat er was gebeurd en stopte zijn telefoon weer in zijn zak. 'Nu ga je zitten, Cowl. Beheers je en begin te vertellen.'

'Ik vertel je helemaal niets.'

'Prima, maar omdat jij net hebt geprobeerd ons te vermoorden, maakt het niet uit hoeveel je de burgemeester en de gouverneur voor hun laatste verkiezing hebt gegeven.'

'Jij kwam hiernaartoe en begon op ons te schieten.'

'Ja hoor. Ik nam het op tegen vier gewapende mannen in een penthouse waar alleen jij toegang tot hebt.'

'Wie bén jij?' schreeuwde Cowl.

'Op dit moment een bijzonder kwade man.' Hij richtte zijn pistool op Cowls hoofd.

Cowl beschermde zijn hoofd met zijn handen. 'Niet doen! Verdomme, niet schieten!'

'Ik wil graag alles weten over Area 51.'

'Jij houdt je bek, Cowl!' gilde Hancock.

Devine richtte zijn pistool op hem. 'Mond dicht of ik schiet op je andere knie. Dan ben je doodgebloed voordat het ambulancepersoneel hier is.'

Montgomery stopte haar telefoon in haar tas en kwam naar hem toe. Ze was bleek en keek niet naar de dode mannen.

'Area 51?' zei Devine.

'Je hebt het zelf gezien, klootzak,' snauwde Cowl.

'Ik wil jouw versie graag horen.'

Cowls toon veranderde en hij spreidde zijn handen. 'Luister, ik moet verantwoording afleggen aan andere mensen. We kunnen wel een deal sluiten.'

Hancock riep: 'Als je één woord zegt ben je dood, Cowl. Je weet heel goed over wie ik het heb.'

Devine sloeg de man op het hoofd met de kolf van zijn pistool, waarna Hancock bewusteloos op de grond viel. Toen keek hij Cowl weer aan. 'Wat zei je?'

'Je kwam hier toch naartoe om rijk te worden? Nou, ik kan je zó rijk maken dat je je geld nooit van je leven op kunt maken. Je kunt je eigen eiland kopen en die bitch daar vierentwintig uur per dag en zeven dagen per week in bikini laten rondlopen, plus nog eens tien anderen zoals zij.'

'Eigenlijk heb ik geld verdienen nooit leuk gevonden,' bekende Devine.

'Wat deed je hier dan, verdomme?' gromde Cowl.

'Area 51?'

'Dit is groter dan ik ben, Devine. Het is groter dan wij allemaal.'

'Nou, we moeten ergens beginnen. Maar ik zal je helpen. Anne Comely betekent Clean Money. Wat zeg je daarvan?'

Cowl keek hem aan en snoof. 'Misschien had je het hier uitstekend kunnen doen.'

'Volgens mij is er geen "hier" meer, Cowl.'

Montgomery gebruikte Cowls telefoon om het ambulancepersoneel binnen te laten dat een paar minuten later arriveerde. Ze bevestigden de dood van de andere mannen, stabiliseerden de nog altijd bewusteloze Hancock en brachten hem weg. Een paar minuten later verscheen een groep FBI-agenten onder leiding van Campbell.

Hij ging tegenover Cowl zitten en keek hem aandachtig aan.

'Wie ben jij verdomme?' vroeg Cowl.

'Ik ben je ergste nachtmerrie, of je redder. Dat hangt helemaal af van hoe je dit wilt aanpakken.'

'Ik heb geen idee waar je het over hebt.'

Campbell stond op. 'Dan ben ik je ergste nachtmerrie. Ik hoop dat je gevangeniseten lekker vindt.'

'Wacht even!'

'Ik luister.'

'Als ik al een deal sluit, moeten mijn advocaten die tekenen.'

Campbell zei tegen zijn mannen: 'Neem hem mee, maar stel hem niet in staat van beschuldiging. Nog niet.'

Ze brachten Cowl weg.

Campbell zei tegen Devine: 'Ik neem aan dat jij dacht dat je de oorlogsgebieden achter je had gelaten, kapitein.'

'Misschien is dat nooit het geval,' zei Devine.

Toen Devine en Montgomery het penthouse verlieten vroeg ze: 'En, is het eindelijk afgelopen?'

Hij schudde zijn hoofd. 'Nee, nog lang niet.'

76

De 6:20.

Het was regenachtig, mistig en kil, het tegengestelde van wat de zomer zou moeten zijn. Maar dat gold eigenlijk voor alles. Devine zat op zijn vaste plaats en keek naar buiten. De trein ging langzamer rijden en stopte toen.

Hij keek naar Cowls huis. Het was verlaten.

Devine was onderweg naar Cowl en Clean Money, zoals hij het bedrijf nu in gedachten noemde. De pers had nog niets gehoord over wat er in Cowls penthouse was gebeurd. Dat was geheimgehouden, zodat het later kon worden gebruikt. Besloten was dat Cowls bedrijf gewoon zaken mocht blijven doen. Campbell had Devine in een bericht op de hoogte gebracht van de vorderingen tot nu toe. Die waren niet bemoedigend.

We hebben Cowl en Bartlett, zoals Karl Hancock in werkelijkheid heet. Maar er is geen enkel elektronisch spoor over van Area 51, dat is vakkundig gewist. De foto's en video-opnamen in ons bezit zijn onvoldoende. Er is geen chain of custody, *dus geen bewijs dat de zaak correct is afgehandeld via een ononderbroken bewakingsketen. De rechtbank zal ons uitlachen. Maar nu Cowl bereid is een deal te sluiten, denk ik dat we ons doel uiteindelijk wel zullen bereiken.*

Dit bericht had Devine om één uur 's nachts ontvangen.

Toen de trein bijna bij de city was belde Campbell hem op. 'Extreem slecht nieuws, Devine. Cowl en Bartlett zijn dood. Bartlett in het ziekenhuis. Kussen op zijn gezicht. Bewaker ook vermoord.'

'En Cowl?'

'Doodgestoken in zijn cel. Het bewakingscamerasysteem was uitgeschakeld. We houden dit onder de pet. Geen lekken, niemand weet het, nóg niet tenminste. Maar dat zal niet lang zo blijven. We zijn dus terug bij af, helaas, maar ik denk dat ze op de vlucht zijn geslagen. Het ministerie van Justitie en andere diensten zitten hen met man en macht achterna, zelfs ondanks de tegenwerking van enkele politici.'

Devine was lang niet zo optimistisch als Campbell. Hij was ervan overtuigd dat Area 51 ergens anders zou worden opgezet, of zou worden samengevoegd met een andere lopende operatie. Hij vroeg zich af hoeveel van Amerika echt in andere handen was.

De wereld is totaal in de war. Goed is slecht, en slecht wordt aanbeden.

Hij wist bijna intuïtief dat er nog altijd een moordenaar vrij rondliep. Vier mensen waren dood en die moorden hadden alles te maken met Sara Ewes, en niet met Brad Cowl en Area 51.

Op de een of andere manier heeft alles ook met mij te maken. Ik heb die mails gekregen en er was een reden voor dat ze naar mij zijn gestuurd. De moordenaar wendt zich rechtstreeks tot mij. Persoonlijker dan dit kan niet.

Hij kwam niet echt aan werken toe; het was een warboel in zijn hoofd. De andere Burners probeerden sollicitatiegesprekken te regelen bij andere bedrijven en bespraken hun problemen met elkaar. Devine probeerde er maar niet naar te luisteren.

Toen hij die avond thuiskwam, zat Valentine op de bank met een biertje en een hotdog in plaats van met een pizza.

'Dude, jij bent vroeg thuis. Hoe gaat het? Heb je al die shit al opgelost?'

'Dat denk ik wel.'

'Alles is dus in orde?'

'Zo ver zou ik niet willen gaan.'

***

Uiteindelijk werd bekend dat Brad Cowl in een politiecel was vermoord. De financiële pers, toch al helemaal opgewonden door de serie moorden bij zijn bedrijf, publiceerde dit met een mix van verbijstering en een beetje vrolijkheid, zelfs toen een paar geruchten rondgingen over mogelijke financiële misstappen bij Cowl and Comely.

Devine zat in zijn kamer deze nieuwsberichten op zijn telefoon te lezen en hij schudde zijn hoofd.

Mogelijke financiële misstappen? Kom op! Vergeleken hiermee lijkt Bernie Madoff een derderangsfraudeur.

Later stuurde hij Montgomery een bericht en maakte een afspraak met haar voor de volgende dag in het hotel waar zij onder politiebescherming verbleef.

De volgende dag ging hij naar het hotel en nadat hij door haar beveiligers was gescreend, klopte hij op haar kamerdeur. Ze deed meteen open, gekleed in een spijkerbroek en een wit T-shirt. Zo te zien had ze gehuild. Hij deed de deur achter zich dicht en vroeg: 'Wat is er? Ben je in orde?'

Ze depte haar ogen en ging op het bed zitten. 'Mijn moeder belde. Ze had het gehoord van Brad, maar ook van Christian. Ze vroeg of ik daar iets mee te maken had. Mijn eigen moeder!'

Hij trok een stoel bij en ging tegenover haar zitten. 'Dat moet een moeilijk gesprek zijn geweest.'

'Het was in elk geval heel kort, want ik heb opgehangen.'

'Je hebt gelukkig nog wel je beleggingsportefeuille.'

'Ik weet niet of dat genoeg zal zijn, Travis,' zei ze somber. 'Ik ben kennelijk een doelwit. Jij ook.'

'Misschien, maar misschien ook niet. Ze willen waarschijnlijk niet nog meer ophef veroorzaken, omdat ze weten dat de geheime diensten hen te pakken willen nemen.'

Ze streek haar haar uit haar gezicht. 'Denk je dat echt?'

'Ik weet het niet zeker, maar het enige wat deze lieden belangrijk vinden is dat hun geld wordt witgewassen, zodat ze dat kunnen gebruiken om bezittingen en mensen te kopen. Zo belangrijk zijn we niet, Michelle, echt niet. Zij gaan ergens anders naartoe, zetten alles opnieuw op poten en laten het geld weer stromen.' Hij leunde naar achteren. 'Maar daarmee komen we niet dichter bij het antwoord op de vraag wie vier mensen heeft vermoord.'

'Wat ben je van plan?'

'Ik wil teruggaan naar de plaats waar Sara is vermoord.'

'Mag ik mee?' vroeg ze snel.

'Waarom?'

'Omdat ik nu niet alleen wil zijn.'

Devine aarzelde.

'Mijn leven loopt ook gevaar, Travis,' snauwde ze.

'Oké, ik bespreek het met Campbell, anders worden je beveiligers gek.'

'Nu ik heb gezien wat je in Brads penthouse hebt gedaan, voel ik me veiliger bij jou dan bij hen.'

Hij kreeg toestemming van Campbell en ze verlieten het hotel. Devine gebruikte zijn bedrijfspas om het Cowl Building binnen te gaan. Omdat het weekend was en het bedrijf waarschijnlijk failliet zou gaan, was er bijna niemand. Ze gingen met de lift naar de tweeënvijftigste verdieping. Devine nam Montgomery mee naar de werkkast en opende de deur.

'Is ze hier gevonden?' vroeg ze.

'Ja. Door een facilitair medewerker. Ze hing aan die leiding die je aan het plafond kunt zien. De stoel was omvergeschopt. Haar schoenen lagen op de grond. Ze hadden geprobeerd het op zelfmoord te laten lijken, maar dat is niet gelukt.'

Ze keek hem nerveus aan. 'Moord vermomd als zelfmoord, net zoals wat Brad zei over jou en die dode soldaten?'

'Dat is een lang verhaal dat ik je nog eens hoop te kunnen vertellen, maar nu niet.'

'Wie was de man die Sara vond?'

'Jerry Myers, de facilitair medewerker hier. Hij schrok zich rot. Er was niemand anders op deze verdieping omdat er die ochtend in het Ritz een verplicht seminar plaatsvond. En het ondersteunend personeel was er nog niet.'

'Was het toeval? Dat Sara werd gevonden op een ochtend toen hier niemand zou zijn?'

'Dat denk ik niet. Ik denk dat het zo gepland was, met een klein beetje inside-information.'

'Wanneer is Sara ook alweer vermoord?'

'De nacht daarvoor, tussen twaalf en vier.'

'Haar moordenaar was de volgende ochtend dus allang weg. Maar jij kreeg 's ochtends die mail waarin stond dat ze dood was.'

'Klopt.'

‘Nou, ik kan me niet voorstellen dat haar moordenaar in die vier uren terugging naar de plaats delict zodat-ie jou die mail kon sturen. Hij wist al hoe het eruitzag.’

Devine dacht hierover na. ‘Dat is waar. Maar in die mail stond ook dat een facilitair medewerker haar had gevonden. Daardoor dacht ik dat de afzender er die ochtend was geweest, want hoe kon hij anders weten wie haar had gevonden en wanneer?’

‘Waarom zou het belangrijk zijn dat jij wist wie haar had gevonden? Was het niet voldoende om je te vertellen dát ze hier hing?’

Devine wilde iets zeggen, maar zweeg. Toen zei hij: ‘Je hebt gelijk! Daar heb ik nooit bij stilgestaan.’

‘Waarom wachtten ze tot de volgende ochtend om het je te vertellen? Waarom stuurden ze die mail die nacht niet, zodra ze dood was? Dan had je de politie gebeld en hadden zij haar gevonden.’

‘Dat weet ik niet. Zoals jij het verwoordt, slaat het nergens op.’

‘Maar het slaat wel ergens op als de moordenaar en de afzender twee verschillende mensen zijn. De moordenaar vermoordde Sara en vertelde dat aan de afzender van die mail.’

‘Maar zo komen we terug op dezelfde vraag. Hoe kon de moordenaar weten dat juist een facilitair medewerker Sara de volgende ochtend zou vinden? En als hij dat niet wist, hoe kon de afzender van die mail het dan weten?’

Ze keek om zich heen. ‘Dus deze Myers vond haar. Waarom kwam hij hier eigenlijk naartoe?’

‘Om een inktcartridge te halen nadat iemand op deze verdieping hem had verteld dat ze...’ Devine zweeg, keek naar de voorraden die op de planken lagen en keek Montgomery aan.

Ze zei: ‘Maar je zei net dat er die ochtend niemand op deze verdieping was. Wie zei dan tegen Myers dat-ie een inktcartridge moest vervangen?’

‘Dat gaan we hem nu vragen.’

77

Devine vond Myers' huisadres in de securitydatabase van het bedrijf die hij eerder had gehackt. De man woonde op Staten Island. Ze namen een taxi en lieten zich ongeveer een blok vóór het huis afzetten. Myers woonde in een arbeiderswijk.

'Hij heeft een nieuwe auto,' zei Devine toen hij de zilverkleurige pick-up op de oprit zag staan. Het was een Ford F-150 met een nieuw kenteken. 'Vraag me af hoe hij aan het geld komt.'

'Ik denk niet dat hij ons dat zal vertellen,' zei Montgomery.

'Ik kan heel overtuigend zijn.'

Ze klopten op de voordeur, maar niemand reageerde. Ze namen een kijkje in de kleine achtertuin waar alleen een oude pick-up stond, op blokken. Er was een garage voor één auto, maar die zat op slot. Devine keek door een raam naar binnen, maar zag niets nuttigs.

'Misschien heeft hij nog een auto,' zei Montgomery.

'Kan zijn, maar dat betwijfel ik. Hij is niet getrouwd en woont alleen, vertelde de beveiliger van Cowl me.'

'Kan ik jullie helpen?' vroeg iemand.

De vrouw stond op de voorveranda van het huis ernaast. Ze droeg een legging en een lang T-shirt, was in de twintig en droeg een baby op haar ene heup.

'We zijn op zoek naar Jerry,' zei Devine. 'We hadden afgesproken samen een biertje te drinken, maar hij kwam niet opdagen.'

Ze keek naar het huis. 'Dat is vreemd. Hij zou mijn man helpen met een klus in de achtertuin. Toen hij vanochtend niet kwam opdagen, belden we hem en gingen we hiernaartoe, maar alles zit op slot. Jerry neemt zijn telefoon ook niet op.'

'Heeft hij nog een andere auto?'

'Nee, hij heeft die nieuwe Ford gekocht. Wat een mooie auto! Een King Ranch-model met heel veel toeters en bellen. Volgens mijn man kost die ongeveer zestigduizend dollar.'

'Wauw,' zei Devine.

'Ja. Hij werkt voor het bedrijf van een hotemetoot in de city. Jerry zei dat-ie iedereen een dikke bonus had gegeven.'

'Maar als dit zijn enige auto is, moet hij binnen zijn. Denk je dat hij ziek is of zo?'

Een grote, dikke man liep de voorveranda op en ging naast de vrouw staan.

De vrouw zei: 'Barry, deze mensen zouden een biertje drinken met Jerry, maar hij deed niet open. Nu begin ik me zorgen te maken.'

Barry keek naar Myers' huis en de pick-up, en vroeg aan Devine: 'Moeten we de politie bellen?'

'Misschien moeten we eerst zelf even kijken. Als hij binnen zijn roes ligt uit te slapen, zal de politie niet blij met ons zijn.'

'Goed punt. Jerry lust wel een biertje.'

Devine liep met Barry naar Myers' voorveranda en keek naar de deur en het raam ernaast. 'Dit is de eenvoudigste manier.' Hij ramde zijn elleboog door het glas, haalde de scherven uit de sponning, stak zijn hand naar binnen en opende het slot.

Barry duwde de deur open en ze liepen naar binnen.

'Hoi Jer, ik ben het, Barry van hiernaast. Alles in orde...?' Barry hapte naar adem en werd lijkbleek. 'Wat is dat voor geur?'

Dat wist Devine heel goed. 'Ga de politie bellen, Barry.'

'Wat?'

'De politie. Bel ze. We hebben een probleem.'

'Wat voor probleem?'

Devine sloeg de hoek om en keek in de kleine keuken. 'Een probleem met een dode.'

Jerry Myers zal nooit van zijn nieuwe pick-up kunnen genieten.

***

Twee uur later wemelde het in het huis van de agenten en een forensisch team. Devine had rechercheur Shoemaker willen bellen, maar die was vrij. Toch kwamen hij en Ekman opdagen en ze stonden voor het huis met elkaar te praten.

'De dode man is Jerry Myers, de facilitair medewerker van Cowl die Sara Ewes' lichaam vond,' vertelde Devine, terwijl Montgomery tegen een politieauto geleund stond. 'Zo te zien is hij vermoord.'

De rechercheurs gingen naar binnen en kwamen een halfuur later weer naar buiten.

Shoemaker zei: 'De voorlopige conclusie van de lijkschouwer is een soort vergif. Schuim op de lippen, kleur van de huid. Hij lag in de keuken op de grond. Er stond een geopende whiskyfles op het aanrecht en er zat een beetje whisky in een glas. Dat laten we allemaal analyseren.'

'Het tijdstip van overlijden?' vroeg Devine.

'Voorlopige conclusie: gisteravond rond halfzeven.'

'Heeft iemand iets gezien?' vroeg Montgomery.

'Voor zover we nu weten niet.'

'Waarom zou iemand de facilitair medewerker vermoorden?' vroeg Ekman.

Devine zei: 'Omdat hij Sara Ewes donderdagavond laat heeft vermoord en haar vervolgens op vrijdagochtend "vindt", waardoor niemand hem verdenkt.'

'Jezus!' riep Shoemaker. 'Aan zoiets hebben we geen moment gedacht.'

'Ik ook niet, maar zij wel.' Devine wees naar Montgomery.

Ekman keek haar argwanend aan. 'Hoe kwam u daarbij?'

'Ik was Brad Cowls vriendin.'

'Is dat zo?'

Devine zei: 'Ze werkt samen met ons aan deze zaak. En we kwamen hiernaartoe omdat iets wat Myers tegen me zei niet leek te kloppen.'

'Namelijk?' vroeg Shoemaker.

Devine vertelde hem dat Myers had gezegd dat hij naar de werkkast was gegaan omdat iemand hem om een inktcartridge had gevraagd. 'Maar die ochtend was er niemand op die verdieping, vanwege dat seminar in het Ritz. Dus was er ook niemand om Myers iets te vragen. Ik denk dat ze het wisten van dat seminar en er daarom die dag voor uitkozen. Zodoende zou er niemand op die verdieping zijn die Sara kon vinden. Myers wilde waarschijnlijk ook een tweede kans om terug te gaan naar de plaats delict om te checken of hij niets bezwarends voor zichzelf had achtergelaten.'

‘Ook al zou er forensisch bewijs van hem zijn gevonden, dan zou hij toch onschuldig lijken omdat hij naar binnen was gegaan,’ zei Ekman.

‘Inderdaad.’

‘Wel slim bedacht,’ zei Shoemaker. ‘Maar waarom werd Ewes vermoord? Hadden ze een affaire? Was hij een jaloerse stalker die iets met haar wilde en wees zij hem af? Is dit gewoon het oude verhaal van een man die is afgewezen?’

‘Dat zou je denken, als die pick-up hier niet stond.’ Devine wees naar de splinternieuwe F-150.

‘Dat was zijn betaling,’ zei Montgomery.

‘En aangezien hij is vergiftigd, betekent dit dat hij samenwerkte met iemand en dat die iemand besloot dat losse eindje op te ruimen,’ zei Ekman.

‘Dat de man zich opvallend gedroeg door een nieuwe auto te kopen was waarschijnlijk geen goede zaak. Degene die hem had ingehuurd, was misschien bang dat de politie Myers nog eens stevig zou verhoren en dat de man dan zou instorten en hem zou beschuldigen,’ zei Devine.

Shoemaker knikte. ‘We hebben de man nagetrokken. Dat doen we altijd met de persoon die een lijk vindt. Je hebt geen bedrijfspas nodig om het gebouw onder werktijd via de hoofdingang te betreden, maar wel als je de achteringang wilt gebruiken. Hij zei dat hij om acht uur via de hoofdingang naar binnen ging en om vijf uur via dezelfde weg vertrok, en daarna de ferry naar Staten Island nam. De bewaker kan zich niet herinneren dat hij hem die dag heeft gezien, maar hij bevestigde wel dat Myers altijd via de hoofdingang binnenkwam en wegging. We hadden geen reden hem te verdenken. Myers had geen motief of kans, dat dachten we tenminste.’

‘Hoe zit het met de beveiligingscamera’s in het gebouw waarop te zien is welke mensen komen en gaan?’

‘Geen doorslaggevend bewijs. We hebben de opnamen voor die tijdstippen bekeken, maar om een uur of vijf verliet een grote groep mensen het gebouw en we konden niet iedereen identificeren, hem ook niet.’

‘Ik weet uit ervaring, rechercheur, dat die beelden onbetrouwbaar zijn.’

78

Devine en Montgomery namen afscheid van de rechercheurs en verlieten Staten Island.

In de taxi terug naar Manhattan zei Montgomery: 'Dus Myers heeft vier mensen vermoord in ruil voor een nieuwe pick-up?'

Hij keek haar aan. 'Ik heb dat mensen voor veel minder dan dat zien doen, Michelle.'

De rest van de rit zwegen ze.

Nadat Devine Montgomery naar haar hotel had gebracht, stapte hij in de trein en liep vanaf het station naar huis.

Valentine zat niet op de bank en was ook niet in de keuken. Devine hoorde dat Tapshaw boven was en zat te typen. Helen Speers stond in haar deuropening en vroeg toen hij bovenkwam: 'Druk gehad?'

'Alweer een dode gevonden.'

'Wie was het deze keer?' vroeg ze rustig.

'Ben je niet verbaasd?'

'Eentje meer maakt niet uit.'

Hij bleef voor haar staan en zei hoofdschuddend: 'Ik begrijp helemaal niets van jou.'

'Dat hoeft ook niet. Ik begrijp ook niets van jou. Waar is je vriendin Michelle?'

'Op een veilige plek. Jij hebt dus liever een Glock dan een SIG?'

'En jij hebt liever de SIG Sauer dan de Glock, als een goede militair. Maar verschillen zijn belangrijk, daar ben ik het bewijs van.' Daarna deed ze haar deur dicht.

Hij klopte aan op Valentines deur, maar er kwam geen reactie. Hij probeerde de deurknop en die draaide, dus keek hij naar binnen en vroeg: 'Will, lig je onder de deken een pizza te eten?'

Maar Valentine was er niet. Devine was nog nooit in Valentines kamer geweest. Hij verbaasde zich erover hoe netjes en schoon alles was. Bed opgemaakt, bureau opgeruimd. Enorme beeldschermen die konden concurreren met die van Tapshaw. Een paar boeken in het Russisch op een plank. Schoenen naast elkaar tegen een muur. Devine keek in een kast en zag dat de kleren, broeken en truien apart en netjes waren opgehangen. De ladekast was al even netjes.

Devine was in het leger bedreven geraakt in dit soort doorzoekingen. Op patrouille moesten ze vaak huizen doorzoeken op zoek naar verdachte leden van de taliban en Al Qaida en informanten. En die mannen wisten hoe ze spullen moesten verstoppen, had hij geleerd.

Hij keek naar het bureau en zag een paar post-its op een beeldscherm. De teksten waren allemaal in cyrillisch schrift. Hij glimlachte. *Leuk stukje beveiliging.* In een lade lagen een paar ingelijste foto's, die aan de kleding van de mensen te zien ongeveer twintig jaar geleden waren gemaakt. Op de foto stonden een man, een vrouw met een baby op de arm en een meisje van een jaar of zes ernaast. Misschien was dat Valentines familie in Moedertje Rusland. Hij was de baby misschien wel.

Devine hoorde een geluid beneden. Hij legde de foto terug, sloot de lade en verliet de kamer. Hij klopte net op Tapshaws deur toen Valentine de trap op kwam.

Hij keek ernstig, geconcentreerd, tot hij hem zag. Toen glimlachte hij en zei: 'Dude.'

Ja hoor, dude.

'Hoi Will, hoe gaat het?'

Tapshaw deed haar deur open. Ze droeg pluizige konijnenpantoffels en een capribroek met wit topje. 'Hoi mannen. Is dit een feestje of zo?'

Speers deed haar deur ook open en zei toen ze iedereen zag: 'We lopen alleen maar elke dag en elke avond langs elkaar heen. Zullen we nu met z'n allen bier gaan drinken? En elkaar echt leren kennen?'

Ze klommen in Tapshaws Mini Cooper voor de korte rit naar het centrum van Mount Kisco.

Het was druk in de kroeg, maar op het terras vonden ze een leeg tafeltje. Ze bestelden bier en iets te eten. Valentine bestelde ook een wodka-tonic en een punt gehaktpizza.

Tapshaw nam een slokje bier en zei: 'Volgens mij gaan de Taiwanezen investeren. Niet het hele bedrag waar ik eerst naar op zoek was, maar zeker de helft.'

'Dat is geweldig, Jill,' zei Devine. Hij wist niet of ze had gehoord dat Chilton was vermoord, maar was niet van plan dat te vertellen.

Speers keek haar aan en vroeg: 'Hoe kwam je eigenlijk op het idee om een online datingsite op te zetten? Ik ken je achtergrond, want ik heb je gegoogeld. Je zou ook voor NASA of de NSA kunnen werken.'

'Toen ik aan het MIT studeerde, kreeg ik wel aanbiedingen van hen. Maar hoewel NASA veel mooie dingen doet, concentreer ik me liever op deze planeet. En de NSA? Ik wil mensen niet bespioneren, maar ze helpen gelukkig te zijn.'

Valentine dronk zijn wodka-tonic in één indrukwekkende slok op. 'Maar mensen alleen kunnen ook gelukkig zijn. Ik ben daar voorbeeld van. Ik heb niemand anders om, zoals jij zegt, gelukkig te zijn. Ik ben gelukkig met mezelf.'

'Kom op, Will, iedereen heeft iemand nodig,' zei Tapshaw.

Devine keek hem aan. 'Hoe ben jij in Mount Kisco beland, met wat jij doet?'

'Wat ik doe kan ik overal doen. Dit is leuke plek. Ik trok altijd veel rond, maar dit is leuke plek. Ik blijf hier.'

'Waar zat je hiervoor?' vroeg Speers.

'In grote stad New York. Maar dat vond ik niet leuk. Te veel mensen. Deed me denken aan Moskou, alleen blijven mensen in Moskou thuis of gaan naar bar. Ze lopen niet gewoon wat rond. Als je daar rondloopt, word je doodgeschoten of gearresteerd.'

Tapshaw zei: 'Ik vind het hier ook fijn, maar ik hou ook van reizen. Dat heb ik gedaan om te weten te komen wat mensen van elkaar wilden. Dat heeft me geholpen mijn website op te zetten. Op andere sites vragen ze je van alles om een profiel te maken zodat ze je kunnen koppelen aan iemand met dezelfde interesses. Wij doen dat soms ook, maar ze zeggen toch altijd dat tegenpolen elkaar aantrekken? Een goede relatie betekent niet dat de partners precies op elkaar lijken, want dan is het net alsof je elke dag in een spiegel kijkt. Twee mensen die van elkaar verschillen kunnen toch ook van elkaar leren? Dat de dingen die ze leuk of niet leuk vinden veranderen, doordat hun partner hun de andere kant van iets laat zien?'

Valentine zei: 'Ik wil nog een pizzapunt. Dan ben ik gelukkig man.'

Tapshaw schoot in de lach, maar Devine niet. De manier waarop Speers naar Valentine keek beviel hem niet. Opeens dacht hij ergens aan.

Kenden deze twee elkaar al eerder? Maar als dat zo was, waarom had ze zijn kamer dan doorzocht?

Toen dacht hij aan de foto in Valentines kamer. En aan het meisje.

'Hé Will, heb je nog familie in Rusland? Broers of zussen?'

Valentine dronk zijn bier op en zei toen: 'Ik heb niemand, dude. Niemand. Dat bevalt me.'

79

Het was bijna vier uur 's ochtends toen Devine zich omdraaide in bed en hoestte. Daarna hoestte hij opnieuw, harder. Meteen daarna kreeg hij geen lucht meer. Slaperig vroeg hij zich af: heb ik een hart-aanval?

Hij ging rechtop zitten en zijn hoofd voelde alsof hij zich onder water bevond. Wat was er verdomme aan de hand? Hij had twee biertjes op, geen tien!

Toen ademde hij diep in en rook een geur die al zijn vragen beantwoordde.

Shit!

Hij sprong uit bed en viel bijna tegen de muur. Hij trok de deur open en kokhalsde. Met zijn T-shirt voor zijn neus en mond kroop hij op handen en knieën over de overloop naar de kamer van Speers. Hij voelde aan de deur. Die zat op slot. Hij stond op en ramde er met zijn schouder tegenaan. De deur vloog open en hij zag Speers in bed liggen. Ze reageerde niet eens toen hij haar kamer binnenstormde en dat was geen goed teken.

Hij wankelde naar haar toe, probeerde haar wakker te maken en voelde haar pols. Die was er wel, maar zwak. Hij tilde haar op en droeg haar de trap af en naar buiten. Hij legde haar in het gras en rende weer naar binnen. Daarna controleerde hij Tapshaws kamer en haar deur zat niet op slot. Ze lag bewusteloos op de grond. Hij zag dat ze nog ademde, bracht haar naar buiten en legde haar naast Speers.

Hij rende weer naar binnen en ramde Valentines deur, die op slot zat, open. Hij was er niet. Devine keek ongerust rond en keek onder het bed, in de kast en zelfs in de badkamer. De man was er niet.

Devine pakte zijn telefoon, rende weer naar buiten en belde 911 en het alarmnummer van het gasbedrijf. Naast de voordeur hing een tuinslang. Hij deed de kraan open, spoot de twee vrouwen nat en klopte op hun gezicht, legde hen op hun zij en sloeg op hun rug zodat hun longen zouden uitzetten. Hun ademhaling werd dieper en eindelijk kregen ze weer wat kleur.

Speers slaagde er zelfs in rechtop te gaan zitten. Ze keek hem aan en vroeg: 'Wat... Wat is er...?'

'Gas in het huis. Je bent nu veilig. Ik heb een ambulance gebeld. Maar ik kan Will niet vinden.'

Ze viel weer achterover en begon over te geven.

Tapshaw kwam ook een beetje bij.

Devine vertelde haar hetzelfde. Daarna rende hij weer naar binnen. Gooide alle ramen en de achterdeur open. Hij doorzocht elke vierkante centimeter, maar de Rus was er niet.

Even later stopten er twee ambulances voor het huis. De verplegers sprongen eruit, gaven de vrouwen en Devine zuurstof. Ze gaven de vrouwen ook een infuus met vloeistof, maar Devine weigerde dat en zei dat hij in orde was.

'Hoe zit het met de buren?' vroeg een van de verplegers. 'Het gas kan daar ook naar binnen zijn gedrongen of daar zelfs vandaan zijn gekomen.'

'Die huizen zijn allebei onbewoond,' zei Devine.

Nadat ze de vrouwen hadden onderzocht, besloten ze dat ze allebei naar het ziekenhuis moesten. De ambulances vertrokken ongeveer op het moment waarop er een busje van het gasbedrijf aankwam. Twee mannen stapten snel uit en Devine vertelde hun was er was gebeurd.

Een halfuur later kwamen ze weer naar buiten.

'Iemand heeft dit met opzet gedaan,' zei een van de mannen. 'Iemand heeft geknoeid met de leiding die jullie huis in loopt en daarna de waakvlam van de gaskachel in de woonkamer aangestoken. Tegenwoordig zijn er gasmelders, maar dit is een oud huis en hier zijn die niet geïnstalleerd.'

'Ik heb het ambulancepersoneel verteld dat de huizen van de buren onbewoond zijn. Maar ze worden gerenoveerd en misschien komen er vandaag weer mensen om door te gaan met hun werk. Misschien is daar nu ook gas.'

'We hangen een waarschuwing op de deur dat ze niet naar binnen mogen. Dan nemen we contact op met de eigenaar, zodat de panden worden gecontroleerd en zo nodig ontruimd.'

'Oké, bedankt.'

'U hebt geluk gehad. Weet u zeker dat u in orde bent?'

'Alles prima. Kan ik nu veilig naar binnen?'

'Ja, het huis is goed gelucht, maar gebruik voor de zekerheid voorlopig geen elektrische schakelaars. Ik zorg ervoor dat hier over een uur een team is dat alles grondig zal controleren.'

'Bedankt.'

'Heb je misschien vijanden, vriend?' vroeg de andere man.

Devine keek hem aan. 'Nou ja, in elk geval één.'

***

Later arriveerde een ander team van het gasbedrijf en zij controleerden het huis grondig. Nadat ze contact hadden opgenomen met de eigenaar, controleerden ze de huizen van de buren ook. In geen van beide panden waren sporen van gas.

Devine liep weer naar binnen nadat hij het ziekenhuis had gebeld en had gevraagd hoe het met Speers en Tapshaw ging. Ze lagen allebei op de Spoedeisende Hulp, waar ze in de gaten werden gehouden. Hun zuurstofniveau was nog steeds laag en de artsen hadden besloten hen daar te houden tot ze helemaal buiten levensgevaar waren.

Devine doorzocht het huis opnieuw, maar kon Valentine nergens vinden. Hij had hem gebeld en berichtjes gestuurd, maar geen antwoord gekregen. Hij ging naar Wills kamer en zag dat zijn bed niet beslapen was. Ze waren de vorige avond tegen elf uur thuisgekomen en zelf was hij al kort daarna in slaap gevallen. Dat gold kennelijk ook voor Speers en Tapshaw.

Devine kon ook Valentines laptop en telefoon nergens vinden. Maar een koffer die hij de vorige keer dat hij de kamer had doorzocht in de kast had zien staan was verdwenen, net als zo te zien wat kleding.

Hij ging naar Tapshaws kamer en keek om zich heen. Toen viel zijn blik op haar beeldscherm. Daarop was een papiertje geplakt met een diagram erop. Hij ging zitten en nam het snel door.

Het begon met het vreemde mailadres dat uit cijfers bestond en dat hij Tapshaw had gegeven zodat ze kon proberen het te traceren. In een stroomschema ging het van die rij cijfers naar een stuk of tien andere configuraties, die naar hij aannam de elektronische schuilnamen waren die de afzender had gebruikt om zijn identiteit te maskeren en om een mail te kunnen versturen zonder de vereiste internetprotocollen. Toen hij het einde van het stroomschema zag, hapte hij naar adem. Daar stond een mailadres dat hij dacht te herkennen. Daaronder, tussen haakjes, stond een naam: *Will Valentine.* Ernaast stond: *Holy shit.*

Devine liep terug naar de woonkamer en keek naar de gaskachel. Er waren geen sporen van braak. Degene die hier met het gas had geknoeid, was vannacht in huis geweest. De verdenking viel uiteraard op de man die niet bijna was gedood door koolmonoxidevergiftiging. En die nu verdwenen was.

Nu begonnen dingen op hun plek te vallen. Valentine was een Rus. Hij was ongeveer tegelijk met Devine in dit huis komen wonen. Een groot deel van het geld dat door Cowl and Comely stroomde, was door Campbells mensen geïdentificeerd als afkomstig uit Rusland en bevriende landen. Valentine was een genie met computers, zodat het heel eenvoudig voor hem zou zijn om een heel lastige mail te traceren.

Wel ironisch dat ik hém vroeg een mail te traceren die hij zelf had verzonden. Hij heeft daar vast heel hard om gelachen. Ik hield hem op de hoogte van een onderzoek waar hij al bij betrokken was, alleen aan de andere kant. En hij wilde me niets vertellen over Area 51. Nee, natuurlijk niet.

Hoe had hij zo blind kunnen zijn? Valentine wist ook, als enige van Devines huisgenoten, dat Devine en Sara Ewes met elkaar uitgingen voordat Sara werd vermoord.

Dat betekent dat het motief om hen te vermoorden niets met mij te maken had, maar alles met wat Sara over de Locust Group had ontdekt. Dat vertelde ze aan Jennifer Stamos. En Stamos kwam hiernaartoe. Valentine liet haar binnen en heeft misschien ons gesprek op de veranda wel afgeluisterd. Toen moest Jennifer ook sterven. Sara's ouders logeerden in het huis van hun dochter en Valentine en co konden niet riskeren dat zij misschien extra bewijzen vonden die hun dochter had achtergelaten. Precies zoals ik al dacht. Je moet altijd op je intuïtie vertrouwen.

De symbolische moorden waar Devine aan had gedacht, waren niet meer geweest dan stomme afleidingsmanoeuvres. Dit ging slechts om twee dingen: geld en macht. Maar in werkelijkheid waren geld en macht hetzelfde.

Devine verliet het huis en ging naar het ziekenhuis.

80

Tapshaw zag er zwak uit en leek beverig. Ze knipperde onrustig, haar ogen gingen open en weer dicht.

Devine bekeek haar vitale functies op de monitor en zag dat haar zuurstofniveau wel was verbeterd, maar nog lang niet normaal was. Ze was heel mager en had waarschijnlijk vrij weinig reserves om hier snel van te herstellen.

Hij ging naast haar bed zitten, hield haar hand vast en keek naar het lichte op en neer gaan van haar borst. 'Ik vind het heel erg dat dit is gebeurd, Jill,' zei hij. Eerst was ze de investering van Chilton en Mayflower Enterprises kwijtgeraakt en nu was ze bijna gestorven. En dat had waarschijnlijk allemaal te maken met waar Devine onderzoek naar deed. Met Will Valentine als de onbekende factor.

'Het is... goed, Travis.'

'Ik zag je informatie over die mail, Jill, en dat je die had teruggeleid naar Will.'

'W-Will... Mail...'

Nu pas drong het tot hem door dat Valentine daarom had geprobeerd hen allemaal te vermoorden en op de vlucht was geslagen. Hij had op de een of andere manier ontdekt dat Jill hem had ontmaskerd.

'Ik ga dit uitzoeken, Jill. Maak je maar geen zorgen. We vinden hem wel, dat beloof ik. Ik vind wel dat je contact moet opnemen met je familie. Ik weet dat je moeder in Californië woont. Maar je vader? En je broer Dennis? Staan hun contactgegevens in je telefoon? Of heb je die in je kamer?' Hij wist dat hij zonder haar wachtwoorden haar telefoon en laptop niet kon gebruiken.

Ze mompelde iets vaags en viel weer in slaap.

Hij keek naar haar monitor, waar alles ongewijzigd leek en dus niet verbeterd. Hij wilde dat ze meer kleur kreeg in haar gezicht.

Hij verliet haar en ging op zoek naar Helen Speers' kamer. Maar die was daar niet.

'Ze is een uur of twee geleden vertrokken,' vertelde de verpleegkundige hem toen hij navraag deed.

'Tegen het advies van de arts in?'

'Ja, maar volgens mij komt het wel goed met haar. Ze was al aan de beterende hand toen ze binnen werd gebracht. Ze is een bijzonder fitte jonge vrouw. Die andere vrouw is veel kwetsbaarder en heeft bloedarmoede. We houden haar goed in de gaten.'

'Zei Speers waar ze naartoe ging? We zijn huisgenoten.'

'Nee.'

Hij vroeg zich af of Speers en Valentine nu bij elkaar waren. En als dat zo was: waarom.

Misschien heb ik vijanden op beide flanken, gewoon in mijn eigen kamp.

***

De volgende dag ging hij weer naar zijn werk en zat naast Burners die openlijk achter hun beeldscherm zaten te huilen. Inmiddels wist iedereen kennelijk dat het bedrijf failliet zou gaan.

Hij had contact opgenomen met Caltech, omdat hij zich herinnerde dat Tapshaws moeder daar lesgaf, en liet een boodschap achter waarin hij iets vertelde over wat er was gebeurd. Hij had niets van Speers gehoord.

Later kreeg hij een berichtje van Montgomery, en ze spraken af elkaar later in de city te treffen.

Toen hij het café in Tribeca binnenkwam, zat zij al te wachten. Hij vertelde haar wat er in zijn huis was gebeurd.

'O mijn god!' riep ze.

'Twee van mijn huisgenoten zijn nu dus verdwenen. En Valentine was er niet toen het gas open werd gedraaid.'

'Werkte hij mee aan die witwasoperatie? Met Brad?'

'Volgens mij wel.' Devine vertelde ook dat Valentine hem die mails had gestuurd.

'Dan moet hij met hen samenwerken.'

'Hij probeerde van me af te komen en mijn huisgenoten waren

bijkomende schade. Maar Jill heeft hem online getraceerd en Campbells mannen hebben een opsporingsbevel voor hem laten uitgaan.'

'En Helen Speers?'

Devine schudde zijn hoofd. 'Zij heeft het ziekenhuis verlaten en mijn berichtjes, mails en telefoontjes niet beantwoord.'

'Wat vreemd.' Ze pakte zijn hand. 'Luister, die dingen waar Brad het over had... Over jou en die andere soldaten...'

'Wat is daarmee?' vroeg hij kortaf.

'Heb je het leger daarom verlaten?'

'Ja. Uiteindelijk waren ze allebei dood, en ik voel me zo schuldig dat dit me de rest van mijn leven wel zal blijven kwellen.'

Ze keek hem aandachtig aan. 'Wat daar ook is gebeurd, ik ben ervan overtuigd dat je hebt gedaan wat volgens jou juist was, de beste oplossing.'

'Waarom denk je dat?' vroeg hij ernstig.

'Omdat je, ook al probeer je je als een hufter te gedragen, eigenlijk een heel goede man bent. Echt een goede man, Travis. Dat weet ik, geloof me. Ik heb alle soorten mannen die er bestaan gezien en jij bent zeker weten een van de goede mannen.'

Hij nam haar hand en kneep erin.

Ze boog zich naar hem toe en kuste hem. 'Wat ga je nu doen?'

'De missie is nog niet voltooid.'

'Ik bedoel daarna.'

'Weet ik nog niet. Voor Campbell blijven werken. Eerlijk gezegd denk ik dat ik geen keus heb.'

'Wil je gezelschap?'

'Ik weet niet of Campbell dat goedvindt. Nee, ik weet zeker van niet.'

'Ik bedoel op het persoonlijke vlak.'

'Je kunt een veel betere man krijgen dan ik, Michelle. Hoewel ik hopelijk echt een aardige en eerlijke man ben, ben ik ook een mislukte soldaat met een vadercomplex.'

Ze keek hem aan. 'Je bent afgestudeerd aan West Point. Legerofficier. Je hebt ons land gediend in oorlogstijd. Je hebt een MBA. Ik heb een highschooldiploma en zie er geweldig uit in een bikini en heb een serieus moedercomplex. Volgens mij kun je een veel betere vrouw krijgen dan ik. Maar we zouden een goed stel kunnen zijn, als we eraan zouden werken.'

'Waar ik aan moet werken, is uitzoeken wie al die mensen heeft vermoord.'

Ze zuchtte en leunde naar voren. 'Maar ik dacht dat Jerry Myers dat had gedaan.'

'Ik denk dat hij Sara heeft vermoord, maar die anderen? Dat weet ik niet zeker.'

'Denk je echt dat de dader jouw vermiste huisgenoot kan zijn?'

'Welke van de twee? Valentine of Speers?'

'Is het mogelijk dat ze samenwerken?'

Devine dacht aan die avond in de bar, toen hij het gevoel had gehad dat Speers en Valentine een vreemde soort band met elkaar hadden. Maar Speers had Valentines kamer doorzocht en Valentine had Speers voor dood achtergelaten. 'Ik weet het niet. Ik weet het echt niet.'

'Heeft de politie al meer ontdekt over Jerry Myers?' vroeg ze.

'Rechercheur Shoemaker belde me. De moordenaar had genoeg cyanide in zijn whisky gedaan om een olifant te doden.'

'Wauw, die neemt dus geen risico's. Maar als jij denkt dat Myers is betaald om Sara Ewes te vermoorden, waarom zou degene die hém om zeep heeft geholpen al die anderen dan niet ook hebben gedood? Ik weet dat je gevoel dit zegt, maar Myers kan iedereen vermoord hebben.'

'Volgens mij moest Sara worden opgehangen, volgens de verwrongen gedachtegang van de moordenaar tenminste. Sara was ongeveer 1 meter 75 en atletisch gebouwd. Niet eenvoudig om zo iemand aan een touw omhoog te trekken, en de moordenaar moest haar eerst wurgen. Myers was groot en sterk, zoals ik, en hij had toegang tot het gebouw. De anderen... Stamos is gedrogeerd en daarna vermoord. Ook Sara's ouders zijn met een mes vermoord. Dat kan iedereen hebben gedaan, ook een vrouw.'

'Een vrouw? Maar ik dacht dat je zei dat Valentine achter dit alles zat? Hoewel het volgens mij ook zo kan zijn dat Speers Jennifer Stamos en Sara's ouders heeft vermoord.'

Hij keek haar met een ondoorgrondelijke blik aan, terwijl er ongemakkelijke dingen door zijn hoofd schoten. 'Ik denk niet dat Will iemand zou kunnen doodsteken. En met zijn dikke buik kruipt hij echt niet door ramen naar binnen of buiten. Hij kan de trap amper op komen. En als hij samenwerkte met de mensen die achter dat witwassen zitten, dan hebben die meer dan genoeg lieden die de moorden kunnen plegen. Maar...'

'Maar wat?'

'Waarom zou iemand Myers betalen om Sara te vermoorden? Dus waarom zouden ze niet gewoon een van hun eigen mensen gebruiken, zoals Hancock?'

'Nou ja, Myers kon het gebouw binnenkomen, zoals je net zei.'

'Dat geldt ook voor Cowl.' Devine zweeg. Hij had eerst gedacht dat Cowl achter de moorden zat. Toen was hij van gedachten veranderd en dacht hij dat er een andere moordenaar was, iemand die een grief tegen hem had en hem die vreemde mails stuurde en zijn slachtoffers op symbolische wijze had vermoord. Daarna was hij weer van gedachten veranderd en had hij geconcludeerd dat de moorden waren gepleegd door de mensen achter Cowl en nu Valentine, of dat de moordenaar er op z'n minst bij betrokken was en dat de rest allemaal gewoon een misvatting was.

Maar nu weet ik het niet zeker. Alweer niet.

Er klopte iets niet. Er klopte iets helemaal niet. En hij kon absoluut niet bedenken wat dat was.

Maar ik moet het wel te weten komen. Uiteindelijk. Anders gaat een moordenaar vrijuit. Om mij te vermoorden.

81

Die avond kwam Devine thuis in een leeg huis. In Speers' kamer lagen haar ongebruikte wetboeken, maar de Glock lag niet meer onder de matras. Ze had het ziekenhuis kennelijk verlaten, was hierheen gegaan en had haar pistool meegenomen. Hij vroeg zich af waarom. Hij vroeg zich ook af waar ze nu was.

De vorige avond na hun bezoek aan de bar waren ze allemaal naar huis en naar hun kamer gegaan. Om een uur of vier was Devine wakker geworden door het gas. Eerder die nacht moest Valentine met de gasleiding hebben geknoeid en op de vlucht zijn geslagen. Hij had hen gewoon willen laten sterven.

Campbell had Devine laten weten dat het opsporingsbevel nog niets had opgeleverd.

Waar zit je verdomme, Will? Ben je terug in Moskou en krijg je een medaille van Poetin?

Hij wilde net naar zijn kamer gaan toen zijn telefoon ging. Hij herkende het nummer niet, maar besloot toch op te nemen. 'Hallo?'

'Meneer Devine?'

'Ja. Wie is dit?'

'Emily Spanner.'

'Ik vrees dat ik niet weet...'

'Ik ben de moeder van Jill Tapshaw.'

'O, mevrouw Spanner, neem me niet kwalijk. Ik heb Caltech opgezocht, maar kon niemand vinden die Tapshaw heet. Daarom heb ik op de voicemail van de receptioniste een bericht ingesproken voor professor Tapshaw.'

'Ik begrijp het. Spanner is mijn meisjesnaam. Dat is al vaker gebeurd en uiteindelijk heb ik uw bericht gekregen. Maar wat is er gebeurd? Is Jill in orde?'

'Ze maakt het goed. Ik ben een van haar huisgenoten. Er was een gaslek, maar we konden allemaal naar buiten komen. Ze hebben Jill ter observatie naar het ziekenhuis gebracht, maar toen ik haar bezocht was ze in orde.'

'O mijn god, dat wist ik niet. U weet zeker dat ze niet in gevaar verkeert?'

Devine wist niet goed wat hij daarop moest zeggen, aangezien het duidelijk was dat iemand had geprobeerd hen te vermoorden. *Of alleen mij.* Maar hij wilde de vrouw niet onnodig ongerust maken. 'Nee, ze is in orde. Echt.'

'Denkt u dat ik naar haar toe moet gaan?'

'Niet vanwege haar gezondheid, maar ik weet zeker dat ze het heel fijn zal vinden u te zien.'

'Ik weet dat nog niet zo zeker.'

'Ik begrijp u niet.'

'Gezinsproblemen, meneer Devine. Elke familie is op zijn eigen manier disfunctioneel.'

Devine dacht aan zijn eigen familie. Het klopte helemaal wat ze zei. 'Ik had geen contactinformatie van Jills vader. Ik weet niet eens wat zijn voornaam is.'

'George is in Canada. We zijn gescheiden.'

'Ik kon ook geen contactinformatie van uw zoon vinden.'

'Van Dennis?'

'Ja, ik dacht dat Jills tweelingbroer ook wel zou willen weten wat haar is overkomen.'

'Dat zou hij zeker hebben gewild.'

'Hebben gewild?'

'Dennis is dood. Hij is bijna negen maanden geleden gestorven.'

'O mijn god, dat wist ik niet! Dat heeft Jill nooit verteld.'

'Heeft Jill haar telefoon bij zich, in het ziekenhuis? Kan ik haar bellen?'

'Nee, maar ik kan hem pakken en naar haar toe brengen.'

'Dat zou heel fijn zijn, dank u wel. En bedankt dat u contact met me hebt gezocht.'

'Jill is een geweldige vrouw. Ze werkt heel hard.'

'Ja, Hummingbird is al een hele tijd haar grote droom.'

'Het is erg succesvol.'

'Ze zou overal kunnen werken, weet u, met haar talent en briljante geest. Ze zou les kunnen geven aan UPenn of Stanford.'

'Maar dit maakt haar gelukkig. Mensen samenbrengen.'

'Ja, ik neem aan van wel. Goed, nogmaals bedankt dat u me dit hebt laten weten.'

'Graag gedaan, fijn dat u me terugbelde. En ik breng Jills telefoon naar haar toe.'

'Dat waardeer ik. Tot ziens.'

Devine stopte zijn telefoon weer in zijn zak. Waarom had Jill niet gezegd dat haar tweelingbroer dood was? Maar zelf had hij met zijn huisgenoten ook niet over zijn familie gepraat. Toch vroeg hij zich af hoe Dennis Tapshaw was gestorven.

Hij liep de trap op naar Tapshaws kamer en ging naar binnen. Hij doorzocht haar spullen, maar kon haar telefoon niet vinden. Hij vroeg zich af of ze hem op het werk had laten liggen. Het was hem opgevallen dat ze hem in de bar ook niet bij zich had gehad.

Hij keek om zich heen en zag op een bruine dossiermap een sleutelbos liggen. Toen hij de sleutels pakte, zag hij dat haar autosleutel eraan zat. Ook nog een andere sleutel, maar hij wist dat dat niet de sleutel van haar kantoor was. Ze gebruikte een elektronische pas om binnen te komen, net zoals ze bij Cowl and Comely deden. Dat wist hij, omdat ze hem een keer een rondleiding had gegeven en toen haar pasje had gebruikt om binnen te komen.

Opeens dacht hij ergens aan. Hij liep naar de garage en opende haar Mini Cooper. Hij doorzocht de auto en vond het RFID-pasje in de middenconsole. Hiermee zou hij in haar kantoor moeten kunnen komen. Hij besloot dat hij dat korte stukje net zo goed met haar auto kon afleggen in plaats van met zijn motor. Hij doorzocht de auto helemaal om te zien of ze haar telefoon daar niet had laten liggen, maar vond hem niet. Hij belde de telefoon, want dan hoorde hij misschien of die tussen de stoel en de middenconsole was gegleden, maar hij hoorde hem niet piepen of zoemen.

Op de voorstoel zag hij een paar vlekken, die hij met zijn hand wegveegde. Jill was niet de schoonste of meest georganiseerde vrouw die hij kende. Toen ze in haar auto naar de bar waren gereden, had hij samen met Valentine achterin gezeten. Onder zijn voeten hadden bergen lege fastfooddoosjes en koffiebekers van Starbucks gelegen. En haar auto rook naar een vuilnisbelt.

Hij reed naar het winkelcentrum waar het hoofdkwartier van Hummingbird was gevestigd. Het RFID-pasje deed zijn werk en de deur ging van het slot. Devine liep naar binnen en deed het licht aan. Doordat Tapshaw hem haar kantoor had laten zien, kende hij de indeling.

Er was een grote open werkruimte waar een stuk of tien computers stonden en op de beeldschermen was de Hummingbird-homepagina te zien. Verder zag hij smartboards aan de muren, bureaus, iPads, stapels papieren, marketingmateriaal, dossiermappen, kopieermachines, een waterdispenser, een keukentje en een toilet, en allerlei andere dingen die je in een kantoor zou verwachten. Jill had hem verteld dat de cloud waar het Hummingbird-platform op draaide zich elders bevond.

Haar kantoor was in de hoek achterin. Hij voelde aan de deur, maar die zat op slot. Toen zag hij de lezer en zwaaide het RFID-pasje ervoor langs, waarna de deur openklikte.

Devine deed het licht aan en bekeek haar chaotische kantoor. Weer besloot hij haar telefoon te bellen om te zien of die zou rinkelen ergens tussen de stapels spullen hier, maar dat was niet zo. Hij stond misschien op stil. Maar hij hoorde ook geen gezoem, dus misschien was de batterij leeg.

Hij doorzocht het vertrek. Ze had het ongelofelijk druk, afgaand op alle documenten die hij zag; het was dus niet vreemd dat ze altijd moe was. Hij keek in alle dossierkasten en vond er toen eentje die op slot zat.

Hij aarzelde, maar misschien paste de andere sleutel aan de sleutelring hierop. Hij had geen idee waarom ze haar telefoon in een afgesloten kast zou leggen, maar thuis had hij haar al vaak rond zien rennen omdat ze weer eens iets kwijt was. Haar autosleutels waren een keer om een onverklaarbare reden in de koelkast beland.

De sleutel paste en hij trok de lade open. Daarin lagen stapels papieren en een paar gekleurde dossiermappen. Toen hij ze verplaatste om te kunnen zien of de telefoon er misschien onder lag, zag hij een rode dossiermap. Langzaam haalde hij de map uit de la.

De map was afkomstig van het kantoor van dokter Jonathan Wyman, of eigenlijk van zijn kliniek voor vrouwen die kunstmatige inseminatie wilden ondergaan. Stomverbaasd sloeg Devine de map open en begon te lezen.

De naam van de patiënte was Sara Elise Ewes.
De behandeling was kunstmatige inseminatie met donorsperma.
Daarna zag hij een post-it met de tekst: 'Spermadonor: Dennis Tapshaw.'
Was Jills tweelingbroer Sara's spermadonor geweest?
Devine was zo overweldigd door dit nieuws dat hij bijna niet helder na kon denken.
Toen hij achter zich een geluid hoorde draaide hij zich om.
Jill Tapshaw stond in de deuropening met Devines SIG op zijn eigenaar gericht.

82

'Wat doe je hier, Travis?' vroeg ze.

Hij liet de map op het bureau vallen. 'Je telefoon zoeken. Je moeder belde en ze wil je spreken. Ik wist dat je je telefoon niet bij je had toen je naar het ziekenhuis werd gebracht, dus ging ik ernaar op zoek. Het was niet op...'

Ze hief haar hand. 'Hou je mond, wil je? Hou gewoon je mond. Ik hoef helemaal niets te horen over een telefoon of mijn moeder!' Ze keek naar wat hij in zijn hand had gehad. 'De geweldige dokter Wyman.'

'Wie?'

'Doe maar niet alsof je dom bent, oké? Ik ben echt heel moe door het gas dat ik heb ingeademd.'

'Oké. Dan praten we hierover, maar niet zolang je dat pistool op me gericht houdt.'

'Ik zei dat je niet moest doen alsof je dom bent. Dit pistool blijft waar het is.'

Ze leek opeens een volkomen andere vrouw. Hij had altijd de indruk gehad dat de Jill Tapshaw die hij dacht te kennen niet de echte was. Misschien was dit dan de echte versie.

Hij pakte de dossiermap. 'Zouden jij en Sara samen een kind krijgen?'

'Dat was het plan. Maar dat liep niet goed af. Maar dat weet je al, toch?'

'En je broer was de spermadonor?'

'Waarom niet? Hij was perfect.'

'Ik hoorde dat hij dood is.'

Toen hij haar blik zag, wenste hij dat hij dat niet had gezegd.

'Wie heeft je verteld dat hij dood is?' vroeg ze zacht.

'Je moeder. Ik zei dat ik hem wilde laten weten dat je in het ziekenhuis lag, dus toen zei ze dat.' Hij zweeg even. 'Maar ze zei niet hoe hij is gestorven.'

Tapshaw gebaarde met het pistool. 'Hij stopte zo'n ding in zijn mond en haalde de trekker over.'

'Waarom? Je zei dat hij zijn leven zo goed op de rails had.'

'Omdat Dennis wanhopig graag een geslachtsverandering wilde om vrouw te worden en mijn "briljante" vader dat niet kon accepteren. Dat is de reden dat mijn ouders uiteindelijk zijn gescheiden. Mijn vader behandelde Dennis afschuwelijk, liet hem nooit ook maar één minuut met rust en steunde hem nooit. Hij was de reden dat Dennis zelfmoord heeft gepleegd. Ik kon hem wel vermoorden, maar hij vluchtte naar Canada en niemand weet waar hij is.'

'Wyman zei dat hij niet wist wie de spermadonor was.'

'Dat klopt. Sara eerst ook niet.'

'Dus jij en Sara hielden van elkaar en zouden een baby krijgen? Waarom wist niemand dat?'

'Je hebt haar ouders ontmoet. Dan hoef je dat toch niet te vragen? Sara was niet van plan ze iets over mij te vertellen. En mijn vader zou ook niet erg blij zijn geweest met twéé zoals hij het noemde "buitenaardse" kinderen.'

'Maar niemand heeft ooit geweten dat jij en Sara een stel waren? Dat kan ik bijna niet geloven.'

'Sara wilde dat. Ze wilde hogerop komen in haar vakgebied.'

'Er zijn heel veel homoseksuele mensen in de financiële wereld.'

'Maar niet heel veel homoseksuele vrouwen.' Ze beet op haar lip en leek even onzeker. 'En Sara was... verward, leek me, door haar seksualiteit.' Met een boze blik zei ze: 'Ze moest een keus maken, dus hielden we het geheim. Strikt geheim.'

'Dus jullie maakten het uit? En zij brak de zwangerschap af? Waarom?'

Ze wees met het pistool naar de dossierkast die Devine had doorzocht. 'Daar zit haar dagboek in. In een gele map. Lees zelf maar.'

Devine pakte de map en haalde er een zwart dagboek uit. Hij bladerde erin.

'Kijk bij 4 december,' zei Tapshaw.

Devine zocht de juiste bladzijde op en las Sara's aantekeningen. Toen hij klaar was keek hij op. 'Was ze bang voor jou? Was ze bang dat jij onevenwichtig was? Dat je geobsedeerd was door je broer?'

'Hij had kort daarvoor zelfmoord gepleegd. Ik was gek van verdriet.'

'Ze schrijft dat je in je kamer een soort altaar voor hem had. Dat je te emotioneel was, te overdreven, te controlerend. En dat dit al zo was vóórdat hij zelfmoord pleegde. Ze schrijft dat je daarna helemaal doordraaide.'

Tapshaw zei schril: 'Ze had geen enkele reden om bang voor me te zijn. Ik hield van haar. Het gaf toch niets dat ik mijn broer verafgoodde? Dat is toch geen misdaad?'

'Je zei dat ze eerst niet wist dat hij de spermadonor was.'

Iets rustiger zei ze: 'Ze... ontdekte het. Ik weet niet hoe, want het had anoniem moeten zijn, maar ik had geregeld dat Dennis het sperma doneerde.'

'Heeft ze de zwangerschap daarom afgebroken? Omdat ze geen kind van je broer wilde?'

'Het was niet zíjn baby, maar míjn baby. We waren een tweeling. Als we een eeneiige tweeling waren geweest, hadden we verdomme hetzelfde DNA gehad. Dennis kreeg het Y-chromosoom, maar dat wilde hij niet. En zij had mijn baby vermoord. Ze had net zo goed een kogel in mijn kop kunnen schieten.'

'Dus toen je dat ontdekte besloot je haar te vermoorden?'

'Nee, dat niet. Ik moest Dennis' dood nog verwerken.' Haar gezicht vertrok van woede. 'Maar toen ontdekte ik dat jullie met elkaar uitgingen. Ze verhuisde naar haar nieuwe huis. Maar ik ontdekte het. Ik zag je daar met haar. Ik wist dat je met haar naar bed ging. Toen er een kamer vrijkwam in het huis waar jij woonde, nam ik die.'

'Waarom?'

'Ik moest je in de gaten houden. Ik moest weten of je wel een goede match was voor Sara.'

'Mátch? Heb je haar via Hummingbird leren kennen? Je zei dat zij een van je eerste leden was.'

Tapshaw knikte en kwam dichter bij Devine. 'We pasten perfect bij elkaar, in elk opzicht. Volgens het algoritme zouden we altijd gelukkig zijn samen. Het was liefde op het eerste gezicht, zoals soms gebeurt.' Ze kwam nog dichterbij. 'Maar toen maakte ze het uit, liet ons kind weghalen en begon iets met jou. Daarna dumpte ze je. Een tijdje wist ik niet met wie ze omging. Ik dacht dat het een andere man was. Ik kon wel begrijpen en accepteren dat ze misschien toch van mannen hield en niet van vrouwen. Daar had ik mee kunnen leven. Echt waar. Maar op een avond zag ik haar met een vrouw. Ze kusten elkaar. Ze… waren heel intiem… Ze waren duidelijk verliefd op elkaar.'

'Jennifer Stamos.'

'Ik wist niet hoe ze heette, tot ik jou voor het huis met haar hoorde praten.'

Shit! Haar kamer is aan de voorkant van het huis, dus heeft ze alles gehoord. En dat gesprek betekende Jennifers doodvonnis.

'De nacht waarin ze stierf, was je al vroeg op. Je zei toen dat je een Zoom-interview had met een Nederlands tijdschrift.'

'Er was geen interview. Maar ik had haar gedood en was net thuis, dus toen jij me betrapte moest ik wel een smoes bedenken.'

'Er zat helemaal geen bloed op je kleren of zo.'

'Ik had een wegwerppak en schoenbeschermers aangetrokken en die heb ik daarna in een afvalcontainer gegooid.'

'Je hebt haar lichaam verminkt, Jill!'

'Ze had Sara van me afgepakt. Dus moest ik ook iets van haar afpakken.'

'Je was waarschijnlijk ook bang dat Sara Jennifer over jou had verteld. Maar ik heb het nooit met Sara of Jenn over jou gehad, zodat het dus helemaal niet nodig was. Maar dat risico kon je niet nemen. Jenn was slim en zou misschien zelf conclusies trekken. Jij hebt me die mails zeker gestuurd, dat ze dood waren? Die ontraceerbare mails.'

'Ik wilde dat je het wist. Ik wilde dat je je schuldig voelde omdat je mede de oorzaak was van de dood van Sara, en van die anderen. Het was een uitdaging om die mails zo te versturen. Ik heb ervan genoten. Die internetklojo's denken dat ze alles kunnen. Nou, ik heb bewezen dat dat niet zo is! Ik, een onbelangrijke vrouw.'

'Jij verliet het huis in de nacht waarin Sara's ouders zijn vermoord? Dat heb jij gedaan, met messteken in het hart.'

'Ja, terwijl jij waarschijnlijk met Helen lag te neuken. Ik wist dat jullie met elkaar naar bed wilden.'

'Weet jij waar ze is? Heb je haar ook vermoord?'

'Daar had ik geen enkele reden voor.'

'Maar je hebt Jerry Myers ingehuurd om Sara te vermoorden. Hoe kwamen jij en Myers met elkaar in contact?'

'Hij had zich ingeschreven bij Hummingbird, nummer 7904. Eenzame man met verschillende slechte relaties en een slecht huwelijk achter de rug op zoek naar warmte, humor en vrouwelijk gezelschap. Vooral fans van de New York Giants en de New York Mets en bierliefhebbers waren welkom,' zei ze, kennelijk citerend uit zijn profiel.

'Maar hoe kreeg je hem zover dat te doen?'

'Hij had in de gevangenis gezeten. Daar kwam ik achter, hoewel dat niet in zijn profiel stond. Hij heeft het gedaan omdat ik hem betaalde, en goed ook. Zo'n man was hij gewoon.'

'Maar toen kocht hij die pick-up?'

'Dat niet alleen. Hij kwam terug en eiste nog meer geld. Ik betaalde hem. Hij vroeg opnieuw geld. Hij liet me geen keus. Ik hou niet van mensen die zich niet aan hun woord houden.'

'Hoe kreeg hij het voor elkaar om Sara alleen te treffen?'

'Ik stuurde Sara een mailtje, zogenaamd afkomstig van Brad Cowl, waarin hij haar opdracht gaf de hele nacht door te werken om een deadline te halen. Die mail heb ik later volledig gewist. En dan bedoel ik echt volledig. Ik weet hoe dat moet. De NSA wilde heel graag dat ik voor hen ging werken en dat heb ik een jaar gedaan, maar dat heb ik nooit aan iemand verteld. Normaal geeft de NSA je een contract voor vijf jaar. Ze willen natuurlijk niet dat mensen vertrekken, maar wat konden ze doen? Ze konden wel voorkomen dat ik door een andere overheidsinstelling werd aangenomen, maar daar wilde ik helemaal niet werken. Ze hadden dus niets in handen om me te dwingen te blijven. Maar goed, daardoor weet ik dus hoe je iets volledig moet wissen. Jerry heeft het gebouw helemaal niet verlaten, maar verstopte zich in die kast waar Sara werd gevonden. Hij wachtte tot het heel laat was om er zeker van te zijn dat er niemand meer was, ging naar haar kantoor, wurgde haar en hing haar op.'

'Waarom, omdat ze een verrader was? Omdat ze jou had verraden?'

'Mij en onze baby. Eerder had ik de agenda van het bedrijf gehackt en gelezen over dat seminar voor de hele afdeling. Daardoor was het perfect als Jerry haar de avond daarvoor zou vermoorden. Ik zei dat niemand hem zou verdenken als hij degene was die haar zou vinden. En tijdens kantooruren heb je je pasje niet nodig om het gebouw binnen te komen of te verlaten. Jerry was naar de tweeënvijftigste verdieping gegaan tegelijk met een paar andere mensen van wie hij wist dat die op die verdieping werkten, zodat hij zijn eigen pas niet hoefde te gebruiken. Nadat hij Sara had vermoord, sliep hij in een leeg kantoor en ging weer aan het werk in zijn uniform.'

'Maar hij moest zijn bedrijfspas gebruiken om met de lift naar beneden te gaan.'

'Nee, hij ging met de trap. Er komen 's ochtends zoveel mensen binnen dat niemand met zekerheid kon zeggen dat hij niet in een van die groepjes had gezeten. En omdat Jerry de vorige dag in de lobby had gewerkt, kon hij de camerapositie een beetje veranderen zodat het bijna onmogelijk was om precies te zien wie elke dag kwamen en gingen. En de bewaker is er niet continu. De volgende ochtend gebruikte Jerry zijn pas om aan het werk te gaan, op de tweeënvijftigste verdieping.'

'Om Sara te "vinden"?'

'Ja.'

'Dat is een reden te meer om op alle verdiepingen en in alle trappenhuizen camera's te hebben, dus niet alleen bij de hoofdingang en de achteringang.'

Ze glimlachte. 'Afgaand op wat ik van Jerry over Brad Cowl heb gehoord, zou die het niet prettig vinden als overal camera's hingen.'

'En mijn bedrijfspas die in de entry log stond de nacht waarin Sara werd vermoord? En mijn video?'

'Ik heb je pas gekloond toen je op een ochtend naar de highschool ging voor je work-out. Dat was een eitje.'

'Het was een goedkoop rotpasje.'

'Klopt.'

'En die video?'

'Ik heb tijdens mijn studie een cursus filmmaken gevolgd. Ik dacht toen dat ik misschien iets op internet wilde doen, dus dat leek me handig. En dat was ook zo, want ik gebruik het voor Hummingbird. Ik maakte foto's en video's van je als je ons huis binnenkwam of verliet, Travis. En Jerry heeft ongeveer jouw lengte en lichaamsbouw. Ik heb video's van hem gemaakt toen hij het gebouw binnenkwam en verliet, en heb die opnamen gewoon digitaal bewerkt zodat hij jouw kleren droeg en jouw hoofd op zijn lichaam stond. Van een afstand leek het goed genoeg, zodat de politie kon bewijzen dat jij het was.'

'En Jennifer?'

'Nadat ik had ontdekt wie ze was, zocht ik haar adres op, brak in, drogeerde haar en deed wat ik heb gedaan.'

'Zoals het woord "bitch" in haar huid krassen?'

'Dat was ze toch ook?'

'Nee, zij was de vrouw van wie Sara hield. Dat kon je niet accepteren. En ik vertelde je over Fred en Ellen Ewes, en hoe ze Sara behandelden. Dus in zekere zin komt het door mij dat jij hen hebt vermoord. Met messteken in het hart omdat ze geen hart hadden, volgens jou tenminste. Dat suggereerde je in je mail aan mij. Daarna manipuleerde je de entry logs zodat het leek alsof mijn pas was gebruikt rond de tijd waarop Sara was vermoord en vervolgens voegde je die video-opnamen van me toe, zoals je net vertelde. Alleen kwam dat niet overeen met wat de nachtwaker zag. Ik neem aan dat je niet wist wanneer de bewaker zijn rondes maakt. En omdat Jerry er 's nachts nooit was, wist hij dat ook niet. Door die ene kleine misser mislukte je plan.'

Ze keek hem met een zwakke glimlach aan, waardoor weer iets te zien was van de onschuldige, vriendelijke vrouw die hij had gedacht te kennen. 'Je bent heel slim, Travis, en ik mag je graag. Je was altijd zo aardig voor me. Je doet me eigenlijk een beetje aan Dennis denken.' Ze wendde haar blik even af, maar toen verhardde haar blik weer. 'Maar toen ik ontdekte dat die bitch onze baby had vermoord en daarna iets met een andere vrouw had... Toen moest ik wel iets doen!'

'Maar waarom stuurde je mij die mails? Waarom wilde je mij de schuld in de schoenen schuiven, Jill?'

'Jij was de perfecte keus, Travis. Ik heb alles geanalyseerd. Je bent Army Ranger geweest, zodat je weet hoe je mensen moet doden. Je was met Sara naar bed geweest en wilde een relatie met haar, maar zij wees je af. Niemand kon zeker weten of jij de vader niet was. Dat zijn allemaal motieven voor moord. Ik probeerde jou op een logische manier uit te kiezen. Maar de belangrijkste reden was dat je hield van de vrouw van wie ík hield. In zekere zin had jij haar van me afgepakt.'

'Ik wist niet eens dat jullie een relatie hadden.'

'Dat maakt niet uit,' snauwde ze. 'Oké?' Ze richtte het pistool weer op hem.

Ze keek naar het grote beeldscherm waarop het Hummingbird-logo duidelijk te zien was. 'Nu is Hummingbird mijn baby.'

'Ja, ik herinner me dat je dat tegen me zei. De enige baby die je nog had.'

Afwezig zei ze: 'Ik vond Will ook aardig. Dat was jammer.'

'Waar heb je het over?' vroeg hij scherp. Door dit alles had hij niet meer aan Valentine gedacht.

'Toen we thuiskwamen van de bar... Later kwam hij naar mijn kamer. Hij was echt een geweldige hacker, veel beter dan ik dacht.'

Toen begreep Devine het. 'Hij was er dus eindelijk in geslaagd die mails te traceren en wist dat jij ze had verstuurd. Ik zag het briefje op je beeldscherm waarop je had geschreven dat Will ze had verstuurd, maar dat klopte dus niet.'

'Hij was goed, ook al was hij een varken. En ik had er de pest aan dat hij je altijd "dude" noemde. Alsof hij meespeelde in een slechte film uit de jaren tachtig of zo.'

'Will wist dus dat jij de afzender was?'

'Hij wilde een verklaring. Ik zei dat ik die zou geven, in mijn kantoor, omdat ik daar documenten had die alles zouden verklaren. Volgens mij had ik hem ervan overtuigd dat jij die mensen had vermoord en dat jij probeerde ons allebei te gebruiken om je misdaden te verhullen.'

'Je vertelde hem dat ik jou ook had gevraagd die mails te traceren?'

'Klopt. En ik insinueerde dat je samenwerkte met mensen die later konden bewijzen dat wij hierbij betrokken waren. Hij was nog geen Amerikaans staatsburger, dus was hij doodsbang dat hij het land uit zou worden gezet. Voordat we het huis verlieten, heb ik zo veel mogelijk gedaan om het eruit te laten zien dat hij en niet ik die mails aan jou had gestuurd. Toen plakte ik dat briefje op mijn scherm.'

'Wat gebeurde er toen?'

'Onderweg naar mijn kantoor vroeg ik hem iets uit het dashboardkastje te pakken. Toen hij dat deed, injecteerde ik hem in zijn nek met hetzelfde kalmeringsmiddel dat ik bij Jennifer Stamos had gebruikt. Ik bracht hem naar het meer vlak bij het huis, stak hem met een mes in de borst en bond een zware steen aan hem vast. Nadat ik hem in het water had gerold, gooide ik zijn laptop en telefoon in het meer. Will was ontzettend zwaar, maar ik was vastbesloten. Toen ik zijn spullen in het water gooide, viel mijn telefoon uit mijn zak en in het water. Ik had wat bloed op me doordat ik hem had geïnjecteerd en dat heb ik zo goed mogelijk schoongemaakt, maar waarschijnlijk heb ik iets gemist.'

Devine keek naar zijn hand waarmee hij een paar vlekken van haar autostoel had geveegd. *Wills bloed?* 'En het gas in ons huis? Heb jij dat gedaan?'

'Ik had een verklaring voor Wills verdwijning bedacht, namelijk dat hij had geprobeerd ons allemaal te vermoorden en daarna was verdwenen. Ik ging terug naar ons huis, stopte wat kleren in zijn koffer en gooide die in een afvalcontainer in het centrum. Daarna kwam ik weer terug en ging aan de slag met die gasleiding en zo.'

'Maar was je dan niet bang dat je zelf ook dood zou gaan? Ik bedoel, je was echt bijna dood, Jill, toen ik je naar buiten droeg.'

Ze keek hem rustig aan, ongeïnteresseerd zelfs. Gezien de gespannen situatie was dat angstaanjagend. 'Je had me moeten laten sterven, Travis. Dat was veel beter geweest voor mij, en zeker veel beter voor jou.'

'Bedoel je dat ik nu aan de beurt ben? Is dat wat Dennis had gewild?'

'Dennis heeft nooit de kans gehad om te weten wat hij echt wilde. Niet dat het iets uitmaakt, maar het spijt me echt, Travis.'

Ze schoot.

De kogel sloeg in zijn rechterschouder. Hij viel achterover tegen de dossierkast en gleed op de grond. Het bloed stroomde over zijn borst, terwijl hij wanhopig probeerde het bloeden met zijn overhemd te stoppen.

Ze kwam dichterbij en richtte de loop op zijn hoofd om het af te maken. 'Sorry, ik wilde je in je borst schieten, maar ik kan niet goed richten. Maar straks doet het geen pijn meer, Travis. Dat beloof ik. Ik heb dit allemaal nooit gewild.'

Een tweede schot weerklonk.

Devine zag Tapshaw verstijven toen een kogel in haar nek sloeg, door haar magere lichaam schoot en er via haar borstkas weer uit kwam. Devine was niet echt helder, maar hij dacht dat hij de kogel door de lucht zag vliegen. De kogel sloeg in de muur en bleef daar zitten.

Tapshaw wankelde even en liet de SIG vallen. Ze viel voorover en kwam met een harde klap op de grond terecht, waar ze roerloos bleef liggen. Ze schokte heel even toen het leven uit haar vloeide.

Devine bloedde en werd snel zwakker, maar hij draaide zijn hoofd naar de deur.

In de deuropening stond Helen Speers, met haar Glock nog steeds gericht op de plek waar Tapshaw even daarvoor had gestaan. Ze keek naar Devine en rende naar hem toe, terwijl ze haar telefoon uit haar zak haalde en 911 belde. 'Travis!'

Op dat moment sloot Devine zijn ogen.

83

Devine lag in een ziekenhuisbed, maar zijn gedachten waren elders.

Het geronk van de rotorbladen van de helikopter, de hete woestijnlucht, de smaak van rood zand in zijn mond en de scherpe geur van kerosine in zijn bebloede neusgaten. Geen van die dingen zouden moeten gebeuren als je doodgaat, want doodgaan op zich was al ellendig genoeg.

Hij bevond zich ongeveer 50 kilometer buiten Kandahar. De geïmproviseerde bom op de hobbelige weg blies Devine – een man van zo'n 100 kilo én zijn uitrusting van nog eens 30 kilo – als een menselijke kanonskogel door de lucht. Hij was bewusteloos toen hij op de grond viel. Hij werd wakker in een door morfine veroorzaakte roes. Hij onderging verschillende operaties en een huidtransplantatie. Twee jaar later herhaalde de geschiedenis zich nadat de slecht gerichte kogel van een sluipschutter door een zwakke plek in zijn kogelwerende vest drong en zijn schouder in plaats van zijn hersens vernielde.

Maar nu was het zijn andere schouder en was hij niet eens in de buurt van Kandahar.

Devine knipperde en keek om zich heen in zijn gedesinfecteerde ziekenhuiskamer. Ondanks het verdovende effect van het morfine-infuus voelde hij de scherpe inslag van de 9mm van de SIG Sauer en de operatie die daarop was gevolgd. Hij wist dat hij het zonder pijnstillers nu zou uitschreeuwen van de pijn.

Hij dacht even aan een ander moment op een andere plek, maar opeens bleef zijn blik hangen bij twee mensen.

Emerson Campbell droeg een pak zonder stropdas en Helen Speers was gekleed in een donkerblauw jasje met bijpassende rok en ze had een rood sjaaltje om haar hals. Devine was zo gedrogeerd dat hij even dacht dat ze een stewardess was.

'Hoe voel je je nu je weer bij bewustzijn bent, Devine?' vroeg Campbell.

Devine probeerde iets te zeggen, maar hij had zijn mond én zijn hersens niet helemaal onder controle.

Speers ging naast hem zitten, pakte zijn hand en kneep er stevig in. 'Sorry, ik had er eerder moeten zijn. Het spijt me ontzettend.'

Zo keek ze ook, moest Devine toegeven. Het speet haar heel erg. Hij dacht dat hij tranen in haar prachtige ogen zag. Maar misschien kwam dat gewoon door de morfine. 'Wie ben...' Meer kon hij niet uitbrengen.

Campbell stapte naar hem toe. 'Ze hoort bij ons, Devine. Special agent Helen Speers. Zij vuurde het schot af op dat footballveld, waardoor je die ochtend aan Eric Bartlett en zijn mannen kon ontsnappen. Ze had natuurlijk meer gedaan als je haar hulp nodig had gehad. Maar met juffrouw Tapshaw kon ze geen risico nemen.'

'D-dood?' zei Devine.

Speers knikte. 'Ja. Het was zij of jij.' Ze keek Campbell aan en vroeg: 'Wilt u ons even alleen laten, meneer?'

Campbell knikte en verliet de kamer.

Speers trok haar stoel zelfs nog dichter bij het bed en keek Devine met een intense blik aan.

'Dus... jij was mijn beschermengel?' vroeg hij.

'Dat was mijn opdracht. Toen Campbell overwoog jou te rekruteren, liet hij mij ook een kamer in het huis nemen.'

'Ga je naar bed met... al je...?'

'Nee, voor jou heb ik een uitzondering gemaakt.' Ze glimlachte, ook al kreeg ze tranen in haar ogen. 'In mijn vroegere loopbaan heb ik fouten gemaakt, Travis, en ik neem aan dat dat ook voor jou geldt. Ik weet niet of je het weet, maar Campbell verzamelt mensen zoals jij en ik. We zijn weliswaar beschadigd, maar toch nog in staat...'

'... om het goed te maken,' zei hij.

'Ja.'

'Je ging dus met me naar bed om me te laten zien dat je mijn bondgenoot was?' mompelde hij.

Ze bleef hem heel lang aankijken met een blik die Devine door de morfine niet meteen kon inschatten. 'Ik ging met je naar bed, Travis, omdat ik dat wilde.'

'W-waarom doorzocht je Wills kamer?'

'Ik was wantrouwig en er gebeurde van alles in en vlak bij het huis. Ik wilde uitzoeken of we vijanden in ons eigen kamp hadden.' Ze streelde zijn wang, en dat voelde heel fijn.

Devine knikte en sloot zijn ogen. De morfine druppelde nog steeds zijn lichaam in, waar het de strijd aanging met de pijn vlak onder het oppervlak van zijn doorboorde schouder.

Toen hij weer wakker werd, voelde hij zich beter. Het was kennelijk veel later, want het was donker geweest toen Campbell en Speers er waren, maar nu was het dag. Hij had het gevoel dat er dagen waren verstreken. Verpleegkundigen liepen in en uit om te kijken hoe het met hem ging. Artsen en specialisten onderzochten hem constant.

Hij keek naar zijn vitale functies op de monitor. Die leken normaler dan hij waarschijnlijk verdiende.

Campbell bezocht hem regelmatig. Op een ochtend ging hij naast zijn bed zitten. 'Je ziet er vandaag veel beter uit,' zei hij.

Devine slaagde erin een klein stukje hogerop te schuiven en pakte vervolgens de afstandsbediening om het hoofdeinde van zijn bed omhoog te doen. 'Volgens mij is het grootste gevaar geweken.'

'Goed.'

'Jill Tapshaw?'

'Haar moeder heeft haar lichaam opgehaald. We hebben haar alles verteld. Nou ja, voor zover mogelijk dan.'

'Hoe wisten jullie wat jullie haar over Jill moesten vertellen? Ik ben nog niet in staat geweest jullie ook maar iets te vertellen.'

'Ze had een volledige bekentenis in haar kamer achtergelaten,' zei Campbell. 'Ik neem aan dat ze, toen ze die nacht naar haar kantoor ging, van plan was zichzelf met jouw pistool dood te schieten. Maar toen was jij daar. Dikke pech voor jou. Als ze erin was geslaagd je te doden, zou ze daarna zichzelf hebben doodgeschoten. Haar arme moeder was... wanhopig. Ze is nu haar beide kinderen kwijt.'

'Jill was een briljante vrouw. Ze heeft veel gedaan om mensen te helpen. En ze had nog veel meer kunnen doen.'

'Ze heeft ook veel gedaan om mensen kwaad te doen,' zei Campbell.

'Hoe zit het met Cowl and Comely?'

'Opgeheven. De mensen achter Area 51 lopen nog steeds vrij rond. Maar jij hebt hun operaties behoorlijk in de war geschopt.'

'Hoeveel schade hebben ze al aangericht?'

'We hebben het verslag gelezen dat je vriend Valentine had opgesteld. Dat was bij lange na niet alles en we proberen nog meer te achterhalen. Maar voor zover we nu weten, bezitten buitenlandse belanghebbenden die geen vrienden zijn van de Verenigde Staten meer van dit land dan de meeste mensen, ik ook, zelfs maar kunnen bevatten. En heel veel politici verspreid door het land hebben zwart geld van deze zelfde groepen ontvangen.'

'Wat gaat er met hen gebeuren?'

'Waarschijnlijk niets. Ze zullen roepen dat ze het niet wisten, dat het nep is, dat het valse beschuldigingen zijn, dat het een politieke aanval is. Ze zullen hun posities behouden en gewoon doorgaan met wat ze deden en zwart geld blijven incasseren.'

'Dat is behoorlijk balen,' zei Devine somber.

'We moeten dit wel onder de pet houden, Devine.'

'Wát? Waarom?'

'Dat heeft te maken met internationale betrekkingen, cruciale allianties, niet te veel ophef willen veroorzaken, geen politieke arena's en financiële markten willen verstoren. Dat soort dingen.'

'Dat is te gek voor woorden!'

'Dat ben ik met je eens,' zei Campbell.

Devine keek naar buiten, waar de zon scheen. 'Ik heb mijn missie dus niet helemaal afgerond. En jullie accepteren geen half werk. Ga ik nu naar de USDB?'

'Volgens mij krijg je zeker een tweede kans, Devine. Als je dat wilt.'

De twee ex-militairen keken elkaar strak aan.

'Dat wil ik,' zei Devine ten slotte.

'Dat is een uitstekende reden om elke dag uit je bed te komen.'

Devine keek om zich heen. 'Is... Hebt u iets gehoord van Michelle Montgomery?'

'Ze heeft het land verlaten.'

Devine knikte. Hij was zichtbaar teleurgesteld. 'Oké.'

'Ze had niet echt een keus.'

Devine keek hem aan. 'Hoezo?'

'Ze wilde je hier een paar keer bezoeken, maar dat zou niet goed zijn geweest, dus heb ik dat verboden. We hebben in het buitenland een veilige plek voor haar geregeld.' Hij haalde een envelop uit zijn zak. 'Maar ze vroeg me je dit te geven.'

Devine nam de envelop aan, waarna Campbell zonder nog iets te zeggen vertrok. Langzaam maakte Devine de envelop open en haalde er een vel papier en twee foto's uit. Hij begon te lezen:

Lieve Travis, wat een avontuur! Ik ben nog nooit zo bang en zo opgewonden geweest. Eerlijk gezegd heb ik geen idee wat dat over me zegt. Ik neem aan dat de generaal je heeft verteld wat er is gebeurd. Ik wilde je niet verlaten, maar hij liet me geen keus. Ik kan zeggen dat ik je ga missen, en dat zal ik ook doen. Maar ik weet zeker dat we elkaar terug zullen zien. En hoewel de generaal dat niet leuk zal vinden, kun je me op dit telefoonnummer bereiken.

Devine keek naar het internationale telefoonnummer met de landcode van Italië. Daarna las hij de rest van de brief.

Ik zal jou niet bellen, omdat ik je niet onder druk wil zetten. Maar jij kunt mij bellen. Ik vind het heel erg wat je is overkomen. Ik had nooit gedacht dat die aardige vrouw die een datingservice had opgericht om mensen te helpen de liefde te vinden zo getikt kon zijn. Ik hoop dat je snel herstelt. Ook al mocht ik je niet bezoeken in het ziekenhuis, toch heb ik de hele tijd aan je gedacht. En vergeet niet dat we weliswaar allebei foute dingen hebben gedaan, maar dat kan ons niet eeuwig blijven achtervolgen. En zelfs als dat wel zo is, moeten we doorgaan met ons leven. Bovendien denk ik niet dat jij of ik een datingservice nodig hebben om de persoon te vinden die de ware is voor ons.

Ik zal altijd van je houden,
Michelle

PS *De man op die foto is een goeie vent. De foto van mij krijg je zodat je me niet vergeet.*

Daarna keek Devine naar de foto's. De foto waar hij op stond had ze gemaakt op het dak van haar flat: de gekwelde man met een verleden. Op de andere foto droeg ze geen bikini, maar een spijkerbroek en een T-shirt. En had ze de liefste glimlach die hij ooit had gezien.

Met tegenzin legde hij haar foto weg en keek naar het plafond.

Hij had Jill Tapshaw nooit verdacht. Hij had haar vertrouwd en was bijna door haar vermoord.

Hij had Helen Speers niet vertrouwd, en zij had zijn leven gered.

Hij had gedacht dat Will Valentine foute dingen deed, terwijl de man alleen maar zijn vriend was geweest en had geprobeerd hem te helpen. En als dank was hij nu dood.

Tijdens een eerder bezoek had Campbell hem verteld dat Valentines familie in Rusland was gedeporteerd door de overheid. Valentine, die toen nog een kind was, was alleen achtergebleven en daarna door vrienden van de familie het land uit gesmokkeld.

Maar hij had Michelle Montgomery uiteindelijk wel vertrouwd. En dat vertrouwen was rijkelijk beloond.

Mijn intuïtie zit er dus niet altijd naast. Maar een score van één op de vier zal niet genoeg zijn als ik voor Campbell werk.

Hij draaide zich om naar het raam en keek naar de opgaande zon die een nieuwe dag aankondigde.

84

Het was drie weken later, precies 6.20 uur in de ochtend.

Devine stapte met zijn arm in een mitella in de trein. Hij zou de volgende dag weggaan, maar hij wilde nog één keer met de 6:20 reizen. Hij wist niet zeker waarom, maar misschien ook wel.

Op elk station stapten nieuwe jonge gladiatoren in pak of mantelpak in de trein, met hun laptop en cloud in de aanslag om de mensen die toch al te veel geld hadden nog rijker te maken. Later beklom de trein de kleine heuvel, reed langzamer en stopte.

Cowls paleis stond te koop. Geen Michelle Montgomery in haar morsecodebikini. Geen opschepperige miljardair in zijn natuurlijke omgeving van ongeëvenaarde luxe. Devine keek om zich heen en zag dat iedereen naar zijn beeldscherm keek.

Hij pakte zijn laptop en las de mail met lange bijlage die hij had opgesteld nog een keer door. Hierin stond alles wat hij had ontdekt over Cowl and Comely. Hij drukte op VERZENDEN, zodat de mail werd verstuurd naar Elaine Nestor, de met pek en veren besmeurde journaliste.

Zorg ervoor dat je een Pulitzer wint, Elaine. En de pot op met de gevestigde macht en het zwarte geld dat ze incasseren.

Devine keek naar buiten, maar het enige wat hij zag waren beelden die deels op nostalgische gevoelens en deels op noodzaak waren gebaseerd. Zijn behoefte om iets te voelen. Om spijt van iets te hebben. Om schuld en verlies en andere zaken te voelen die hij niet meteen kon benoemen. Het onverklaarbare verklaren was nooit gemakkelijk.

Sara Ewes dood. Jenn Stamos dood. Jill Tapshaw dood. Drie bijzondere vrouwen die heel veel goeds hadden kunnen doen, als ze de kans hadden gehad.

Maar Tapshaw had de twee andere vrouwen die kans niet gegeven.

In haar briljante, verwrongen geest moesten ze worden gestraft en gedood.

En Will Valentine, zijn bier drinkende vriend die optimistischer was dan iedereen die Devine ooit had ontmoet en die meer van zijn geadopteerde land hield dan sommige mensen die daar waren geboren, was ook dood.

Maar Michelle Montgomery leefde nog, hoewel ze niet aanwezig mocht zijn op de plek waar Devine naartoe zou gaan, alleen.

Maar ik heb haar telefoonnummer. En een brief van haar waarin ze zegt dat ze altijd van me zal houden. Dat is op dit moment genoeg.

De trein schokte en reed door.

Devine wendde zijn blik af en staarde voor zich uit, naar voren, waar hij zichzelf nu naartoe zag gaan.

Wat daar op hem lag te wachten, zouden opnieuw kogels en bommen kunnen zijn. Of de meer subtiele gebeurtenissen die buiten oorlogsgebieden overal in de wereld plaatsvonden.

Hij wist niet wat gevaarlijker was, en of het zou eindigen met gelijkspel.

Hij hoopte dat hij opgewassen was tegen die taak.

Hij was opgeleid tot en had gewerkt als Ranger. Bovendien was hij een ervaren financieel analist.

Dat, en waarschijnlijk een klein beetje meer, zou Devine nodig hebben om in leven te blijven.

Geluk ook, want een goede soldaat zou de inbreng van goed getimed geluk nooit afwijzen.

Verlossing, een tweede kans, een nieuw leven. Of dat allemaal bij elkaar.

Je zult het niet weten tot je het probeert, soldaat.

Hij leunde naar achteren, sloot zijn ogen en liet zich nog één keer door de 6:20 ergens naartoe brengen.

Dankwoord

Dank aan Michelle, voor het proeflezen en de geweldige opmerkingen over dit boek.

Ook dank aan Michael Pietsch, Ben Sevier, Elizabeth Kulhanek, Jonathan Valuckas, Matthew Ballast, Beth de Guzman, Anthony Goff, Rena Kornbluh, Karen Kosztolnyik, Brian McLendon, Albert Tang, Andy Dodds, Ivy Cheng, Joseph Benincase, Alexis Gilbert, Andrew Duncan, Morgan Martinez, Bob Castillo, Kristen Lemire, Briana Loewen, Mark Steven Long, Marie Mundaca, Lynn von Hassel, Rachael Kelly, Kirsiah McNamara, Lisa Cahn, John Colucci, Megan Fitzpatrick, Nita Basu, Alison Lazarus, Barry Broadhead, Martha Bucci, Ali Cutrone, Raylan Davis, Tracy Dowd, Melanie Freedman, Elizabeth Blue Guess, Linda Jamison, John Leary, John Lefler, Rachel Hairston, Tishana Knight, Jennifer Kosek, Suzanne Marx, Derek Meehan, Christopher Murphy, Donna Nopper, Rob Philpott, Barbara Slavin, Karen Torres, Rich Tullis, Mary Urban, Tracy Williams, Julie Hernandez, Laura Shepherd, Maritza Lumpris, Jeff Shay, Carla Stockalper, Ky'ron Fitzgerald en iedereen bij Grand Central Publishing. Zoals mijn lezers aan deze lange lijst met namen kunnen zien, is voor het publiceren van een boek een heel leger nodig!

Dank aan Aaron en Arleen Priest, Lucy Childs, Lisa Erbach Vance, Frances Jalet-Miller en Kristen Pini, omdat jullie zulke goede partners zijn.

Dank aan Mitch Hoffman, omdat je nog altijd een fantastische redacteur en vriend bent.

En aan Jeremy Trevathan, Lucy Hale, Trisha Jackson, Stuart Dwyer, Leanne Williams, Alex Saunders, Sara Lloyd, Claire Evans, Eleanor Bailey, Laura Sherlock, Jonathan Atkins, Christine Jones, Andy Joannou, Charlotte Williams, Rebecca Kellaway, Charlotte Cross,

Lucy Grainger, Lucy Jones en Neil Lang van Pan Macmillan, omdat jullie me blijven verbazen met jullie creativiteit en toewijding.

Dank aan Praveen Naidoo en het geweldige team van Pan Macmillan in Australië. Praveen, geweldig dat ik je eindelijk heb ontmoet, al was het via Zoom.

En aan Blake Smith en Thomas Dearden, voor jullie hulp bij het technologiegedeelte.

Aan Caspian Dennis en Sandy Violette, omdat jullie veel meer zijn dan agenten: goede vrienden.

Voor de winnaar van de liefdadigheidsveiling Paul Ekman (James V. Brown Library), bedankt voor de steun aan zo'n prachtige instelling. Ik hoop dat je blij bent met je naam in dit verhaal.

Dank aan Chuck Betack, voor alle militaire kwesties. Bedankt dat het dankzij jou lijkt alsof ik er verstand van heb.

Aan Tom DePont, omdat het dankzij jou lijkt alsof ik verstand heb van financiële kwesties en omdat je me hebt geïnspireerd tot deze monetaire fraude!

En aan Kristen White en Michelle Butler die alle ballen in de lucht houden!